茅盾研究
八十年書系

錢振綱・鍾桂松◎主編

丁爾綱、李庶長◎著

54

茅盾人格

花木蘭文化出版社

國家圖書館出版品預行編目資料

茅盾人格／丁爾綱、李庶長 著 — 初版 — 新北市：花木蘭文
化出版社，2014〔民 103〕

目 2+296 面；19×26 公分

（茅盾研究八十年書系：第 54 冊）

ISBN：978-986-322-744-1（精裝）

1. 沈德鴻 2. 人格 3. 學術思想

820.908   103010666

中國茅盾研究會《茅盾研究八十年書系》編委會

主　編：錢振綱 鍾桂松

副主編：許建輝 王中忱 李　玲

特邀顧問：

邵伯周 孫中田 莊鍾慶 丁爾綱 萬樹玉 李　岫

王嘉良 李廣德 翟德耀 李庶長 高利克 唐金海

ISBN-978-986-322-744-1

9 789863 227441

茅盾研究八十年書系
第五四冊

ISBN：978-986-322-744-1

茅盾人格

本書據河南人民出版社 2004 年 12 月版重印

作　　者　丁爾綱、李庶長
主　　編　錢振綱 鍾桂松
總 編 輯　杜潔祥
副總編輯　楊嘉樂
編　　輯　許郁翎
出　　版　花木蘭文化出版社
社　　長　高小娟
聯絡地址　235 新北市中和區中安街七二號十三樓
　　　　　電話：02-2923-1455／傳眞：02-2923-1452
網　　址　http://www.huamulan.tw 信箱 hml810518@gmail.com
印　　刷　普羅文化出版廣告事業
初　　版　2014 年 7 月
定　　價　60 冊（精裝）新台幣 120,000 元

茅盾人格

丁爾綱、李庶長　著

作者簡介

　　丁爾綱，山東省社會科學院研究員，享受政府特殊津貼的中國現當代文學史家。任中國現代文學研究會常務理事，中國茅盾研究會副秘書長等。出版《丁爾綱新時期文論選集》（上、下）、《新時期文學思潮論》、《茅盾評傳》等 10 部論著。

　　李庶長，濟南人。山東大學教授，文科學術委員會委員，山東省茅盾學會副會長。著有《茅盾對外國文學的借鑒與創新》、《茅盾人格》，參與過田仲濟、孫昌熙主編的《中國現代文學史》和姜春雲任主編的「中華魂叢書」等的編寫工作。

提　　要

　　《茅盾人格》是丁爾綱的《茅盾評傳》和李庶長的《茅盾對外國文學的借鑒與創新》的衍生之作。旨在展現茅盾人格的文化意蘊。面對人格範疇無公認界定的局面，本書前言做出自己的界定，據以闡述茅盾人格的社會內涵與內心內涵，但側重其社會內涵的多層面的開掘。首章溯本窮源剖析茅盾人格的養成及成因。以此爲基礎其後各章分別揭櫫茅盾人格在各個社會層面表現的品格：思想品格、政治品格、學術品格、創作品格（美學品格）、編輯品格、評論品格和社會倫理道德品格。結語對茅盾人格作綜合論述。總體概括其特質：急公好義、剛柔相濟、謹言慎行、外「圓」內方。並闡明其內涵特點，社會的文化的承傳養成和垂危意義。也指出社會歷史局限所導致的人格缺陷。還把茅盾和「五四」精英代表人作對比觀照，揭櫫出茅盾獨具的和同代精英具有的人格魅力之所在及其社會啓迪意義。並指出特定時代扭曲人格的消極力量造成的危害。供後人從正反兩個方面汲取滋養，接受教訓。

目次

前　言
關於人格和品格

1934 年中秋節後，茅盾寫了一篇題爲《談月亮》的散文。茅盾生於 1896 年 7 月 4 日，寫此文時剛滿 38 週歲，已近不惑之年。文章開頭卻講了童年和青年時代的兩個故事。

頭一個故事是他「不過六七歲」時的經歷和感受。那時他「對於月亮無愛亦無憎」，在一個月夜，他和「鄰舍的老頭子」爭論「所見的月亮有多麼大」。茅盾說：「像飯碗口。」老頭子卻說「有洗臉盆那樣子」大。茅盾不服氣。老頭子笑嘻嘻地說：「你比我矮，自然看去小了呢。」茅盾較眞的脾氣上來了。他「搬一個凳子來，站上去，一比，跟老頭子差不多高了，然而我頭頂的月亮還只有『飯碗口』的大小」。

茅盾

他又要老頭子抱起他來，騎在他的肩頭，這就比老頭子還高。「再看看月亮，還是原來那樣的『飯碗口』。」茅盾生氣了，就說：「你騙人哪！」還「作勢要揪老頭兒的小辮子」。老頭子還是笑嘻嘻地狡辯說：「你爬高了不中用的。年紀大一歲，月亮也大一些，你活到我的年紀，包你看去有洗臉盆那樣大。」茅盾「覺得失敗了」，跑回家問他的祖父。祖父摸著鬍子笑著說：「哦哦，就跟我的臉盆差不多。」於是茅盾覺得「自己是完全失敗了」，但他更不服。因爲他覺得自己說的是事實，兩個老頭子說的卻都是騙人的話。眞理本來在自

己手裡，他失敗在大人們都「欺小」：「在許多事情上都被家裡人用一句『你還小哩！』來剝奪了權利的我，於是就感到月亮也那麼『欺小』……」這使他很無奈，於是遷怒於月亮，改變了「無愛亦無憎」的中性態度：「月亮在那時就跟我有了仇。」以至時過境遷30餘載，38歲的他仍然耿耿於懷。所寫的《談月亮》，其實通篇都在罵「月亮是個大騙子」。

小小年紀的茅盾覺得自己受了騙，人格受到了侮辱。在他看來，年紀小不能就不受尊重。在人格上他和老頭子們是平等的。這足以證明，起碼六七歲時，茅盾就有強烈的自尊自重、追求真理、實事求是的人格品位和人格意識了。

第二個故事離「比月亮大小的時候也總有十多年了」。20歲左右的茅盾已恢復了對月亮「無恩無仇的光景」。中秋將近，他童稚之交的一對朋友夫婦因婚戀和封建家庭決裂，逃出來住在茅盾寓所。雙方的父母是茅盾的「世交前輩」。茅盾既盡了地主之誼，又受兩位朋友委託，「依著他們倆鐵硬的口氣」，由茅盾具名給雙方父母分別寫了兩封信，堅決表示「已經不能夠照『老輩』的意思挽回」。信發出去的次日恰好是中秋，當晚皓月當空。兩位朋友夫婦卻「男的躺在床上嘆氣」，女的坐在窗前，望著月亮「抹眼淚」。原來女的變了卦：嫌茅盾照她原來那「鐵硬的口氣」所寫的信「太激烈了一點」。而且她還背著茅盾「寫信告訴家裡，說明天就回去」！這樣一來，不但取消了茅盾「全權代表」的「資格」，而且容易讓兩家父母這四位「世交前輩」產生誤會，以為逃婚是茅盾挑唆出來的結果！

茅盾在散文中雖沒明說，但字裡行間流露出，這次他感到所受的侮辱，遠較六七歲時老頭子們的那次侮辱更甚！用現在的話說，明明幹的是件為朋友兩肋插刀的好事，而且是受當事人的重託，卻落了個「豬八戒照鏡子，裡外不是人」的下場，但又有苦說不出。無奈之餘，再次遷怒於月亮：「水漾的貓一樣的月光勾起了這位女人的想家的心，把她變得脆弱些。」

女友的脆弱與出爾反爾、缺乏誠信的人格弱點，和茅盾的堅強與忠於友情的誠信的人格亮點，形成鮮明而又強烈的對照。

兩個故事講完，茅盾把筆鋒一轉，由寫對月亮的遷怒，拓展到對月亮哲學的反思和對月亮文化的批判。他認識到，歷來的關於月亮的文學「幾乎全是幽怨的，恬退隱逸的，或者縹緲遊仙的。跟月亮特別有感情的，好像就是高山裡的隱士，深閨裡的怨婦，求仙的道士。他們借月亮發了牢騷，又從月

亮得到了自欺的安慰……」從而「悟出恬淡知足的處世哲學」。這種「感應多半是消極」，使人「心上會遮起了一層神秘的迷迷糊糊的苟安的霧」，從而把人變得「短視」了！

於是茅盾憎恨月亮，因為「月亮是溫情主義的假光明」，因為月光並非月亮自身發出的光。它的「光明」的特質是虛偽，故而充滿了欺騙！因此茅盾討厭月夜，認為月夜遠不如星夜：「星夜使你恐怖，但也激發了你的勇氣。」於是他又聯想到，月光遠不如暴風雨。因為「人在暴風雨中也許要戰慄，但人的精神，不會鬆懈，只有緊張」，「那就挺起胸膛，大踏步，咬緊了牙關，衝那風雨的陣，人在這裡，磨煉他的奮鬥力量」。當然，茅盾也並非絕對地全盤否定月亮，他在文章最後說：「我們需要『粗人』眼中的月亮」。〔註1〕

最後由兩個故事引發的批判月亮哲學、月亮文學以至月亮文化的十分慷慨激昂的話，到底是什麼意思？被茅盾譴責的月亮，會不會感到冤枉？我們為什麼寫了以上大段文章作為本書的開端？這必須聯繫文章寫作與發表的背景才能說清楚。茅盾否定月亮，這是首次，但他呼喚寒風暴雨，卻是第二次。

首次呼喚寒風暴雨，是在北伐失敗後他因遭通緝被迫東渡日本後的 1928 年 11 月 14 日。那年他 32 歲。經過反思後，這天他寫了散文名篇《霧》，刊於次年 2 月 10 日《小說月報》第 20 卷第 2 號。此文詛咒的對象不是月亮而是霧（二者都是黑暗社會的象征）：「我詛咒這抹煞一切的霧！」「我自然也討厭寒風和冰雪。但和霧比較起來，我是寧願後者呵！寒風和冰雪的天氣能夠殺人，但也刺激人們活動起來奮鬥。霧，霧呀，只使你苦悶，使你頹唐闌珊，像陷在爛泥淖中，滿心想掙扎，可是無從著力呢！」〔註2〕這是他由幻滅轉向振作後所發出的呼號！

茅盾 1920 年加入上海共產主義小組。次年建黨時他參與籌備工作，致力輿論宣傳，並成為首批黨員之一。當時他確立了共產主義理想，卻有「革命速勝論」的「左」傾幼稚病。直到蔣介石發動「四一二」反革命政變時，他還認為國民黨可以很快被消滅。但是以「七一五」汪精衛叛變革命為轉折點，在武漢主持《民國日報》為北伐和共產黨起喉舌作用的他，被迫轉入地下，

〔註 1〕以上引文均出自《談月亮》，《茅盾全集》第 11 卷，人民文學出版社，1986 年版，第 291～296 頁。（以下不再注出版社、出版時間）
〔註 2〕《茅盾全集》第 11 卷，第 63～64 頁。

旋即受到通緝。這時他「幻滅」了，但「並沒動搖過」。他「幻滅」的是「革命速勝論」的「左」的「理想」，並沒動搖其真正的共產主義理想與奮鬥目標。反之「幻滅的人對於當前的騙人的事物是看清了的」〔註3〕，因此他才詛咒騙人的霧，呼喚寒風冰雪，期望著「奮鬥」。這時的茅盾雖已失去了黨的組織關係，卻保持著共產主義戰士的堅強人格。

此後寫《談月亮》並表示要「沖那風雨之陣」，「挺起胸膛」來「奮鬥」時，茅盾已回國四年，並加入了左聯，和黨組織保持緊密聯繫，並且和魯迅、瞿秋白並肩戰鬥。這時的他，沒有了「幻滅」和消極，充滿了奮鬥的激情。但他仍面臨國民黨新軍閥的嚴酷統治。處境之艱難，使他不能直抒胸臆。早在 1931 年，反動當局就殺害了「左聯五烈士」，查禁革命進步書刊 228 種。1933 年國民黨特務暗殺了中國民權保障同盟執行委員兼總幹事楊杏佛。丁玲、田漢等黨員作家也相繼被捕。是年 5 月，《申報》主持人史量才和其副刊《自由談》主編黎烈文，在反動當局壓力下，被迫改變在魯迅、茅盾支持下所展示出的革命傾向。黎烈文刊登啓事，懇請作者「多談風月，少發牢騷」，迫使魯迅、茅盾採用「曲筆」。魯迅索性把此時的雜文結集爲《准風月談》。到 1934 年，僅當年上海一地被禁進步書籍，包括魯迅、茅盾的在內，就達 149 種，進步刊物達 76 種。這年 11 月進步人士史量才被暗殺。這年 10 月，國民黨對蘇區的第五次反革命「圍剿」取勝；紅軍被迫放棄蘇區，開始長征。蔣介石等彈冠相慶之餘，開展了所謂「以禮義廉恥爲生活準則」的「新生活運動」，旨在配合軍事與文化「圍剿」，並掩蓋其罪行，以粉飾太平方式，蒙蔽欺騙人民。

面對此嚴峻局勢，茅盾也調整了鬥爭策略。他配合魯迅，也採用「曲筆」，繼續戰鬥。僅在《電報》副刊《自由談》和《申報月刊》上他就先後發表散文、雜文 33 篇。其中就包括反諷「多談風月」並以「月」爲題的《談月亮》一文。我們繞了這麼一個大圈子，回過頭再來看此文，則開頭所講的兩個故事的「曲筆」作用，就顯示出來了。而其後批判月亮哲學、月亮文學、月亮文化的大段大段文字，就不僅是「『多』發牢騷」，而且是直抒胸臆、鞭撻現實之筆。拆穿粉飾太平的假「光明」的主旨，也就借助「月亮是一個大騙子」的警策之語，一言中的，切中肯綮了！

從 1928 年寫的《霧》，到 1934 年寫的《談月亮》，貫串著茅盾思想政治

〔註 3〕《茅盾全集》第 19 卷，第 181～183 頁。

品格這一條紅線。兩個階段他雖都身處逆境，但後文比前文少了些壓抑和鬱悶，多了些堅定和從容。由此可見，從 32 歲到 38 歲，茅盾的思想政治品格在迅速昇華！

《談月亮》這篇散文的豐富內涵與犀利鋒芒，長期以來沒被充分挖掘。我們僅從他童年、青年、成年這三段縮影、投影來看茅盾人格的多層面不斷昇華的豐富內涵，也足以據出其分量。然而對茅盾的偉大人格說來，這僅僅是管中窺豹的小而又小的小小窗口，遠遠不足以展示其全部。我們以它作開端和引子，目的僅僅是想藉以說明人格的豐富性與複雜性和茅盾的人格的豐富性與複雜性。

對人類社會來說，無論從哪個方面看，人格都至關重要。然而人格這個範疇，至今還沒有一個公認的科學、合理的定義。而且不同學科，如哲學、歷史學、法律學、社會學、心理學、生理學以至宗教學，都有不同學科的人格定義。據西方人格心理學家的探討，其內涵大體如下：人格是人在社會化過程中形成的人的特色身心組織，它為歷史所鑄就，其有明顯的歷史文化特徵。它又是個人的社會文化選擇的結果，具有顯著的個性特徵。因此，人格是共性與個性的統一體。這種特定歷史條件下個性心理的組合模式，具有外顯和內隱的較穩定、持久、連續的傾向性，是個體思想、文化、道德、學識、智能等品性的有序組合，是在社會中扮演角色和社會賦予其地位的一切特性的綜合。這種心理學人格範疇內涵，已經充分顯示出人格的複雜性。若從其他學科考察，還另有其複雜內涵的學科界定。

在中國，人格的範疇內涵及其界定也很複雜。在傳統文化領域，其影響最大者，是儒家的人格觀。其突出特點，是分層次比照性的人格價值判斷。儒家的創始人孔子談論人格，就常常分為君子與小人，作不同視角考察。如：「君子坦蕩蕩，小人常戚戚」中的「君子」，就以個人對群體、社會、國家以至歷史的使命感、責任心，作為道德自律和行為準則；「小人」則一切圍繞個人利益慾望而行動；因此君子心胸坦蕩，小人則常患得患失。在處理社會關係上，孔子又有許多人格原則，如「己所不欲，勿施於人」，「己欲立，而立人；己欲達，而達人」等論述，就是很典型的人格自律標準。

茅盾人格的形成，雖因其學貫中西而兼具東西方文化之長，但他自幼養成的安身立命的人格準則，其核心是中國化、民族化的內涵與儒家文化優秀傳統血肉相關。這從《談月亮》的內容看得歷歷分明。因此，我們在《茅盾

人格》一書中，就不宜照搬西方文化諸學科之人格定義，只能在參照的同時，從中國文化的優秀傳統中，汲取多學科人格理論之長，排除眾說紛紜的歧見，以公眾大體認同為基準對本書所用的人格範疇，作出我們自己的界定。

我們認為，人格雖因人有遺傳基因和動物自然屬性而兼具生理的自然屬性，但人是社會的高級動物，以其社會屬性區別於其他動物。人格的探討，當然應重在其社會屬性內涵，這才有完善自我、完善社會的廣泛意義。茅盾的人格，正是在這個方面特別具有垂範啟世的意義。所以，我們據此提出我們的人格觀：人格是人的外在的言行實踐及其傾向和內在的思想情感慾望的真實取向兩個層面所臻境界，其應得的客觀評價，其產生的社會作用諸方面的綜合表現。在這裡，其外在蘊涵、內在蘊涵，以及內外雙重層面之關係的綜合蘊涵，都是特定人格的內涵。鑒於人的外在與內在的取向往往不能完全統一，因此對其內與外或統一，或對立，或矛盾的關係的多層意義與蘊涵，應該作對比觀照和統一考察。

我們還認為，人格的內涵的複雜性，固然能表現在其個別性、特殊性方面，但整體看來，人格的基本內涵，當以穩定性、全局性及其與別人的顯著差異性為主要內容。

人的內心生活與社會行為十分豐富，十分複雜，並且表現在許多不同層面，發生不同層面的社會行為與社會關係。每一種層面與社會關係，都展示出其統一完整的人格內涵的一部、大部或全部。人格在不同層面或社會關係中的表現，就是品格。諸多層面和關係所表現的綜合的集中的最高品格，就是特定個體的完整的人格。品格既是人格構成的因子，又是人格的某一方面的展現與揭櫫。因此二者血肉相連，難以分割。中國人習言「人品」，就是這個道理。

就茅盾言，總體來看，他是「文學家與革命家的完美結合」。〔註 4〕具體展開，茅盾人格表現在他的許多建樹的重要側面中。他是學貫中西、博古通今的文化偉人，是卓有創見的思想前驅，是參與建黨、畢生叱吒革命風雲的政治家，是理論、學術均有建樹的大學者，是著作等身的文學大師，是幾乎能一文定人終身的權威文學評論家，是辦報、辦刊、編書的大編輯家，也是嚴於自律與律人的以品德垂範於世的大賢者。所以，其文化品格、思想品格、

〔註 4〕張光年：《文學家與革命家的完美結合》，《茅盾九十誕辰紀念論文集》，作家出版社，1987 年版，第 3 頁。

政治品格、道德品格、學術品格、創作品格，評論家品格、編輯家品格以至教育家品格，是構成茅盾偉大人格的基本層面。本書即以此爲據，分列章節，以求對茅盾人格作既全面，又有側重點的相對完整的考察。

在區分層面，重在不同社會關係的內外兼顧、盡力整合的考察中，固然要兼顧生理屬性與自然屬性，但重點在社會屬性；固然要兼顧其人格表現的個別性、特殊性，但重點在其人格表現的穩定性、整體性，及其與別人的差異性、獨特性的總體考察；將結合其緣以產生的特定社會歷史條件，及其成因和發展，力爭作出科學、客觀、公允的評價。總之，我們力求在自己界定的人格範疇內涵的限定範圍中，對茅盾作全面的審視、考察與揭櫫，力求爲後人提供全面的借鑒。

因此，論人，則顧及全人；論文，則力求顧及全文。全人與全文的人格審視與揭櫫，就是本書的基本立足點與視角。

這是我們的主觀願望，能否達到，只能請讀者評判了。

第一章　海納百川　有容乃大
——茅盾人格的形成

　　茅盾受父輩們維新思想的影響，自幼就自主自尊、自立自強，「以天下爲己任」，因而胸懷博大，視野寬廣，勤學苦讀，識見超常，爲報效祖國作了充分準備。後來，在風起雲湧的世界工人運動的影響下，確立了共產主義世界觀、人生觀。從此，更加兢兢業業、勤勤懇懇，以工作帶學習，以學習促工作，邊學邊幹，艱苦奮鬥了一生，爲中國人民的革命事業和文化建設事業做出了不朽的貢獻。「太山不讓土壤，故能成其大；河海不擇細流，故能就其深。」（李斯：《諫逐客書》）茅盾的一生，就是以其海洋般的胸懷，廣採博納，取精用宏，成了學貫中西、博古通今的學者和文學大師。其文化品格和人格特徵，既有明顯的時代環境的烙印，也有他個人追求的獨特軌跡。

第一節　雄視百代，廣採博納

　　青少年時期，是一個人身體發育成長的時期，也是其逐步確立世界觀、人生觀的時期。就茅盾來說，「以天下爲己任」的少年宏願，使他逐步養成了獨特的人格。

一

　　茅盾原名沈德鴻，字雁冰，茅盾是他開始創作時用的筆名。〔註 1〕他於1896 年（清光緒二十二年）7 月 4 日生於浙江桐鄉縣烏鎮。當時維新運動方

〔註 1〕爲方便讀者，本書統一稱呼爲茅盾。

興未艾。茅盾出生的前一年，康有爲聯合部分入京會考舉子「公車上書」。出生那年，梁啓超在上海創辦《時務報》。次年嚴復創辦《國聞報》。再次年「戊戌變法」失敗。作爲一次變革運動雖然失敗了，但是康有爲、梁啓超、譚嗣同等憂國憂民、變法圖強、挽救祖國於危亡的精神，卻在朝野上下引起了震動，日益深入人心。變法維新雖是改良主義之舉，卻給積貧積弱的祖國帶來了一線生機。後來，清廷宣布「預備立憲」，公布「欽定憲法大綱」，廢科舉，興學堂，辦海軍，等等，鼓舞了一部分關心國是的知識份子。當時，茅盾的父親沈永錫，表叔盧鑒泉，老師沈聽蕉、張濟川，都是烏鎮深受影響的維新人物。父輩們的言傳身教，自然而然地在茅盾世界觀、人生觀的形成上產生了決定性的影響。與此同時，以孫中山爲首的民主革命派也在從事著秘密的或公開的活動。如茅盾出生前兩年（1894），孫中山在檀香山創立了「興中會」。九歲那年（1904），蔡元培等在上海成立了「光復會」。十歲時，孫中山等聯合「光復會」、「華興會」等成立「同盟會」，並發行了《民報》。十二歲那年，同盟會在黃崗、惠州等地發動武裝起義，徐錫麟在安慶起義，秋瑾在紹興起義。這一切，也在影響著少年茅盾思想的形成和發展。

茅盾的父親沈永錫（1872～1906），是個「幼誦孔孟之言，長學聲光化電，憂國憂家」的維新派。他綜觀國家大勢，認爲「學而優則仕」的「仕途」已沒有希望，對科舉考試極爲冷淡，而對聲光化電等科技知識卻熱愛有加。尤其對數學，簡直到了著迷的程度。因此，盼望將兒子們培養成理工人才。茅盾到了上學年齡，他不讓茅盾入家塾讀舊學，而讓茅盾的母親教他《字課圖識》、《天文歌略》、《地理歌略》等「新學」，企圖一下子就切斷兒子與舊學的通道。他也希望兒子深諳歷史知識，讓妻子根據《史鑒節要》自編教材講授。父親還愛讀外國歷史及政治經濟方面的書，特別留意留日學生鼓吹革命的書刊，常與盧鑒泉、沈聽蕉討論時事，並以「大丈夫當以天下爲己任」律己律子。茅盾耳濡目染，得到不少教益，逐漸形成「以天下爲己任」的志向和關注古今中外大事的視野。父親還允許他看小說，說看看這些東西「也

沈永錫

可把文理弄通」。不料，無意間卻給茅盾打開了文學之門。茅盾十歲時，父親去世，臨終前留下的遺囑是：「中國大勢，除非有第二次的變法維新，便要被列強瓜分，而兩者都必然要振興實業，需要理工人才；如果不願在國內做亡國奴，有了理工這個本領，國外到處可以謀生。」他要茅盾和弟弟沈澤民「不要誤解自由、平等的意義」。他還把譚嗣同的《仁學》留給茅盾。〔註2〕這樣一個開明的父親，對童年茅盾人生觀、世界觀的形成，自然是有決定意義的。

　　表叔盧鑒泉也是個維新派人物，是茅盾最初所進學校——立志小學的校長。他是第一個發現茅盾大志才學的伯樂，是茅盾後來求學、工作的熱情支持者和引薦人。

　　沈聽蕉是立志小學的教師，主要教國文、修身、歷史三門課，是茅盾景仰的第一位老師。據《烏青鎮志》記載，他不僅勤奮好學，博聞強記，朝章國故、里巷瑣聞靡不通曉，能記半部《康熙字典》，而且「慷慨有大志」。「康梁倡新政，里人猶多固步自封」，沈聽蕉「獨與意合」。他不願在科場爭名，執教卻相當認真。國文課本選用《速通虛字法》和《論說入門》，修身課本用《論語》，歷史教材則是沈聽蕉自己編寫的。茅盾晚年回憶其教學效果，說：「《速通虛字法》幫助我造句，《論說入門》則引導我寫文章。」而所寫文章通常是史論，如《秦始皇漢武帝合論》之類。沈老師出了題目，照例要講解幾句，暗示學生怎樣立論，怎樣從古事論到時事。茅盾就「跟著先生的指引在文章中『論古評今』」。這樣反覆訓練，就打下了寫史論、時評的基礎。月考作文，茅盾經常獲獎。沈先生還開風氣之先，經常組織學生開展課外活動。如利用鎮上的文物古蹟，帶學生遊覽昭明太子讀書處和昭明太子為母祈福所建的東、西二塔，詳細介紹昭明太子讀書情況及其老師沈約的人品學問：沈約至孝，昭明太子也至孝；沈約是南朝的大學問家，昭明太子也刻苦好學，經嚴格挑選，編成了對後世影響深遠的《昭明文選》。沈聽蕉還帶領學生攀登壽聖寺塔，看所懸匾額題字：一方雄鎮，二水遙分，三級垂光，四大皆空，五妙境界，六朝逸勝，七級浮屠。在塔頂鳥瞰，南北流向的車溪河橫貫兩鎮，河東為青鎮，河西為烏鎮。西岸兀立著唐代銀杏樹，北頭分水墩屹立河心。車溪河南接金牛溪，貫通京杭大運河。水生靈氣，江南水鄉古鎮的秀麗景觀，也在陶冶著茅盾的審美情趣。他所崇敬的沈老師，不僅傳授給他維新思想，還培養起了他的文學興趣。這時的茅盾，已開始涉獵《西遊記》、

〔註2〕《茅盾全集》第34卷，第57頁。

《三國演義》、《封神榜》、《東周列國志》等文學書籍。

張濟川是茅盾在植材小學讀書時的老師，講授《易經》、物理、化學諸課。張濟川曾赴日本留學，也是個新派人物。他教的化學實驗課，使茅盾大開眼界，遂想製造偵探用的那種毒藥，也想利用物理知識製造《七俠五義》中俠客常用的「袖箭」。雖然兩項實驗都失敗了，但啓迪了他的心智，培養了他研究探索與獨立思考的能力，培養了他的科學意識。尤其是張老師講的《易經》，對培育茅盾的辯證思維有極大的幫助。據考證，茅盾留下的兩冊小學作文，全是張濟川老師批改的。批語中的獎掖鼓勵與批評指點，對茅盾繼續深造是有極大促進作用的。如說茅盾「生於同班年最幼，而學能深造，前程遠大，未可限量」！「讀史有眼，立論有識，小子可造。其竭力用功，勉成大器！」「目光如炬，筆銳似劍，洋洋千言，宛若水銀瀉地，無孔不入。國文至此，亦可告無罪矣！」「行文之勢，尤蓬蓬勃勃，其如釜上之氣。」這些評價，固然肯定了茅盾的志向、學識和才氣，但又何嘗不是催其繼續奮進的號角和戰鼓呢？張濟川是發現茅盾天才的另一個伯樂。植材小學的國文課，還有三位多烘先生教《禮記》、《左傳》和《孟子》。教學內容雖陳舊，但使茅盾對先秦的典章制度、歷史狀況和孟子的學術思想有了初步了解。此外，教英語的徐承煥老師，選用的是程度頗深的《納氏文法》課本。茅盾居然培養起了學英語的興趣，從此繼續深造，後來成了造詣頗深的英語翻譯家。這首先應當感謝這位英語啓蒙老師。

茅盾的母親陳愛珠（1875～1940），是江浙一帶名醫陳我如的女兒。陳家是隨宋南遷浙江的中原人，中原文化澤被至今。外祖父的耿直認眞及學識閱歷都傳給了母親。所以母親自幼性格堅強，知書識禮，辦事果斷幹練。婚後隨夫研讀新學，又是位盡職盡責的好母親。她是茅盾的第一個啓蒙老師。丈夫去世之後，陳愛珠獨立承擔起「管教雙雛」的責任。她用沈、陳兩家前輩的事跡教育茅盾及弟弟怎樣立志做人，用陪嫁過來的「私房錢」供孩子們求學進取。父親的早逝和母親的嚴教使茅盾不但奮發有爲、學業日進、謹言愼行、謙恭有禮，而且

陳愛珠

過早地認識了社會。

　　不過，孩子畢竟是孩子，他仍有自己的生活天地，有自己的幻想空間。大人雖不讓他隨便外出，但有機會還是可以溜出去，看看東鄰的紙紮店裡紮的「陰屋」（這些是精緻的民間工藝品），也可藉著自家屋上的天窗幻想美妙神奇的太空。有時家中也允許他去逛「香市」，看看各種民間技藝和地方戲曲，或者跟著祖父去「訪盧閣」聽評彈。這一切都啓迪了茅盾的審美心智。茅盾的祖母好在家裡養蠶、養豬，茅盾自願參與，自得其樂，也養成了勞動的習慣。他甚至有時跟同學跑到野外去放野火，在後來散文《冬天》中作了生動的回憶：「我們都脫了長衣，劃一根火柴，那滿地的枯草就畢剝畢剝燒起來了。狂風著地捲去，那些草就像發狂似的騰騰地叫著，夾著白煙一片紅火焰就像一個大舌頭似的會一下子把大片的枯草舔光。有時我們站在上風頭，那就跟著火頭跑；有時故意站在下風，看著那烈焰像潮水樣湧過來，湧過來，於是我們大聲笑著嚷著在火焰中間跳。」有時火焰逼近浮厝的棺木或骨殖甏，「我們就來一個『包抄』，撲到火線裡一陣滾，收熄了我們放的火。這時候我們便感到了克服敵人那樣的快樂」。〔註 3〕可見母親的管教，並沒有傷害茅盾的童趣天眞。以童趣天眞爲基礎的情感素質、藝術細胞，在當地人文社會環境的薰陶下，仍在悄然地萌生滋長。這在他小學作的抒情散文《悲秋》中有明顯的表現。文中寫道：「紫燕去，鴻雁來，寒蟬互噪，秋蟲淒切，衰草遍野，木葉盡脫。悲夫！何秋聲秋色之傷懷歟？」「嗚呼！人孰無情，誰能遣此！而況萬里長征，遠客他鄉，又何能禁秋風雨之感其懷抱。傷矣哉！」「雖然，人生過客耳！幻夢耳！有悲於懷者，豈惟秋哉！」老師對此文的批語是：「注意於悲，言多寄慨。」這說明少年的茅盾，已具有豐富深刻的情感體驗和較強的審美表現能力。但從中也能看出他少年老成、過早成熟的心性，展示出其文化品格多層面的複雜構成。

　　隨著漸諳世事，茅盾深切地理解了自己的家世。從茅盾曾祖的祖父就已從烏鎭附近農村遷到了鎭上，這是一個脫胎於農民的小商人家庭。曾祖父沈煥（1836～1900）兄弟八人，共同依靠祖上所開的一爿旱菸店，當然難以爲生。他是長兄，早已娶妻生子，只得帶頭另謀出路。沈煥精明幹練，什麼都敢試試，單身去闖上海。後又從上海到了漢口，因經營山貨有方，獲利頗厚。接著用銀子捐了個廣東候補道。在廣州三年，最後弄到代理梧州稅關監督的

〔註 3〕《茅盾全集》第 11 卷，第 208 頁。

職務。他讓幼子幫辦官務，讓長子、次子在烏鎮再開一家京廣貨店。三年任期將滿時，他告老還鄉。他雖然一生主要是經商，但希望兒子們能從科舉中發跡，改換門庭，正式做個縉紳。可是兒子們都不爭氣，不肯下苦功爭取功名，也不會經營商業，只會坐享其成。沈煥就寄希望於重孫。

茅盾出生時，曾祖父沈煥正在梧州。這一年梧州稅關來的燕子特多，他以爲這是吉祥之兆，得知茅盾降生的消息，即鄭重其事地給茅盾取名燕昌，大名叫沈德鴻。後又改燕昌爲燕斌，寓文武雙全之意。誰知這個重孫不愛小燕愛大雁，也不想文武雙全，自作主張改燕斌爲雁冰，學名仍用德鴻。茅盾的外祖父雖是個名醫，但也以科舉仕途爲「正道」，孜孜以求五十年，最後不得已而放棄。歷史的車輪雖將曾祖父、外祖父讀書做官的理想徹底碾碎了，但他們以儒學爲正宗的文化思想，卻潛移默化地影響到子孫們。茅盾童年，雖主要接受了開明的新學教育，但等級制、宗法制的封建意識，則從曾祖父分量很重的家教和所讀儒學中受到了影響。祖輩的經商行爲，使茅盾目睹了商業競爭的無情，體悟到競爭之重要，初步培育起他的經濟意識。

茅盾的祖母高氏，是農村地主的女兒。雖然思想守舊，迷信神佛，但她熟悉農村的風俗習慣，歲時節令。她愛勞動，酷愛農桑，經常組織女兒、丫頭養豬養蠶。茅盾自願參與其事，看殺豬，學養蠶。她打開了茅盾與農村農民聯繫的一條通道。她把丫頭鳳英嫁給常來挑糞的農民顏樹福的兒子爲妻，這位勤勞純樸的丫姑老爺顏富年則成了茅盾的好友。通過顏氏父子，茅盾了解了農民的疾苦，了解了農村的生活。正像魯迅之與章運水，茅盾也通過顏氏父子保持著農民的血脈，保持著鄉村的「泥在氣息」，後來才創作出「老通寶」這樣的典型人物和《春蠶》、《秋收》、《殘冬》這樣的農村題材作品。當然，茅盾思想上與農民的聯繫還有更大的背景，即中國宗法農業社會所形成的傳統文化。毛澤東說過：「中國革命的首要問題，是農民問題。」茅盾身上也自然體現著這種農業文化的影響。對此，茅盾有自覺意識。他說：「生長在農村，但在都市裡長大，並且在都市裡飽嘗了『人間味』，我自信我染著若干都市人的氣質⋯⋯然而到了鄉村住下，靜思默念，我又覺得自己的血液裡原來還保留著鄉村的『泥土氣息』。」這就是「沉著的，執拗的，起步雖慢可是堅定的」文化精神。茅盾說他愛的正是這種文化精神。〔註4〕

茅盾的故鄉烏鎮始建於周朝，此後歷朝歷代留下了許多古老的傳說和文

〔註 4〕《茅盾全集》第 11 卷，第 179 頁。

物古蹟，成了代代相傳的活教材。茅盾的老師沈聽蕉組織學生開展課外活動，就是用這些活教材培養學生的愛國意識、民族感情、自立自強精神的。越王勾踐「十年教訓，十年生聚」的「臥薪嘗膽」精神，南宋岳飛的精忠報國精神，桐鄉人呂希周、宗禮的自發抗倭精神，無形中薰染著茅盾的心靈情愫。

　　烏鎮地處杭嘉湖平原的腹地，是水陸交通的要衝，物資集散的中心。隨著杭嘉湖地區經濟的發展，這裡成了「魚米之鄉、絲綢之府」的商業市鎮。衣帽街、柴米街均在鬧市中心，人煙輻輳，儼然省會府城的規模。清人吳為旦《晚歸烏戍道上》詩云：「數聲漁唱歸遙浦，幾點山光映遠天。農刈香粳挑落照，雁沖秋水帶寒煙。暝生野渡村春急，紅豆疏林市火懸。柔櫓背搖雙塔影，卻隨新月到門前。」寫出了當時水鄉小鎮的繁榮景象。到茅盾的時代，烏鎮已有 6 萬人，規模不亞於一個中等縣城。它以車溪河為界，分成東西兩部分。鎮內河網交織，水街相依，石橋橫臥，垂柳依依，古色古香，秀麗迷人。物華天寶，人傑地靈。在這樣風光旖旎的環境裡，造就著偉人，哺育著文學大師的成長。旖旎秀美的杭嘉湖平原上，不僅出現了章太炎、蔡元培、秋瑾、徐錫麟、沈鈞儒這樣的革命家、學者、詩人，也培育了魯迅、茅盾、郁達夫、豐子愷這樣的文學藝術大師。

烏鎮

應該說，茅盾一生下來就遇到了一個好的自然環境、社會環境、人文教育環境，因而其文化品格起點較高，思想境界較新。這在他那歷經劫難、完好保留至今的兩冊小學作文中，表現得相當充分。

二

茅盾少年時代所寫的兩冊作文（時稱《小學文課》）都用文言寫成。固然當時作文多用文言，但茅盾鶴立雞群，工力獨高，今天讀來，仍經得住推敲。一個 13 歲的孩子寫的文章，而今大學中文系的研究生不藉助工具書，讀來仍感困難。這實在是個奇蹟。兩冊作文，共計 37 篇，16000 餘言。其中史論 17 篇，時評 6 篇，修養論 7 篇，抒情散文 1 篇，訓詁 6 則。對這 37 篇作文的內容、文采、所表現的思想水平，有的論著已作過梳理分類、扼要評析。〔註5〕這裡只就文章的視野與思想高度，來窺測一下作者當時的文化結構與人格心理結構。

從文化結構上看，史論、修養論、訓詁佔了 30 篇，在知識面上所用材料均屬於傳統文化。但茅盾所論，已不是科舉時代的「四書」、「五經」、「八股制藝」，也不是封建主義的道德倫理，而是利用歷史資料得出新的結論。他所用的史料，涵蓋了先秦至明清，旁及歐美日本的中外歷史，也關涉從先秦諸子百家到後代文人的學術思想。

他的知識層面，即使在舊學的範圍內，也不限於狹窄的封建正統文化，而是極為廣泛的中國傳統文化。更加難能可貴的是，受過新學洗禮的茅盾，論史、論道均採用了新的觀點，通過獨立思考，提出了異於前人的新見解，得出了具有開拓性的結論。也就是說，愛國維新、自立自強的精神，已經成了這些文章的主題。如《信陵君之於魏可謂拂臣論》，過去都以為信陵君竊符救趙是為救姐夫平原君，乃「重義輕利」之舉。茅盾則打破舊說，認為信陵君「救趙，正所以救魏也」。因趙是魏的屏障，「趙亡則魏與秦切，魏將繼之而亡」。「魏王不悟」脣亡齒寒的道理，而「信陵知之」，故能冒死竊符救趙。「荀卿曰：『有能抗君之命，竊君之重，反君之事，以安國之危，除君之辱，功伐足以成國之大利，謂之拂臣。』」由此以觀，信陵君竊符救趙是為魏國立了大功，不是罪過。所以，「信陵應流芳萬世」，不能僅以「徇親為英名」。茅盾之所以得出這種異於前人的評價，是因為他放棄了傳統的道德尺度，採用

了個人行爲是否有利於國家的評價尺度。這是他愛國維新思想的必然表現。再如《宋太祖杯酒釋兵權論》中，說宋太祖登上皇帝寶座之後，即認爲兵權太重的人容易篡奪帝位，「故從容置酒，始則動以危悚之言，繼則接以款洽之語，諸將遂乞解兵權」。於是「後世藩鎮跋扈之患永絕」。表面看來，此舉「爲子孫計」，實際上卻是「禍子孫」的。因爲「邊隘無大將，而遼人必入，州縣無重兵，而天下瓦解」。茅盾斷言，這種舉措造成了遼金的入侵，可謂誤國失策。可見，

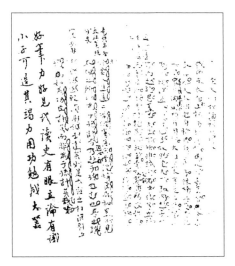

《宋太祖杯酒釋兵權論》

茅盾史論堅持的評價標準之一，就是國家利益高於一切。

　　既然國家利益高於一切，那麼爲政者就必須處以公心，賞罰分明，不徇情，不避嫌，以天下爲公，而且處事謹慎周到，不能主觀武斷。於是又引出了茅盾的史論的其他評價標準。在《馬援不列雲台功臣論》中，批評漢明帝違背了「功者賞，罪者罰，義不當隱」的原則，只是因爲馬援是馬皇后的父親，爲了避嫌，就不讓「功績居多」的馬援列入「雲台」，是「帝之私也」。《漢武帝殺鈎弋夫人論》，批評漢武帝擔心「母后預政，因以顛覆漢室」，就不顧事實眞相，將鈎弋夫人處死，實在主觀武斷。茅盾批評道：「漢武行事，雖爲果斷，而剛愎少恩，略如秦始。」在《吳蜀論》中，則論述了爲政者必須「顧全大局，不貪尺寸之利」的觀點。《富弼使契丹論》中又論述了外交使節應有的氣度才幹等內容。《武侯治蜀王猛治秦論》和《崔實謂文帝以嚴致平非以寬致平論》，還提出了「信賞必罰」的法治主張，及「審時勢而後建法」和「寬猛相濟」的法治原則。

　　最令人驚訝的是，一個 13 歲的少年，竟在《蘇季子不禮於其嫂論》中初步觸摸到了辯證法思想。茅盾先生動地描繪蘇秦初事秦王，「貧困而歸」，受到父母、妻、嫂的輕慢，於是發憤讀書，終成「六國之相」。當封魏相後路過洛陽時，父母「清宮除道，張樂設飲，郊迎三十里，妻側目而視，側耳而聽，嫂蛇行匍伏，四拜自跪而謝」。然後，茅盾由世態炎涼引申出新見：「秦無父母、嫂、妻之輕忽，無以激其心；則刺股之事，在所不爲」，便不會位尊「至

佩六國相印也」。「由是而觀，秦之得志，而登大位者，皆嫂之功也。」茅盾的意思是說，事物的發展，皆由矛盾雙方相激勵相攻錯而成。「故人必困落，而後得勢利，人必至極悲極憤之點，始能發憤。」茅盾還由此辯證觀點進一步昇華出變革求新的思想。他引證德、意、美由窮困至強國的歷史，說明非他人「激之」、「輕賤之」、「凌虐之」、「奴隸之」，安能使彼等「忿然一洗祖國之羞耶」？因此，他鼓勵少年「宜刻自奮勉，效蘇秦之往事，鑒蘇秦之貧困，發憤有為，不負父母，斯則一生不虛矣」！這種激勵國人奮發圖強的精神，正是典型的維新思想。由此可見，茅盾在使用這些傳統材料時，已經注入了新的神髓。

在 6 篇時評作文中，茅盾就完全用新材料、新觀點來闡述他的新思想了。如《翌日月蝕文武官員例行救護說》，是用新的天文知識批判傳統的封建迷信，封建官員的愚昧，提出開啟民智的建議。《學堂衛生策》，則是用新的衛生知識給學校上的條陳。《學部定章》是對教育主管部門提出的批評與建議。《青鎮茶室因捐罷市平議》則為民請命，批評捐稅之不合理。《選舉投票放假紀念》，則是對議會選舉的熱情肯定。《西人有黃禍之說試論其然否》，更是張揚民族大義，對自尊、自信、自立、自強精神的呼喚。他先指出西方製造「黃禍」說的險惡用心：「西人於自強一道，則堅持甚固，莫敢稍怠。故言黃禍，所以自戒也，所以使黃人生怠惰之心也。」進而告誡國人，必須識破其險惡用心，「勿以黃禍為白人畏懼之談，而生驕心，其竭力自治，毋生怠心」，要把「西人黃禍之言」，作為「中國發祥之讖」，「盡力維新，創辦立憲」，「十年生聚，十年教訓」，立志改革，立志圖強，「席捲歐美，雄視全球」！

少年茅盾的這些新知新見，大抵源於維新派父輩師長的教誨和對優秀傳統文化的感悟。而維新思想也是一些有民族氣節的有識之士，鑒於列強入侵和西方工業文明而激發起來的自保自強的思潮。他們既要學習借鑒西方的工業文明和民主主義文化，又要繼承中國優秀的傳統文化，提出了「中學為體，西學為用」的原則。實際上，向西方學習既不徹底，又與中國傳統文化保持著千絲萬縷的聯繫，帶有明顯的改良主義性質。茅盾當時的新知新見，也免不了有這種特點。如兩冊小學作文在表現其新知新見的同時，也夾雜著某些封建意識。例如儒家思想的「中和」、「忍讓」原則，對茅盾就有較深的影響，封建正統觀念也時有流露。在批評秦始皇、漢高祖、隋文帝失策誤

國時，說他們「廢長立幼」是「未嘗深明春秋大義」，並說「國有長君，社稷之福」。在《漢明帝好佛論》中又說，「佛本夷狄之人」，應極力排斥，但漢明帝好佛，「實爲萬世罪也」。也因此，他就難以識破維新派改良主義的本質。當看到浙江諮議局選舉時，就作文表示歡迎，沒有看出這只是個政治騙局（《選舉投票放假紀念》）。凡此種種，固然是少年茅盾難免的幼稚，但從根本上說，則是歷史的局限所致。不過，這些消極成分在當時茅盾的世界觀與文化結構中不佔主導位置，佔主導地位的乃是愛國、維新、科學、民主的文化觀念。

從人格結構上說，農業文化鑄就了茅盾以民爲本的意識和堅忍、執著的個性；商業文化又使他既競爭圖強，又精明幹練、謹言愼行。後者和儒家的「中和」、「忍讓」思想相結合，成爲他畢生信守的處世原則。但這一切的核心，是他秉承父教，源於「大丈夫當以天下爲己任」的人生理想。這種人格理想包含愛國、自強、科學、民主等文化觀念。他在植材小學第二年會考時，作文《試論富國強兵之道》就公開宣告了這一理想抱負。對此，任會考主管的表叔盧鑒泉看了作文激動地批道：「十二歲小兒，能作此語，莫謂祖國無人也。」

這說明少年茅盾已經確立了爲國爲民無私奉獻的宏偉志願，因而心胸開闊，雄視百代，自尊自重，自立自強，求眞務實，銳意進取。這也奠定了茅盾人格的初基。

三

升入湖州中學後，茅盾明顯地背離了父親所指示的學「理工」的道路。他對數學不感興趣，卻熱衷於文學和歷史。恰好他遇到的文科教師都是博學之士。如湖州中學的國文老師楊笏齋、錢夏，杭州安定中學的國文老師張相（字獻之），都給了他很大的教益，對他後來的成長產生了深遠的影響。

楊笏齋老師的教學原則是：「書不讀秦漢以下，駢文是文章之正宗；詩要學建安七子；寫信擬六朝人的小札；舉止要風流瀟灑，氣度要清華疏曠。」〔註6〕他讓茅盾重點讀「莊子和韓文」。因爲「莊子的文章如龍在雲中，有時見首，有時忽現全身，夭矯變化，不可猜度」。而墨子、荀子、韓非子的文章都不如莊子。他還向學生重點講了《漢魏六朝百三家集》的「題辭」，留下各

〔註6〕《茅盾全集》第11卷，第84頁。

集文本要學生自己去擇優選讀。茅盾從《賈長沙集》的「題辭」中，知有屈原、宋玉，知有《楚辭》。從《司馬文園集》的「題辭」中，知有《昭明文選》。從《陳思王集》及建安時代文人集的「題辭」中，知有建安七子。還從其他文集的「題辭」的講解中，知有陸機、陸雲、嵇康、傅玄、鮑照、庾信、江淹、丘遲諸文學家和重要詩文集。老師在講解「題辭」時，也評論了他感興趣的詩文。如講《潘黃門集》（潘安仁）的「題辭」時，重點講了潘安仁的《閒居賦》。講《陶彭澤集》的「題辭」，重點分析陶淵明詩的風格特徵。這使茅盾對先秦兩漢及南北朝的文學史有了概略的認識。從此，茅盾不但繼續鑽研《漢魏六朝百三家集》的「題辭」，還從家中翻出《昭明文選》，認真讀了兩遍以上。《漢魏六朝百三家集》的「題辭」是用駢體寫的，楊笏齋先生就藉此教學生學作駢體文。茅盾記得當時曾用駢體寫過一篇《記夢》的作文，記他夢見暑假回家時的趣事。《記夢》有以下特點：一是所寫人物有六個之多——外祖母、阿秀、弟弟、毋親、廚娘和寶姨。二是涉及典籍甚廣。如老子的《道德經》，列子的《力命篇》，左思的詠史詩，白居易的《有木》詩等。全文僅五百餘字，內容卻如此豐富。文詞也極典雅。如文章結尾寫道：「檐頭鵲噪，遠寺晨鐘。同室學友，鼾聲方濃。」楊先生的批語是：「構思新穎，文字不俗。」這可見他當時學駢體文的成績。那時，茅盾在課外還閱讀了大量的中國舊小說。因此，楊先生曾說茅盾的作文「文思開展，只是有些小說調子」，認為「小說調子」不是作文正途，勸茅盾「多讀莊子和韓文」，「立定文章的格局」，再讀小說不遲。茅盾對此很反感，認為這也屬於中學時代穿的「緊鞋子」。

錢夏就是後來和陳獨秀、李大釗、魯迅、胡適、劉半農一起發動新文化運動的大名鼎鼎的錢玄同。他在湖州中學講的國文課，全部是愛國主義的詩文，這使茅盾耳目一新。如講史可法的《答清攝政王書》等，就是張揚民族正氣、鼓勵抗敵禦侮的愛國主義教育。最使茅盾心靈震撼的是《太平天國檄文》中「桓公報九世之仇，況仇深於九世；胡虜無百年之運，矧運過於百年」的警句，黃遵憲《台灣行》中「城頭逢逢雷大鼓」的詩句，以及梁啟超《橫渡太平洋長歌》中的名句，等等。這一切體現了「掃除虜穢，再造河山的宗旨」，充實了茅盾「以天下為己任」的理想抱負，提前與新文化運動的前驅產生共鳴。錢夏的教學思路也影響了復課後楊笏齋的教學，使他放棄了「書不讀秦漢以下」的主張，給茅盾他們選講了文天祥的《正氣歌》這樣具有愛國

主義浩然正氣的詩文。

教學上的這些變化，與當時國內正在發展著的革命形勢是有關的。1905年，以孫中山爲首的民主革命派在日本聯合組成了同盟會之後，積極發展會員，進行秘密的革命活動，組織武裝起義。全國著名的武裝起義，就有熊克武領導的四川起義，徐錫麟在安慶的起義，秋瑾在紹興的起義，潮州黃崗、惠州七女湖等地的起義，廣州的兩次起義。其中秋瑾領導的紹興起義，直接波及整個浙江省。烈士的鮮血，擦亮了人們的眼睛。這時逝江不斷發生群眾暴動。據當時報載，就有仙台縣鄉民暴動，武康縣鄉民摧毀縣衙、毆傷知縣，德清縣新市鎮群眾搗毀警察局，遂昌縣群眾搗毀監獄等多起。茅盾所在的湖州中學，校長沈譜琴就是個革命黨（同盟會會員）。他一方面從事秘密的革命活動，準備組織武裝起義；一方面進行教學改革。他忙不過來，就請湖州名人錢念劬來代理校長，推行新式教育。錢念劬曾任駐日、俄、法、意、荷諸國外交官，通曉世界新潮，思想開放，具有民主作風，辦事認眞務實。他的教學改革，引起守舊教師罷教辭職，其中就有一位英文教員和楊笏齋。於是錢念劬讓兒子來接任英文教員，讓弟弟錢夏來擔任國文教員，他親自上作文課。他的作文課，屏棄了命題作文舊方式，開學生自由命題之先河。茅盾有了施展才華的機會，就用從《莊子》中學到的知識，寫了篇《志在鴻鵠》的作文。「借鴻鵠自訴抱負」，暗寓著自己的名字德鴻。錢念劬頗爲欣賞，批語爲：「是將來能爲文者。」這和張濟川不謀而合，成了對茅盾的又一預言。茅盾還和部分同學一起，受錢老先生之邀，赴其寓所陸家花園做客。在這裡，茅盾翻閱了錢先生珍藏的許多歐洲國家的風景畫冊，大開眼界。錢先生代理期滿後，楊笏齋又回校上課。經過這一番較量，學生也多不滿意楊老師講的內容。他復課後只好改弦易轍。

湖州中學的體育課，實際上是軍事訓練課，有很多集合、急行軍、拉練、走天橋、持槍訓練的內容，而且訓練槍支是能連發的「洋九響」，眞槍實彈，明顯是爲起義做準備的。果然，辛亥革命時，沈譜琴帶領學生軍光復了湖州和嘉興兩城。

1911 年夏，茅盾因聽說嘉興中學「革命黨」多，民主空氣濃，師生之間像朋友，且英文教學質量高，在湖州中學又恰與同學鬧了點彆扭，暑假後即轉到嘉興中學。嘉興中學的教員，半數以上是革命黨，校長方青箱和數學教員計仰先更是敢於帶領學生公開造反的人物。茅盾在這裡，確實也呼吸到了

更多的民主自由的空氣，整天和同學跑叫、打鬧，還能和老師同桌飲酒「過中秋」，因而覺得「自己將來的一切，社會將來的一切，人類將來的一切，都操在他手裡，都等待他去努力創造」。〔註7〕10月中旬，忽然傳來了武昌起義的消息，同學們忙著跑到車站，打聽革命的消息，從乘客手裡買來上海的報紙，爭相貼在牆上。「革命軍勝利的消息，我們無條件相信；革命軍挫敗的消息，我們說一定是造謠。」〔註8〕大家都陷入革命的狂熱之中。校長方青箱、數學教員計仰先等也不知去向，據說他們都去參加光復上海、杭州的戰鬥了。茅盾當時「相信革命一定會成功」，因為他「目擊身受滿清政府政治的腐敗，民眾生活的痛苦，使我們深信這樣貪污腐化專橫的政府，一定不能抵抗順應民眾要求的革命軍」。〔註9〕1912 年成立中華民國，孫中山就任臨時大總統。握有重兵的袁世凱，逼清朝末代皇帝宣統退位。這就給革命留下了隱患。當時，茅盾有三件突出而有趣的事值得一說：一是剪去清朝奴化標誌的長辮子；二是和同學「結伴到廟裡去同和尚道士辯難，坐在菩薩面前的供桌上，或者用粉筆在菩薩臉上抹幾下」；〔註10〕三是充滿喜劇色彩的「革命結局」。「革命」後，幾位革命黨教師相繼在軍政部門「高就」了，新來的學監陳鳳章卻以「整頓校風」的名義嚴厲壓制學生。茅盾他們覺得「革命雖已成功」，卻失掉了曾有的自由，於是就合伙搞亂。學監就張貼布告，給以記過處分。他們就一起找學監質問，還打碎了布告牌。茅盾把學過的《莊子‧秋水篇》中的寓言「鴟得腐鼠」抄在紙上，又弄到一隻死老鼠一起裝在大信封裡，送給學監。莊子的這個寓言，意在諷刺小人得志；茅盾他們藉來影射陳鳳章是小人得志亂施淫威。學監惱羞成怒，遂把茅盾等一起開除了。這件事說明：辛亥革命雖然砸了舊招牌（推翻清王朝），但是做的還是老買賣，人民群眾並沒有得到什麼好處。這和魯迅對辛亥革命的感受是相同的，革命落潮時在革命前驅者心中激起了憤懣之情。

　　被嘉興中學開除後，茅盾改上杭州安定中學。這裡教國文的張獻之老師是浙江才子，「復社」社員，著有《詩詞曲語辭匯釋》。他教茅盾這個班作詩、填詞，先從基本功對對子開始。張老師出上聯，學生對下聯，並當堂修改。有時也講一些名聯，分析其優劣，以提高學生的欣賞水平。他講了昆明大觀

〔註 7〕《茅盾全集》第 11 卷，第 82～83 頁。
〔註 8〕《茅盾全集》第 12 卷，第 160 頁。
〔註 9〕《茅盾全集》第 12 卷，第 160 頁。
〔註 10〕《茅盾全集》第 11 卷，第 190 頁。

樓 180 字的長聯，說做長聯不難，難的是一氣呵成，他又講了西湖上的對聯
「翠翠紅紅處處鶯鶯燕燕，風風雨雨年年暮暮朝朝」，說它雖見作者巧思，但
用在西湖上可以，用在別處的景點上也可以，沒有景色特點。而對西湖蘇小
小墓上的一副對聯，則推崇備至。這副對聯是：「湖山此地曾埋玉，風月其人
可鑄金。」認爲此聯對仗講究，極具功力。張獻之還常把自己的詩作和前人
的詩詞拿來示範，分析講解，偶爾也讓學生試作，給以修改。這樣反覆練習，
奠定了茅盾寫古體詩詞的堅實基礎。

安定中學另一教國文的楊老師，給他們講中國文學發展史，「從詩經、楚
辭、漢賦、六朝駢文、唐詩、宋詞、元雜劇、明前後七子的復古運動、明傳
奇（崑曲），直到桐城派以及晚清的江西詩派之盛行」。他的教法讓茅盾「始
而驚異，終於很感興趣」。當時並無教材，茅盾只憑課堂記憶整理出筆記，能
記住「十之八九」，從而梳理出中國文學發展變遷的脈絡，再把以前學的古代
文學史知識及典範作品貫串其中，茅盾從而打下了文史知識方面的根基。

中學時代茅盾的英語學習也非常出色，使他具備了向西方文化學習的條
件。英語、文學、歷史諸課，對茅盾未來的發展，都至關重要。

四

1913 年中學畢業後，擺在茅盾面前的就是以後的求學問題。母親因爲表
叔盧鑒泉此時在北京財政部工作，便決定讓茅盾到北京求學。這年夏天，茅
盾考入北京大學預科第一類（文、法、商專業）。當時北大預科的教授以洋人
居多，國文、歷史、地理等課的教授是中國人。他們授課各行其是，爲茅盾
提供了廣採博取、獨立思考、比照吸收的大好機會。

在北大，茅盾最大的收穫是跳出了偏僻地域的局限，進入了世界文化交
流的廣闊天地。東西文化碰撞，打開了他的視野，解放了他的思想，進一
步提高了他獨立思考與思辨的能力。這對他獨立文化人格之養成，是非常關
鍵的。

這期間，有件特別有趣的事，對他頗有教益。教中國歷史的教授陳漢章
是個「怪人」。他自編講義，從先秦諸子講起，把外國的聲、光、化、電之學，
考證爲我國先秦諸子書中早已有之。茅盾認爲這是牽強附會，曾在某次下課
時說了一句：「發思古之幽情，揚大漢之天聲。」陳先生聽到後找茅盾談話。
他向茅盾坦誠地承認他何嘗不知道這是牽強，但他這樣做，意在打破現今遍

及全國的崇拜西洋妄自菲薄的頹風。他還說代理校長胡仁源即是這樣的人物。這次談話使茅盾改變了對陳漢章的看法。他認爲這是一位具有獨立文化人格的值得尊敬的學者。牽強的做法固不可取，保持民族尊嚴、反對盲目崇洋的精神則是可貴的。

茅盾所受國學教育也遠比中學時代境界高深。對他影響最大的，是「五四」著名新詩人沈尹默。沈尹默當時講授國文，他對學生只指示研究學術的門徑，如何博覽則靠學生自己。他教學生讀莊子的《天下》篇，荀子的《非十二子》篇，韓非的《顯學》篇。他說先秦諸子各家學說的概況及其相互攻訐，只要讀了這三篇就夠了。如果深入研究，還要針對論題博覽有關著作。文學理論方面，他指導學生讀《典論論文》、《文賦》、《文心雕龍》、《文史通義》等。他也讓學生看看《史通》。他的弟弟沈兼士教《說文解字》。這些教授，不僅使茅盾獲得遠比中學時代更爲豐富的知識，而且從他們那裡學到了嚴謹的治學態度和治學方法。茅盾在世界觀、方法論兩方面都受益匪淺，爲以後的學術生涯奠定了深厚的基礎。

外國文學、外國歷史全是外籍教授用英語講課。教材也選用原文經典著作。這在當時的中國，是提高外語水平的最佳環境，也是接受西方先進的民主主義文化與文學的難得機遇。最初教外國文學的兩位外籍教授，選講的教材是英國作家司各特的《艾凡赫》和笛福的經典名著《魯濱遜漂流記》。但茅盾更歡迎新來的美籍教授，因爲其教材與教學方法都極好。他先是教學生讀文藝復興時期的代表人物、英國戲劇大師莎士比亞的劇作，精講精讀了其經典名作《哈姆雷特》、《威尼斯商人》和《麥克白》等。一學期以後，他就指導學生用英語寫論文。他不按照一般的關於敘述、描寫、辯論的死板規定，而是出個題目，讓學生自由發揮。他也不要求學生當堂交卷，可用課後充裕時間從容運筆。於是茅盾又有了施展才華的良機。他除很好地完成自己的論文外，還有餘力替同學「代庖」。

講世界史的教授是英國人，選講的教材是當時著名史學家邁爾所著的《世界通史》。該書分上古、中古、近代三部分，內容相當翔實和系統。例如，上古部分從古埃及尼羅河、古亞洲幼發拉底河等的文化，一直講到古希臘、羅馬文化。

當時學校規定學生必修第二外國語。茅盾選修的是法語。法籍老師從法國小學用的課本教起。後來法文老師換了人，是波蘭籍，他教法文和德文。

他教法語時，不僅用英語講解，有時還夾雜著說起德語來。這又給茅盾提供了接觸多種外語的機會。

這一切培養了茅盾對西方文化與文學溯本求源、比較鑒別的能力。

在北大期間，茅盾還利用課餘時間及寒暑假閱讀了《十三經注疏》、《資治通鑒》、「二十四史」。盧表叔告訴他，「二十四史」是中國的百科全書，如有不懂之處，不妨問他。茅盾精讀了《史記》、《漢書》、《後漢書》、《三國志》，其餘各史只是瀏覽。他還在沈尹默的指導下，閱讀了《弘明集》、《廣弘明集》、《大乘起信論》等佛家著作。後來茅盾成了學貫中西、博古通今的大學者，是和他自幼就廣覽博學分不開的。

在北京三年，茅盾目睹了袁世凱與日本帝國主義簽訂的賣國《二十一條》條約及其稱帝的鬧劇，心中憤憤然。但當時蔡元培、陳獨秀、李大釗等還沒有進北大，俄國的十月革命尚未爆發，他當時所受的文化洗禮也缺乏徹底革命的新精神。總之，歷史還沒有提供給他置身革命大潮去力挽狂瀾的機會。

預科畢業後，限於經濟條件，茅盾無力升入本科。通過盧表叔的關係，他到上海進入商務印書館任職。他到上海後，蔡元培接著進北大，並請來了主編《新青年》的陳獨秀任文科學長，一場新的文化運動將醞釀展開。茅盾與其擦肩而過，沒有處於新文化運動的大本營。

但到上海，茅盾也投身到這場猛烈的新文化運動之中，很快成為這一運動的「弄潮兒」，並且參與了中國共產黨的組建工作，成為中國共產黨的第一批黨員。

歷史的偶然性中所寓的必然性，就這麼播弄著茅盾的人生，也決定著茅盾人格的造就與養成，使其「以天下為己任」的理想與抱負，由文化成分向政治成分傾斜，人格結構獲得了新的內涵。這對茅盾的人生道路，對中國現代文化史、文學史，都是具有決定意義的。

第二節　學貫中西，取精用宏

以維新變法與辛亥革命為背景的民主主義的家庭、學校教育，使年僅 20 歲的茅盾建構起超越同時代青年的厚實的知識結構、開闊的文化視野，鑄鍛起如其少年時代作文所揭櫫的審視中國封建社會、封建文化與黑暗現實的批判意識及不乏創見的個性化文化觀念，形成了其以民主意識為核心的「以天

下爲己任」的政治抱負。但這只是茅盾人格及其文化品格的雛形。既有瑕瑜
互見的駁雜,又具蹣跚學步的幼稚。「以天下爲己任」的理想抱負固然可貴,
但仍嫌空泛,既無人生道路的明確政治方向與航標,又無社會實踐的可操作
性。這些關鍵問題是在茅盾進入商務印書館後的十年中,在時代洪流的衝擊
與革命實踐的歷練中才逐步解決的。

茅盾的歷史幸運在於:其「商務十年」正值十月革命、五四運動和中國
共產黨創建這三大政治事件接踵而來,並有幸置身其中。這就把茅盾人格與
文化品格的奠基與建構界分爲前後兩期:前期吸納、消化、過濾、昇華,後
期實踐、探索、開拓、進取。最終不僅臻於學貫中西、博古通今、學以致用、
取精用宏等自我人格、文化品格的高境界,而且爲其「文學家和革命家的完
美結合」的終極社會人格的形成,打下了紮紮實實的基礎。

<h2 style="text-align:center">一</h2>

難能可貴的是,茅盾非常注意克服一介書生不免被書齋所囿的局限,在
其人格奠基過程中逐漸積澱成兩大優勢:一是放眼世界,既刻意窮本溯源,
又注重吐故納新;二是在幹中學,在學中幹,以幹帶學,以學促幹,集文
化、社會與政治三種實踐及其理論昇華於一身。這是茅盾區別於其他文學大
師、文化偉人與革命活動家的特點與優勢所在,也是其人格與文化品格的精
華所在。

和學生時代人格修養的客觀條件限於家長、師長的教誨指導不同,「商務
十年」中茅盾的人格與文化品格鍛鑄,是在貼近新思潮輿論中心,甚至一度
介入革命運動核心的時代前沿進行的。表面看來,茅盾和以陳獨秀爲領導人
的新思潮的中心輿論宣傳陣地兩次失之交臂:1915 年 7 月陳獨秀主編的《青
年雜誌》在上海創刊時,茅盾尚在北京;1916 年 9 月遷往北京改名《新青年》
時,茅盾卻離京赴滬進了商務印書館。但是「以天下爲己任」的茅盾卻始終
把關注的熱情投向此刊,幾乎每期都如饑似渴地通讀其每一篇重要文章。於
是他緊跟著李大釗、陳獨秀、魯迅等新文化革命旗手,拋棄了改良性質的舊
民主主義,高舉起以科學、民主、自由與個性解放爲標誌的革命民主主義大
旗。不久又緊跟他們藉十月革命的東風接受了馬克思主義,徹底實現了世界
觀、人生觀、價值觀的質變。藉這個契機,茅盾把空泛的「以天下爲己任」
的政治抱負具體化、明晰化:從以「個人主義」爲核心的「人的解放」突進

到以共產主義理想爲核心的「徹底解放全人類」並最終解放自身的最高層次的「人的解放」。

　　與學生時代依靠師長教導的人格與文化品格完善相類似，在商務印書館前期茅盾也有幸得到前輩資深編輯孫毓修、朱元善和王蒓農等的指引。不同的是，這時茅盾接受了西方民主主義和馬克思主義思想，藉助十月革命、五四運動與中國共產黨領導的革命運動等外部條件的推力，很快就超越了他們，也不斷超越著自己。

　　在系統梳理消化中國傳統文化以鍛鑄茅盾人格與文化品格方面，孫毓修功不可沒。這一老一小的性格碰撞與人格互動關係充滿了戲劇色彩。剛入館就上書指陳商務印書館新出版的《辭源》的錯訛疏漏之舉措，使總經理張元濟發現了茅盾的博學多才與治學銳氣，遂調他給大名鼎鼎的資深編譯孫毓修當助手「合作譯書」。起初一副名士派頭的孫毓修並不把這個乳臭未乾的青年放在眼裡，遂把自已僅譯了三四章就懶得再譯的科普讀物卡本脫的《人如何得衣》讓茅盾「試譯」。不料一個半月時間，茅盾就交來全書的譯稿。譯稿居然能模仿孫毓修「意譯」方法和譯文的「駢體色彩」很濃的語言風格。這使接稿時還帶著「輕視」神情的孫老先生讀後大吃一驚地承認：「驟看時彷彿出於一人手筆。」更使老先生吃驚的是，茅盾就署名問題說：「只用你一人的名字就好！」這種高姿態的人格力量，震撼得孫老先生「又驚又喜」，從此再不敢小瞧茅盾了。接下來還有更叫他吃驚和震撼的事。時間約在 1916 年年底譯《人如何得衣》、《人如何得食》、《人如何得住》的間隙，孫毓修發現茅盾在讀有關考據學的《困學紀聞》一書，就問茅盾都讀過些什麼書。茅盾說：「我從中學到北京大學，耳所熟聞者，是『書不讀秦漢以下，文章以駢體爲正宗』。涉獵所及有十三經注疏，先秦諸子，四史（即《史記》、《漢書》、《後漢書》、《三國志》），《漢魏六朝百三家集》，《昭明文選》，《資治通鑑》。《昭明文選》曾通讀兩遍。至於《九通》，二十四史中其他各史，歷代名家詩文集，只是偶然抽閱其中若干章段而已。」這使孫毓修大感意外，不由他不肅然起敬！從此「他的名士派頭收斂了」，開始了眞正意義上與茅盾合作的新階段。〔註11〕

　　茅盾這段博覽群書的自述，說的僅是穿著楊笏齋老師「書不讀秦漢以下」的「緊鞋子」時的情形。他在師從錢念劬、錢玄同介入國文課改革之

〔註11〕《茅盾全集》第 34 卷，第 128 頁。

後，早就大大突破了：不僅開始貫通古今，也開始貫通中外了。入商務印書館後以廣收中外典籍、館藏富甲全國的涵芬樓爲依託，茅盾如饑似渴地遍覽各種典籍。這些書以文史哲等人文學科爲主，兼及含當時的尖端學科在內的自然科學。如具世界權威性的全套英文版「萬人叢書」、美國版「新時代叢書」和諸如《兒童百科全書》、《我的雜誌》等新潮報刊。茅盾猶嫌館藏不足，又通過美國人開的伊文思圖書公司、日本東京丸善書店西書部訂購大量新書刊。他發揮精通英文的優勢，讀了許多尚未譯成中文的馬列主義原著和國際共產主義運動文獻。對國內《新青年》等宣傳社會主義的書刊更是遍覽無遺。這就使茅盾突破了「中學爲體，西學爲用」的局限，把自己匯入後來毛澤東所概括的從西方尋求眞理以改造中國社會的大潮。茅盾在商務印書館前期著重用西方革命民主主義思想體系審視、梳理、揚棄中國傳統文化思想遺產，後期則進一步用來自西方的馬列主義對中國傳統文化和西方民主主義文化作左右開弓的全方位審視、梳理和揚棄。他當時認爲馬克思主義最重要的「戒條」：一是不與現勢力妥協，二是確信唯物史觀。〔註12〕這就使茅盾逐漸臻於既致力於意識形態上的批判、繼承、開拓、創新，又突進到介入革命鬥爭的理論與實踐緊密結合的高境界。這種人格與文化品格追求，使他站在了時代最前沿。

二

茅盾的「學」、「幹」統一的品格決定了他大處著眼小處做起的作風。孫毓修給他提供了很好的機遇，這就是學理的梳理和學科的梳理。

1917 年至 1918 年由孫毓修策劃，讓茅盾選編《中國寓言》，計劃分初編、續編、三編。茅盾欣然從命。因爲藉此，「可以系統地閱讀先秦諸子、兩漢經史子部（指四庫全書分類）之書」。茅盾「仿照治史學先作《長編》之法，收羅廣博」，再取精用宏。〔註13〕《中國寓言初編》如孫毓修在序言中所說：「先錄周秦兩漢諸書，辭義兼至，膾炙人口者。」眞正做到了「道兼九流，辭綜四代」。引用參考書「百種左右」，〔註14〕最主要的有先秦諸子與兩漢經史子部 27 種，包括《莊子》、《孟子》、《荀子》、《墨子》、《韓非子》、《宓子》、《申子》、《尹文子》、《中子》、《田俅子》、《尸子》、《淮南子》、《列子》、

〔註12〕《茅盾全集》第 14 卷，第 224 頁。
〔註13〕《茅盾全集》第 34 卷，第 130 頁。
〔註14〕趙景深：《茅盾》，見《文壇憶舊》，北新書局，1948 年版。

《冘子》、《禮記》、《戰國策》、《晏子春秋》、《呂氏春秋》、《史記》、《漢書》、《說苑》、《新序》、《論衡》，以及《孔叢子》、《孔子家語》、《魏文侯書》、《韓詩外傳》等。茅盾針對青少年讀者特點，著重選編有關立志、樹人、道德戒律方面的寓言，計 620 餘則，編爲四卷。每則均加標題、按語以示主旨。如《疴瘻丈人承蜩》按語中說：「凡爲一事，必看得其事之重，過於性命，乃能用志不紛。」「如此其藝不精者，未之有也。」

茅盾發現，儘管中西寓言的共性在哲理道德訓示，但中國寓言則更注重治國安民方略與歷史經驗教訓的陳述論辯和諷喻警策以起政治作用。故遴選時必須博覽精取。而這些文獻的整合，實際就是對中國奴隸制、封建制社會結構及其歷史發展的全方位描述與審視。所以茅盾認識所得，遠遠超過編書本身。論眼界，是別有洞天；論認知，則是更上一層樓。

《中國寓言初編》面世後大受歡近，兩年內連印三版。茅盾再接再勵，沿著《四庫提要》的線索順流而下，繼續廣覽博取、精選細編。然而「閱讀到晉朝以後談奇志怪之書和各種雜纂性質的筆記」時被突然爆發的五四運動和受命協助孫毓修編「四部叢刊」所中斷。茅盾負責孫所選宋、元、明善本影印件的總校對。這實際是精讀的大好機會。「四部叢刊」共收典籍 504 種，遠較此前茅盾的閱覽更廣博系統。這些典籍包括了文、史、哲、法、政治、經濟以至語言、訓詁、考據等多種學科，匯集了諸多學派大家之卓見。茅盾以此爲基礎，用馬列主義與「五四」精神再作審視、反思、辨識，不僅大大拓展了知識結構與視野，而且大大提高了自身人格與文化品格的層次，不僅深化了對中國歷史與社會現實的認識，獲得了置身「五四」、建黨及參與領導革命運動的社會歷史依據，也爲此後的諸多學科著述編輯工作之開拓打下牢固基礎。諸如此後他爲「國學叢書」編《莊子》、《楚辭》、《淮南子》三種選注本，並相應地撰寫了動輒萬言的緒言。他那些神話研究論著、赴新疆講學開中國學術思想概論課時自編的講義，其論述中各朝各代的「政治、經濟、軍事、外交、學術、文化、思想諸多方面幾乎無所不包，可以說，集政治經濟史、社會史、學術史、思想史、文學史之大成」，儼然「一位博古通今造詣很深的歷史學家」。〔註15〕這一切都和茅盾在商務印書館時期梳理文化典籍所打下的基礎血肉相連。遺憾的是從「五四」到建黨時期緊張、繁忙、激烈、

〔註15〕語出任萬鈞（茅盾在新疆所教學生之一）：《茅盾在新疆學院》，《烏魯木齊文史資料》第 2 輯。

動蕩的客觀環境，不斷加碼的編輯負擔，使茅盾沒有形諸筆墨闡述所得的條件，他的反芻消化、提煉昇華也需要個認識過程，使今天我們只能面對難窺其所得「全豹」的遺憾。但從他在這期間陸續發表的單篇文章中存留的散金碎玉之見，仍有「借斑窺豹」的依據與可能。

茅盾當時從民族文化遺產中梳理學科與學理所用的思想理論與方法論武器，先是對西方革命民主主義思想理論體系擇善而從，甚至連尼采學說中的「把哲學上一切學說，社會上一切信條，一切人生觀、道德觀，從新稱量過，從新把他們的價值估定」〔註16〕的立場觀點與方法也予以借鑒。顯然，這一切都合乎以民主、科學為標誌的「五四」精神。從1919年年底起茅盾開始接受了馬列主義。茅盾認為其最重要的「戒條」：「一是不與現勢力妥協」的階級革命鬥爭理論，二是確信唯物史觀，〔註17〕即辯證唯物論與歷史唯物論的世界觀與方法論。例如，茅盾指出包括文學在內的「社會意識形態」的各種思想「潮流不是半空中掉下來的」，「而是從那個深深地作成了人類生活一切變動之源的社會生產方法的底層爆出來的上層的裝飾」。「支配階級的意識」佔著支配地位。與其對抗的新興階級也以其「新興階級意識」與「支配階級意識」相對抗，於是形成了各種對立的思潮。〔註18〕這些先進思想保證了茅盾梳理中國文化遺產時，不但對前人，而且對自己都不斷地發生質的超越。這對了解中國社會及其改造途徑，實現自己「以天下為己任」的政治抱負的社會定位，都有了全新的認識，相應地作出正確的抉擇。

首先他對中國古代的社會制度及其意識形態性質作出了總體判斷：「君主以壓力施於上，強人民以服從」，與此相應的「我國古訓，所謂遵先王之法而過者，未之有也」。其次，在這個大前提下，社會的發展也推動著意識形態與文化思想的發展。茅盾認為，西周奴隸制全盛時期已經孕育著社會經濟的向上發展，到春秋時期已發展成成熟的封建制。兩種不同的社會矛盾的「尖銳化」在意識形態中的反映，開創了「思想解放」的新格局：不僅出現了「百家爭鳴」的鼎盛局面，還造就了一大批「學術思想運動之『先驅』」。於是茅盾確立了梳理評價的兩條標準：一是是否有利於推動社會的發展與進步；二是在階級對立中有利於統治階級，還是有利於人民。

〔註16〕《茅盾全集》第32卷，第59頁。
〔註17〕《茅盾全集》第14卷，第224頁。
〔註18〕《茅盾全集》第29卷，第185～186頁。

　　茅盾梳理剖析了諸子百家的對峙形勢：春秋時期形成了先驅思想家孔子（前 551～前 479）、墨子（約前 468～前 376）、楊朱（前 395～335）相繼登場，構成「鼎足三立」的三大學派。此後儒、墨、法、道諸家學派「百家爭鳴」，聚集百家的「稷下宮」現象就是鼎盛時期的標誌。茅盾認為這「是社會經濟大變革時代除舊布新中必有的現象」。其總體政治傾向並無大異，都是以「託古改制」的改良主義方式維護由奴隸制向封建制的過渡期中貴族階級對奴隸、地主階級對農民為主的全體百姓的統治地位。但其改革思想與方案則有積極與消極、進步與倒退之別。如在「託古」方面，墨子宣揚「夏禹」以抵制孔子宣揚的「文王周公」。其後承繼孔子的孟子又尊堯舜「禪讓」為理想政治制度以抵制墨子。這種「託古」的追求取向，大抵以靠近原始共產主義社會的程度區分出其相對民主化的程度。孔子重「義」，提倡以仁政與禮治待民；墨子重「利」，提倡兼愛、非攻、尚儉，以富庶利民；楊朱「為我」，走向「物慾」就是一切的極端個人主義。其後所派生的法家主張「順勢應變」。其積極作用有別於道家「無為而治」的「否定一切進步的復古主義」。但茅盾認為：這一切學說不論多麼標新立異，卻都是「貴族的，而非平民的」。其種種改革主張，無不旨在維持君主王權與貴族統治。其所謂民主化，只是在對人民的讓步程度上有所區別，分別表現出積極與消極、進步與反動的差異，並非真正意義上的民主。〔註 19〕

　　站在唯物史觀立場上的茅盾，從時代環境與歷史的發展趨勢角度，分別肯定其積極進步性，批判其消極落後性以至反動性。例如茅盾指出道家的「無為而治」是有所發展的。在創始人老子（約前 606～前 571）那裡，「無為而治」是「否定一切進步的復古主義」。在其繼承人莊子（約前 369～前 286）那裡卻發展成既否定「有無」、「大小」、「是非」、「善惡」的區別，甚至也否定「自身存在的價值」的「近於近代的無治主義（即無政府主義）」。兩人都成了「進步革命的障礙」，但其消極、反動作用卻有程度差別。茅盾還實事求是地承認莊子是「他那時代的產兒」。在民生痛苦、思想混亂的環境裡否定一切的虛無主義思潮，自有其在中國古代思想史上的價值。〔註 20〕實際上茅盾本身就從方法論和人格觀等方面借鑒過老子與莊子。

　　茅盾認為儒家思想的發展變化更大。創始人孔子是最大的「學術思想運

〔註 19〕《茅盾全集》第 35 卷，第 270～273 頁。
〔註 20〕《茅盾全集》第 19 卷，第 88～92 頁。

動之『先驅』。除學理的建樹「垂範」百代外，還在「開戰國時代講學遊說之風」和「『士』的階級（即以政治爲生計者）之養成」等方面有重大貢獻。他的弟子子思的門人孟子（前 372～前 289）雖以「張揚儒家爲己任」，但其政治、經濟方面之根本觀點卻與孔子有別。他出身「自由農民」，是個「小市民理想主義者」。他主張「王道」，反對「霸道」。雖源出孔子，但發展出的「以人民爲本位」、「重個人」與「個人自由」的「民本主義」思想卻超越了孔子。他還反對孔子的中庸之道。認爲「禮不合理者可以否定」。茅盾在肯定其歷史進步性之同時，也指出孟子「躲在堯舜理想世界中消極退步傾向」，反映出其思想內部存在的深刻矛盾。〔註 21〕茅盾指出，這種歷史局限性隨後愈發展愈嚴重。

茅盾還指出在「百家爭鳴」的相對民主的時代環境中應運而生的儒學，隨著「劉氏定鼎，海內統一」後致力鞏固封建制度之所需而異化爲「儒教」。「儒家者流，依附君主之權力，攘斥百家，以自尊重，而學術上遂有主奴之別，學問之道狹矣。」許多儒者也通過「學而優則仕」的獨木橋，由學者異化爲「治者」。他們與地主階級沆瀣一氣，共同統治人民。〔註 22〕歷經漢、唐、宋三朝，從董仲舒的經學到程、朱理學，把以「三綱五常」爲中心的「禮教」打造成鞏固封建秩序的「國教」。在提倡科學、民主的五四新文化運動中，「打倒孔家店」、推翻舊禮教就成爲時代之需要，人民的呼聲。

因爲有了上述梳理中國文化典籍中所昇華而成的理性認知作爲紮實的基礎，茅盾早在「五四」前夕就再次超越自我，成爲思想界的前驅。他不僅相繼拋棄了自己在《小學文課》中承認王權的維新改良主義取向，也拋棄了辛亥革命浪潮中推翻帝制、建立共和的資產階級舊民主主義傾向。他提倡「思想解放」和「人的解放」，賦予自己的「以天下爲己任」的人格理想以嶄新的時代內涵，形成了相應的革命主張。

三

恰在此時，商務印書館另外兩位資深編輯朱元善、王蒓農給茅盾提供了把這些新的革命主張推向社會的機會。因爲商務印書館當局和有關主編爲適應新潮與市場需要不得不革新刊物。具有新思想的茅盾成爲人所矚目的首

〔註21〕《茅盾全集》第 35 卷，第 274～275 頁。
〔註22〕《茅盾全集》第 14 卷，第 7 頁。

選。1917 年年底《學生雜誌》主編朱元善邀茅盾擔任助編。1919 年年底《小說月報》主編王蒓農又邀茅盾主持革新約佔該刊三分之一篇幅的《小說新潮》專欄，同時爲其主編的《婦女雜誌》撰稿。這些機遇在五四運動前後接踵而至，既是時代使然，又正合茅盾推動新潮發展的需要。於是茅盾就在這些園地上，高張「思想解放」、「人的解放」的大旗，發出解放青年與婦女的強烈呼聲。這一切都與李大釗、陳獨秀、魯迅等思想前驅相呼應。1918 年正是魯迅高喊「救救孩子」之際，魯迅表示甘願「自己背著因襲的重擔，肩住了黑暗的閘門」，放青年們「到寬闊光明的地方去；此後幸福的度日，合理的做人」。〔註23〕茅盾則在 1917 年年底給青年學生作出社會價值定位：青年學生是足以決定「國勢之強弱」的「社會之種子」、「社會之良竊」。1918 年 1 月茅盾又向青年學生提出「革新思想」、「創造文明」、「奮鬥主義」三點希望。〔註24〕對次年爆發的以青年學生爲主體的五四運動來說，這不啻爲時代的預言和歷史的先聲。

茅盾又和時代前驅同步，致力於婦女解放運動的理論探討與實踐。茅盾這時對婦女處境的認識，可用《婦女解放歌》中的兩句話來揭櫫：「舊社會好比那黑古隆多的枯井萬丈深。井底下壓著咱小老百姓，婦女在最底層。」維持此統治秩序的是禮教。從孔子「唯女子與小人難養也」之說到「三綱（君爲臣綱、夫爲妻綱、父爲子綱）五常」，從忠孝節義到三從（在家從父、出嫁從夫、夫死從子）四德、三貞九烈，這一切倫理綱常，無不體現以男性爲中心統治壓迫婦女的主旨，確立了婦女被神權、政權、族權、夫權所桎梏的法規。這一壓就長達幾千年。對此封建制度與文化枷鎖，茅盾不僅自幼深諳，且還有切膚之痛。爲尋求婦女解放之路，茅盾從歷史發展深層規律與西方先進思想、女權運動實踐中苦苦探究。

從英國貴族婦女的參政運動到美國發起的女子受高等教育運動，從歐洲的婚制改革再到遍及全歐的改革婦女教育、經濟生活、婚姻家庭和社會服務四項主張，茅盾都擇善而從，取精用宏。對起步較遲的中國婦運，茅盾認爲與辛亥革命的婦運「旨在政治公開，重在平等」相權衡，他更傾向於當今「重在自由」的「解放婦女也成個『人』」。面對西方婦運理論派系中保守者與激

〔註23〕分別見《狂人日記》和《我們現在怎樣做父親》兩文，《魯迅全集》第 1 卷，人民文學出版社，1981 年版，第 432、140 頁。

〔註24〕《茅盾全集》第 14 卷，第 10～12 頁。

進者對抗的複雜局面，茅盾態度鮮明地反對「專抄人家歷史上的老賬」，主張把握「時時變遷」的趨勢，從中國實際出發擇善而從。〔註 25〕例如在反封建文化傳統方面，他借鑒過尼采，卻堅決屏棄尼采視女性爲貓、鳥，「頂好是個母牛」的謬論。〔註 26〕但是，他當時尚未認識到婦女運動必須從政治、經濟之解放著手，以求婦女徹底解放的社會主義綱領，存在著重從上層建築上如道德與家制等文化層面著手改革的時代局限。這和他當時接受瑞典女子主義派學者愛倫凱的理論主張有關。在閱讀和介紹與保守派相對立的社會主義、女子主義與女權主義三大激進派的婦運史、婦運理論著作之同時，茅盾著重譯介了愛倫凱的《愛情與結婚》、《母職之重光》、《婦人運動》、《兒童之世紀》等。茅盾這時集中發表了數十篇有關婦運的論文，系統闡述自己的主張。從觀點看，以建黨爲界可分前後兩期。

前期是革命民主主義性質的。其一，指導思想。他認爲，人類應平等，「奴隸要解放」，處在奴隸地位的婦女也應解放，恢復其與男人平等，「成個堂堂底人」的社會地位。〔註 27〕其二，他所欲達到的目標。「確立高貴的人格和理想」。「了解新思潮」以期「精神解放」。強化婦女自身，「扶助無識的困苦的姊妹」。其三，改革婚戀與家庭關係。他反對包辦婚姻。改變「她是我的妻」、「父母的媳婦」等陳舊觀念，樹立她「是一個『人』」，是年長者的妹妹，年幼者的姐姐的平等觀。茅盾這些觀點在當時確有積極進步的意義，但也存在明顯的改良主義局限性。如茅盾認爲中國的婦運應不超出當時社會「能容許」的範圍，故只限在教育、經濟生活、婚姻家庭、社會公共生活這四個方面去「找到境地與思想的改變」。「不應以戀愛爲結婚的要素。」已包辦的婚姻也不應解除，因爲「我不要伊」而離婚，「別人要伊麼？」「我娶了」可引她「到社會上」，「解放了伊，做個『人』」。〔註 28〕這些顯然含有爲自己的包辦婚姻尋求理論支持與心理平衡的因素。

建黨前夕茅盾系統學習了馬列主義與國際共產主義運動文獻後，特別是精讀了恩格斯的《家庭、私有制和國家的起源》，譯了列寧的《國家與革命》等馬列經典後，才發現了愛倫凱和自己的局限，這才接受了社會主義婦女觀。以他 1921 年 1 月發表的婦運長文《家庭改制的研究》爲標誌，茅盾確立了全

〔註25〕《茅盾全集》第 14 卷，第 158～163 頁。
〔註26〕《茅盾全集》第 14 卷，第 100 頁。
〔註27〕《茅盾全集》第 14 卷，第 63、68～69 頁。
〔註28〕《茅盾全集》第 14 卷，第 59～61 頁。

新的社會主義婦運觀。他從經濟基礎決定上層建築及後者對前者有反作用的
對立統一關係出發，指出：「什麼禮教等等」，都是中國封建的「社會制度經
濟組織的產兒」，不把這些「改革過」，「專從思想方法空論，效果很小」。因
此必須把婦運置於從經濟基礎到上層建築進行徹底的經濟、政治與思想革命
的大格局中，才能求得婦女的徹底解放。茅盾相應地也改變了視太太、小姐、
女學生等上層婦女為婦運「中堅」的觀點，決心「到民眾中間尋求覺悟的女
性」。他還承認了愛情是婚姻之前提，放棄了上述關於包辦婚姻的錯誤認識與
態度。〔註29〕

　　茅盾婦運觀的質變，是其世界觀、人生觀、社會觀、價值觀的質變的有
機組成，其新的婦運觀成了此後他和向警予共同領導婦運的理論基礎。這些
隨後又體現在他的小說創作中。他雖寫過舊式家庭婦女（《霜葉紅似二月
花》），但塑造得更多的是衝出舊家庭投身革命大潮，通過解放被壓迫人民大
眾，從而也解放了自己的「時代女性」（《創造》、《虹》等）。茅盾還深刻剖析
了她們當中相當一部分人，帶著舊思想烙印，在革命大潮中或前後搖擺（《幻
滅》、《動搖》、《追求》）或左右分化（《腐蝕》）的坎坷道路。茅盾最著力表現
的是突破種種局限投身工農革命和黨的懷抱的婦女先鋒人物（《虹》）。這一切
都是茅盾藉文學促婦運的後續性建樹。

　　從文化梳理中昇華所得的認識，使茅盾能站到時代的前沿；知行統一的
自律，又使他獻身革命運動。茅盾早期人格與文化品格的這種鍛鑄和養成，
呈現出理論與實踐緊密結合的突出特徵。因此，由「五四」文化啓蒙到參與
建黨後走上革命運動領導崗位，茅盾這種「以天下為己任」的嶄新的社會定
位選擇，既勢所必然，也理所當然。

四

　　主持《小說新潮》欄目只是全面改革《小說月報》的前奏，茅盾取代王
蓴農正式擔任主編才是《小說月報》徹底改革的開端。從此，《小說月報》成
了中國文壇一塊權威的引導新潮的陣地。而茅盾以「為無產階級」口號取代
「為人生」的口號，又使文壇導向發生了質變。這兩次「取代」把茅盾引導
新潮的開拓工作界分為前、中、後三個時期。和他梳理中國傳統文化一樣，

　　〔註29〕《茅盾全集》第14卷，第186～196頁；第15卷，第255～267、175～179
　　　　　頁。

他梳理與借鑒外國先進文化藝術同樣遵循以下
原則：「放眼世界，既刻意窮本溯源，又注重吐
故納新」；「在幹中學，在學中幹；以幹帶學，
以學促幹。集文化、社會與政治三種實踐及其
理論昇華於一體」。而最根本的一條，仍然是廣
覽博采，取精用宏，重在開拓與創新。

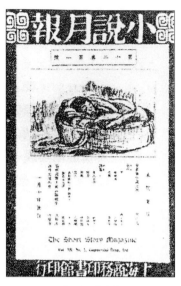

《小說月報》

　　爲此他到底讀了多少書，他自己沒有留下
記錄。我們也無從考證。但從他閱讀與評介的
原則與實際中，可以作出大體的推斷。他認爲
把「治中國文學」的窮本溯源原則用於借鑒歐
洲文學，「自當從希臘、羅馬開始，橫貫十九世
紀」，直到 20 世紀前 20 年。在這些作品與論著
沒能系統地傳播進中國時，茅盾就發揮自己的
英語優勢，邊閱讀邊譯介，這是他的《希臘文學 ABC》、《騎士文學 ABC》、《歐
洲大戰與文學》、《西洋文學通論》、《世界文學名著講話》、《漢譯西洋文學名
著》等專著賴以產生的基礎。再把他的《近代戲劇家傳》（含 35 家）、《近代
俄國文學家三十人合傳》、《現代世界文學者略傳》（含 40 家）、《現代德奧文
學者略傳》（含 5 家）、《海外文壇消息》（含 207 篇）等系列外國文論和收入
《茅盾全集》第 32、33 卷的總計 422 篇大小文論加在一起，再考慮到這些論
著論及的作家作品和寫作時閱讀的參考文獻資料，起碼當以兩位數翻番，列
入考慮範圍，這才合於茅盾窮本溯源、廣覽博采和取精用宏原則。用浩若煙
海來比喻茅盾的閱讀研究視野，當不爲過罷。

　　粗略梳理茅盾所涉，從內容角度說大體包括以下方面：(1)從神話源頭到
20 世紀 20 年代世界文學史上各歷史時期各種思潮流派的代表作家、作品，以
19 世紀和 20 世紀初發達國家與被壓迫民族和俄蘇文學爲重點。(2)中、英文
重要的綜合性外國文學史與特定國家的文學史，以（丹麥）布蘭兌斯著《十
九世紀文學主潮》（五卷本）、（法）洛利安著《比較文學史》、（英）珊次倍爾
著《十九世紀文學史》、（法）泰納著《英國文學史》和（法）法格著《法國
文學史》等爲重點。(3)重要作家的傳記、評傳和研究專著。(4)文藝理論專
著與單篇的外國文論。(5)與文藝思潮有關的文化史、政治史、社會史、哲學
史及散篇學術論文。不論通讀、粗讀還是精讀，都要耗費心血，即便僅統計

茅盾所讀的文字數量，顯然也是個天文數字！

　　取精用宏是茅盾借鑒學習的總原則，不同階段則細化爲不同的內容。茅盾主持《小說新潮》欄前期的原則是：(1)只要是以「眞」爲核心、眞善美相統一的，不論新舊，均予借鑒。(2)譯介盡量廣泛、系統。世界各國、各民族、各時代、各流派的代表性作家、作品均可。他把俄、英、法文學列爲重點，蘇俄與被壓迫的弱小民族的文學則是重中之重。(3)按「對位」需要，取先進的「西洋文學的特質」與中國舊文學可取的「特質」相結合，「另創一種自有的新文學出來」。〔註30〕(4)承擔「表現人生」、「宣傳新思想」、「辟邪去僞」的責任，「掃除貴族文學」，使文學民主化、社會化，「放出平民文學的精神」。〔註31〕顯然這種種取向既是「五四」的先聲，又是和「五四」時代精神、「五四」前驅同步的。

　　當然，茅盾對文學的認知也有其時代的局限性。一是茅盾主張文學是爲人生的，儘管非爲「一人一家」，而是爲「一社會一民族」和「全人類」的人生，但對此不能作階級分析，其性質屬於超階級的人性論。二是茅盾接受了「歐洲中心論」、「文藝進化論」，其所總結的規律並未包括東方和中國。例如茅盾認同了西方學者以歐洲爲據所概括的文藝思潮嬗變公式：古典文學→浪漫文學→自然（寫實）文學→新浪漫文學。即「浪漫派是古典派的反動，而自然派又是浪漫派的反動」。「每個反動，把前時代的缺點救濟過來，同時向前進一步。」「時代精神變換」和文藝本身「盛極而衰」是文學上各主義「遞興」的原因。〔註32〕這種關注藝術與創作方法而忽視思想內容的偏頗，並不能從根本上揭示思潮嬗變的本質。因此，茅盾據以「對位」借鑒，就很難合乎中國需要而起根本性的推動作用了。

　　茅盾文學主張背後又有很強的急功近利的急躁情緒。他在1920年1月25日提出：「中國現在的文學只好說尚徘徊於『古典』『浪漫』的中間」，故應先介紹「寫實派自然派的文藝」。〔註33〕當時茅盾誤認爲文學上的「自然主義與寫實主義實爲一物」。〔註34〕茅盾看重的是其眞實地表現人生、揭露黑暗，展示「罪惡的下面」隱伏「有眞善美」的長處。但時過一個月即在2月25日，

〔註30〕　《茅盾全集》第18卷，第13頁。
〔註31〕　《茅盾全集》第18卷，第10～11頁。
〔註32〕　《茅盾全集》第18卷，第186～187頁。
〔註33〕　《茅盾全集》第18卷，第14頁。
〔註34〕　《茅盾全集》第18卷，第211頁。

茅盾就嫌「提倡寫實一年多了，社會的惡根發露盡了」，卻導致「頹喪精神和唯我精神的盛行」（茅盾誤把頹廢主義與唯我主義當做寫實主義自然主義一派），遂認爲對社會黑暗、思想錮蔽特甚的中國而言，寫實自然文學「其害更甚」。於是又決定轉而提倡象徵主義過渡而成的新浪漫主義。茅盾心目中的新浪漫主義的「精神常是革命的解放的創新的」。它既能表現過去與現在，也能開示將來以指出人類生活的眞價值，我們從了它可以得到靈魂安適的門。〔註 35〕茅盾心目中的新浪漫派的代表者，是具新理想主義思想的羅曼・羅蘭及其代表作《約翰・克利斯朵夫》和另一位法國作家巴比塞及其代表作《光明》。然而茅盾所推崇的羅曼・羅蘭、巴比塞及其上述代表作所體現的所謂「新浪漫主義」，實際上是處在由批判現實主義向社會主義現實主義過渡時期的獨特的「中介」形態。而眞正意義上的新浪漫主義卻是茅盾一向否定的包含多種「主義」的現代派。好在當年年底茅盾就看清了此舉仍不能「幫助新思潮」。懷疑與困惑甚至一度使茅盾走了極端，如他私下說過：「文學上分什麼主義，實是多事。」〔註 36〕搖擺與浮躁暴露出這時茅盾的弱點：忽視思想偏重藝術，很難把握西方各種文化藝術思潮的複雜本質與規律；剛學的馬列主義尚未徹底消化，也很難幫他舉重若輕。

五

　　這些弱點是從 1921 年起，在主編與改革《小說月報》、參與發起文學研究會和創建共產黨的實踐過程中邊學過幹中逐漸克服的。這也是他的文藝觀由量變到質變長達五年的原因之一。複雜的西方文藝思潮、龐雜的美學思想對他影響太大，梳理與反思都極艱難。茅盾政治觀質變發生於 1921 年，其文藝觀的質變卻在 1925 年。這種滯後性固然超乎常規，但卻勢所必然。

　　中期最大的特點，是愈來愈純熟、愈來愈徹底地運用馬列主義，對中國舊文學、對自己曾下大工夫梳理借鑒的西方文學和已經成型的自身的文化藝術觀念，作認眞而又清醒的梳理與審視；汲取精華，捨棄糟粕，在吐故納新基礎上，推動中國新文學的創新。

　　茅盾首先糾正了重藝術輕思想的偏頗。在確立思想決定藝術這個原則的過程中，又拋棄了超階級的人性論。以階級分析方法完成了其文學主張由「爲

〔註 35〕《茅盾全集》第 18 卷，第 38～44 頁。
〔註 36〕1920 年最末日《致周作人》，1920 年 12 月《小說月報》第 12 卷第 2 號，此信爲《茅盾全集》所佚，但見於《茅盾書簡》。

人生的文學」到「爲無產階級的藝術」的轉變。這一轉變又並非從理論到理論，而是通過重新總結東西方的文學實踐，形成新的理論認知。

1921 年 10 月，茅盾推出了《小說月報》的《被損害民族的文學號》，介紹了五個人種（斯拉夫、新猶太、希臘、阿美尼亞、芬蘭）中所含八個民族〔註 37〕的文學。這些「概觀」性質的評介文章，除《新猶太文學概觀》是茅盾所寫，其他七篇都是外國學者所著。《譯叢》欄中共收小說、散文、話劇 11 篇，詩 10 篇。作品和論文的譯者爲魯迅、周作人、沈澤民等。茅盾所譯最多。這就收一箭雙雕之效：既介紹論述了「被損害民族」的文學與相關的評論和理論，又展示了中國最高的翻譯水平。

茅盾在綜合研究基礎上所寫的《引言》中，突破了「人性論」的局限，把「爲人生的文學」的主張向前發展了一大步。他說：「一民族的文學」是其民族性、「歷史背景社會背景合時代思潮的混產兒」。各民族都一樣的是大地母親的兒子，誰都不是該特別「強橫」的「驕子」。「一切民族的精神的結晶」都該視爲「人類全體共有的珍寶」，藝術「沒有貴賤，不分尊卑」。但是，事實上人間卻存在貴賤尊卑、壓迫損害。因此，「凡被損害的民族的求正義求公道的人性方是眞正可寶貴的人性，不帶強者色彩的人性」。因爲我們「同是不合理的傳統思想與制度的犧牲者」，「他們中被損害而向下的靈魂更感動我們」，由此使「我們更確信人性的沙裡有精金，更確信前途的黑暗背後就是光明」！而光明靠反抗和鬥爭才能得到。於是茅盾呼喚文學應該爲被壓迫者進行反抗的人生變革服務。〔註 38〕

正是運用了馬列主義的階級分析方法，茅盾才取得重大突破：放棄了「爲人生的文學」的口號，改提「爲無產階級的文學」的新口號。這清楚地證明茅盾的文學觀開始發生質變。茅盾重新審視了蘇俄文學及其傑出代表高爾基的文學道路，糾正了以前把他視爲自然主義的誤認，把握了高爾基無產階級作家的根本性質。新口號是在《論無產階級藝術》〔註 39〕這一長篇編著中正式提出的。其依據的母本是曾加入布爾什維克的蘇聯文藝理論家波格丹諾夫的論文《無產階級的藝術批評》。波格丹諾夫雖屬於觀點有錯誤的「無產階級

〔註37〕 今天看來不止八個，因爲斯拉夫民族包括俄羅斯、立陶宛、烏克蘭、溫特、波蘭、賽爾維亞、克羅西等八個民族。連其他四個人種各算一民族，則共有12 個。以上所用都是茅盾當時的譯名。

〔註38〕 《茅盾全集》第 32 卷，第 401～402 頁。

〔註39〕 《茅盾全集》第 18 卷，第 499～519 頁。

文化派」，但此文寫於錯誤觀點形成之前的 1918 年。文中的主要觀點是正確的。茅盾拋棄了其個別偏頗觀點，汲取了其正確的部分，把自己研究俄羅斯和蘇聯文學的心得糅合進去，寫成有獨立見解的編著。此文成了茅盾確立無產階級文學觀、放棄人性論色彩很濃的「為人生」的文學觀的標誌。

茅盾的創作方法主張也有相應的突破與超越。1921 年 1 月主持《小說月報》改革後，他已把短暫的困惑搖擺拋在身後，重新解釋和提倡自然主義。與以前不同的是，他以泰納著《藝術哲學》中所論述的自然主義為參照，以福樓拜、左拉、龔古爾兄弟（他們是真正的自然主義者）和巴爾扎克、托爾斯泰（他們其實是批判現實主義者）等作家及其作品為依據，提出了「實地觀察」、「客觀描寫」的創作原則。〔註40〕其所要再現的人生，既包括「人種」（指民族性）、「環境」和「時代」等對象客體因素，也包括「作家的人格」這一創作主體因素。〔註 41〕茅盾這時仍未劃清自然主義與批判現實主義的界限，這反倒幫他汲取了現實主義之長，以糾正自然主義之短。

隨著由「為人生」的文學發展到「為無產階級」的文學，茅盾逐漸劃清了左拉的自然主義與巴爾扎克、托爾斯泰的批判現實主義在根本性質上的區別。也因對現實主義的認識逐漸深化而重新審視和評價了高爾基。特別是發現高爾基前後兩個時期的創作存在明顯的性質上的變化。茅盾也以批判現實主義為中介，發現和認識了以高爾基及其《母親》為代表的革命現實主義（即社會主義現實主義）。茅盾由倡導自然主義到倡導革命現實主義的創作方法的自我超越與突變，也以他編著《論無產階級藝術》及其中重新評價了高爾基為標誌。

以上兩大突破與超越，也導致了茅盾從以西歐文學為參照重點，轉向以蘇聯文學為參照重點的巨變。但不論借鑒西歐文學還是借鑒蘇聯文學，茅盾都堅持其借鑒以改造與創新中國新文學為目標的宗旨。因此，這種借鑒的自覺性，伴隨著茅盾文學批判的自覺性。

茅盾倡導「為人生」和「自然主義」（現實主義）的文學觀，同時又主動出擊，展開論戰，奪取了舊文學的代表鴛鴦蝴蝶派等的陣地，摧毀其以「消遣」和「遊戲」為目的的陳舊文學觀念。此外也批評甚至衝擊著以創造社為代表的新文學陣營內「為藝術而藝術」的文學觀念。這是性質完全不同的論

〔註40〕《茅盾全集》第 18 卷，第 236 頁。
〔註41〕《茅盾全集》第 18 卷，第 269～272 頁。

戰。但其意義與影響同樣重大而深遠。

　　茅盾由「爲人生」到「爲無產階級」這種文學觀的自我突破與超越，對前期創造社與後期創造社的衝擊，在內容上是不同的。後期創造社放棄了前期的「爲藝術而藝術」的主張，以郭沫若的文章爲代表，提出了帶「左」的色彩的「革命文學」主張之後，隨即又得到糾正。其首要原因是客觀環境之促成和自身的努力。茅盾的主張及其反批評，就是客觀環境的重要構成因素。茅盾倡導「爲無產階級」的文學主張是在 1925 年。創造社和太陽社倡導「革命文學」（實質上是指無產階級文學）是在 1928 年。他們主張革命文學應該是「革命的喇叭」和「留聲機」。這和三年前茅盾把思想與藝術的統一看做無產階級文學必要條件的觀點比，顯然具有明顯的「左」傾色彩。其後果就是導致了文學的「標語口號化」與人物的「臉譜化」偏向。他們不僅不承認茅盾的前驅者作用，反而攻擊茅盾是「小資產階級文學的代表人物」。兩者理所當然地都引起了茅盾的反批評。創造社先「右」後「左」的搖擺，恰恰反襯出茅盾以革命實踐與創作實踐爲基礎，學用一致，理論與實踐緊密聯繫的作風與文風，這就從做人爲文的側面，顯示出茅盾人格與文化品格的魅力。

六

　　在茅盾梳理借鑒外國文化藝術的中後期，有一段爲時不短的間隔。如果說茅盾主要的時間和精力 1926 年之前是「文學與政治的交錯」，那麼，1926 年茅盾由於白天忙於革命工作，就只能在晚上抽空搞文學，所以其夫人孔德沚笑他說：「你白天晚上像是兩個人！」1927 年茅盾被黨調到武漢當軍校教官，後來又辦報，成了職業革命家。大革命失敗後，茅盾受到反動當局的通緝，潛回上海轉入地下。經過反思，茅盾認識到職業政治家非己所長，於是重新集中力量以文學促進革命。以《蝕》和同期的理論批評文章爲標誌，開始了他職業作家與理論批評家的生涯。直到形勢險惡被迫東渡日本後，茅盾才有時間從容地集中精力重新反思西方文學。1929 年寫成的《西洋文學通論》，〔註42〕成爲他後期研究成果的重要標誌。這期間由於受到革命實踐的鍛煉，茅盾認知水平達到了一個新的高度。如，茅盾認識到他一度認同的文藝進化論難幫他把握思潮發展的前因後果等，只有運用馬列主義，特別是其關

〔註42〕此書 1930 年由上海世界書局出版，收入《茅盾全集》第 29 卷，以下簡稱《通論》。凡引此書，只注《茅盾全集》第 29 卷的頁碼，不再說明出自《西洋文學通論》。

於經濟基礎與包含意識形態在內的上層建築之間的決定、被決定和作用、反作用的觀點，才能洞察其本質。這就和茅盾研究梳理中國文化時所得的結論殊途同歸了。

茅盾在《通論》中把「西洋文學」思潮按其內容和時序劃爲九個階段：神話傳說、希臘羅馬文學、中世紀文學、文藝復興、古典主義、浪漫主義、自然主義（含寫實主義）、自然主義以後（指包括各種主義的現代派）和新寫實主義。對每個時期的文藝思潮的起因、內涵、落潮等，都從客觀環境（經濟基礎、上層建築中的政治結構）與文藝自身這主、客觀兩個層面，作出與文藝進化論迥然有別的能直逼本質的深層剖析。如，茅盾認爲神話是原始農業社會的意識形態。初民無法解釋神奇無比的自然力，遂藉想像中的神力戰勝惡魔，以表達征服自然的願望和理想。對神的信仰崇拜，使神話「成爲原始的宗教」。其中包含農作經驗，因而又成爲「實用的科學」。〔註43〕傳說是寫具有神力的人的英雄故事，因重在寫人而非寫神，遂與神話區別開來了。

茅盾進一步梳理出神話和古希臘史詩、悲劇、喜劇之間存在的文學源流關係。神仍然是《伊利亞特》、《奧德賽》爲代表的史詩以及許多悲劇、喜劇的描寫對象。神對戰爭的參與和對人命運的播弄，使這些作品程度不同地保留著「『自然律』的命運觀」因素。作品內容更主要的是反映初民從原始農業經濟發展到部落、部族經濟時因群體利益對抗而引起的歷史上確實發生過的大戰爭。希臘悲劇與喜劇的形式，分別源於祭祀酒神的冬祭與秋祭；其社會內涵則是反映國家、都市、自由市民的形成和作爲支配階級的自由市民與奴隸階級的對立。自由市民處在上升的全盛時期，決定了反映其意識的這些作品樂觀向上的精神風貌。其反映的眞實社會背景決定了這些作品以「『寫實的』精神」爲基調。茅盾判定其基本性質是：「最好的組織群眾意識的工具。」〔註44〕這就一針見血地指出了其意識形態的統一屬性。

茅盾梳理、揭櫫出了另一文藝思潮發展規律：佔支配地位的階級自身，以及其和對立階級之間關係的變化，能導致同一歷史階段產生根本對立的不同文藝思潮，及其更替換位的關係。自然主義與浪漫主義之間的此起彼消的史實，支撐著他的這一理論的發現。浪漫主義是分別以英國工業革命和法國大革命爲經濟的、政治的基礎成長起來的新興資產階級的意識形態思潮。

〔註43〕《茅盾全集》第 29 卷，第 192～195 頁。
〔註44〕《茅盾全集》第 29 卷，第 206～207、209～211 頁。

新興資產階級靠「金錢的力量打倒了貴族的力量」之後，一面繼續拚命積累和壟斷金錢，既「為金錢而爭鬥」，又「被金錢奴役」；另一面又極力「迴避」「遮掩」這種既貪婪又殘酷的本質。一面藉「王室」為「暫時的工具」建立起帶「帝政」外殼的「資產階級政治」制度，一面又需要一種工具清除仍站在跟前礙手礙腳的「皇帝貴族」及其陳腐思想，以便取得更多的自由。與父輩們相比，青年一代極「不耐煩那種帶了帝政外殼的資產階級的政治」。他們要求「黑白分明」，他們追求「熱烈痛快，色彩鮮明的人性」。據此創造出的能解決這些問題，並顯示上升時期的資產階級力量的文學方面的工具，茅盾認為就是浪漫主義。也是上述這三種需求，決定了浪漫主義的三大特徵：以「文學的超現實的理想主義的色彩」，遮掩金錢「成為社會動力，支配著一切人的行動」的殘酷、醜惡的資本主義社會本質；用自由的獨創的精神去「破棄一切傳統的束縛」；用「熱情奔放，異域情調」和「鮮明色彩」，體現資產階級特別是青年「熱烈、痛快」的主觀情感要求。據此，茅盾判定浪漫主義是應「資產階級民主而起的一種文藝上的運動」，是適應其「自由競爭」的「個人主義的藝術」。民主、自由與個性解放是其所長。享樂、腐敗、消極、頹廢的情緒，使積極的「革命的浪漫主義」逐漸異化，隨著資產階級走上壟斷與腐朽階段，而轉化成「消極的浪漫主義」，〔註45〕同時也激起了自然主義新文藝思潮。

　　茅盾用一句「文學是永遠和官廳作對頭的」，來說明自然主義產生的必然性與合理性。它以顛覆浪漫主義及其背後的資本主義社會裡的「人生的醜惡」、「社會問題」、「社會病態」為天職。茅盾把自然主義和浪漫主義作了細緻對比，指出了其根本性區別。除對社會的評價存在上述差別外，在寫作態度上，存在重客觀而棄主觀的差別。自然主義的「冷靜客觀地描寫」，建立在「忠實地觀察」的基礎上。為保持客觀性，其代表作家左拉甚至採用了「近代科學的方法」。這種客觀有時近乎冷酷，其熱情則被深深地埋在文學底層，不肯有絲毫的流露。〔註46〕在藝術上，自然主義也不同於浪漫主義之重雄偉、奇瑰，而是「注重自然諧和的美」。客觀地看，正是因為茅盾所把握的以佛羅貝爾與左拉為代表的作家所表現的這些特點，也是法國的巴爾扎克，特別是俄國的果戈理、屠格涅夫、托爾斯泰、契訶夫所具備的，致使茅盾仍未能區

〔註45〕《茅盾全集》第 29 卷，第 262～263、277～279、290～291 頁。
〔註46〕《茅盾全集》第 29 卷，第 292、296、310、298～299、301 頁。

別自然主義與批判現實主義。他在談自然主義前驅佛羅貝爾的作品時就說過：「這就是他的『寫實主義』。」在論述上述俄國作家時，也以歸在自然主義麾下爲屬性前提。值得注意的是，茅盾在具體分析過程中，一一指出這些俄國作家在揭露黑暗時大都能努力反映被壓迫人民對未來的各種理想願望，並依作家個人的世界觀，提出各不相同的改良與變革人生的方案以指示讀者。茅盾還敏銳地指出左拉也有寫「近於『理想的』人物」的時候。這體現出與上述俄國作家相類似的「『非自然主義』的作風」。〔註47〕這一觀點離從本質上區別自然主義和批判現實主義，只有一步之遙，這一步茅盾當時終於沒能邁出去。這說明超越與突破的確存在很大的難度。這不能說明茅盾固執己見或堅持錯誤。

事實上，茅盾在《通論》中突破誤認、超越自我的表現很多，最突出的莫過於否定了對新浪漫主義的誤認，和糾正了他過去對高爾基的不公正的評價。茅盾在「自然主義以後」（第九章）中列出了10種「主義」，30年後茅盾在《夜讀偶記》一書中把它們統統歸入「現代派」範圍。《通論》雖未正式爲其命名，卻已把它們歸入一個大派：反映夾在兩大階級對立陣營中的「中間階級」那種前景無望的「世紀末悲觀情緒」的「頹廢文藝」。其中就包括茅盾曾視之爲「新浪漫主義」的「象徵主義」和「神秘主義」。茅盾自我否定說：「它們之不是『新』浪漫主義，卻又是很顯然的。」〔註48〕茅盾以極大的勇氣與科學的實事求是的態度，重新評價了高爾基：以《母親》面世爲標誌的高爾基具有區別於此前任何思潮的新質。這新質，茅盾稱之爲「新寫實主義」，並指出了其劃時代的意義。茅盾列舉了一系列蘇聯作家作品並歸在「新寫實主義」這一類。這就是以高爾基爲首後來被正式定名爲社會主義現實主義的嶄新文學思潮。〔註49〕

「新寫實主義」文藝思潮是以十月革命爲標誌，無產階級推翻資產階級統治，建立了社會主義社會，並爲最終實現共產主義，以徹底解放全人類的偉大革命運動與社會變革在文藝上的反映。其表現出的主要特點就是「客觀」而「科學地分析社會力之構成及其發動之姿態」。這種「客觀描寫不是冷酷的

〔註47〕《茅盾全集》第29卷，第300、297、311頁。

〔註48〕《茅盾全集》第29卷，第330頁。

〔註49〕「新寫實主義」定名爲社會主義現實主義之後，隨時代發展變化又有變動。「文革」後進入新時期，又被稱爲「革命現實主義」。三種不同表述，指的是同一文藝思潮與創作方法。

無成心的客觀，而是從客觀的事物中找出他的主觀的信仰的說明」。用這種原則與方法指示出人類前途就是實現共產主義理想，具有絕對的真實可信性，給人以巨大的鼓舞和力量。因此，茅盾高興地說：「高爾基是把被人攻擊到體無完膚的寫實主義在新的基礎上重新復活了的。」「高爾基之出現於俄國文壇，其意義不下於革命。」〔註50〕這顯然是至理名言。

在系統總結的基礎上，茅盾概括出「西洋文學進程」的「三條大路線：從天上到人間，從規矩準繩的束縛到個人的自由表現，從娛樂到教訓，組織意識」。在不同階段，這三條路線的具體表現雖有差異，」在最近的文藝中，則三者是有意識地奔赴著的鵠的」。即文藝「必須是表現人間的現實」。然而「文藝不是鏡子，而是斧頭：不應該只限於反映，而是應該創造的」！〔註51〕此即茅盾新的文藝觀的精華之所在。

因此，茅盾要求包括自己在內的文藝工作者，樹立起以下「根本觀念」：(1)「每一次生產手段的轉變，跟來了社會組織的變化，再跟來了文藝潮流的變革」。這就決定了文藝是「社會生產方法的底層裡爆發出來的上層的裝飾」這一本質屬性。這也就是「文藝家不得不這樣跑」的原動力。(2)文藝家無不反映當代最具「權威」的「支配階級的意識」。反抗支配階級的新興階級及其意識的思潮則推動文藝家「傾向到新興階級這方面」，「呼出反抗的聲音來」，從而建立起新的「權威」的「支配階級的意識」。茅盾非常精闢地指出：「自我」只是「構成社會的『大我』中間的一分子」。任何「自我表現」都「分有」並且「表現」著「『大我』的情緒與意識」。這是不可抗拒的。這證明了「表現自我」的「超然說」的虛假性。(3)「初民時代」的文學「屬於公眾精神的產物」。此觀念「直到十五世紀尚未完全磨滅」。「直到重商主義在歐洲抬頭，文學家的地位，方由公眾的退而為個人的。」(4)「寫實的精神」（「理智的，冷靜的，分析的精神」）和「浪漫的精神」（「感情的，主觀的，理想的精神」）是「構成文藝的要素，無論文藝上的思潮怎樣變遷，無非是這兩種精神的互相推移」。〔註52〕茅盾梳理中國文藝思潮之所得，與上述「根本觀念」大體吻合。因此他很自信地把這些看做選擇文藝方向可靠的依據。

茅盾於 1929 年公開宣布：以高爾基和蘇聯文學為代表所形成的「新寫實

〔註50〕《茅盾全集》第 29 卷，第 383、375 頁。
〔註51〕《茅盾全集》第 29 卷，第 400 頁。
〔註52〕《茅盾全集》第 29 卷，第 184～190 頁。

主義」，是指引中國文學現代化、革命化的根本原則與方向。這也是他自己
放棄做職業革命家，集中全力做專業作家與理論批評家，以革命文藝促進中
國革命的發展，最終解放全人類，實現共產主義理想所必須遵循的根本原
則與方向。緣於此，他推出的長篇巨作《子夜》才能成為中國社會主義現
實主義文學的里程碑。緣於此，繼 1929 年提出「新寫實主義」理論之後，他
又最早改用新的表述──社會主義現實主義，並且在文學批評文章中率先運
用。〔註53〕

　　這種理論與實踐的超前性、開創性，並非照搬蘇聯，而是茅盾自己從研
究文學思潮史的實踐中提煉出來的。1929 年，在蘇聯佔據支配地位的是「拉
普派」的「唯物辯證法創作方法」。在中國，從成立「左聯」起，也照搬和宣
傳了它。1932 年 10 月在莫斯科召開的全蘇作家同盟組織委員會上，在批判「唯
物辯證法創作方法」的同時，由理論家古浪斯基在開幕詞中接觸了「社會主
義的現實主義」。另一理論家兼該委員會書記長吉爾波丁，在《蘇聯文學之 15
年》的長篇報告中正式提出，並系統論證了「社會主義的現實主義」。後經高
爾基和斯大林共同努力，在 1934 年 9 月召開的全蘇作家首屆代表大會上，把
它寫入《蘇聯作家協會章程》中，並第一次作出文字定義。過去學界曾公認
周揚 1933 年發表的《關於社會主義的現實主義與革命的浪漫主義》一文是第
一篇介紹此方法的文章。但周揚不是自己總結出來的，而是在介紹 1932 年蘇
聯作家同盟那次會上吉爾波丁等人的觀點。此文晚於茅盾的《通論》的面世
達四年之久。茅盾的《通論》不僅早於周揚的文章，而且也早於吉爾波丁 1932
年發表的長篇講話約三年。這期間，茅盾不僅有理論倡導和文學批評實踐，
還有多部長短篇小說的創作實踐。可見，茅盾不僅是「五四」新文學的前驅
者，也是指引中國社會主義現實主義文學方向的前驅者和奠基人。

　　茅盾之所以能在許多問題上先知先覺，始終站在時代前沿，既得力於他
系統梳理中外文化傳統，又得力於他求真務實、學以致用、理論聯繫實際的
學風與作風。而幾十年如一日的執著追求所獲得的實踐認知，又使他敢為人
先，堅持原則，維護真理。繼《通論》面世 30 年之後，他又推出另一巨著《夜
讀偶記》。最突出的就是：在該書中，茅盾徹底推翻了「歐洲中心論」。他把

〔註53〕如《讀了田漢的戲曲》一文就運用「社會主義的現實主義」概念且與「革命
　　　　的浪漫主義」掛鉤，見《茅盾全集》第 19 卷，第 418 頁。此文初刊於 1933
　　　　年 5 月《申報・自由談》。

自己梳理總結中國文學思潮發展史所得的新見，納入理論視野，把中西文學做統一考察對比，發掘並總結出共同具有的基本規律，並作出理論概括與闡述。這就完成了對《通論》的帶根本性的自我超越。同年面對周揚介紹的毛澤東提出的「革命現實主義與革命浪漫主義相結合」的理論主張，茅盾也敢於獨持異議。這種人格魅力，均得力於他幾十年來打下的紮實的基礎所具有的持久的優勢。

1921 年青年茅盾提出衡量人格應遵循以下標準：「個人底主張想取信於人，感動別人，固然很靠『前後無矛盾』，合於『嚴格的邏輯』然後可。」「如果僅用感情以衡量人們底人格，而不求理性，『嚴格邏輯』的觀察，為幫助，竊恐將陷入了蔡邕感董卓的『變態』人格觀底危險。聽他底話，觀他底行事，人還逃得過去麼？」「總之，無論何種人，都許渠談何種主義，言與行相符，這就是渠配談。」〔註54〕

從青年茅盾這番充滿自信與理性的關於人格檢驗與人格自律標準的肺腑之言中，我們不難走進他的內心世界，為其自我人格與社會人格、政治人格與文化人格之能有機結合與統一，找到令人信服的解釋。

在這裡，我們找到了一把打開茅盾人格魅力之門的鑰匙。我們將用這把鑰匙打開這寶庫之門，和讀者攜手一起走進茅盾人格的各個不同層面，探索其各種品格內涵，以期更加深入地觸摸這位既平凡又偉大的文化大師那閃閃發光的靈魂，學習其真實可信的偉人精神。

〔註54〕《茅盾全集》第 14 卷，第 224 頁。

第二章　求眞納新　經世致用
——茅盾的思想品格

　　茅盾從青少年時代起就奠定了「以天下爲己任」的人格基礎。之後，爲了實現其社會價值，茅盾對中華民族優秀傳統和西方民主主義進步傳統這兩大文化系統作了「探本窮源」的深入研究。通過比照鑒別、推陳出新、承傳積累，提高了思想境界，強化了洞察能力。因而順利地實現了世界觀、人生觀、價值觀、美學觀的抉擇突進，實現了「以天下爲己任」的社會理想與人格價值的歷史定位。這兩大比較研究和兩大人生抉擇，都是在商務印書館任職十年（俗稱「商務十年」）期間順利完成的。

　　具體地說，從 1919 年到 1921 年，以《自治運動與社會革命》一文〔註 1〕的面世爲標誌。茅盾完成了由進化論到辯證唯物論與歷史唯物論，由革命民主主義到共產主義的世界觀、人生觀、政治觀與價值觀的質變。由於所受民族傳統與西方的文藝思想的影響十分廣泛複雜，清理頗費時日，故其美學觀的突變，以 1925 年《論無產階級藝術》〔註 2〕一文的發表爲標誌，才得最終完成。這艱難複雜的由量變到質變的心靈歷程，充分表現出茅盾求眞納新的思想品格。

　　茅盾「以天下爲己任」的社會理想與人格價值的歷史定位選擇貫串了「商務十年」，幾經摸索變動始告完成。因爲以適應時代需要爲轉移，有個由不自覺到自覺的抉擇過程，故呈明顯的階段性。從 1916 年到 1919 年年底，剛

〔註 1〕　《茅盾全集》第 14 卷，第 200～207 頁。
〔註 2〕　《茅盾全集》第 18 卷，第 499～519 頁。

就業的他，基本上是借刀練功，按館方的需要安排工作。其工作變動，其實是館方在適應著「五四」新文化運動前夕不斷激蕩的社會新思潮的需要。茅盾適時地把握這一機會在時代大潮中學會泅泳，由自發到自覺地站上致力思想啓蒙的時代前驅崗位，系統地運用革命民主主義思想武器喚起國人的覺醒。從 1919 年起，他「開始注意俄國文學」，呼吸到十月革命激蕩起的共產主義思想空氣。五四運動促進了馬克思主義的傳播，茅盾在 1919 年年底「開始接觸馬克思主義」。〔註3〕從 1920 年 2 月會見陳獨秀起，茅盾多次介入上海共產主義小組與中國共產黨的籌建工作。1921 年 7 月中國共產黨創建時，他正式成爲首批黨員之一。至此，茅盾實現了致力無產階級革命運動的政治思想定位。從 1921 年到 1926 年，他一邊負責地下黨的高級領導工作，一邊致力文學革命，引導文藝新潮流。用他自己的話說，就是「文學與政治的交錯」。從 1926 年脫離商務印書館到 1927 年大革命失敗期間，他放下文學，主要從事職業革命家的宣傳工作。1927 年大革命失敗後，他受到通緝時潛回上海，轉入地下，才開始文學創作。這期間他全面反思了中國革命的經驗教訓，清理了自己的思想，清醒地估計了自己的各種潛能，終於作出最後抉擇：把今後的人生放在以革命文學事業促進中國革命的社會定位上。通過將近十年的政治實踐，茅盾認識到和陳獨秀、毛澤東等人相比，顯然自己並不適合充當領導革命的職業政治家角色，而更適合擔任以文學、文化等革命意識形態工作促進革命的文化戰士角色。因此，他並不側重革命路線、軍事戰略等方面的研究探索，而是注重民眾運動中意識形態的研究、啓蒙與引導。其中文學又是他的強項。於是在文化藝術戰線上，以思想變革促進政治革命，就成爲茅盾畢生追求的事業。這決定了他整個的人生道路，使中國獲得了一位大師級的偉大的無產階級文化戰士，也使中國新文學革命有了一面不可多得的引路的紅旗，使中國現代文學史擁有了可與魯迅比肩的另一個「革命家與文學家完美結合」的典範。

在他人生歷程中，茅盾的以「求真納新、經世致用」爲特徵的思想品格起了關鍵作用。這是一個以思想指導實踐的動態結構，經過了探索與啓蒙、襄助、參與決策、預謀等約可劃分爲四個階段的不斷發展和昇華的歷程。

〔註3〕《茅盾全集》第 34 卷，第 147～149 頁。

第一節　站在時代前沿，致力思想啓蒙

20 世紀中葉，中國革命與文化運動面臨著「中國向何處去」的歷史抉擇。時代前驅們把引進的西方各種思潮放在改革中國社會的實踐中比較鑒別，最終選擇了經過新民主主義走向社會主義、共產主義的道路。在這偉大歷史進程中，起關鍵作用的有兩類人：一類是以陳獨秀、李大釗、毛澤東爲代表的偉大的革命家，另一類是以魯迅、茅盾、郭沫若爲代表的文化前驅。歷史提出的時代啓蒙使命造就了他們，他們的啓蒙與開拓則推動了這一歷史進程。這是鐵一般的歷史。對他們這種前驅者的思想品格，也只能放在這特定的時代環境中做歷史考察，才能得出準確、客觀、公正的評價。

一

「五四」前夕，茅盾繼魯迅之後也意識到自己並非、事實上也不存在那種「振臂一呼應者雲集」的英雄。改變國家與民眾之命運，必須如孫中山所說「喚起民眾」，依靠群體力量改變其被封建勢力、西方列強統治壓榨的奴隸地位，重新爭得做人的權利。這時茅盾僅 20 多歲。作爲一個革命民主主義、人道主義和個性主義者，茅盾卻攀上了「五四」前夕特定時代的思想巔峰：把「人的解放」作爲自己一切努力的最終歸宿。

經過歷史反思和實踐總結，他把關注的中心放在兩個社會群體上。其中一個是千百年來被封建勢力壓在社會底層的約佔人口半數的婦女。爲尋求婦女解放之路，茅盾系統地研究了西方女權主義理論與婦女解放運動的歷史。茅盾在他所寫所譯的近百篇文章中探討闡述了中國婦女解放的必經之路。他甚至寧願接受包辦婚姻，並爲此作出痛苦的犧牲。他甚至還提出了不無偏頗的「理論」：「結婚問題不當以戀愛爲要素」，也應改變她「是我的妻」、「父母的媳婦」等舊觀念，應該認爲她「是一個『人』」！茅盾宣布自己不把愛看得很重，卻把「利他主義看得很重」。所以他反對離婚，而「願以建設的手段改革」包辦婚姻。「我不要伊，別人要伊麼？」「我娶了他（原文如此——筆者注）來，便可以引伊到社會上，使伊有知識，解放了伊，做個『人』。」〔註4〕然而茅盾的立論前提卻是「我是極力主張婦女解放的一人」。因爲「凡是人類，都是平等的；奴隸要解放，所以那些奴隸的婦女也應得解放」。使其能和男人「並肩兒立在社會上，不分個你高我低」，「成個堂堂底人」，「恢復其做

〔註4〕《茅盾全集》第 14 卷，第 57～61 頁。

人的權利」。〔註 5〕這種思想品格不僅在當時,即便對當今青年說來,也是非常高尚和令人敬佩的。

　　茅盾關注的另一群體是青年。青年代表未來,尤其青年學生,歷來是率先覺醒起而抗爭的先進力量。但他認爲「人的解放」這個時代命題對青年來說,首先是思想的解放與覺醒。陳獨秀 1915 年創辦《青年雜誌》,次年更名《新青年》,其宗旨在強化思想啓蒙。這些舉動,對茅盾頗有影響。茅盾青少年時代所受的思想禁錮,更使他一直有切膚之痛。直到進入不惑之年回首往事時,還舉過很多這類的例子。例如關於心靈、志趣受戕害,他就談到學畫與作文。小學時他「最喜歡繪畫」,執教者卻是思想陳腐只會「畫『尊容』」的老畫師。他強令學生翻來覆去「臨摹《芥子園畫譜》」,使本來極愛此畫譜和繪畫的茅盾從此興味索然。中小學時茅盾酷愛讀小說並擅長作文,具「孝廉公」身份的教師卻批評他的作文「有點小說調子,應該力戒」,並讓他「多讀讀《莊子》和韓文」,先把「文章立定了格局」。而另一位他素所尊敬的楊笏齋老師卻主張「書不讀秦漢以下,文章以駢體爲正宗」。茅盾感慨地說:「《莊子》之類,自然遠不及小說來得有趣,但假使當時有人指定了某小說要我讀,而且一定要讀到我『立定了格局』,我想我對於小說也要厭惡了罷?」茅盾把回憶這些往事的文章定題爲《我曾經穿過怎樣的緊鞋子》。〔註 6〕茅盾覺得他們這代青年的「中學生時代是灰色的平凡的,只把人煉成了恂恂小丈夫的氣度」,「沒有現在的那許多問題要求我們用腦力思考,也沒有現在的那許多鬥爭來磨練我們的機智膽略」,「只有渾噩」和從多烘先生學來的牢騷:嘆息「無由復聞『正始之音』」!〔註 7〕因此,茅盾一直有破除思想禁錮,使自己與同時代青年獲得思想解放的願望。這種抱負實際上是「五四」時代「人的解放」這一歷史要求的反映。助編並改革《學生雜誌》,給茅盾實現此抱負提供了良機,也成了茅盾形成「求眞納新、經世致用」思想品格的最早的實踐。

二

　　在 1917 年 12 月 5 日《學生雜誌》第 4 卷第 12 號,茅盾厚積薄發,推出第一篇社論《學生與社會》,闡述了「學生與社會之關係」、「學生在社會之

〔註 5〕《茅盾全集》第 14 卷,第 63～64 頁。
〔註 6〕《茅盾全集》第 11 卷,第 261～263 頁。
〔註 7〕《茅盾全集》第 11 卷,第 83～84 頁。

地位」、「學生對於社會之心理」等問題。時過一個月，茅盾在該刊第 5 卷第 1 號又推出第二篇社論《一九一八年之學生》，提出「革新思想」、「創造文明」、「奮鬥主義」三大主張。〔註8〕茅盾晚年自我總結說：這篇文章「可以見到我當時的愛國主義和民主主義思想的端倪」。「那時候我主張的新思想只是『個性之解放』、『人格之獨立』等等資產階級民主主義的東西，還不是馬克思主義，因爲那時『十月革命』的炮聲剛剛響過，馬克思主義還沒有傳播到中國」。〔註9〕此評價是客觀的。當時最早傳播馬克思主義的李大釗寫的《庶民的勝利》、《布爾什維主義的勝利》及《我的馬克思主義觀》等文章均未發表。魯迅陷入辛亥革命失敗後的苦悶期，正在 S 會館抄古碑。其《狂人日記》尙未發表。郭沫若正在日本，還未找到積憤噴發的「突破口」《女神》。所以茅盾這兩篇文章和稍早的陳獨秀的《敬告青年》、《吾人最後之覺悟》以及李大釗的《青春》，成了代表「五四」前夕當時的思想水平的文章了。因爲旨在啓蒙，茅盾站在時代制高點所寫的這兩篇文章以高屋建瓴之氣勢闡述了許多世界觀、人生觀和處世立身應持態度等重大問題。可綜合概括爲以下兩個方面。

第一，激發青年的愛國主義精神，使之確立爲國、爲民知難而進的時代使命感與歷史責任心。茅盾放眼第一次世界大戰結束後的局勢，從德、英、法、美、意諸國的激戰中總結出優勝劣敗的經驗教訓。從埃及、印度、朝鮮，以及與中國同樣被視爲「病夫國」的土耳其等國受列強欺凌的處境中，汲取了不「隨波逐流以俱進」，「鮮不爲飛湍所排抉」的經驗教訓。茅盾又追憶「五千年之國史」，其政教昌明、國威遠播之日，「斑斑可考」。而今卻「國勢窮蹙」、任人宰割。同樣充滿了優勝劣敗、不進則退的血淚教訓。茅盾反思這一切經驗教訓時認爲：「國勢之強弱，固以社會之良窳爲準，而社會之良窳，又以其種子之善否爲判。現社會良，而種子惡，國勢必衰。反之，現社會雖不良，而種子善，國勢必振。」所以「種子」的善惡是決定社會良劣、國勢強弱的最關鍵的因素。茅盾鄭重宣告：青年，特別是學生，是「維持其強使不墮者」的「一國社會之種子」。青年和學生應該認清自己的社會地位，肩負起自己的時代責任和歷史使命，「以天下爲己任」，擔起振興中華的重擔。

〔註8〕 以下引文均出自這兩篇文章，見《茅盾全集》第 14 卷，第 1～13 頁，不再一一注出處。

〔註9〕 《茅盾全集》第 34 卷，第 143 頁。

　　茅盾把青年與學生看做「其影響及於社會之思想」的「社會之中堅」，但並未把其作用絕對化，而是把他們與社會看做雙向互動的關係。理由是他們「身恆繫乎新舊思想之轉紐」。「守舊者之於新思想……以期破壞」，而青年與學生「經驗缺乏，血氣未定，其易爲外界所誘惑」。若不能「克守厥分」，而是「肆行妄作，不知自檢，授人以可乘之隙」而「自敗敗人」。這種預警，帶有明顯的唯物辯證色彩。但其提出的「與社會少接觸」的「治本之計」卻有明顯的偏頗，說明他畢竟是青年，難免有幼稚與過分天眞等缺陷。

　　第二，茅盾要求青年與學生「革新思想」、「修養品性」，樹立自強自立的態度，「以造成高尙之人格」，實現其「擔當宇宙之志」。

　　所謂「革新思想」，「即力排有生以來所薰染於腦海中之舊習慣、舊思想」，「以爲吸收新知新學之備」。而當時的「新思想」，「如個性之解放也，人格之獨立也，重界限與職分也，是皆應用學術之利器，而吾人素所缺乏者也」。

　　他希望青年「修養品性」，樹立自強自立的態度，包括以下幾點：「一爲旁觀者」。首先是處事客觀。這樣才能「默察社會之現狀」，區分優劣、「已足」和「未善」，「以預爲之計，而待他日任事時之應用」。其次是處世超脫。「身非當事，自無意氣之偏執。故其觀察恆確而明，恆眞而實」，有成竹在胸，「措置自裕於腕下，一旦出而任事」，就「不致有方枘圓鑿、北轍南轅之誚」。二「爲自主者」。茅盾批判了「依附君主之權力，攘斥百家」和可作「奴隷道德」之注解的封建主義治學態度，也批判了對東漸的西學惟新是驚的「趨時之習」。他提倡青年學子衝破桎囿，樹立「自主」精神，「以造成高尙之人格，切用之學問，有奮鬥力以戰退厄運，以建設新業」。三爲「活潑」、「樂觀」的態度，知難敢進的「奮鬥主義」精神。茅盾認爲：「人生之天職，即爲奮鬥；無奮鬥力者，百無成就。」必須「抱定人定勝天之旨，而以我力爲萬能」；「紮硬寨打死仗，從苦戰以得樂」。這才能實現「擔當宇宙之志」以革新社會，「別創歷史上之新紀元」。

　　這些開啓青年心智使其覺悟之見，體現出茅盾「求眞納新、經世致用」思想品格之精髓，確有實效地起到了思想啓蒙、近接「五四」新潮的作用。

三

　　與《一九一八年之學生》一文中所提倡的革新思想、奮鬥自立的精神相

呼應的，是茅盾於 1918 年連續推出的長文《履
人傳》、《縫工傳》。〔註10〕兩篇文章充分體現出
茅盾對中國廣大青年進行勞動思想啓蒙的良好
意圖。

茅盾在涵芬樓所藏英、美等國出版的《我
的雜誌》、《兒童百科全書》等書刊中，看到許
多出身勞工後成爲名人的傳記。這正合茅盾啓
迪中國青年勞工之思想，同時又有激勵廣大青
年的意志之用。於是選擇處在社會最底層的鞋
匠、成衣匠兩個視角，介紹了出身鞋匠後成爲
名人的大學教授威廉‧卡萊、宗教理論家喬治‧
福克思、海軍名將克羅斯來‧蕭物爾、教育家

茅盾在涵芬樓前花園中

約翰‧邦特和出身縫工成就顯赫的宗教家約翰‧百特培、歷史學家約翰‧思
披特、軍事政治家喬治‧裘安斯、社會活動家喬治‧湯姆生、美國總統安迪
里‧約翰遜等。在兩文的緒言中，茅盾提出了一個十分珍貴的觀點：人貴在
能「自主」、「自樹」。因此，「芝草無根，醴泉無源，王侯將相無種」，「窮巷
牛衣之子」只要「自興」，皆能「勉爲書中人」。因爲這些鞋匠、縫工，正是
依靠「好學」而「百折不回」、「束身」而「不爲眾涅」、「見義忘生」、「貧而
好善」等自興、自主、自樹的態度而成就偉業，成爲名人的。茅盾提出的另
一重要觀點是：人不分貴賤，能致用即爲重。當「中流失舟」時，「一壺至賤
也，適當於用，則一壺爲重」。因其浮力可以救命，這時「千金爲輕」。所以
人只要面對「禮義廢弛」的滔滔「頹流」而能「勵志高抗」，「風薄俗，懲邪
忒，而救陷溺之心」，雖「非生於高貴之家，誦乎儒者之言」，也是「中流一
壺」，也能「功業赫赫」。這兩個觀點從不同側面激勵出身勞工的青年，也警
策了所有的青年學生。這是茅盾從西方資料中梳理提煉、求眞納新，藉以經
世致用，發掘社會動力，推進社會改革的又一成功之舉。

從總結西方社會的成功經驗中，茅盾還認識到民主與科學是改革與振興
社會的重大驅動力。因此，科學，尤其是尖端科學，作爲構成先進生產力的

〔註10〕前者刊於 1918 年 4 月 5 日、6 月 5 日《學生雜誌》第 5 卷第 4 號、第 6 號，
　　　　後者刊於同年 9 月 5 日、10 月 5 日同刊同卷第 9 號、第 10 號。均收入《茅盾
　　　　全集》第 14 卷。以下引文除注明出處者，均引自此兩文，不再一一注明。

因素，對中國社會之改革，對當代青年置身改革大潮成就偉業說來，就特別重要。於是素不擅長理工的茅盾知難而進肩，起普及科學常識、介紹尖端科學的重任。

這裡有個非常有趣的現象。當茅盾激勵青年愛國主義的精神、創造文明之熱情時，他曾仿效在北大時的恩師陳漢章，也提出其實他並不以爲然的類似觀點：「我國人非無創造之能力者，戰國諸子，各抒所學，徵言妙義，實今日歐美學術之濫觴也」。「墨家『尙儉』『兼愛』近基督教。」韓非主張「與貧窮地以實無資，則又與社會學之『均產主義』合矣」。「又如磁針火藥，西人且謂傳自我國」。但在介紹西方科技時，茅盾卻持實事求是、求眞納新的虛心態度。不過他又提醒說：「爲促進文明，效法非促進也。」最終應落實在「自行創造」上〔註11〕茅盾所寫的許多科學普及文章，如他代孫毓修所編譯的《人如何得食》、《人如何得衣》、《人如何得住》，以及他自譯的《三百年後孵化之卵》、《兩月中之建築譚》等，都旨在激勵青年「自行創造」中華新文明，可見其思想境界極高。除普及科學常識的少數著譯外，其大部分文章都重在介紹新學科，特別是在當時居先進水平的尖端科學。爲此，茅盾讀了許多英文原著。如潛艇發展史上的前驅、大科學家西門拉克的名著《戰爭時的潛艇與和平時的潛艇》，著名天文學家格拉的《空中世界》，維拉克的《人在宇宙的位置》，等等。他的科普文章寫得紮實。如在《第一次飛渡大西洋的 R34 號》一文中，就引用了氣象觀察員、領港人、機師等人的日記，盡量做到言必有據。可見茅盾雖不擅長自然科學，但他的科普文章，卻是「學而後工」的求眞納新之作。其治學態度也堪爲青年楷模。

茅盾的科普文章的立點與視角還有個特點，重在戰爭科技轉民用的動向的介紹。他說：「世界大戰後遺下一大堆的軍器，只有飛機還有些用場。」這反映出他對科學爲戰爭所用的遺憾和他對科學服務人民的期待。於是寫了《探「極」的潛艇》和《沉船？寶藏？探「寶」潛艇》兩篇文章，詳細介紹了西門拉克如何把戰爭利器潛水艇改造爲在南北極進行探險和探「寶」的利器。他還寫了飛機用於和平的文章，如《第一次飛渡大西洋的 R34 號》、《航空救命傘》、《人工降雨》等。

此外他廣泛評介了許多新學科的尖端科技。如談天文學、地理學的有《談天——新發見的星》、《天河與人類的關係》、《火山——地球上的火山、月球

〔註11〕《茅盾全集》第 14 卷，第 11～12 頁。

上的火山和實驗室裡的火山》等。談人類學、生物學、生理學以及生命科學的有《腦相學的新說明》、《生物界之奇談》、《猴語研究底現在和將來》、《關於味覺的新發見》等。他還十分關注應用科學的介紹，藉以幫助人們提高生活質量。如《家庭與科學》、《怎樣縮減生活費呢？》等。

茅盾還特別注意普及社會科學，尤其注意把辯證唯物論方法用於自然科學、社會科學知識的評介。他的許多文章或評介思想家的成就，或運用西方哲人的理論。如亞里士多德、康德、盧梭、尼采等。他也標榜過意大利民主革命的三傑：加崗爾、馬志尼、加里波第。特別值得注意的，是他對馬克思主義理論的運用。如在《怎樣縮減生活費呢？》一文中，茅盾運用馬克思在《資本論》等經濟論著中提出的理論，指出「節支」只治標不治本，治本之道在「利用科學的原理，增進機器的能力，使生產加多，加速」，也靠「增進機械的力量，減少分配時的耗蝕」。他詳細分析了生產、分配、流通、消費等基本環節，高屋建瓴地介紹了如何正確把握人的經濟與社會生活規律以造福自身。這遠遠超出了科普工作的範圍。實際上，這既反映出茅盾這時已經開始接受和運用了馬克思主義的世界觀與方法論，又體現出他以辯證唯物主義與歷史唯物主義世界觀、方法論潛移默化地武裝青年頭腦，進行科學社會主義思想啓蒙的良苦用心。

爲使青年與學生易於接受，他寫的這些科普文章，[註12] 深入淺出、生動形象、通俗易懂，頗具科學性、趣味性有機結合的眞髓。而這一切落腳點仍在收經世致用之實效，最終實現以民主與科學的理念和愛國主義思想、勞工神聖的時代精神去武裝青年人的頭腦，使他們不斷昇華思想境界，做眞正的推動社會發展的動力。

第二節　學習馬列主義，投身建黨工作

1922 年 5 月 4 日，茅盾應上海交通大學學生會之邀，在「五四」紀念講演會上發表了題爲《五四運動與青年們底思想》[註13] 的演講。這篇講話立點很高。先是總結比較了將近 20 年來值得紀念的兩次政治運動，說明辛亥革

〔註12〕 這些文章大都發表於《學生雜誌》，少量發表於《婦女雜誌》。《茅盾全集》第14 卷附錄中收了 13 篇。但還有不少佚文，擬編入《集外集》，有的則尚待發現。
〔註13〕 《茅盾全集》第 14 卷，第 338～344 頁。

命、五四運動在成就和局限方面的兩大共同點：一是當時雖然推出了幾個新名詞，事後其社會政治作用卻很小。「辛亥」推出的是「平等」和「自由」；「五四」推出的是「改造」和「解放」。運動過後，這些權利一點也沒得到。二是「成功以後，勢力很大，忽而就被舊有勢力所遮沒」。於是人們，特別是青年，就陷入了徘徊、彷徨的苦悶期，其追求漸趨消極。茅盾概括了其發展的軌跡：愛國主義──個人主義──新村運動。這一切又難以實現，於是有人又陷入了個人肉感的「享樂」主義，有人甚至「張了『反動』的旗子，毅然反對新思想了」。茅盾認爲一個人的煩悶「決不能長久煩悶下去，必得有條新路，把他底心志歸宿在那裡」。茅盾認爲「享樂」、「反動」都不能算正當的辦法。因爲造成煩悶的主要原因是「青年們覺得中國的社會，實在難以改造」。因此必須對症下藥，「必須要抱定一種相當的主義」，「把彼牢牢的信仰著，盡我一生的精力向這目標，一往直前的跑下去」。茅盾當眾坦率地承認：「我也是混在思想變動這個旋渦裡的一分子，起先因找不到一個歸宿，可以拿來安慰我心靈，所以也同樣感到了很深的煩悶。但近來我已找到了一個路子，把我底終極希望，都放在彼上面，所以一切的煩悶，都煙消雲滅了。這是什麼路子呢？就是我確信了一個『馬克思底社會主義』。」

茅盾的苦悶和當時的青年們的苦悶，都是時代的苦悶。茅盾作爲「五四」前驅引導著青年覺醒起來。但「五四」落潮，反動勢力復舊，茅盾和他的啓蒙對象，都面臨著魯迅所說「夢醒了卻無路走」的時代苦悶。作爲時代前驅，茅盾不能停滯，他必須提出徹底改造中國的治本之路。爲此，從 1919 年到 1920 年，茅盾像屈原那樣「上下求索」，終於找到了「馬克思底社會主義」。

一

這是一段十分艱難的心路歷程。在這一歷程之中，茅盾堅持的基本原則是：兼收並蓄，去僞存眞；厚積薄發，取精用宏；揚棄改造，爲我所用，旨在創新。

他借鑒過社會進化論。他認爲「二十世紀之時代，一文明進化之時代也」。國家若「陳舊腐敗」，「必不能立於世界」；人民若「抱殘守缺，不謀急進，是甘於劣敗而虛負此生也」。〔註14〕但他又反對進化論之「物競天擇，適者生存」

〔註14〕《茅盾全集》第 14 卷，第 9 頁。

說。因此，他贊成尼采對此所持的反對態度：「這要看環境如何」。倘環境「極賤惡極污穢」，而你卻成爲適者，也就成了「極賤極惡的生物」，「留下的那種便是劣種了」。〔註15〕這和徹底變革中國舊社會制度以實現自由、平等、解放、改造之理想，是相悖謬的。

　　茅盾對尼采，也持批判借鑒的態度。他認爲尼采最卓絕的見解是：「掃蕩一切古來傳習的信條，把向來所認爲絕對眞理的，根本動搖」；「把哲學上一切學說，社會上一切信條，一切人生觀、道德觀，從新稱量過，從新把他們的價值估定」。茅盾認爲，在五四運動中這可用來作「摧毀歷史傳統的畸形的桎梏的舊道德的利器」。但是茅盾由此生發出自己的創見：「我們不可拿耳朵代眼睛。」「只要我們不把古人當偶像，不把古人的話當『天經地義』，能懷疑，能批評」，「古人的學說，都有一研究的必要的」。他還認爲：「世間本來沒有絕對的眞理，人類的學問是從古至今一層一層地積成的，是經過無數的學者的『補苴罅漏』工夫才能得到一些『較完全』的；前人學說有缺點，自是意中事，不算前人不體面。後人倘然不能把他的缺點尋出，把他的優點顯出，或者更發揚之，那才是後人的不體面呢。」〔註16〕因此茅盾連尼采的「權力意志」論中的合理成分也予以借鑒。但茅盾對尼采的思想體系從總的方面持徹底否定態度，認爲它「駁雜不醇，有些地方很危險」，很多地方「自相矛盾」。他主張既不能被尼采牽著鼻子走，也不能持避開、不敢正視的態度，而應該持有揚有棄、批判借鑒的辯證態度。

　　茅盾這時還關注過無政府主義和基爾特社會主義（行爲社會主義）。因爲「五四」時期兩者對中國都有很大的影響。特別是從 1920 年到 1921 年英國哲學家、政論家羅素〔註17〕在北京大學講學期間，《新青年》曾在第 8 卷第 2 至 4 期推出介紹與討論羅素的專欄。羅素在其專著《到自由的幾條擬徑》中指摘社會主義、無政府主義和工團主義的流弊，推行他的基爾特社會主義主張。他主張和平進入社會主義，反對無產階級對資產階級的階級鬥爭和無產階級專政。顯然這是一種資產階級改良主義思想。但打出社會主義招牌，就很能魚目混珠。茅盾當時對此還無力批評，沒有就這些思想表示鮮明的態度，但作了較客觀的翻譯介紹。他在長文《羅塞爾〈到自由的幾條擬徑〉》

〔註15〕《茅盾全集》第 32 卷，第 90～91 頁。
〔註16〕《茅盾全集》第 32 卷，第 59～61、72、102 頁。
〔註17〕當時譯名爲羅塞爾（Bertrand Russell，1872～1970）。

〔註 18〕中介紹了羅素對國家社會主義、無強權主義〔註 19〕、工團主義的批評和他的基爾特社會主義的基本觀點。他還譯了此書的第二章，以《巴苦寧和無強權主義》爲題刊於 1920 年 1 月 10 日《東方雜誌》第 17 卷第 1 號。此外他還選擇了羅素的長文《遊俄之感想》和批評羅素此文的文章《羅素論蘇維埃俄羅斯》。不論對羅素還是對包括無政府主義在內的其他思潮，茅盾譯介的目的都是「叫大家曉得曉得是什麼一種東西罷了」。他希望大家明白自己並不是替它「打邊鼓」。〔註20〕因此他的譯介文章只介紹內容，但不置評和表態。這和他評介尼采的態度截然不同，從側面也說明茅盾所持的是謹慎的有保留的態度。茅盾正是從比較鑒別中決定了自己的馬克思主義立場。

晚年茅盾回憶說：「那個時候是一個學術思想非常活躍的時代，受新思潮影響的知識份子如饑似渴地吞咽外國傳來的各種新東西，紛紛介紹外國的各種主義、思想和學說。大家的想法是：中國的封建主義是徹底要打倒了，替代的東西只有到外國找，『向西方國家尋找眞理』。所以，當時『拿來主義』十分盛行。拿來的東西基本上分兩大類，一類是民主主義的，一類是社會主義的。馬克思主義作爲社會主義的一個學派被介紹進來，但十分吸引人，因爲那時已經知道，俄國革命是在馬克思主義的指導下取得勝利的。」茅盾在這思潮影響下，於 1919 年年尾開始接觸馬克思主義。〔註21〕

當時國內第一個傳播馬克思主義、介紹十月革命的啓蒙者是李大釗。他在 1918 年 7 月 1 日刊於《言治》季刊第 3 冊的《法俄革命之比較觀》、7 月 15 日刊於《太平洋》第 1 卷第 10 號的《Pin … ism 之失敗與 Democracy 之勝利》、10 月 15 日刊於《新青年》第 5 卷第 5 號的《庶民的勝利》、《Bolshevism 的勝利》是最早全面介紹和宣傳十月革命的文章，1919 年 5 月、11 月分兩次刊於《新青年》第 6 卷第 5、6 號的《我的馬克思主義觀》是最早最全面系統評介馬克思主義思想體系的論著。同期《新青年》開闢的《馬克思研究》專欄還推出多篇論文。1918 年在日本研究過馬克思主義的李達於 1919 年 6 月在上海《民國日報》副刊《覺悟》上發表了《什麼叫社會主義》、《社會主義的目的》等文。1919 年到 1920 年他又翻譯出版了《唯物史觀解說》、《馬克思經

〔註18〕 刊於 1919 年 12 月 1 日《解放與改造》第 1 卷第 7 號，收入《茅盾全集》第 14 卷。

〔註19〕 前者指馬克思的社會主義，後者是無政府主義在當時的稱謂。

〔註20〕 《茅盾全集》第 14 卷，第 102～103 頁。

〔註21〕 《茅盾全集》第 34 卷，第 149 頁。

濟學說》、《社會問題總覽》三部論著。1919 年 10 月～12 月楊匏安連續發表文章介紹社會主義各派學說及其創始人的生平。他在 11 月～12 月發表的長文《馬克思主義》，全面介紹了馬克思主義的三個組成部分。李漢俊從 1918 年年底到 1921 年止發表了 90 多篇宣傳馬克思主義的論文。陳望道則翻譯了《共產黨宣言》第一個中譯本。據統計，「五四」時期在報刊上發表的介紹馬克思主義的文章和馬克思、恩格斯論著譯文多達 200 餘篇。〔註22〕1919 年 4 月 6日《每週評論》第 16 號所刊《共產黨宣言》第二章的影響尤爲顯著。博覽書刊的茅盾，從國內外這些讀物中大體上較全面地了解了馬克思主義的哲學、政治學和經濟學理論。這時，他在文章中開始運用馬克思主義觀點分析解決各種問題。

　　這時茅盾逐漸和這批中國共產黨發起人結識並密切交往。李達是茅盾的表姑夫，〔註23〕長他 6 歲。李漢俊則是他的摯友，也長他 6 歲。而和陳獨秀的結識，對茅盾來說更是至關重要。陳獨秀曾因散發革命傳單於 1919 年 6 月被捕，被囚禁三個多月。1920 年 1 月先後在上海、武漢發表鼓動革命、宣傳社會主義的演講和文章。2 月上旬返京時，北洋軍閥政府在其寓所密布便衣暗探，晝夜監視。李大釗搶先在火車站把他接走。不久，兩人化裝成商人逃往河北樂亭縣李大釗家中。這期間他們商談了創建中國共產黨的問題。2 月 19日陳獨秀再赴上海，定居法租界環龍路漁陽里 2 號（李漢俊等這時也住在漁陽里）。此時陳獨秀對茅盾發表的文章所體現的進步傾向、過人才識和重大影響格外注意，遂約茅盾和陳望道、李達、李漢俊等來寓所一起商議在上海出版《新青年》的問題。茅盾晚年對這次晤談作過生動的描述。〔註24〕1920 年4 月～5 月陳獨秀邀約包括茅盾在內的各方面人士與共產國際代表維金斯基一起座談，共同商量建黨問題。〔註25〕1920 年 5 月，陳獨秀在上海發起成立了馬克思主義研究會。6 月，陳獨秀又和李漢俊、俞秀松等籌備成立了社會共產黨。後經李大釗提議，更名爲共產黨。「還起草了黨的綱領」，共 10 條。其中

〔註22〕　參看中共中央黨史研究室著：《中國共產黨歷史》第一卷上冊，中共黨史出版
　　　　　社，2002 年版，第 57～59 頁。
〔註23〕　茅盾少年時代上的第一個私塾的執教者王彥臣是他家的遠親。王彥臣之女王
　　　　　會悟比茅盾年紀略小，是茅盾最要好，也能談得來的同學。她就是李達的夫
　　　　　人，中共第一次代表大會的工作人員。
〔註24〕　《茅盾全集》第 34 卷，第 189～191 頁。
〔註25〕　《陳獨秀年譜》，重慶出版社，1987 年版，第 85 頁。

「包括運用勞工專政、生產合作手段達到社會革命目的的條文」。8 月在陳獨秀的寓所漁陽里 2 號正式成立,「取名爲中國共產黨」。這是中國的第一個早期共產黨組織,其主要成員是上海馬克思主義研究會的骨幹,陳獨秀爲書記。「在黨的一大召開之前,先後參加上海的中國共產黨早期組織的有:陳獨秀、俞秀松、李漢俊、陳公培、陳望道、沈玄廬、楊明齋、施存統、李達、邵力子、沈雁冰、林祖涵、李啓漢、袁振英、李中、沈澤民、周佛海等。」〔註 26〕據茅盾回憶,他是於 1920 年 10 月由李達、李漢俊介紹正式加入的。(但他稱其爲「共產主義小組」,並說其成立時間爲「7 月」,均係記憶有誤。)是年 12 月陳獨秀赴廣州後,李漢俊、李達先後代理書記職務。黨成立後由李達負責宣傳工作,並主編第一個黨的秘密刊物——《共產黨》。它和遷滬後公開宣傳社會主義思想的《新青年》的分工是,它「專門宣傳和介紹共產黨的理論和實踐,以及第三國際、蘇聯和各國工人運動的消息。寫稿人都是共產黨小組的成員」。茅盾應陳獨秀、李達之邀在兩刊上發表了大量的著譯文章。〔註 27〕從此茅盾開始參與中國共產黨正式建黨之前的宣傳輿論準備工作。這期間曾參與宣傳共產主義的隊伍發生了分化。例如,因約稿與茅盾結識的《解放與改造》的主編張東蓀,就是分化出去的一個。據他回憶,茅盾曾勸他說:「抄近路或許可能。」但他沒有聽勸。茅盾遂和他分道揚鑣了!〔註 28〕

二

　　用一大批譯著傳播馬克思列寧主義,爲建黨做思想輿論的準備,是茅盾畢生求眞納新、經世致用思想品格最大的亮點。這是澤被後世的功德。時間大體集中在 1920 年、1921 年。可歸納爲以下幾個方面。

　　第一,馬列經典著作。茅盾翻譯了列寧的《國家與革命》的第一章,〔註 29〕這是此作在中國最早的譯文。《國家與革命》一書共六章。首章論述馬列主義關於「階級社會與國家」的基本理論。第二、三、四章總結 1848 年～

〔註 26〕《中國共產黨歷史》第 1 卷上冊,第 74～75 頁。《陳獨秀年譜》,第 78～81、第 84～89 頁。
〔註 27〕《茅盾全集》第 34 卷,第 196～197 頁。
〔註 28〕《東蓀先生再答頌華兄》,1920 年《新青年》第 8 卷第 4 號。參看白水紀子《沈雁冰在「五四」時期的社會思想》,《湖州師專學報》1991 年第 3 期。
〔註 29〕刊於 1921 年 5 月 7 日《共產黨》第 4 號。以下的引文,均據此刊該期所刊的初譯文字。與後來中共中央馬恩列斯著作編譯局的譯文不盡相同:打上了當時的語言烙印。以下引茅盾譯文,也按此原則處理。

1851 年世界革命和巴黎公社的基本經驗，這是支撐馬列主義關於階級鬥爭與無產階級專政學說的實踐基礎。第五、六兩章分別談「國家消亡的經濟基礎」，和批判把馬克思主義庸俗化的機會主義者。他選譯第一章，目的是：爲馬克思列寧主義關於通過發動社會革命推翻資產階級統治，建立無產階級專政的社會主義的國家這一學說正本清源；爲即將成立的中國共產黨提供理論依據和思想指導；也爲中國當時形形色色打著馬克思主義招牌，實則屬於資產階級或修正主義的理論照照鏡子。

　　茅盾所譯這章「階級社會與國家」緊扣著兩大中心：一是全文引證了恩格斯在《家庭、私有制和國家的起源》一書中對國家所下的經典性定義，也引證了馬克思的定義。在此基礎上，列寧對國家定義作出簡明的概括：「國家是階級衝突不可調和時的產物與表徵。」因此就是「對被壓制階級施行統治鎮壓的工具」。列寧特別指出一切反對派把國家對階級衝突所起的「緩和」作用篡改爲「調和」作用，旨在掩蓋國家的本質是統治和鎮壓。二是指出「國家權力的武力首要工具」是「軍隊和警察」，此外就是監獄等。因此決不容許被壓迫人民的武裝組織的存在。特別在帝國主義列強推行殖民政策，並瓜分殖民地爭霸全世界的當今，就更是這樣。於是馬克思、恩格斯和列寧雄辯地導出一個結論：要推翻鎮壓人民的國家，必須「引起兩個階級的武器鬥爭」。人民只有成立「武器組織」進行「武器鬥爭」，才能改變被統治的地位。因此，「無產階級國家代替資產階級國家，非通過暴力革命不可」。茅盾的譯文處處忠實地體現出列寧對考茨基及社會沙文主義者在國家本質、武裝鬥爭與暴力革命之必要性和不可避免性方面對馬克思主義基本理論的歪曲所作的嚴厲批判。這裡其實也包含著茅盾對自己所譯介的諸如工團主義等反對政治鬥爭更反對暴力革命等歪曲馬克思主義的謬說的批判。茅盾對列寧以下幾段名言的翻譯特別著力：「當這些革命家生存的時候，壓制階級莫不施以極殘酷的虐待，對於他們的教義含有最野蠻的仇意，最狂熱的恨視，並不絕的污衊與誹謗。但是，一到這些革命家死後，壓制階級又往往用盡方法把這些革命家變成無害的聖人」，「其實目的是哄騙他們（被壓迫階級）；同時又把那些革命家的革命理論的要義，私加篡改，使成爲無精神的平凡的，又把革命的銳角也磨鈍。現在中產階級和勞工運動中的投機派協合了來共做塗改馬克思主義這件事。他們把馬克思主義的革命精神缺略了、抹去了、曲解了，把那些可爲，或似乎可爲中產階級容認的地方極力的鋪張極力的譽揚。一切的社會沙

文主義者〔註 30〕現在都成了『馬克思黨』了」。「從前曾是曲解馬克思的好手的德國中產階級教授現在更加欲說『民族的德國人』的馬克思到底替此次掠奪的戰爭教練出有體面的組織底勞工階級了。當此曲解馬克思主義如此盛行的時候，我們第一要務即在訂正馬克思教義之關於國家方面者以恢復其本來的面目。」

第二，各國共產黨的綱領文件。茅盾翻譯了《美國共產黨宣言》、《美國共產黨黨綱》、《共產主義是什麼意思——美國共產黨中央執行委員會宣布》、《共產黨國際聯盟對美國 IWW 的懇請》等。〔註 31〕此外還有《共產黨的出發點》譯文。〔註 32〕他所譯的《美國共產黨宣言》一開頭就引證馬克思、恩格斯在《共產黨宣言》中所作的科學論斷：「一切現存社會底歷史，是階級鬥爭底歷史。」當前階級矛盾已分裂「成為兩個敵對的大營，成為兩大階級，直接面對面，就是中產階級〔註 33〕和無產階級」。鬥爭的嚴峻形勢把無產階級逼到「不是革命地改

茅盾以「P 生」的筆名發表的譯文《美國共產黨宣言》（刊於《共產黨》第 3 號）

造社會，便是一般的崩壞」兩者只能選一的路口。《美國共產黨宣言》共三節。第一節論述資本主義的破裂、資本家的掠奪、帝國主義、戰爭與革命和「國際聯盟對國際共產黨」。第二節論述階級鬥爭、國家的性質、選舉競爭、工業組合主義、群眾行動、勞工階級的專政和眼前的工作。第三節論述共產主義社會的改造、經濟的改造、政治的改造和社會的改造。結語歸結為對於資本主義社會內的罪惡「只有一條路，可使勞工們獲得自由與人的生活——這條品就是勞工階級的專政」。

〔註 30〕 茅盾此處引用的是英文，沒有譯出。爲方便讀者，筆者參照《列寧全集》改用此譯文。
〔註 31〕 均刊於 1920 年 12 月 7 日《共產黨》第 2 號。「I. W. W.」是「世界工業勞動者同盟」的縮寫。
〔註 32〕 霍格松著，刊於 1921 年 4 月 7 日《共產黨》第 3 號。
〔註 33〕 茅盾所用中產階級一詞，即指資產階級。

　　茅盾所譯美共中央執委會宣布的文件《共產主義是什麼意思》明確宣布：「美國共產黨的目的就是要造成一個勞工階級的政府——勞工階級專政——這政府欲把現今產業私有的制度改做一個共產黨的社會，在這個社會裡，產業的主有權是在社會上一般人的手裡，由勞工來管理。」文章特別指出資產階級鼓吹的民主代議制「是資本家的一個傀儡（工具）」，勞工絕對不可信任它，以免受「哄騙」。關於共產黨和工人階級的關係，《美國共產黨黨綱》第二條有明確規定：黨的「宗旨是要教育勞工們組織勞工們去推翻資本主義的國家，廢除資本制度，發展一個共產主義的社會」。《美國共產黨宣言》則闡明：「推翻資本主義和建造共產主義的社會是勞工階級的歷史使命。美國共產黨是勞工們反抗資本主義之階級鬥爭的覺悟的表現。」這一切譯文，給中國共產黨的建立與黨綱黨章的起草，提供了直接的參照體系。

　　第三，介紹十月革命和蘇聯政績。茅盾翻譯了蘇共領導人之一布哈林所著《俄國的經濟政策》，〔註34〕這是對蘇聯經濟建設、施政方針的直接闡述。他所譯的蘇聯教育部部長呂納卻思基（通譯爲盧那察爾斯基）所著《勞農俄國的教育》一文也屬此類。茅盾所譯《俄國人民蘇維埃政府》〔註35〕一文的作者 Jereme Davis 自稱：他在俄將近三年，曾見最後一年餘之俄皇政治、克倫斯基時代，知其頗不得民心。作者是位在基督教青年會供職的宗教人士，他「自 7 月即反對廣義派。〔註36〕現在仍是反對，乃決計考察在廣義派統治下之俄民，尚有百分之幾眞眞爲『蘇維埃』之後援」。爲此，他周遊各地達一月之久。所採訪的對象有蘇維埃領袖或書記、商人、教師以及各色人等，包括他供職的宗教團體人士。作者認爲這些人所言確實，遂「將以眾人答言之大體相同者」廣爲舉例而「非綜言其概況」，寫成此文。文章主要內容是：(1)蘇維埃的選舉，從村、群村、邦、州、省、市一直到全俄蘇維埃之中央行政委員會，從基層的直選，到上層的代表大會選舉，「居民之與余晤談者，大都以爲選舉行事公平」。「各組行業，無論勞心勞力，皆可自舉代表。」「各階級人民自教士以至富有之農民，對蘇維埃代表無不滿意。」(2)「一般人皆力言蘇維埃之主席及大半代表，雖或稍激，咸不失爲正直之人。」「余合商人教士各方面之言論，足證蘇維埃之領袖，咸信實不欺，用心於建設。」「彼派之社

〔註34〕刊於 1921 年 7 月 1 日《新青年》第 9 卷第 6 期。
〔註35〕刊於 1920 年 2 月 10 日《東方雜誌》第 17 卷第 3 號。
〔註36〕指以列寧爲首的布爾什維克。

會主義的原理盡見實行。」「全俄會議開議五次，余皆參觀。」所見「會議行為甚為公正」的事實，也證實此言不虛。所以「俄民仍深信蘇維埃會議」。(3)蘇維埃政府的施政也深合眾望。如其「任分配土地之責。眾咸服其分配公平為」。「蘇維埃現太半屬行教育。」「處處開圖書館。凡最新之日報雜誌書籍皆備。」「又極力維持醫院。雖藥品及設備缺甚，而院員〔註37〕日增。」其宗教政策也極開明。據教士之言，不「禁教士教聖經」，「教會以其產三分之二獻蘇維埃，蘇維埃受之。故教會仍留有故產三分之一及一切名銜」。教士與地主亦有選舉權與被選舉權。「某教士某對余言：『余如得多數人投票相舉，余亦可被舉為代表。然望此輩鄉人為此，大是無望。故余寧引避也』。」茅盾選譯這些文章，實在別具眼光。因為這位宗教人士從反對蘇共及其領導的政權的立場所說的這些事實與結論，比持擁護立場者更有說服力！

其實前邊提到的茅盾翻譯的羅素所著的《遊俄之感想》中，雖然包括不少非議，但也道出了蘇共執政的許多功績。這些，對處在北洋軍閥統治之下的中國人民說來，都有對比參照價值。同時也強有力地說明了即將成立的中國共產黨及其政治主張的正確性。

此外，茅盾這期間還有好多評介蘇俄文學的論文，也涉及對十月革命前後蘇共及其領導下社會主義革命與建設的現實情況。如長篇論文《托爾斯泰與今日之俄羅斯》〔註38〕就最具代表性。它從文學側面反映了蘇聯及蘇共的一個側面。不過此文有些誤認。茅盾認為托爾斯泰主義是社會主義蘇聯革命的「遠因」。此論實難成立。這也反映出茅盾對蘇聯的認識膚淺的一面和早期的不成熟。隨著認識的深化，茅盾糾正了這個偏頗觀點。

第四，關於國際工運的譯著。最有代表性的就是長篇編譯文章《I. W. W. 的究研》。〔註39〕這是茅盾應張東蓀之約為其主編的《解放與改造》雜誌所闢《讀書錄》專欄所編譯的讀書錄。所據的原著是 1919 年美國勃烈生頓的專著《世界工業勞動者同盟關於美國工團主義的調查研究》（The I. W. W. A Study of American Syndlism）。全書共分三部。茅盾「依他三部的次序寫出大意」。所以「略為詳細」。因為原作者持並不對美國工運組織這個分支 I. W. W. 進行

〔註37〕指住院的患者。
〔註38〕刊於 1919 年 4 月 5 日、5 月 5 日、6 月 5 日《學生雜誌》第 6 卷第 4、5、6 號，《茅盾全集》第 32 卷。
〔註39〕1920 年 4 月 1 日、4 月 15 日、5 月 1 日分三次刊於《解放與改造》第 2 卷第 7～9 號。

批評的態度，茅盾也沒有妄加評論。只是詳細介紹了該組織與其他各種工運組織的複雜關係，它的形成淵源，其歷次代表大會的內容和主張，內部各派的思想衝突及其分分合合，從中看出它對馬克思主義、對國際共運的傾向與態度等。由此展示出：該組織重在從事經濟鬥爭，而放棄甚至厭棄政治鬥爭和暴力革命。正如羅素所說，它是「以罷工爲解放勞工的手段」的。這就展示出這種工運組織的局限性。茅盾編譯此文，是爲中國工運提供借鑒的。

這表面上是爲張東蓀主編的刊物提供合乎他的主張的工運材料，實際上根本違反了張東蓀的意願。張東蓀曾僞裝進步，參與籌建共產主義小組，傳播共產主義思想。後受梁啓超的影響，建黨前就分裂出去，常然也和茅盾分道揚鑣了。此後他向馬克思主義發動進攻，宣傳其資產階級改良主義思想。他說中國經濟落後，「缺少眞正的勞動者」，「絕不能建立勞動階級的國家」。他們還極力宣揚所信奉的基爾特社會主義。實際是藉社會主義之名，維護資本主義制度，主張中國「必須依靠紳商階級來發展資本主義」。茅盾這篇譯文，和他的那篇《羅塞爾〈到自由的幾條擬徑〉》相互配合，客觀上揭露了這種資產階級改良主義思潮的實質。此後茅盾所發表的長文《自治運動與社會革命》，更是對這種思潮作了強有力的抨擊與批判。

茅盾這三方面的譯著，是有機結合的，比較完整地從黨的指導思想的理論基礎、黨綱黨章方針路線的基本原則和黨創建後面對的國內國際工人運動複雜情態及所應確立的指導方針這三個重要方面，爲中國共產黨的籌建和黨的第一次代表大會的召開提供了參照。另一方面，正如晚年的茅盾自我總結時所說：「通過這些翻譯活動，我算是初步懂得了共產主義是什麼，共產黨的黨綱和內部組織是怎樣的。」由於學得了這些共產主義的初步知識，茅盾就有條件自己著文闡述共產主義主張和信仰了。於是他寫了一篇《自治運動與社會革命》。〔註40〕

三

這篇文章發表在中國共產黨宣告成立的黨的第一次代表大會召開之前不到三個月。在思想方面，不僅在中國現代文學史上超前於包括中共黨員作家

〔註40〕此文刊於 1921 年 4 月 7 日《共產黨》第 3 號。以下引文除另有注明者，均出自此文。

在內的所有作家，也超前於中共一大時 50 多位黨員中絕大部分成員。這是茅盾求眞納新、經世致用思想品格之形成與發展的最重要的標誌之一。

茅盾的《自治運動與社會革命》開頭就明確指出，此文針對當時全國各派軍閥割據對峙、不斷衝突的局面，地方軍閥爲了自保，打出「省自治」與「聯省自治」的旗號，提出「人民自治」即「廣義的民主政治」的口號，哄騙平民幫其「實行他們的縉紳運動」。但有人〔註41〕以爲這種縉紳運動正合著西洋的中產階級的運動，這「是自然的趨勢，是社會進化必經的階段，只可利用，不宜攻擊」。茅盾指出這種言論「淆惑一般沒志氣人的意志」，因此分三層予以痛駁。

第一，縉紳階級能否眞正實行所謂的「人民自治」或「民主政治」？茅盾指出這「決沒有達到的一天」。茅盾生動地剖析說：縉紳階級即所謂中產階級，「簡直和軍閥是一模一樣的，在現今他們尙未得勢的時候，尙且要依靠著軍閥和官僚的勢力，狐假虎威，無惡不作，豈有得勢後反能倒比軍閥好些，強盜發善心呢」！「前山老虎要吃人，後山老虎也要吃人。」軍閥和縉紳階級「就是前山老虎和後山老虎」。只是縉紳階級的罪惡「比較隱伏些」。一旦軍閥被推倒，「縉紳階級便立刻變爲從前的軍閥，一模一樣的作惡，掠奪平民」。這是「扶不起的懶狗，教訓不好的壞小子」。一旦得勢，不但不會實行「人民自治」、「民主政治」，反而要在掠奪、壓制人民的同時，成爲「狐媚外國的資本家」。因此茅盾勸老百姓不要被他們「哄騙」和「利用」。

第二，中產階級的政治是否如某些論者所說，是不可逃避的自然趨勢？他們是否能趕走軍閥，實行平民做主的代議制？茅盾揭露說：這是「喪盡良心受中產階級雇用或竟他自己是中產階級的人造出來的」騙局。茅盾列舉歷史，特別是西歐政治變遷的大量史實證明：從沒有中產階級「自己出馬，把專制君主趕走，取過政權，定下德謨克拉西政治，〔註42〕奉讓一個代議權給一般屬於第四階級的人們」的先例。「歷史上推翻專制君主的革命，沒有一國沒有一次不全靠了第四階級的幫忙！」因此根本不存在這種「自然趨勢」。至於一旦革命成功，中產階級給人民提供的，不僅不是實行平民做主的「代議制」，反而把所謂代議制牢牢地控制在自己手裡，並騙「一部分窮人揀壯健者

〔註41〕 指以張東蓀爲代表的中國資產階級改良主義和所謂「基爾特社會主義」政治派別及其御用文人。
〔註42〕 這是民主政治的音譯。

「編練」成兵，以保護自己，並叫他們壓制平民中的強項人，不服掠奪的人。他們還「把金錢統統收集起來，使得第四階級沒有經濟實力」。革命成功後，「執政權，行威福」，把持「代議政治」的被選舉權的，都「不是平民，而是縉紳階級」。茅盾說：「這就是西洋現代政治的眞相。」「這正是強盜互相學樣，豈可說是自然的趨勢！」茅盾舉勸平民不要上這詐取巧奪的當！

第三，在中國，縉紳運動趕走軍閥，有成功的可能沒有？茅盾說：「我敢立刻回答：沒有成功的可能，決沒有！因爲他們的目的本不想竟把軍閥趕去，他們的目的只想軍閥分一些賊贓與他們，他們就可萬事都休！」其理由有二。(1)縉紳「專靠官廳勢力欺侮良民」，既無「獨立的能力」，也無「獨立的志氣」。(2)他們「鬧哄哄的吵著什麼『自治』」，好比「姨太太撒嬌」，又好比「下等奴才挾著小主人和高等奴才爭權」，旨在與軍閥共同爲暴，變一層掠奪爲兩層掠奪。

茅盾最後指出：「看破這個把戲」，必須「想出一個抵制的好法子」。「這法子便是第四階級（無產階級）的專擅政治」，「立刻舉行無產階級的革命」！「無產階級的革命便是要把一切生產工具都歸生產勞工所有，一切權力都歸勞工們執掌，直到滅盡一分一毫的掠奪制度，資本主義決不能復活爲止。這個制度，現在俄國已經確定了，並且已經有三年的經驗，排除了不少的困難，降服了不少的反對者；英、法、德、美、意各國的勞工都曾幾次想試驗這個新制度，可是他們國內的資本家出死力反對，以致一時不能實現。」但茅盾相信：這只是「資本家的回光返照」。因爲從前景看，無產階級的「人數一天多似一天，資產階級的人數是一天少似一天」。由此可見，「馬克思預言的斷定，現在一一應驗了」。因此茅盾堅信：「最終的勝利一定在勞工者，而且這勝利即在最近的將來，只要我們現在充分預備著！」

寫這篇文章的茅盾，還是個24歲的青年人。他在正式建黨之前不到三個月時作出這樣的政治判斷，發出這樣理想的預言，除對中國共產黨的建立具重大意義外，也說明他的世界觀、政治觀發生了質的飛躍！就在茅盾所摘譯的《國家與革命》一書的第二章中，列寧明確指出：「誰要是僅僅承認階級鬥爭，那他還不是馬克思主義者，他可能還沒有走出資產階級思想和資產階級政治的圈子。」「因爲階級鬥爭學說不是由馬克思，而是由資產階級在馬克思以前創立的，而且一般說來，是資產階級可以接受的。」因此，只有承認階級鬥爭、同時也承認無產階級專政的人，才足馬克思主義者。馬克思主義者

同庸俗小資產者（以及大資產者）之間的最大區別就在這裡。必須用這塊試金石來測驗是否眞正了解和承認馬克思主義。茅盾正是通過了這個試金石的檢驗，證明他已經是「眞正了解和承認馬克思主義」的人。這也是「自治運動與社會革命」一文另一重大意義之所在。茅盾在第一次黨代會上成爲中國共產黨創建者之一和首批黨員之一，則又從組織上證明他已經成爲名實相符的馬克思主義者了。

這期間他還寫了許多足能證明這一點的文章。如 1921 年 1 月 15 日刊於《民鐸》第 2 卷第 4 號的《家庭改制的研究》中，茅盾一再闡述實現婦女解放的社會主義方向。他說：「私產制度的能廢與否，實與現在家庭關係的存廢很有連帶的關係。」「我是相信社會主義的」，贊成恩格斯在《家庭、私有制和國家的起源》中所論的觀點。「我是主張照社會主義者提出的解決法去解決中國的家庭問題」，去探索婦女解放的道路。因爲社會主義世界必爲將來的世界。〔註 43〕同年 8 月 17 日在《民國日報・婦女評論》所發表的《婦女經濟獨立討論》一文更明確地指出：男女不平等也好，農民中間的主奴關係也好，都是「男系制的結果，中國底特殊的吃人禮教更是造成這些罪惡的根本動因」。而「禮教等等，還是社會制度經濟組織的產兒；不把產生這產兒的社會制度和經濟組織改革過，而專從思想方面空論，效果很小」。所以「最先切要的事是改革現在的社會的經濟組織」。〔註 44〕這樣才能徹底改變男女不平等地位，才能徹底實現婦女解放。這裡談的雖是特定問題，所用的理論卻是馬克思主義關於經濟基礎和上層建築之間辯證統一關係的原理。類似的例證，在他同期的文藝理論與批評文章中也都有反映。「改革現在的社會的經濟組織」以徹底解放婦女，當然就是靠他在《自治運動與社會革命》中所指出的，爲蘇聯革命成功及其後三年取得的成就所證實的「舉行無產階級的革命」，和實行「一切權力都歸勞工執掌」的社會主義之路。

當然，茅盾剛剛確立的共產主義信念，尚有不足。首先，他這個信仰和理想並未與中國的實際情況充分結合。因爲中國當時是半殖民地半封建社會，資本主義很不發達。當時的主要敵人是帝國主義和封建主義。中產階級並非主要革命對象，若爭取得好，他們還可能成爲革命同盟者，共同實行反帝反封建的任務。中國共產黨經過十多年的實踐，摸索出馬列主義與中國實際相結

〔註 43〕《茅盾全集》第 14 卷，第 186、194、196 頁。
〔註 44〕《茅盾全集》第 14 卷，第 245～246 頁。

合，革命分兩步走，經過新民主主義階段過渡到社會主義的合乎中國國情的革命道路。茅盾也隨著這一進程，修正了他一步到位的無產階級革命觀。

其次，茅盾大大低估了中國革命的複雜性、艱鉅性和長期性。他的「最終的勝利」「即在最近的將來」的預言，顯然是不切實際的幻想。這幻想一直到大革命失敗後他轉入地下時才最終「幻滅」。這也是他那時陷入深深的苦悶之中的根本原因。

從 1920 年起樹立的共產主義理想，他從未動搖過。而且參與建黨和建黨之後，他「以天下為己任」的社會理想獲得「為實現共產主義而奮鬥」的嶄新的時代內容。於是，本著經世致用的一貫原則，茅盾從事和承擔了一系列黨的活動和工作。主要有以下幾點：

第一，力爭把他參與發起並領導的桐鄉青年社，改造成宣傳馬克思主義的組織。桐鄉青年社是 1919 年七八月間茅盾和其弟沈澤民聯合同鄉進步青年蕭覺先、王敏台、曹辛漢等為響應五四運動而發起的。他們辦了《新鄉人》雜誌。最初以反對封建勢力，宣傳科學、民主和愛國主義為宗旨。茅盾接受馬克思主義之後，逐步改變其宗旨。1922 年春他聯合了在嘉興工作的同鄉李煥彬、在杭州工作的楊朗垣等在嘉興南湖煙雨樓集會，這時會員已發展到 50 餘人。《新鄉人》改名為《新同鄉》，增加了宣傳馬列主義的成分。茅盾發表的《我們為什麼讀書》一文，提出「讀書在得知識」，不僅「用以研究學術」，還應「負人群進步的責任」，「去謀人類的共同幸福」。﹝註45﹞他們還以社的名義在桐鄉及鄰近地區如蘇州等地舉辦暑期講習會。據蘇州高中校史編輯室掌握的材料，茅盾利用這些機會在蘇州發展過黨員。此後茅盾也曾到杭州、寧波等地活動，也與發展擴大黨的組織有關。後因有些社員不滿意茅盾兄弟倆和孔德沚等的革命傾向而產生分歧，遂於 1924 年自行解散。

第二，建黨後不久，茅盾受中共中央委託，擔任黨中央與各地之間的地下聯絡員。他利用主編《小說月報》的便利條件，掩護其黨中央聯絡員的地下工作。各省黨的基層組織到中央聯繫工作，必須先到商務印書館找茅盾，茅盾安頓他們住下，就和中央聯繫安排接待。各地給中央的機密文件、信函也寄給茅盾轉交，信皮寫「沈雁冰先生轉鍾英（『中央』二字的諧音）小姐玉展」。茅盾收到後立即呈交中共中央。因此類信件日多，引得同事議論紛紛，以為茅盾正在與鍾英小姐談戀愛。茅盾的摯友鄭振鐸出於好奇，有一次偷偷

﹝註45﹞《茅盾全集》第 14 卷，第 52 頁。

拆開一看，就大吃了一驚！但他們之間交誼莫逆，從此幾位好友都幫茅盾打掩護，遂使各種議論逐漸平息。這項工作一直持續到 1925 年春為止。

第三，根據黨培養幹部的需要，到黨辦的學校任教。1921 年 10 月間，陳獨秀和時任中共中央宣傳部主任的李達決定創辦一個培養中共領導婦女運動的幹部的平民女校。李達任校長，其新婚夫人王會悟（茅盾的表姑）具體籌辦。1922 年後由蔡和森、向警予負責。女校設高級和初級兩個班，學員 30 餘人。茅盾兼課的高級班學員中包括蔣冰之（即著名女作家丁玲）、王一知、王劍虹（瞿秋白的第一任夫人）、傅戎凡、王醒銳等正式學員。王會悟和陳獨秀的夫人高君曼等是旁聽生。不久孔德沚在家鄉石門振華女校時的同學張琴秋也來讀書（後來與沈澤民結婚）。和茅盾一起來任教的有陳獨秀、陳望道、邵力子、沈澤民等。

1922 年，國民黨把上海原東南高等師範學校改辦為上海大學。國民黨元老于右任為掛名校長。中共中央決定把它辦成培養黨的幹部的學校，遂派大量黨員入校執教。如邵力子代于右任實際負責全盤工作，鄧中夏任總務長，瞿秋白任教務長兼社會學系主任，陳望道為中文系主任，茅盾和沈澤民、蔣光慈、侯紹裘都是教員。茅盾還是學校最高領導機構行政委員會的教工委員，同時擔任中文系、英文系兩個系的課程。丁玲在此再次成為茅盾的學生。茅盾與同志們一起，在這兩校為黨培養了大批幹部。其後他在實際由黨控制的中央軍事政治學校武漢分校任政治教官，30 年代末在新疆學院和延安魯迅藝術文學院執教，則是這項工作的繼續。

第四，直接擔任黨的高級領導工作。1921 年 9 月根據中共黨綱規定，中共上海地方委員會成立。陳望道任書記，茅盾等任委員。1923 年 6 月中共第三次代表大會決定實行國共合作。中共黨員以個人身份加入國民黨，更廣泛地開展統一戰線工作。茅盾遂同時成為國民黨員。7 月 8 日召開了上海黨員全體會議。根據三大精神把中共上海地方委員會擴大為中共上海地方兼區執行委員會，職權擴大了，除負責上海外，還兼管江蘇、浙江兩省。鄧中夏為委員長。茅盾當選為五人組成的執委會委員，分工擔任分管兩省一市工人運動、農民運動、婦女運動、青年運動及統戰工作的國民運動委員，兼執委會下屬的國民運動委員會的委員長。該委員會的委員中有中共元老林伯渠、張太雷、楊賢江等。茅盾同時還在國共合作後成立的國民黨上海執行部任宣傳指導幹事。1923 年期間茅盾還代理過中共上海地方兼區執委會委員長、秘書、會計

等職。1924 年 1 月中共上海地方兼區執行委員會改選，茅盾以 16 票的最高得票數再次當選爲執委。這前後他還和向警予一起領導婦女運動。

　　從建黨起，茅盾就擔任商務印書館黨的基層領導工作。他發展了一批批黨員，如後來成爲中共中央主要領導人的陳雲（本名廖陳雲）。茅盾組織了紀念五一節群眾大會，發表了《「五一節」的由來及其意義》等演講。1925 年「五卅」運動中他還以領導罷工的 13 人執行委員會成員的身份領導了商務印書館罷工運動。他作爲職工談判代表與館方談判。經過三次艱難的談判，終於取得勝利。茅盾起草了十分有利於工人的、有效期爲三年的復工條件。〔註 46〕這期間他又以上海大學教授代表身份，參加「五卅」運動和當天的遊行。爲支持「五卅」運動，他又參與發起了上海教職員救國同志會，起草了章程，發表了宣言。他還參與創辦了《公理日報》，揭露「五卅」慘案眞相，宣傳動員和教育了群眾。「五卅」運動雖然以慘敗告終，但作爲「五卅」運動有機組成部分的商務印書館大罷工取得的勝利，卻振奮了人心，張揚了工人階級的鬥爭精神與革命意志。在這次罷工及其勝利中茅盾傾注了思想智慧和滿腔熱血。這證明：茅盾是中國現代文學史上極少見的經歷了黨的領導工作與工人運動鍛煉的有豐富革命實踐經驗的，眞正從生活中湧現出來的偉大作家。正是這一點決定了其全部創作的政治傾向與社會剖析特徵。而這又恰恰是他的創作個性與創作品格的核心內容。

　　總之，掌握了馬列主義，是茅盾求眞納新思想追求中最閃光的亮點；參與建黨的興論準備、建黨後又肩負黨的高層領導工作，是他堅守經世致用原則所取得的最具革命內涵的政治建樹；而把無產階級革命和共產主義之實現作爲自己的奮鬥終生的理想，則是茅盾「以天下爲己任」的人格與思想品格最高境界的根本標誌！

第三節　適應歷史轉折，建構新的戰線

　　茅盾畢生有兩次重大定位。第一次在建黨前夕，決定做共產主義戰士。他從「文學與政治交錯」轉換到職業革命家，扮演的是「襄助者」角色。

　　第二次是大革命失敗後，「停下來思考」後決定：還是做以文學促進革命的作家。逝世後的茅盾獲得了這樣的蓋棺論定的評價：「文學家和革命家的完

〔註46〕至今此復工條件手稿尚存，由中國現代文學館珍藏。

美結合。」這個定位歷時長達 50 餘年；其社會角色轉換過多次，最獨特的一次是在「左聯」時期。這時他失去黨的組織關係，卻扮演了「左翼」文藝運動領導人甚至決策者的角色。今天看，這是歷史轉折期中時代對他的必然要求。當事人茅盾卻有個從不自覺到自覺的過程。其思想品格表現得也相當獨特。

一

大革命失敗後茅盾受到通緝，東渡日本避難。

1930 年 4 月回到上海，這時局勢雖較緩和，但通緝令尚未解除，茅盾化名方保宗，以教師身份隱蔽在寓園路口的慶雲里。這時奉系軍閥政府已經覆滅。除蘇區之外，包括東北在內，全國各地大都被蔣介石與其他新軍閥分蹤。軍閥混戰不斷。但蔣介石始終把主要矛頭對準共產黨：一面在國統區實行法西斯統治與文化「圍剿」，一面接二連三對蘇區發動軍事「圍剿」。茅盾面對的黑暗的現實，和他心中大革命的記憶形成極難接受的大反差！這感受凝聚在短篇《喜劇》〔註 47〕中，折光成一個獨特的視角。青年華是左派國民黨員，五年前因散傳單被北洋軍閥下獄。奇怪的是，北洋軍閥早已倒台，他卻遲遲拖到 1930 年才被釋放。與世隔絕五年，固有的政治觀念與眼前的現實處境嚴重錯位。他看到標誌革命勝利的青天白日旗而心情激動，但老百姓卻罵這國旗是掩蓋國民黨反動本質的飾物！他亮出自己為革命坐牢五年的「黨國功臣」身份，老百姓卻認他是反動當局的同黨，避之惟恐不及！當年的熟人告訴他：所謂「黨國」早已變質！於是他緊跟形勢，逐與當局同流合污！

茅盾以荒誕手法宣洩他對黑暗政局的憤懣，自己不僅不會同流合污，還想繼續進行變革黑暗社會的戰鬥，但有空前的難度。因為他失去了黨籍。融入左翼文藝界，又面臨複雜的局勢。他必須摸清底裡，慎重決策。這時他手中只有創作的主動權。但左翼文藝運動的客觀需要，又使他不能置身事外。

這時地下黨和文藝界的情況較前都有好轉。1929 年 10 月中共中央宣傳部下設了領導文化戰線的文化工作委員會。以「文委」書記潘漢年為主，江蘇省委宣傳部協同，召集創造社、太陽社黨員開會，貫徹中央的立即停止「革

〔註47〕此篇為支持丁玲主編的「左聯」刊物《北斗》而作，刊於 1931 年《北斗》創刊號，收入《茅盾全集》第 8 卷。

命文學論爭」的有關指示，批評他們敵視魯迅、茅盾的態度，「認為主要錯誤是教條主義和宗派主義，要求立即停止對魯迅和茅盾的批評」。維護魯迅文壇領袖的地位。中央派馮雪峰擔任黨和魯迅之間的聯絡員，協同潘漢年工作，取得魯迅的支持，籌備成立左翼作家聯盟。1930 年 3 月 2 日中國左翼作家聯盟宣告成立。以魯迅為首組成執委會領導機構。行政設執行書記。黨內由黨團書記領導。魯迅在成立大會上發表了《對於左翼作家聯盟的意見》的講話。茅盾認識到，這實際是「左聯」的行動綱領。後來在實際工作中，茅盾一直遵循著。但茅盾感到「革命文學論爭」中存在的問題（也就是魯迅講話針對性之所在），實際活動中仍然存在。少數黨員特別是居領導崗位者的「左」的傾向、教條主義和宗派主義作風依然存在。魯迅對此很不滿意。因此，茅盾拜會魯迅時，魯迅隻字不提「左聯」的事。茅盾是應「左聯」黨團書記馮乃超的邀請加入「左聯」的。此後茅盾就不能不面對這些「左」傾問題。對此，茅盾自述道：入「左聯」以後，「示威遊行、飛行集會，寫標語、散傳單，到工廠作鼓動工作，以及幫工人出牆報、辦夜校等，我都沒有參加」。當時「有些年輕的『左聯』成員對我這種『自由』行動很不滿意。馮雪峰還替我解釋，說我年紀大，身體弱，不必要求我參加這些活動。身體弱倒是事實，年紀大只能是個藉口，那時我不過三十多歲，參加個遊行，夜間去街上貼個標語，是完全能夠辦到的。我不參加的原因是我不贊成這種做法，而這種做法又是黨組織規定下來的，不便反對」。更重要的原因是「『左聯』的實際行動與『左聯』『綱領』上講的並不一致」。「綱領」中有我們的藝術不能不呈獻給勝利不然就死的血腥的鬥爭的話。茅盾認為這「是革命的作家們可以遵循的」。但在迎接五一的政治報告中，馮乃超說：「革命的文學家……應該不遲疑地加入這艱苦的行動中去，即使把文學家的工作地位拋去，也是毫不足惜的。」會議通過的宣言說：「今年的『五一』是『血光的五一』。」茅盾心裡一驚：「看來他們對於『作家』與『革命』兩者的關係，有獨特的見解，但這在『左聯』的『綱領』和『行動綱領』中並未提到！」茅盾認為當時「全體盟員五六十人」，竭盡全力「要完成『綱領』及『行動綱領』規定的任務，已是很困難」。即便被捕三分之一，也是「自己削弱自己的力量」。茅盾覺得，這樣辦「左聯」，「說它是文學團體，不如說更像個政黨」。〔註48〕他事後知道魯迅、郁達夫等都沒去參加。而且鄭振鐸、葉聖陶被關在門外，連盟員都不是！這反映出「左

〔註48〕《茅盾全集》第 34 卷，第 437～439、441 頁。

翼作家」中實際存在分歧。茅盾的「自由」選擇，是爲創作做準備。這時他患了眼疾，胃病和神經衰弱也一齊發作。不能讀書寫字，茅盾就常往表叔盧鑒泉的公館跑，這裡是社會的縮影，可從中進一步了解社會。

這時的茅盾思考著一個重大問題：中國革命與中國社會性質到底如何判定？只有國情判斷準確，才能制定正確的革命戰略方針。這是他自建黨起就不斷思考，在革命實踐和大革命失敗後都不斷碰到的重大問題。與此相連的，是對中國的民族資產階級，到底如何定性定位。在《自治運動與社會革命》一文中，茅盾基本上是照搬馬列主義一般原理，認爲中國革命是反對資產階級的社會主義革命，目標則是實行無產階級專政，而且這革命很快就能實現。大革命失敗後，茅盾重新思考，糾正了自己「革命速勝」論的「左」傾幼稚病。他原則上接受了中共六大決議的精神：中國革命是反帝反封建的資產階級民主主義性質的革命。但六大受斯大林「左」的理論影響，把民族資產階級當做革命對象。這就和資產階級民主革命的性質發生了矛盾。從 1928 年起，學界就有關於中國社會性質的爭論。茅盾回國後，中國社會性質大論戰正在高潮階段，1932 年才告一段落。茅盾跟蹤研究了各派的基本觀點及立場，並作出扼要的概括：「一、中國社會依然是半封建半殖民地的性質；打倒國民黨法西斯政權（它是代表了帝國主義、大地主、官僚買辦資產階級的利益的），是當前革命的任務；工人、農民是革命的主力；革命領導權必須掌握在共產黨手中，這是革命派。二、認爲中國已經走上資本主義道路，反帝、反封建的任務應由中國資產階級來擔任。這是托派。三、認爲中國的民族資產階級可以在既反對共產黨所領導的民族、民主革命運動，也反對官僚買辦資產階級的夾縫中取得生存與發展，從而建立歐美式的資產階級政權。這是當時一些自稱爲進步的資產階級學者的觀點。」〔註 49〕事實上革命派內部，包括共產國際領導人、中共高層領導人和普通黨員，其認識也不盡統一，決策與行動難免或「左」或右。「左聯」內部也不例外。

茅盾從建黨到大革命全過程，一路探索走到今天，其認識也有個發展變化的過程。而今他要在反思的基礎上進一步調查研究，釋疑解惑，求眞務新，形成自己盡可能具眞理性的認識，以指導「左聯」的行動。這時他的眼疾很重，醫生要他「八個月甚至一年內不要看書」。他利用這段時間東奔西跑，在可能進入的一切場所（包括公債市場），和同鄉故舊中的企業家、金融家

〔註49〕《茅盾全集》第 3 卷，第 562 頁。

及社會各階層人士來往，利用一切機會調查研究。概括地說，包括以下方面：(1)在故鄉農村從童年時代到而今回鄉所聞所見的各行各業種種社會情態。(2)從 1916 年來上海，入商務印書館，致力黨的活動、文學活動和而今的所聞所見。具體舉例說，如他的盧鑒泉表叔從維新派、北洋軍閥政府公債司長到上海交通銀行行長，他在軍、政、商、工、金融各界結成了蛛網般的關係網，這三教九流人士常在盧公館客廳聚首。茅盾乘機結識了他們，獲取了大量的社會情態信息。當時在上海，茅盾的二叔沈永欽任新亨銀行、交通銀行高級職員。三叔沈永釗、四叔沈永錩分別是交通銀行、中央銀行職員。這些親屬的社會關係使茅盾有機會把視野伸向軍、政、工、商、金融各界，特別是買辦資產階級、民族資產階級、小資產階級各行各業各個階層。(3)茅盾在上海 10 多年來從事黨的工作、編輯工作、文學活動，夫人孔德沚從事黨和婦女運動，兩人的這些社會關係，茅盾都充分利用。其中尤對各階層的知識份子了解得最充分。黨內關係包括曾主持中共中央工作的瞿秋白和一直從事黨的基層領導工作的楊賢江在內，都是茅盾直接、間接的寶貴信息來源。(4)當時國際經濟危機，國內蔣、閻、馮新軍閥混戰，蔣政權在國統區和蘇區實行的反革命「圍剿」，這一切震動，在上海都能感受到。(5)上海又是新聞報刊、歷史資料薈萃之處。這一切都是茅盾的視野所及和形成結論的客觀依據。

　　茅盾研究所得的結論，大體包括兩方面：一是對中國社會各階級關係的分析：「（一）民族工業在帝國主義經濟侵略的壓迫下，在世界經濟恐慌的影響下，在農村破產的環境下，爲要自保，使用更加殘酷的手段加緊對工人階級的剝削；（二）因此引起了工人階級的經濟的政治的鬥爭；（三）當時的南北大戰，農村經濟破產以及農民暴動又加深了民族工業的恐慌。這三者是互爲因果的。」二是對中國社會性質和民族資產階級當時的特質及其出路的判斷：「中國並沒有走向資本主義發展的道路，中國在帝國主義的壓迫下，是更加殖民地化了。中國民族資產階級中雖有些如法蘭西資產階級性格的人，但是因爲一九三○年半殖民地的中國不同於十八世紀的法國，因此中國資產階級的前途是非常暗淡的。在這樣的基礎上產生了中國民族資產階級的動搖性。當時，他們的『出路』是兩條：（一）投降帝國主義，走向買辦化；（二）與封建勢力妥協。他們終於走了這兩條路。」〔註50〕茅盾把這些認識作爲自己「左

〔註50〕《茅盾全集》第 22 卷，第 53～54 頁。

聯」時期社會定位與社會角色轉換的指導思想，分別貫注在創作中，和在以
「左聯」為主的各種社會政治文化活動中。實踐證明，茅盾這些結論是基本
準確的。但有一點他沒寫進去，這就是：他當時還看到民族資產階級有反帝、
反蔣、反買辦資產階級的一面。如果我們黨的政策與工作得當，民族資產階
級有回到統一戰線的可能。特別當日本侵華，民族矛盾上升為主要矛盾後更
是這樣。《子夜》中的吳蓀甫有愛國反帝傾向，在一般情況下不採用暴力，或
藉助政府當局、軍警等對工人施行暴力；《第一階段的故事》中寫中小資本家
的抗日情緒與愛國行為等，都體現出他的這種判斷。從對吳蓀甫等受帝國主
義壓榨、受買辦階級壓榨的同情態度中，也可看得出他的這種判斷。

　　然而我們不難發現，茅盾在不同的政治環境中對自己的真實認識的表述
不盡一致。如 1952 年在《茅盾選集》自序中，就稱吳蓀甫是「反動資本家」，
而故意不提其具「搖擺性」和兩重性；更沒說自己對他們有同情。這和當時
「左」的環境有很大關係。如果撥開歷史的迷霧而論茅盾對中國社會性質、
民族資產階級的雙重本質、當時黨內「左」傾機會主義思想傾向和路線錯誤
及其在「左聯」工作中的反映等的認識，顯然茅盾的判斷大體上是正確的，
是經得住幾十年來的歷史檢驗的。

　　我們以此判斷為基點，將在本書第五章中剖析其創作品格。本章只集中
談他在「左聯」工作、「左聯」解散、「兩個口號」論爭中以此認識為指導所
有的表現，從而考察和展示他的人格和思想品格。

二

　　以受立三路線和王明路線等的影響為參
照，茅盾大體上把「左聯」分為前、中、後期。
茅盾加入「左聯」正處前期。他目睹了「左聯」
為立三錯誤路線付出的慘重代價：包括「左聯
五烈士」在內許多作家或犧牲或被捕。直到 1931
年 9 月馮雪峰出任黨團書記和瞿秋白分管中宣
部文委工作以後，才扭轉了局面。由此「左聯」
進入了中期，開始它最輝煌的時代。馮雪峰與
魯迅商定，堅請茅盾出任主持行政領導工作的
執行書記。一貫「以天下為己任」的茅盾臨危
受命，他只能挺身而出。於是魯迅、瞿秋白、

擔任「左聯」行政書記時的茅盾

茅盾和馮雪峰趁中央正忙於批判立三路線，王明路線還難以立即控制「左聯」之機，通力合作，按照馬克思主義思想和文學自身規律，整頓和改造「左聯」。茅盾因要寫《子夜》於 10 月辭職。1933 年 2 月至 10 月，在白色恐怖十分嚴重的關頭，他再次被推上執行書記的崗位。這證明他深孚眾望。茅盾從不唯上，而是根據自己的實踐體驗與獨立思考所得行事。瞿秋白在黨員作家中威望極高，他和馮雪峰一起做大家的工作，努力維護魯迅、茅盾的權威，保證了茅盾的工作。茅盾一向謹言慎行，平易近人，具很強的凝聚力。他配合瞿秋白、馮雪峰，形成以魯迅為旗幟的領導核心，紮紮實實地開拓「左聯」新局面。

第一，克服「左」傾盲動主義和關門主義、宗派主義作風，以文學工作為中心，廣泛團結文壇宿將，大力扶植新生力量，把盟外的作家如鄭振鐸、葉聖陶、巴金等一大批進步作家團結在「左聯」周圍，逐步使萎縮的隊伍不斷擴大。

為此，修改作為立三路線產物的「左聯」綱領就成為迫切的任務。於是由馮雪峰執筆，魯迅、瞿秋白、茅盾反覆討論酌定，1931 年 11 月「左聯」執委會通過了《中國無產階級革命文學的新任務》的決議。茅盾晚年評價說：這個新決議「分析了形勢，明確了任務，並就文藝大眾化問題、創作問題、理論鬥爭與批評問題，提出了自己的主張，特別是一反過去忽視創作的傾向，強調了創作問題的重要性，就題材、方法、形式等方面作了詳細的論述」。它對以前的「左聯」綱領與決議作了反撥，是一個既有理論又有實際內容的文件——「標誌著一個舊階段的結束和一個新階段的開始」。〔註51〕

為了指導「左聯」的轉變，遵照瞿秋白的建議，茅盾以執行書記和理論批評家這雙重身份，承擔了總結「五四」以來文藝運動，指導當前創作的任務。茅盾當時發表了一批分量很重、篇幅很長的文章，如《「五四」運動的檢討》、《關於「創作」》、《中國蘇維埃革命與普羅文學之建設》、《「五四」與民族革命文學》、《我們所必須創造的文藝作品》。〔註52〕之後，茅盾又寫了關於徐志摩和青年作家丁玲、臧克家、沙汀等的作家、作品評論。這些文章集中談了三個重大問題：(1)對「五四」十餘年來的新文藝運動的經驗教訓作出系

〔註51〕《茅盾全集》第 34 卷，第 475～476 頁。

〔註52〕分別刊於 1931 年 8 月 5 日《文學導報》第 1 卷第 5 期；9 月 20 日《北斗》創刊號；11 月 15 日《文學導報》第 1 卷第 8 期；1932 年 5 月 2 日《文藝新聞》第 53 號和 5 月 2 日《北斗》第 2 卷第 2 期。收入《茅盾全集》第 19 卷。

統總結。(2)對「五四」以來的新文學，包括屬於普羅文學性質的創作，作出總體評價。這些文章飽含著對文學創作實踐經驗的理論昇華，和對新文學史發展規律的概括。(3)對今後的創作提出總要求：「忠實刻苦地來創作新時代的文學」，必須「藝術地表現出一般民眾反帝國主義鬥爭的勇猛」，以「打破帝國主義者共管中國的迷夢」。文學應該是「斧頭──創造生活」，「成為工農大眾的教科書」。為此，一要「以辯證法為武器」；二要「走到群眾中去，從血淋淋的鬥爭中充實我們的生活，燃旺我們的情感」；三要「從活的動的實生活中抽出我們創作的新技術」，使「正確的觀念，充實的生活，和純熟的技術」能夠統一。他特別強調：「最最主要的還是充實的生活。」這一切高屋建瓴的認知，具有廣泛的指導作用。尤其是關於創作的思想、生活、技巧「三統一」的觀點，〔註53〕是他十多年來的理論與實踐的精闢總結，閃爍著求真務新的智慧光芒。不過，這些文章也有偏頗。茅盾儘管主觀上對「左」傾理論很有保留，但在局部仍受其影響。

其明顯失誤在於：把「五四」文學界定為屬於資產階級領導的民主主義性質的文學，忽略了其領導核心是具共產主義思想的知識份子，其文學主流也是接受社會主義思想影響的無產階級性質的。因此，其總體評價偏低。但這一失誤，進入 40 年代後，隨著認識的提高，茅盾自己主動糾正了。

第二，茅盾和魯迅、瞿秋白、馮雪峰通力合作，大力開拓左翼文藝陣地，把受反動當局注目的《前哨》改名《文學導報》。又創辦了以丁玲為主編的《北斗》，由魯迅、馮雪峰主編的《萌芽》，和先後由姚蓬子、周揚主編的《文學月報》。再次出任「左聯」書記不久，茅盾創辦了實際由他主持編務的大型刊物《文學》。同時又和魯迅合作創辦了《譯文》。《文學》和《小說月報》，與新中國成立後的《文藝報》、《人民文學》並列為中國現當代文學史上最權威的引導文壇主流的雜誌。四大刊物都由茅盾創辦或主編。茅盾僅為《文學》撰文就達 130 餘篇。茅盾還和魯迅全力把資產階級控制的《申報・自由談》轉為「左聯」所用，又支持建黨元老陳望道辦的小品文刊物《太白》。僅1932 年 12 月至次年 5 月，茅盾為《自由談》寫稿以平均 5 天一篇的速度，共寫了 29 篇。這些陣地又成為魯迅、茅盾培養文學新人的「母機」，和克服關門主義、廣泛團結進步文藝工作者的「磁石」。

第三，打擊反動文藝，取得反文化「圍剿」的勝利。茅盾在「左聯」和

〔註53〕《茅盾全集》第 19 卷，第 307～308、280～281、313～314 頁。

敵對文藝思想的幾次論戰中，採取了區別對待的態度。他的主攻對象是反動當局支持，由文化特務、反動軍官提倡的所謂「民族主義文學運動」。茅盾一針見血地指出：「民族主義文學」是「打著『民族』的旗號，行階級統治與壓迫之實」的御用工具。他們故意混淆民族、種族與階級的界限，這是籍「民族共同性」掩蓋「階級統治關係的欺騙手段」，其結果「一定是法西斯蒂化」。它是與國民黨白色恐怖並存，且為其服務的文學支脈。但在階級鬥爭日益尖銳化的今日，其偽裝一戳就破，其「效力是微乎其微的」。〔註54〕茅盾的這些話不久就被「民族主義文學運動」煙消雲散的事實所證實。

第四，在左翼文學與進步文學內部開展同志式的討論與文藝批評。例如大家對「左聯」的綱領和決議中倡導的「文藝大眾化」與「工農兵通訊員」活動的認識存在分歧。茅直就參與和推動了對此的討論。「文藝大眾化」的討論，從 1929 年到 1930 年、1931 年冬到次年秋、1934 年夏，先後共掀起三次論戰高潮。除最後一次有敵對觀點學者介入外，其餘都是內部的和風細雨的說理論爭。這和「革命文學」論爭的氣氛迥然有別。最有趣的是茅盾和瞿秋白雖朝夕相處，卻也著文相互切磋，樹立了學術討論的嶄新風範。

第五，徹底克服「『左翼作家』『左』而不作」的局面，大力支持文學創作。茅盾自己率先垂範，推出一大批代表自己最高水平的小說和散文，如《子夜》、《林家舖子》、《雷雨前》等。魯迅聽茅盾說辭去「左聯」書記職務是為了寫《子夜》時就十分支持，他興奮地說：「現在的左翼文藝，只靠發宣言是壓不倒敵人的，要靠我們的作家寫出點實實在在的東西來。」〔註55〕《子夜》出版後，魯迅多次向國際朋友推薦和介紹該書。魯迅、巴金、老舍、曹禺的最高水平作品，大批青年作家如臧克家、沙汀、艾蕪、蕭紅、張天翼等人的代表作，也都是這時一定程度上受左翼文學運動的影響湧現於文壇的。

1933 年 12 月馮雪峰被調往中央蘇區瑞金，任中共中央黨校教務主任、副校長。經他推薦，瞿秋白也於月底調到中央蘇區，就任 1931 年中華蘇維埃第一次代表大會上就已當選的中央蘇維埃政府人民教育委員之職，領導、主持蘇區教育工作。隨後「文委」、「文總」及「左聯」黨團書記等職由周揚等同

〔註54〕引自茅盾的《「民族主義文藝」的現形》、《〈黃人之血〉及其他》、《評所謂「文藝救國」的新現象》。分別刊於 1931 年 9 月 13 日《文學導報》第 1 卷第 4 期；9 月 28 日該刊第 1 卷第 5 期；10 月 23 日該刊第 1 卷第 6、7 期合刊。均收入《茅盾全集》第 19 卷。

〔註55〕《茅盾全集》第 34 卷，第 478 頁。

志接替。王明「左」傾機會主義路線開始在「左聯」內部貫徹。再加上文化「圍剿」壓力加大，「左聯」的鼎盛時期宣告結束。「左聯」後期文藝工作仍然繼續保持良好勢頭，取得可觀的成就。但其內部代表王明「左」傾路線的新的負責人和部分黨員中存在的宗派主義，與此前就未徹底克服的殘存作風相結合，造成了對魯迅、茅盾所堅持的正確導向的貌合神離，有時甚至化名進行人身攻擊等錯誤，這一切給工作造成很大損失。

茅盾晚年用形象生動的語言對「左聯」作出以下評價：

> 從「左聯」成立到 1931 年 11 月是「左聯」的前期，也是它從「左」傾錯誤路線影響下逐漸擺脫出來的階段；從 1931 年 11 月起是「左聯」的成熟期，它已基本上擺脫了「左」的桎梏，開始了蓬勃發展、四面出擊的階段。促成這個轉變的，應該給瞿秋白記頭功。〔註56〕當然，魯迅是「左聯」的主帥，他是堅決主張這個轉變的，但是他畢竟不是黨員，是「統戰對象」。所以「左聯」盟員中的黨員同志多數對他是尊敬有餘，服從則不足。秋白不同，雖然他那時受王明路線的排擠，在黨中央「靠邊站」了，然而他在黨員中的威望和他文學藝術上的造詣，使得黨員們人人折服。所以當他參加了「左聯」的領導工作，加之他對魯迅的充分信賴和支持，就使得魯迅如虎添翼。魯迅與秋白的親密合作，產生了這樣一種奇特的現象：在王明「左」傾路線在全黨佔統治的情況下，以上海為中心的左翼文藝運動，卻高舉了馬列主義的旗幟。在日益嚴重的白色恐怖下（1932 年以後上海的白色恐怖，比之 1930、1931 年是更猖獗了），開闢了無產階級革命文學的道路，並且取得了輝煌的成就！必須補充一句，推動 1931 年「左聯」工作的轉變的，還有「左聯」成員中的一批堅決信任和支持魯迅和秋白的同志，這些同志中間就有馮雪峰、夏衍和丁玲。當然，還需要補充一句，1932 年以後的「左聯」，並不就一點缺點錯誤都沒有了，不是的，它仍舊要繼續克服諸如關門主義、宗派主義等等毛病。但它的主流是正確的。我甚至還這樣想過，假如 1933 年底，當時王明路線的中央不把秋白調到中央蘇區

〔註56〕茅盾強調這個時間為劃線界標，是因為這時通過了「左聯」的新決議《中國無產階級革命文學的新任務》，茅盾突出說明了瞿秋白、魯迅的作用。但對黨團書記馮雪峰的作用（決議也是他起草的）沒作充分說明。其實馮雪峰和茅盾的作用也是十分關鍵十分重大的。

去當什麼文化教育人民委員，而繼續留在上海，那麼「左聯」後期
內部的不團結就不至於發展得那麼嚴重，兩個口號的爭論也不至於
發生。〔註57〕

這個假設畢竟是善良的主觀願望，歷史卻只按客觀規律發展。但茅盾的
總結卻是客觀公允，經得住歷史檢驗，值得認真記取的。論及「左聯」的這
些成就，茅盾只談別人的作用，隻字沒談他自己。其實魯迅、瞿秋白、茅盾
和馮雪峰是帶動「左聯」的四架馬車，缺一不可。論功不言己，展示出茅盾
大公無私、謙虛厚道的思想品格與人格美德。

三

由於王明、博古不斷鼓吹「革命高潮已經到來」，不斷發動暴動，包括臨
時中央在內的黨組織不斷暴露，許多黨員和領導人被捕被殺。中共臨時中央
被迫於1933年1月遷到中央蘇區。博古和共產國際代表李德在蘇區繼續強制
推行「左」傾路線，排斥毛澤東正確的軍事思想，結果第五次反「圍剿」遭
到慘敗，不得不放棄中央蘇區，開始戰略轉移。在長征沿途，他們又犯了逃
跑主義錯誤，使紅軍由八九萬人銳減到三萬餘人！直到1935年1月在遵義召
開的政治局擴大會議上，才批判了他們的「左」傾路線，推舉張聞天取代博
古任中共中央總書記。撤銷了李德、博古的軍事指揮權，由周恩來、王稼祥、
毛澤東組成行使最高軍事指揮權的新的「三人團」。隨後由毛澤東取代當時病
重的周恩來任「三人團」負責人。從此，結束了王明路線在黨中央的統治，
保證了紅軍長征的偉大勝利。

與臨時中央遷蘇區同時成立的派出機構上海中央局，始終堅持王明「左」
傾路線，不斷冒險，暴露自己，使黨組織從1934年到1935年2月遭到六次
大破壞。中央局書記董文杰、中宣部文委書記陽翰笙、委員田漢等也相繼
被捕。從此，上海中央局、中宣部下屬「文委」、「文總」及「左聯」黨團
組織全部癱瘓，並與共產國際、中共中央失去聯繫。1935年夏，以文化界剩
下的百餘名黨員為基礎重建「文委」。書記是周揚。委員有章漢夫、夏衍、錢
亦石、吳敏。周揚兼任「左聯」黨團書記。因與中央失去聯繫，新領導機
構當然未獲批准，也沒有渠道了解中央和共產國際的新方針路線，只能自行
其是。

〔註57〕《茅盾全集》第34卷，第476～477頁。

　　1928 年周揚從上海大夏大學畢業後開始文學活動。從其文集所收的文章統計，到他任「文委」和「左聯」黨團書記時止，他發表的文章不足 10 篇。就任黨內高職後，年僅 25 歲的周揚既「左」傾又氣盛。他和 1928 年就犯宗派主義、「左」傾關門主義錯誤而不改的部分年輕黨員一起，認同王明「左」傾機會主義路線，形成了「左聯」內部一個小圈子。瞿秋白、馮雪峰離去後，他們控制了「左聯」黨團組織。不僅不尊重魯迅，架空魯迅對「左聯」的領導，他們甚至私下非議他，還用化名著文攻擊他。周揚在其主持的「左聯」內刊《文學生活》上攻擊魯迅，卻不給「左聯」主要領導人魯迅贈送此刊。

　　這一切理所當然地惹起魯迅的不滿。他說：「敵人不足懼，最令人寒心而且灰心的，是友軍中的從背後來的暗箭；受傷之後，同一營壘中的快意的笑臉。」〔註 58〕「為了防後方，我就得橫站，不能正對敵人，而且瞻前顧後，格外費力。」〔註 59〕

　　茅盾意識到，這並非個人恩怨，顯係黨內「左」傾路線錯誤的繼續。但這種分歧在歷史轉折關頭，在「解散『左聯』」、「『兩個口號』論爭」兩件大事上集中表現出來，並且激化到公開論戰的程度，則是茅盾所始料未及的。茅盾站在黨的立場，很快看透了其重大的政治背景。他慎重決策，適時恰當地轉換了社會角色：求同存異，彌合分歧，致力維護統一戰線以團結對敵。

　　1935 年 8 月 11 日關於「解散『左聯』」的指令，來自共產國際中共代表團，當然也事出有因。當時德、意、日聯手發動的世界範圍的法西斯侵略戰爭，已經在歐、亞兩洲打響。為制定新的路線和策略，共產國際 1935 年 7 月召開第七次代表大會。總書記季米特洛夫作了題為《關於法西斯主義的進攻以及共產國際在爭取工人階級團結起來反對法西斯的鬥爭中的任務》的報告。王明也在大會上發言（即隨後以《論反帝統一戰線》為題發表的文章）。8 月 1 日中共代表團草擬了《中國蘇維埃政府、中國共產黨中央為抗日救國告全體同胞書》（即《八一宣言》），10 月 1 日在代表團所辦的《救國時報》上公開發表。王明的文章和其他講話也發表於《救國時報》。季米特洛夫的報告

〔註 58〕　《致蕭軍、蕭紅》（1935 年 4 月 23 日），《魯迅全集》第 13 卷，人民文學出版社，1981 年版，第 116 頁。

〔註 59〕　《致楊霽雲》（1934 年 12 月 18 日），《魯迅全集》第 12 卷，人民文學出版社，1981 年版，第 606 頁。

刊於共產國際的《國際新聞通訊》。中共中央追認了《八一宣言》。毛澤東和朱德聯名發表《中華蘇維埃共和國中央政府、中國工農紅軍革命軍事委員會抗日救國宣言》。1935 年 12 月 17 日至 25 日召開了中共中央政治局會議（即「瓦窰堡會議」），通過了總書記張聞天起草的《中央關於目前政治形勢與黨的任務決議》的文件。27 日毛澤東根據會議精神在黨的活動分子會上作了《論反對日本帝國主義的策略》的報告。這一切解決了共產國際和中共中央的路線與方針政策問題。其共同的精神，就是建立廣泛的反法西斯統一戰線。但在共產國際、中共中央、季米特洛夫、毛澤東和王明之間，存在原則區別。首先，前者都特別強調了共產黨和無產階級的自主立場和對統一戰線的領導權，對此王明隻字不提。其次，中共中央決議和王明雖都提出「成立國防政府」的口號，但王明所指的是蔣介石政權。他還提出「一切通過統一戰線」的放棄無產階級和黨的領導權的口號。但中共中央決議和毛澤東的文章都對統一戰線與「國防政府」作了階級構成及其相互關係的分析。毛澤東集中論述了變「工農共和國」爲中國共產黨領導下的廣泛的抗日民族統一戰線爲基礎的「人民共和國」。這是毛澤東心目中的「國防政府」，不是指蔣政權。這些分歧後來就形成了抗日戰爭時期以毛澤東爲代表的黨中央正確的抗日民族統一戰線，和王明由「左」傾機會主義路線急劇轉向而形成的右傾機會主義路線之間的尖銳鬥爭。〔註 60〕這一切反映在文藝界，第一個「前哨戰」就是關於是否「解散『左聯』」之爭。

　　1935 年 12 月初，魯迅把蕭三轉交「左聯」的信給茅盾看。信的中心意思是要求「取消左聯，發宣言解散它，另外發起、組織一個廣大的文學團體」，「吸引大批作家加入反帝反封建的聯合戰線上來」。來信甚至說：「左聯」「絕不似一個文學團體和作家的組織」，「而是一個政黨，簡單說，就是共產黨」。蕭三事後對毛澤東、對媒體都說過：他的本意「不贊成」此信中的這些觀點。但先後兩次受到王明「威逼」，而且「態度很凶」地誣衊他怕解散了「左聯」

〔註60〕　王明的右傾路線的根源在斯大林。斯大林認爲中共和紅軍「力量很小」，「中國的抗戰要依靠蔣介石爲首的國民黨」，故中共應促成「在國民政府基礎上的」抗日民族統一戰線。中共不應提「誰領導誰」的問題，而應運用法國共產黨關於「『一切服從統一戰線』，和『一切經過統一戰線』的經驗」。這些觀點不僅影響王明，後來也影響了季米特洛夫。1937 年王明回國貫徹這一切，更激化了黨內外兩條路線鬥爭。參看《中國共產黨歷史》第 1 卷下冊，第 650～653 頁。

「當不成代表」。中共代表團另一負責人康生則反覆勸誘，反覆論證這些右傾觀點，並以此作爲解散「左聯」的理論的根據。蕭三說：「我是共產黨員，我不能不聽黨的命令。」只好做此違心之舉。〔註61〕其實，信中反映的是王明、康生的觀點和材料。

　　魯迅、茅盾根據內容和口氣，都斷定此信並非「個人的意見」，而可能是「共產國際的指示」。他們當時已從轉交此信的史沫特萊處獲知，從「七大」起共產國際在戰略策略上有重大的變化。但兩人在態度上卻有所不同。茅盾曾是中共黨員，當然認同黨的戰略策略的轉變，對解散「左聯」的「建議持贊成態度」。魯迅對拉敵爲友「表示懷疑」，「對於解散『左聯』也不表贊同」，決定「看一看再說」。〔註62〕但是因爲事關重大，兩人都持謹愼態度。魯迅讓許廣平留下抄件，原件請茅盾託人轉交給黨團書記周揚。

　　事過月餘，周揚一直都沒跟魯迅、茅盾商量。直到 1936 年 1 月初，周揚才派「文委」和「左聯」黨團成員之一夏衍找茅盾，說因爲魯迅不肯見他們，只好請茅盾向魯迅轉達意見。這意見是：「決定解散『左聯』」，建立「不管他文藝觀點如何，只要主張抗日救國，都可以加入」的「文藝家的抗日統一戰線組織」。夏衍問茅盾意見如何，茅盾表示：我對「建立抗日統一戰線的主張是贊成的」，具體「究竟怎麼辦，我還要考慮考慮，等我同魯迅談過後再說」。茅盾發現，此前周揚、夏衍等早已和許多人談過此事。所以對茅盾持別是「左聯」主帥魯迅來說，這都是「遲到新聞」。茅盾對周揚、夏衍等不尊重魯迅的態度早就充分領教了，因此預料和魯迅談此事決不會輕鬆。但覺得自己「與雙方都得保持著良好關係」，「能起到一個調節作用」。「同一營壘內的戰友，在這號召建立抗日統一戰線的關口，更應該消除隔閡，聯合起來，一致對敵。」所以茅盾決定，顧全大局，利用自己「比較特殊的地位」，毅然挑起協調雙方關係的重擔。此後的事實證明：茅盾根本無法按個人意願辦事。有時連顧全大局的折中調和也被罵爲「腳踏兩家船」。但茅盾不顧個人得失，始終以大局爲重，無怨無悔。這是我們觸摸茅盾那高尚品格、博大胸襟的一個重要窗口。

　　茅盾一談就發現魯迅胸有成竹。魯迅說：「組織文藝家抗日統一戰線我贊

〔註61〕 見《訪問蕭三同志記錄》，1980 年 1 月《魯迅研究資料》第 4 輯，第 194～195 頁；《我爲左聯在國外作了些什麼？》，1980 年 2 月《新文學史料》第 1 期，第 36～37 頁。

〔註62〕 《茅盾全集》第 35 卷，第 48～49 頁。

成，『禮拜六』〔註63〕參加進來也不妨，只要他們贊成抗日。」魯迅也認爲「左聯」的「宗派主義、關門主義是嚴重的，他們實際上把我也關在門外了。但宗派主義和關門主義是有人在那裡做，不會因爲取消了『左聯』他們就不做了。『左聯』是左翼作家的一面旗幟，旗一倒，等於是向敵人宣布我們失敗了」。領導統一戰線組織的，「是『左聯』，解散了『左聯』」就「沒有了核心，這樣雖說我們把人家統過來，結果恐怕反要被人家統了去」。

　　應該指出，事後周揚、夏衍等都承認，他們並不了解瓦窰堡會議的決定和黨中央的精神，只是從《救國時報》和《國際新聞通訊》上讀過王明和季米特洛夫的文章與報告，就立即跟風，由「左」急轉爲右。他們把王明的話當中央指示，卻把季米特洛夫關於共產黨和無產階級對統一戰線應堅持領導權和堅持獨立自主原則的話當耳旁風。反倒是既不了解黨中央決議內容，也沒看過上述文章的黨外人士魯迅，依靠實踐經驗獨立思考所作的決策，更能堅持原則。對此，茅盾深以爲然，第三天便把魯迅的意見原原本本地告訴了夏衍，並說：「魯迅的意見是有道理的。」「夏衍極力辯解。他說不會沒有核心的，我們這些人都在新組織裡邊，這就是核心。」茅盾答應再做「傳話人」。魯迅聽了覺得好笑。他說：正是「這些人」一直在搞宗派主義和關門主義。「對他們這般人我早已不信任了。」茅盾體會這意思是：「有周揚他們在裡邊做核心，這個新組織是搞不好的。」他明白再談也不會有什麼結果，就託鄭振鐸把情況轉告夏衍。後來茅盾聽說，周揚又派徐懋庸直接找魯迅商量過多次。魯迅勉強讓步。他「同意解散『左聯』了，但提出必須發表一個宣言，申明『左聯』之所以解散是爲了在新形勢下把無產階級文藝運動推向新的階段，而不是自行潰散」。周揚他們接受了，可是後來他們「又變卦了，連宣言也不發了。魯迅因此大爲生氣，認爲他們言而無信」。但魯迅認爲「發不發宣言是個重大問題」。從此，魯迅更加不信任周揚他們了，也不參加他們發起的文藝家協會。〔註64〕茅盾感到十分無奈，但爲彌合分裂起見，他答應周揚，做文藝家協會發起人。許多人對此心存疑慮，所以入會者寥寥無幾。不僅沒達到擴大統一戰線的宗旨，反而分裂和取消了「左聯」隊伍，並把內部分歧公開暴露在敵人面前。

〔註63〕　「禮拜六」是刊物名，所登作品多係封建小市民意識的作品。多寫卿卿我我、「三角關係」，所以此派也被稱爲「鴛鴦蝴蝶」派。其政治態度偏右，具有反對「左翼文學」的傾向。
〔註64〕　《茅盾全集》第35卷，第46～51頁。

事後，周揚承認：早在蕭三來信之前，他就有解散「左聯」的想法了。可見他並非尊重中共駐共產國際代表團的指示。因此，儘管蕭三在信中明明說解散「左聯」要公開發表宣言，他也不管不顧，自行其是。這再次證明了魯迅的判斷：宗派主義和霸氣是周揚的一貫作風。這一點在「國防文學」論爭中表現得更加明顯。

四

正像解散「左聯」的想法的產生先於肖三來信，周揚提出「國防文學」的觀點，也早於此信。1934年10月27日周揚以「企」爲筆名，在《大晚報》副刊《火炬》上發表的《國防文學》，是最早提出「國防文學」口號的文章。周揚先介紹了「任務是在於防衛社會主義國家蘇聯的「國防文學」。但對依附帝國主義，屬資產階級專政性質的中華民國蔣政權卻不作任何分析，就武斷地判定：「這樣的『國防文學』就是目前中國所最需要的！」這種混淆不同政治屬性的口號，具有後來魯迅一針見血指出的「不明瞭性」。此後一切鼓吹「國防文學」口號的失誤均源於此。

從1935年12月起，周揚在解散「左聯」並組織文藝家協會的同時，又部署、倡導「國防文學」。於是周立波、何家槐和化名狄克的張春橋等，接二連三發表文章鼓吹「國防文學」口號。

對提倡「國防文學」口號之舉，魯迅「持懷疑態度」。他對茅盾說：這個口號「我們可以用，敵人也可以用」。「實質到底是什麼，我還要看看他們的口號下賣的是什麼貨色。」不久，夏衍的話劇《賽金花》被當做「國防文學標本」來宣傳。魯迅見了哈哈大笑，對茅盾說：「原來他們的『國防文學』是這樣的。」〔註65〕魯迅對此劇的評價一針見血：「作文已經有了『最中心之主題』：連義和拳時代和德國統帥瓦德西睡了一些時候的賽金花，也早已封爲九天護國娘娘了。」〔註66〕魯迅此話同時也是針對周揚的「國防的主題應當成爲漢奸以外一切作家之最中心的主題」的觀點的。〔註67〕可以說是一箭雙雕。

〔註65〕 《茅盾全集》第35卷，第52頁。
〔註66〕 《「這也是生活」……》，《魯迅全集》第6卷，人民文學出版社，1981年版，第602頁。賽金花是個妓女，與侵華德軍頭子瓦德西同居時做了一些好事。
〔註67〕 《關於「國防文學」──略評徐行先生的國防文學反對論》，1936年6月5日《文學界》第1卷第1號。

　　魯迅判定的「國防文學」口號及其「標本」的副作用，很快被托派分子徐行的話所反證：他說「國防文學」是共產黨作家「放棄無產階級利益和向資產階級投降」的口號。茅盾也認爲，這恰恰從反面暴露了「沒有強調甚至沒有談到無產階級在『國防文學』中的領導責任」的弊端。但茅盾考慮的「不只是這個口號本身的是非」，更重要的是它「可能引起的進步文藝界內部分歧的進一步加劇」。爲保持彌合分歧、進行斡旋的主動權，茅盾開始時一直保持沉默，現在他不能不說話了。於是茅盾先後發表兩篇文章，呼籲團結。他說：「嚴格的辨別敵與友，謹愼的施予愛和憎。」「站在一條線上的，聯合起來，一同走向前去罷！」茅盾高屋建瓴，撇開「口號」之爭，給文學提出了總目標：從反帝反封建與民族解放的大方向出發，「表現民族解放鬥爭的英勇壯烈的行動，推動民族解放鬥爭的進行」。在內容上，要不容情地抨擊「投降的理論和失敗的心理」；在形式上，「要潑辣，要刻毒」，「不是拍照」，而是誇張地「描寫『善』」、「刻畫『惡』」，不傷害「眞實」，塑造從現實生活裡「體驗得的汲取得的『典型』」，「要大擔的粗線條的筆觸，要衝鋒號似的激越的音調，要暴風雨般的氣勢」。〔註68〕用這去體現全民抗戰的時代精神。

　　也是從維護團結的願望出發，茅盾要求他主持的《文學》的編輯部成員不要介入論爭，《文學》也不發表論爭的文章。但主編傅東華忍耐不住，以「角」爲筆名發表一文。不過他聽從了茅盾的勸告，對「國防文學」口號未置可否，但說了下面這句話：「光喊口號並不能寫出眞正有血有肉的作品來。」〔註69〕「國防文學」派認定：這是《文學》不支持「國防文學」的信號。就由梅雨出面借用傅東華的文章標題《所謂非常時期的文學》爲自己的標題寫文章予以反擊。雙方唇槍舌劍來往了好幾回合，逼得茅盾和《文學》再難沉默。但茅盾仍不想陷入口號之爭，只想挫挫這種宗派主義「霸氣」，遂選霸氣最衝的徐懋庸的文章《中國文藝的前途》〔註70〕爲對象，反駁其以下觀點：「中國文學的前途不論抗戰、滅亡還是維持現狀，中國文學都不免衰亡。」要不衰亡，「只有建立國防文藝運動，國防文藝就是今後文藝所要完成的使命」。茅盾以「橫」爲筆名，一口氣寫了《中國文藝的前途是衰亡麼》、

〔註68〕 1936 年 3 月 1 日《作家們聯合起來》，《文學》第 6 卷第 3 號，《茅盾全集》第 21 卷，第 93 頁；《向新階段邁進》，同年 4 月 1 日《文學》第 6 卷第 4 號，《茅盾全集》第 21 卷，第 96～98 頁。

〔註69〕 《所謂非常時期的文學》，1936 年 3 月 1 日《文學》第 6 卷第 3 號。

〔註70〕 徐文刊於 1936 年 2 月 23 日《社會日報》。

《悲觀與樂觀》、《論奴隸文學》三篇文章，在同期《文學》上集中一次發表。茅盾指出：不論在徐懋庸說的哪一種情形下，中國的文藝「都不會衰亡，相反，將會發皇，甚至飛躍」。「如果一個作家存著中國文藝一定要衰亡的心理去創作，那麼不管他怎樣熱烈地擁護『國防文學』，也寫不出好的『國防文學』作品來的。」〔註71〕

不過茅盾仍想補充。他和魯迅商量，為了減少副作用，消除分歧，只有著文把「國防文學」解釋完備。魯迅對此不抱希望，「他說，你願意試，就試試罷」。於是茅盾接連寫了《需要一個中心點》和《進一解》。〔註72〕茅盾的目的還包括就《文學》怎麼看「國防文學」問題回答讀者，並替傅東華解圍的用意。茅盾對「國防文學」題材作了極寬泛的解釋：「凡是現代的我們的社會現象，——從都市以至農村，從有閒者的頹廢生活，小市民的醉生夢死，以至在生活線上掙扎的勞苦大眾的生活，都可以組織在此一題目之下。」但他對「國防文學」主題的解釋卻很狹窄：「不過凡此種種的題材都必須有一中心思想，即提高民眾對於『國防』的認識，促進民眾的抗戰的決心，完成普遍一致的武力抵抗侵略的行動！」這和周揚的「國防的主題應當成為漢奸以外一切作家之最中心的主題」的解釋並無多大區別。而且茅盾的這種要求也是做不到的。以茅盾的境界，本不會陷入這種自相矛盾的地步。但他為了緩和矛盾，就不得不折中調和。對此，魯迅頗不以為然。但他一向尊重茅盾，所以未置可否。這時魯迅心中已經醞釀著另起爐灶以打破僵局的計劃了。1936年 4 月中下旬，中共中央特派員馮雪峰抵上海，貫徹瓦窰堡會議精神，正好給打破僵局創造了條件。

中央給馮雪峰的任務是四個：(1)在上海設法建立一個電台，把所能得到的情報較快地報告中央；(2)同上海各界救亡運動領袖沈鈞儒等取得聯繫，向他們傳達黨中央的抗日民族統一戰線政策，並同他們建立聯繫；(3)了解和尋覓上海地下黨組織，取得聯繫，替中央將另派到上海去做黨的組織工作的同志先作一些準備；(4)對文藝界工作也附帶管一管。第一個任務是中央軍委副主席周恩來布置的。第二、三、四個是中共中央總書記張聞天布置的。他們多次囑咐：「務必先找魯迅、茅盾等，了解一些情況後，再找黨員和地下黨組

〔註71〕 三篇文章集中刊於 1936 年 4 月 1 日《文學》第 6 卷第 4 號，收入《茅盾全集》第 21 卷。茅盾這段話見《茅盾全集》第 35 卷，第 58 頁。

〔註72〕 分別刊於 1936 年 5 月 1 日、6 月 1 日《文學》第 6 卷第 5 號、第 6 號，以下引文見《茅盾全集》第 21 卷，第 114 頁。

織。」這當然與此前黨內多次出現叛徒大有關係。馮雪峰抵滬後，嚴格按照中央指示，與中共駐共產國際代表團所派從莫斯科赴上海的代表潘漢年，以及中央單線聯繫的中央特科人員胡愈之緊密配合。他的工作和做法，得到中共中央的認可與肯定。〔註73〕但周揚卻責怪馮雪峰不先找他，因此，一直故意和馮雪峰爲難。

據茅盾回憶，他大約於 4 月下旬在魯迅家中和馮雪峰見面。聽他傳達來滬的幾項任務、長征經過、陝北情況和黨中央瓦窰堡會議制定的建立抗日民族統一戰線的精神。次日，馮雪峰在茅盾家聽茅盾介紹上海情況。與中央失去聯繫多年，聽到老朋友以中央特派員身份傳達中央精神，對近年來以特殊身份堅持對敵鬥爭、維護文藝界團結的茅盾來說，這時簡直如釋重負！他無保留地給馮雪峰介紹了上海情況，並特別強調：「組織上不能分裂。這樣只能使親者痛，仇者快。」他請馮雪峰勸魯迅加入文藝家協會。〔註74〕茅盾雖非黨員，這次談話卻是以黨員標準向黨交心。他的談話比較客觀。但批評胡風重於周揚，卻有失公正。後來，馮雪峰在回憶文章中所述這次談話與茅盾的回憶基本一致。但他解決問題的打算與茅盾不盡相同。因爲他必須嚴格執行中共中央的堅持黨對統一戰線領導權的原則，把魯迅作爲旗幟和核心；他不能折中調和。對受王明影響的「國防文學」口號的偏頗和論爭中的宗派主義等，他必須糾正。對此，茅盾十分理解，積極配合，相應地再次適當地調整了自己所扮演的社會角色。

五

馮雪峰和魯迅深談之後，又分別聽了許多人介紹的情況和意見，其中也包括胡風。馮雪峰同意魯迅、胡風的看法。馮雪峰又找這時在上海做恢復地下黨工作的潘漢年商量。兩人都認爲「國防文學」口號沒有階級立場。馮雪峰遂和胡風醞釀一個有明白立場的左翼文學口號。兩人共同擬出「民族革命戰爭的大眾文學」這個新口號，並提請魯迅考慮。魯迅認爲：「提個左翼作家

〔註73〕潘漢年擔任中共中央上海辦事處主任兼負責國共兩黨秘密談判聯絡代表工作。以上諸情況，可參看《中國共產黨歷史》第 1 卷上冊，第 541 頁、《馮雪峰文集》第 4 卷，第 506 頁，以及 1936 年 7 月 6 日以「洛（洛甫，即張聞天）恩（周恩來）」的化名給馮雪峰（以「李兄」稱之）的信。原件存歷史檔案館，此信於 1992 年 7 月 6 日在《人民日報》上公開發表過。

〔註74〕《茅盾全集》第 35 卷，第 60～61 頁。

的口號是應該的。『大眾』二字很必要。」最後就由魯迅拍了板。〔註75〕接著由魯迅找茅盾商量。馮雪峰當時也在座。

茅盾晚年這樣記述這次談話:「魯迅說:現在打算提出一個新口號——『民族革命戰爭的大眾文學』,以補救『國防文學』這口號在階級立場上的不明確性,以及在創作方法上的不科學性。這個口號和雪峰、胡風商量過。雪峰插嘴道:這個新口號是一個總的口號,它是無產階級革命文學的繼承和發展,可以貫串相當長的一個歷史時期;而『國防文學』是特定歷史條件下的具體口號,可以隨著形勢的發展而變換。魯迅說:新口號中的『大眾』二字就是雪峰加的。」茅盾說:「提出一個新口號來補充『國防文學』之不足,我贊成。不過『國防文學』這口號已經討論了幾個月了,現在要提出新口號,必須詳細闡明提出的理由和說明它與『國防文學』口號的關係,否則可能引起誤會。這件工作別人做是不行的,非得大先生〔註76〕親自做。」「這樣才有分量,別人才會重視。因為『國防文學』這個口號,他們說是根據黨中央的精神提出來的。」「魯迅道:關係是要講明白的,除非他們不准提新口號。」臨走時,馮雪峰個別對茅盾說:「勸魯迅加入文藝家協會的事沒有成功……也不必勉強他;他們要另外組織文學團體,也就讓他們組織罷。不過,你可以兩邊都簽名,兩邊都加入,免得人家看來完全是兩個對立的組織。我們還可以動員更多的人兩邊都加入,這樣,兩個組織也就沒有什麼區別了。」茅盾說:「這是不得已的辦法,你還是最後努一把力,再勸勸大先生。」馮雪峰答應了,並囑咐茅盾轉告周揚:「目前先不要急於成立文藝家協會。」〔註77〕

茅盾的出發點是維持團結,不要分裂,這當然很對。但他說周揚所提「國防文學」口號是「根據黨中央的精神」則是失察。時任「文委」和「左聯」黨團委員的夏衍晚年說了實話:1935年10月中旬,他們先後在中共駐共產國際代表團所辦的《救國時報》上看了《八一宣言》和王明的文章,在共產國際辦的《共產國際通訊》(英文版)上讀了季米特洛夫的報告。就把這當成黨中央的指示。當時上海「文委」是在與中央失掉聯繫多年的情況下自發成立的,根本不了解遵義會議後改選的新的中央領導和瓦窰堡會議精神。他們也不承認馮雪峰這位黨中央的特派員。恰恰是馮雪峰,聽了瓦窰堡會議精神的

〔註75〕 參看《馮雪峰文集》第4卷,第513～514頁。胡風:《回憶參加左聯前後》,《胡風回憶錄》,人民文學出版社,1993年版,第55～57頁。
〔註76〕 當時對魯迅常用的尊稱,因為魯迅排行老大。
〔註77〕 《茅盾全集》第35卷,第61～63頁。

傳達，聽了毛澤東的報告，並在中央主要領導人派他爲特派員並給他布置工作時直接了解了中央精神。

讓茅盾失望的是：這口號不是按他的要求由魯迅著文提出，而是由胡風於 1936 年 6 月 1 日《文學論叢》第 3 期在題爲《人民大眾向文學要求什麼》的文章中提出。「國防文學」派立即群起攻擊。一個時期以來，從不出面的周揚也動作迅速，於 6 月 5 日發表長篇署名文章《關於國防文學》，刊於當天創刊由徐懋庸主編的《文學界》上。兩天後即 6 月 7 日，周揚籌組的中國文藝家協會舉行成立大會。會上通過了茅盾起草的宣言。茅盾還當選爲常務理事會召集人。不過由於茅盾堅持，宣言並未提「兩個口號」及其分歧。魯迅既沒如傳說的那樣，成立什麼「協會」，也沒有怪罪茅盾充當文藝家協會負責人並起草宣言。只是請黎烈文把巴金、黎烈文提議並共同起草，由魯迅親筆修改並簽了名字的《中國文藝工作者宣言》草稿，送給茅盾審閱。茅盾見全文共三四百字，也沒提「兩個口號」問題，就簽了名。兩份宣言相繼發表，內容基本一致，對未暴露分歧。兩頭都簽名者不少，也未顯示對立。這說明馮雪峰、茅盾下邊的協調工作是有成效的。但「國防文學」派對「民族革命戰爭的大眾文學」的攻勢卻日趨凌厲。繼《關於國防文學》之後，周揚又發表長文《現階段的文學》。他指責不同意「國防文學」口號就是「不了解民族革命統一戰線的重要意義」。他說：胡風「提出新口號」，卻對「國防文學」一字不提，對理論家胡風先生而言，如果不是一種有意的抹殺，就不能不說是一個嚴重的基本認識的錯誤。表明他「沒有認識促進全民族革命戰爭之實現是人民救亡陣線的實際活動」。〔註 78〕徐懋庸用胡風文章標題作爲自己的標題發表文章，更是隨意扣政治帽子，說「另提關於同一運動的新口號」，是「故意標新立異，要混淆大眾的視聽，分化整個新文藝運動的路線」。〔註 79〕

周揚和徐懋庸站出來，給茅盾上了一堂「宗派主義」課。這表明他們「只許州官放火，不許百姓點燈」。只能由他們提有明顯缺陷的口號，別人只能接受。反對固然不行，另提新口號更加不行，都得扣分裂與破壞統一戰線的大得嚇人的政治帽子！可見問題不在由誰提口號，而在於「兩個口號」提出者

〔註 78〕1936 年 6 月 25 日《光明》半月刊第 1 卷第 2 號，《周揚文集》第 1 卷，人民文學出版社，1984 年版，第 180 頁。

〔註 79〕1936 年 6 月 10 日《光明》半月刊第 1 卷第 1 號。

雙方在歷史轉折關頭，對如何正確處理民族鬥爭與階級鬥爭之關係，是否要堅持黨對統一戰線的領導權，對文學的黨性、階級性與政治傾向性等問題，認識上存在原則性分歧。此外，這和多次「左」傾路線錯誤帶來的宗派主義作風仍嚴重存在大有關係。事過 42 年後，周揚也承認：在這次論爭和「左聯」工作中，自己「有宗派情緒」。「在解釋國防文學的文章中確實是有『右』的東西」，「也有『左』的東西」。〔註80〕有了切膚之痛和新的認識之後，曾埋怨魯迅、馮雪峰的茅盾才完全自覺地站在正確的立場上。

為了平息愈演愈烈的論爭風波，茅盾還是堅持由馮雪峰去請魯迅出面發表文章。馮雪峰答應後約一週，給茅盾送來了病重中的魯迅寫下的《答托洛斯基派的信》和《論現在我們的文學運動》兩篇文章，也附來托派臨時中央委員陳其昌化名陳仲山寫給魯迅的信的抄件。〔註81〕他告訴茅盾，看了此信，病中的魯迅氣得發抖！茅盾看後斷定：「這個托派大概是看了胡風的文章，又聽了上海一些小報造的謠言，就以為魯迅是反對『國防文學』的，因而也與共產黨分道揚鑣了，所以就寫了這封『試探』信。」魯迅在覆信中痛斥了自以為「比毛澤東先生高超得多」的托派，說他們實際上「恰恰為日本侵略者所歡迎」，遂「掉到地上最不乾淨的地方去」。魯迅明確宣告：自己和托派「是相離很遠的」。但對「那切切實實，足踏在地上，為著現在中國人的生存而流血奮鬥者，我得引為同志，是自以為很光榮的」。這就充分表明了魯迅對黨和黨的抗日民族統一戰線的方針路線的鮮明立場和態度。《論現在我們的文學運動》暗含著對解散「左聯」的解釋。魯迅說：「民族革命戰爭的大眾文學」是對「左聯」成立以來「無產階級革命文學的一發展」。這個新口號的提出是將「反對法西斯主義，反對一切反動者的血的鬥爭」「更深入，更擴大，更實際，更細微曲折，將鬥爭具體化到抗日反漢奸的鬥爭，將一切鬥爭匯合到抗日反漢奸鬥爭這總流裡去。決非革命文學要放棄它的階級的領導的責任，而是將它的責任更加重，更放大，重到和大到要使全民族，不分階級和黨派，一致去對外。這個民族的立場，才真是階級的立場」。文章還闡明了「兩個口號」的關係：「民族革命戰爭的大眾文學，正如無產革命文學的口號一樣，大概是一個總的口號罷。在總口號之下，再提些隨時應變的具體的口號，例如『國防文學』『救亡文學』『抗日文藝』……等等」，「不但沒有礙，並且是有益的，

〔註80〕《周揚笑談歷史功過》（趙浩生專訪），1979 年 2 月《新文學史料》第 2 輯。
〔註81〕魯迅這兩篇文章及所附陳仲山的信均收入《魯迅全集》第 6 卷。

需要的」。〔註82〕

茅盾認爲魯迅的文章很好，並同意馮雪峰的意見，在爭論雙方的刊物上同時發表。他答應周揚這邊由自己交給《文學界》。因爲此刊是中國文藝家協會辦的，自已是常務理事會的第一負責人，自己已經同意，發表當不成問題。但因魯迅沒批評胡風，茅盾特地用致《文學界》信的形式，寫了《關於〈論現在我們的文學運動〉》一文。文中替「國防文學」口號說了許多好話，也表示支持魯迅對「兩個口號」關係的闡述，還特地批評了胡風文章的「錯誤」。然而茅盾錯估了形勢。

晚年的茅盾對結果有過這樣的記述：一是魯迅的「有重大政治意義的《答托洛斯基派的信》沒有登」。二是「按重要性本應排在第一篇的《論現在我們的文學運動》卻排在後面」。三是雖然刊登了茅盾的一千多字的小文章，其後卻有篇編者所寫的長達八百餘字的《附記》。《附記》拐彎抹角，「無非想說『國防文學』是正統，現階段沒有必要提出『民族革命戰爭的大眾文學』這個口號」。因此，「沒有一句贊成魯迅關於兩個口號可以並存的意見。從這裡，我直覺地感到了宗派主義的頑固」。此後，「贊成魯迅意見的文章寥寥無幾，而繼續宣揚『國防文學』口號反對『民族革命戰爭的大眾文學』口號的文章卻車載斗量」。茅盾覺得很不是滋味：「自己太一廂情願了」。〔註83〕但是胡風卻聽從馮雪峰的勸告，壓制了他那相當暴戾的性子，自己既沒答辯，也沒人給他辯誣。

茅盾雖感到分裂已成定局，但仍想盡力挽回。7月中旬，他抱病約爭論雙方代表人物聚會，想作最後的調解。由於雙方主要人物都沒到場，他只好和少數到會者握別。出席此會的陳荒煤回憶說：握手時「感到他的手有些涼」！〔註84〕茅盾無奈，又和馮雪峰商量對策。兩人統一了思想：抓住宗派主義這個病根寫文章批評。不過，兩人的認識仍有具體分歧。茅盾認爲周揚是以宗派主義回敬胡風的宗派主義；馮雪峰則認爲「目前主要是周揚他們的宗派主義」。最後決定由茅盾著文批評。因茅盾生病，讓孔令境照茅盾的意思代筆。茅盾覺得大體符合己意，就作了局部修改：刪去一些批評徐懋庸的內容，「加重了對胡風的批評，指出他的『左』的關門主義和宗派主義」。還大大減輕了

〔註82〕《魯迅全集》第 6 卷，人民文學出版社，1981 年版，第 588～591 頁。
〔註83〕《茅盾全集》第 35 卷，第 72 頁。
〔註84〕陳荒煤：《我和茅公的兩次會晤》，1996 年《文學評論》第 3 期。

批評周揚的文字，只說「他把『國防文學』作爲創作口號有關門主義和宗派主義的危險」。〔註85〕但茅盾修改了自己此前全盤肯定「國防文學」口號的態度，指出其作爲創作口號「欠明確性」，不利於團結寫其他主題但贊成抗日的作家。定稿文章題爲《關於引起糾紛的兩個口號》，仍交給了徐懋庸主編的《文學界》。這次倒發表得很痛快，但使茅盾更加難堪的是刊物在同期發表了周揚反駁茅盾的題爲《與茅盾先生論國防文學的口號》的長文！而今在文壇上這屬常事，但在當時卻是「首創」。

　　周揚決不像茅盾那麼委曲求全，而是旗幟鮮明地排斥異見。他說茅盾批評他「關門主義和宗派主義」「是濫用名詞」。倒是茅盾的文章「是有害的宗派主義和關門主義」。周揚指責茅盾「前後矛盾」，還全盤否定了魯迅、茅盾主張的「民族革命戰爭的大眾文學」口號，說它既不能當統一戰線的口號，也不能作爲創作的口號，因爲它「妨礙文學上的統一戰線」。周揚還給魯迅、茅盾關於這口號的解釋，扣上「『左』的宗派主義者的大言壯語」的政治帽子。〔註86〕

　　周揚此文一出，把茅盾徹底推到對立面，當然也就取消了茅盾斡旋雙方關係的特殊地位。這實在是個歷史悲劇！茅盾這才明白周揚對他只是利用。現在沒有利用價值了，就一腳踢開！但茅盾仍顧全大局，並沒立即反駁。倒又發表了一篇呼籲團結的文章《給青年作家的公開信》。馮雪峰對茅盾說：「你主張對他緩和，現在有了教訓了。目前阻礙文藝界團結的是周揚，是他的宗派主義和關門主義。胡風有錯誤，但我批評了他，他就不寫文章了；而周揚誰的話都不聽，自以爲百分之百的正確。」馮雪峰又說：好在魯迅的長篇文章就要發表了。因爲徐懋庸不顧魯迅病重，寫信攻擊魯迅「危害聯合戰線」。對此，魯迅非回答不可。

　　這就是《答徐懋庸並關於抗日統一戰線問題》。〔註87〕魯迅這篇大文章的基本內容是：(1)再次表明擁護並「無條件地加入」黨提出的抗日統一戰線的立場，指出含宗派主義和「行幫情形」的文藝家協會並不就是文藝統一戰線。「國防文學」也不能成爲文藝統一戰線的口號。因爲除「國防文學」、「漢奸

〔註85〕《茅盾全集》第 35 卷，第 74 頁。
〔註86〕刊於 1936 年 8 月 10 日《文學界》第 1 卷第 3 號，見《周揚文集》第 1 卷，第 186～191 頁。
〔註87〕刊於 1936 年 8 月《作家》第 1 卷第 5 期，收入《魯迅全集》第 6 卷。文前先附了徐的來信全文，然後作答。

文學」之外，還有其他進步文學存在。(2)宣告「民族革命戰爭的大眾文學」是他提出來的，胡風的文章是他讓他寫的。提此口號是爲推動左翼作家到抗戰前線去，也爲了補救「國防文學」這名詞本身在文學思想的意義上的不明瞭性，糾正一些注進其中的不正確的意見。魯迅重申了「兩個口號」之關係及應當「並存」的意見。(3)對周揚拉幫結夥、排斥異己的「左」的傾向與宗派主義作風提出尖銳批評：「抓到一面旗幟，就自以爲出人頭地，擺出奴隸總管的架子，以鳴鞭爲唯一的業績」。實際是「拉大旗作爲虎皮，包著自己；去嚇唬別人；小不如意，就倚勢（！）定人罪名，而且重得可怕的橫暴者」。魯迅也批評了將「敗落家族的婦姑勃谿，叔嫂鬥法」，「喊喊嚓嚓，招惹是非，搬弄口舌」的手段，和「比『白衣秀士』王倫還要狹小的氣魄」移到文壇上的不正作風！(4)魯迅最後提倡樹立「大戰鬥卻都爲著同一的目標，決不日夜記著個人的恩怨」的光明磊落的作風。他要求結束相互攻訐的局面，統一步伐，團結對敵。

魯迅這篇文章高屋建瓴，論點公允，剖析透徹，成了這場論爭的總結和指導文藝界結成抗日統一戰線的綱領。此後無人再能答辯。周揚等也十分孤立，甚至無法再在上海工作，遂被黨調到延安。馮雪峰和茅盾則抓住時機，聯合雙方坐在一起，共商結成統一戰線之大計。1936 年 10 月 1 日，由雙方具有代表性的人物，包括魯迅、茅盾、郭沫若、鄭伯奇在內，共同簽名，發表了《文藝界同人爲團結禦侮與言論自由宣言》。這固然可視爲文藝界抗日統一戰線形成的標誌，但實際上因爲「左聯」解散後失去了核心，也就布不成軍。這充分證明：儘管這些同志由「左」轉右，兩極搖擺，但無一例外都是宗派主義表現，其危害恰恰是破壞聯合的。

魯迅的不幸逝世，使茅盾成了惟一有凝聚力的核心人物。爲重新組織隊伍，他只得借用出版界「星期聚餐會」的方式，聯絡青年作家和《文學》、《譯文》、《中流》、《文叢》四大刊物的主編，創立鬆散的「月曜會」，借助「撇蘭」方式湊趣，達到聯絡與溝通之目的。這種慘淡經營，足見茅盾用心良苦。而眞正意義的抗日文藝統一戰線的組織，直到中華文藝界抗敵協會於武漢成立，才始告完成！

這次由強行解散「左聯」到「兩個口號」論爭的崎嶇歷程，對茅盾的求眞納新、經世致用的思想品格，是一次十分嚴峻的考驗。這是茅盾有生以來第一次以特殊的黨外人士身份，不得不獨立決策，凝聚隊伍。在共產國際、

中共黨內正確路線有待形成，由「左」急劇右轉的錯誤傾向的不斷衝擊中，茅盾的調和退讓，不僅沒能維護團結，有時反倒失去了原則。茅盾從這種尷尬處境中取得了內部鬥爭經驗，最終得出了正確結論：「文藝聯合戰線的健全的展開和擴大，只有在反對關門主義、反對宗派主義、反對爭『正統』的內戰之下，才能完成。」〔註88〕然而魯迅早就站上了這個制高點。這說明兩位偉人的精神境界與思想品格還有一定的差距。後來毛澤東把這些經驗教訓昇華為理論與處理人民內部矛盾的方針：從團結的願望出發，經過批評或者鬥爭使矛盾得到解決，從而在新的基礎上達到新的團結。實際上這又是處理人際關係的哲學觀。

　　對歷史轉折點上文藝界這場論爭，黨的領導人也作了精闢的總結。劉少奇1936年10月15日以莫文華的筆名，發表了《我觀這次文藝論戰的意義》的長文。他說：這次論戰最大的意義「是在克服宗派主義或關門主義」。「魯先生和茅先生等的意見是正確的，他們提的辦法是正當的，適合現在實際情形的；同時，論爭愈發展下來，周揚先生等的意見的錯誤和宗派主義與關門主義，也完全暴露了。」劉少奇特別讚揚魯迅發表的《答徐懋庸並關於抗日統一戰線問題》與馮雪峰以呂克玉的筆名發表的《對於文學運動幾個問題的意見》。說他們不是「爭口號」，而是為了「運動的開展」和「理論問題」的解決，進行了對「關門主義與機械論的批判」，並提出了辦法。〔註89〕

　　徐懋庸1938年到延安後，向毛澤東詳細匯報了論戰的情況。毛澤東這時已廣泛了解了情況。他所談的意見都是結論性的判斷。毛澤東指出：這是「從內戰到抗日民族統一戰線」「路線政策轉變關頭」必然發生的「革命陣營內部的爭論」。「是不可避免的，也是有益的。」「但是你們是有錯誤的，就是對魯迅不尊重。魯迅是中國無產階級革命文藝運動的旗手，你們應該尊重他。」「但錯了不要緊，只要知道錯了，以後努力改正，照正確的道路辦事，前途是光明的。」〔註90〕

　　1943年10月，蕭三「在棗園向毛主席報告：主張解散『左聯』的信是王明逼我，另一駐國際代表……給我以『理論基礎』之後寫回上海的」。針對解散「左聯」，毛澤東說：「那就是和要解散共產黨差不多……那就是和『中

〔註88〕《茅盾全集》第21卷，第167頁。
〔註89〕1936年10月15日《作家》第2卷第1期。
〔註90〕徐懋庸：《回憶錄》（四），1981年《新文學史料》第1期，第23～27頁。

聯』、『右』聯一起搞嘍！」「反帝而沒有無產階級領導，那就反帝也不會有了」。〔註91〕

〔註91〕蕭三：《我爲左聯在國外作了些什麼？》，1980 年《新文學史料》第 1 期，第 36～37 頁。

第三章　堅定執著　穩把航向
——茅盾的政治品格

　　茅盾是中國率先覺醒的第一代共產主義知識份子中的一員。他的無產階級政治立場的確立，是以參與創建中國共產黨為基本標誌的。

　　中國共產黨領導的中國革命，由於走的是前人從未走過的道路，注定了前進中的曲折甚至反覆不可避免。茅盾的革命人生歷程，是這一偉大歷史變革的一個小小的構成因素。隨著航船顛簸，當然也具有不可避免性。

　　共產黨也罷，共產黨員個人也罷，其政治品格，並不表現在是否走過曲折、反覆、顛簸、搖擺的路，而是表現在其政治立場與政治理想信念是否堅定、執著和始終不渝。而堅定、執著和始終不渝，恰恰是茅盾政治品格的特徵。

第一節　「有點幻滅」，「並沒動搖」

　　茅盾入黨之後，並未立即經受嚴酷的考驗。大革命及「四一二」反革命政變前後，面臨革命低潮和白色恐怖，革命前景一時又不甚明朗，有待進一步探索前進之際，這種考驗才真正來臨。

一

　　1928 年，茅盾說過這樣的話：「在過去的六七年中……我的職業使我接近文學，而我的內心的趣味和別的許多朋友……則引我接近社會運動。」「我

在那時並沒想起要做小說，更不曾想到要做文藝批評家。」〔註1〕說這些話之前，茅盾已經是頗具權威的文藝批評家和有相當影響的小說作家了。但這些話是眞誠的。證據就是自幼立下「以天下爲己任」的宏願，這時又被爲解放全人類而奮鬥的共產主義理想所充實的茅盾，從 1926 年起，放下筆桿，開始了職業革命家的生涯。

茅盾此舉，是他服從革命需要的自覺選擇。1925 年孫中山逝世後，國民黨第一次分裂，那些反對孫中山的「西山會議派」宣布開除一切具有共產黨籍的國民黨員，還強佔了國民黨上海市黨部。茅盾接受中共中央指令，與國民黨左派一起組成新的國民黨上海特別市黨部。茅盾任宣傳部部長。年底與次年初，茅盾和惲代英等赴廣州出席國民黨第二次全國代表大會。從此他脫離了商務印書館，成了職業革命家。

會後他接受中共中央指令，經國民黨中央常務委員會議通過，擔任其中宣部秘書。中宣部代理部長是毛澤東，沒有副部長。但毛澤東忙於農民運動，秘書實際肩負常務副部長的工作。毛澤東赴農村考察期間，茅盾代理過毛澤東的代理部長職責。這項工作打著國民黨的旗號，實際做的是中共傾向鮮明的鼓動工農革命、傳播馬克思主義和蘇聯革命經驗的工作。1926 年蔣介石製造反共的「中山艦事件」後，茅盾被中共中央派回上海，受毛澤東的委託，經國民黨中宣部正式任命，茅盾擔任以下工作：一是籌辦名爲國民黨中執委領導，實爲共產黨控制的報紙，並任實際上的主筆（即總編輯）。二是任「國民運動叢書」駐滬編纂幹事（叢書分五輯，選題包括《帝國主義侵略中國史》、《俄羅斯社會革命小史》、《馬克思的歷史方法》、《馬克思論東方民族革命》、《革命的文學》等）。三是任國民黨中宣部駐上海秘密機構上海交通局代主任和主任，負責把被禁的革命宣傳品由廣州經上海分發到北方及長江一帶各省。茅盾還建立了視察員崗位，派員到上述各地視察黨務和工運、農運工作，並提出報告，指導面上的工作。茅盾擔任的這些工作，都是在直系軍閥孫傳芳的屠刀下冒著生命危險秘密進行的。其中包括特別重要的接受中共中央指令擔任國民黨左派的上海特別市黨部主任委員一職。就在軍閥屠刀底下，茅盾召開了國民黨上海特別市代表大會，作了關於國民黨「二大」的報告，並著重貫徹中共主張的大會基本精神：「聯合各階級共同努力於國民革命，但認爲聯合戰線中之主力軍應爲工農階級，故發展工運、農運實爲當前最重要之

〔註1〕《茅盾全集》第 19 卷，第 177 頁。

任務。」以上這一切為大革命高潮的到來和北伐做了準備。

　　1926 年年底，中共中央調茅盾赴武漢擔任中央軍事政治學校武漢分校政治教官。茅盾往來於軍事科、政治科的炮兵、工兵、女兵等大隊之間講授政治課。據他的朋友鄭超麟回憶：他「一身軍裝，皮帶、綁腿」，文人就武，倒也英姿颯爽！1927 年 4 月，中共中央調他任《漢口民國日報》總主筆，此報名義上是國民黨湖北省黨部的機關報，實為中共所控制。報社社長是董必武，總經理是毛澤民。編輯方針則由兼管宣傳工作的中共中央主要領導人之一瞿秋白確定。他指出當前的報紙宣傳主要針對三個方面：揭露蔣介石的反共和分裂陰謀；宣傳革命道理，大造工農群眾運動的聲勢；作繼續北伐的輿論動員，並鼓舞士氣。

　　當時在茅盾心目中，中國革命仍是一步到位的「無產階級的革命」，即「把一切生產工具都歸生產勞工所有，一切權力都歸勞工們執掌，直到滅盡一分一毫的掠奪制度，資本主義決不能復活為止」。他沒有認識到中國特殊國情決定著革命歷程具長期性、複雜性和曲折性。他不僅在建黨前夕的 1921 年 4 月認為「最終的勝利一定在勞工者，而且這勝利即在最近的將來」，〔註2〕就是在 1927 年「四一二」反革命政變發生後，他還照舊列舉事實，鄭重宣告：「凡此種種，都證明蔣的勢力已至末日。」他號召

擔任《漢口民國日報》總主筆時的茅盾

說：「我們再努力一點，早些把他完完全全送進墳墓去呀！」〔註3〕

　　這是茅盾隨著參與建黨和建黨後肩負黨的高層領導工作，逐步把「以天下為己任」的抱負具體化為革命理想的實證。這種認識，顯係建黨時相當多的共產黨人和大革命中一些剛入黨者都有的共同理想。「左」傾幼稚病在其中佔有很大比重。儘管其主導內容馬克思主義信念與共產主義理想是科學的可貴的，但「左」傾幼稚病理念卻是浪漫的幻想。這種幻想很快被殘酷而又複雜的黑暗現實所粉碎。這就是大革命失敗後茅盾所說的「我有點幻滅，我悲觀，我消沉」的內涵，也是茅盾「幻滅」的主觀因素。但茅盾的共產主義

〔註 2〕《茅盾全集》第 14 卷，第 204 頁。
〔註 3〕《茅盾全集》第 15 卷，第 353～354 頁。

理想和馬克思主義信念並未改變。這就是他一再申明的「我倒並沒動搖過」的內涵。〔註4〕這一切都被大革命前後茅盾的言行，和他一系列政論文章與創作所證實。

二

打破茅盾這一「左」傾幼稚病成分很重的革命浪漫幻想，使他一度「幻滅」的客觀因素是十分複雜的，包括國民黨內部的三次分裂和共產黨內中央主要領導人所犯的右傾和兩次「左」傾路線錯誤。

孫中山重新解釋「三民主義」，實行聯俄、聯共、扶助農工政策，導致國共合作。這固然衝擊著茅盾一步到位的「無產階級革命」觀念，但這是他能夠認識的可以接受的中國革命的方略。孫中山逝世後，「西山會議派」與國民黨左派第一次分裂。對此，茅盾是勇於面對的。但1926年茅盾在廣州直接經歷的國民黨右派領袖蔣介石與國民黨左派在反共與聯共問題上的分裂，則給茅盾以很大的衝擊。這次分裂過程很長，其中也包括在採取應對方針時，中共高層正確路線與逐漸形成的陳獨秀右傾機會主義路線的鬥爭。茅盾毫不動搖地站在積極反蔣決不妥協的正確路線一邊。

面對蔣介石發動的逮捕共產黨員的「中山艦事件」，茅盾耳聞目睹了毛澤東和蘇聯軍事顧問代理團長季山嘉的尖銳衝突。毛澤東主張動員包括國民黨真左派在內的一切力量，依靠共產黨員葉挺統率的獨立團等武裝，趁蔣介石羽毛尚未豐滿，立即殲滅之。季山嘉則從純軍事觀點和右傾立場出發，以「無必勝把握」為由，堅決反對。最後以陳獨秀為首的中共中央作出妥協忍讓的決定。茅盾態度鮮明地支持這時已經初步形成的毛澤東關於「鬥爭是團結的手段，團結是鬥爭的目的。以鬥爭求團結則團結存，以退讓求團結則團結亡」〔註5〕的思想與策略。

在國民黨內部第二次大分裂時，黨內路線鬥爭也日趨表面化，茅盾以他主編的《民國日報》為陣地，堅決支持以毛澤東為代表的正確路線。茅盾連續報導和謳歌工農革命，揭露鎮壓工農的反革命罪行。他發表了大批社論，如《鞏固農工群眾與工商業者的革命同盟》、《歡迎中央委員暨軍事領袖凱旋與湖南代表團之請願》、《撲滅本省各屬的白色恐怖》、《肅清各縣的土豪劣

〔註 4〕 《從牯嶺到東京》，《茅盾全集》第 19 卷，第 180～181 頁。以下凡引此文，
　　　　只注出處，不再注篇名。
〔註 5〕 《毛澤東選集》第 2 卷，人民出版社，1991 年版，第 745 頁。

紳》、《長沙事件》等。「四一二」反革命政變發生時，茅盾立即寫了《袁世凱與蔣介石》、《蔣逆敗象畢露了》等社論給以強烈抨擊與聲討。

這一切激起陳獨秀的強烈不滿，他指責茅盾，說：「《民國日報》太紅了，國民黨左派有意見。」他要求「你的報上還是少登些工運、農運和婦女解放的消息和文章」。茅盾據理力爭，決不讓步妥協。董必武也支持茅盾，說：「不要理他，我們照樣登。」瞿秋白也全力支持，他甚至考慮另辦一張黨報，放開手腳宣傳共產黨的主張。茅盾當然高興，但因形勢逆轉而未辦成。

為了徹底反擊敵人、國民黨右派和黨內的右傾路線對工農革命的誣衊，茅盾特地配合毛澤東的《湖南農民運動考察報告》，選擇當時最屬害的所謂「工農運動過火」的議論，以大量真實材料為基礎，揭露出事實真相。他指出：農民運動「雖有三分幼稚，猶有七分好處」，這已是「眾口同聲」的共識。但這「三分幼稚」行為中，又大半是「反動派的『苦肉汁』」所致。反動派第一步是鑽進農會，故意搞極左行動。第二步依他們造成的「口實」為據，誣衊農運「過激」。第三步則是殘酷鎮壓屠殺，包括已投靠蔣逆的許克祥軍事政變在內。而這恰恰把他們偽裝「革命」的「假面具也拋了」！〔註6〕對這一切，茅盾後來在《動搖》中又作了真實、形象的描寫和揭露。

但茅盾無力回天！汪精衛終於撕破偽裝，與蔣介石合流，發動了鎮壓革命、屠殺共產黨人的「七一五」反革命政變。國民黨的這次分裂，使內部的真正左派只剩下以宋慶齡為代表的並無實權的少數人。第一次國共合作徹底破裂！陳獨秀的右傾機會主義的步步退讓政策，使黨不能力挽狂瀾而致大革命失敗。

但這時茅盾並未氣餒。此前孔德沚因懷孕已返回上海。茅盾顧不得處在蔣介石白色恐怖籠罩下的老母病妻和兩個不足10歲的兒女，他根據黨的安排先是轉入地下，旋又奉命攜面值兩千元的巨額「抬頭支票」（須經過商店保證或收款人有大額存款才能支取）赴九江找黨組織接頭。茅盾毅然南下，在九江接待他的是董必武。董告訴他：「你的目的地是南昌，但今天早晨聽說去南昌的火車不通了，鐵路中間有一段被切段了，你現在先去買火車票，萬一南昌去不了，你就回上海。」但不論鐵路還是牯嶺山路，都被已經投靠蔣汪的軍閥張發奎封鎖。茅盾病困於盧山時，聽到南昌起義的消息，這才明白黨是讓他去參加起義，兩千元的支票乃是起義用的部分經費。但不久起義軍敗走

〔註6〕參看《茅盾全集》第15卷，第395頁；第34卷，第364～374頁。

廣東。這挽救大革命的最後機會也已喪失，對他來說這眞是致命的打擊！他意識到：通過這次大革命實現建黨時確立的「無產階級革命」這一理想的最後一線希望破滅了。正所謂憂憤出詩人，此前從未寫過自由詩的茅盾，在廬山寫下了後來被別有用心者誣衊爲「叛變革命宣言書」的詩《我們在月光底下緩步》和《留別雲妹》。茅盾從武漢時的戰友范志超處聽到，這幾天汪精衛、于右任、張發奎等叛變革命屠殺共產黨人的國民黨政要正在山上開會。他們都認識茅盾。所以一直躲到會散人去，茅盾才按董必武安排的第二方案返回上海。途中，他持的抬頭支票遭搜身的軍警懷疑。茅盾情急生智，索性把支票給他，才得脫身。此事後來也被誣衊爲「茅盾攜巨款潛逃」！茅盾一回上海，就向地下黨匯報，據說黨組織先向銀行「掛失」，然後由共產黨員蔡紹敦開辦的「紹敦電氣公司」擔保，提取了此款，所以兩千元分文未少，全部歸還了黨組織。

三

被誣爲「叛變革命宣言書」的兩首詩，其實只是茅盾幻滅情緒的眞實流露。先看 8 月 9 日寫的《我們在月光底下緩步》：「我們在月光底下緩步，／你怕草間多露。／／我們在月光底下緩步，你如何懶懶地不說話？／／我們在月光底下緩步，你軟軟地頭靠著我的肩窩。／／我們在月光底下緩步，／你脈脈雙眸若有深情難訴！／／終於你說一句：明日如何……／我們在月光底下緩步。」這顯然是首情詩。「明日如何……」是惟一可被穿鑿附會的詩句，只不過流露出前景渺茫的心情而已。再看 8 月 12 日寫的《留別雲妹》：「雲妹，半磅的紅茶已經泡完，／五百支的香菸已經吸完，／四萬字的小說已經譯完，／白玉霜、司丹康、利索爾、哇度爾、考爾辮、班度拉、硼酸粉、白棉花都已用完，／信封、信箋、稿紙，也都寫完，／矮克發也都拍完，／暑季亦已快完，／遊興是已消完，／路也都走完，／話也都說完，／錢快要用完，／一切都完了，完了，／可以走了！／／此來別無所得，／但只飲過半盞『瓊漿』，／看過幾道飛瀑，／走過幾條亂山，／但也深深的領受了幻滅的悲哀！／後會何時？／我如何敢說！／後會何處？／在春申江畔？／在西子湖畔？／在天津橋畔？」〔註7〕這是一首打油詩，似悲極時爆發的一陣狂笑，樂者其表，

〔註7〕兩詩均被《茅盾全集》、《茅盾詩詞集》所佚。分別刊於 1927 年 12 月 4 日《文學週報》第 16 期，同年 8 月 17 日《中央日報》副刊。

悲者其裡，帶點今天所謂「黑色幽默」的味道，表達的只是詩中所說的「領受了幻滅的悲哀」又不知前景如何的真情。有人說：「雲妹」象徵「黨」和「革命」，「告別」就是「叛黨」、「叛變革命」。即便詩無定解，難道就能如此隨意歪批？雲妹實有其人，茅盾後來的文章中起碼提過兩次。一次是《從牯嶺到東京》中說：他在牯嶺的幾個熟人中「有一位是『肺病第二期』的雲小姐」。「這『病』的黑影的威脅使得雲小姐發生了時而消極時而興奮的動搖的心情。」「她說她的生活可以做小說。」後來人們猜測《蝕》中的女性誰是雲小姐，茅盾鄭重聲明：《蝕》中「或許有雲小姐那樣性格的人，但沒有她本人」。另一次是茅盾在《幾句舊話》中說：「那時還有兩位相識者留在山上。都是女子，一位住在醫院裡，我去訪過她一次，只談了不多幾句，她就低聲說：『這裡不便說話。』又一位住在『管理局』。」後者是通過管理局局長替茅盾購票並和茅盾同行返滬的范志超。前者就是生病的雲妹。「雲妹」是化名，正如茅盾同在盧行所寫散文《雲少爺與草帽》中的「雲少爺」是指宋雲彬，只取其名字中的「雲」字作代稱。由此推斷出這位生病小姐的名字中也有「雲」字，真實姓名茅盾沒有說，但絕非如別有用心者所說，是「黨」和「革命」的象徵。「告別」是指與生病的雲小姐的分手，寄託的是對已逝的幻想的依戀之情。這也與「叛黨」「告別革命」絲毫不沾邊！

　　兩首詩中表露得十分明確的「幻滅的悲哀」和「明日如何」、「後會何時」的茫然甚至渺茫的情緒，究竟如何解釋？其實，茅盾在《從牯嶺到東京》一文中已回答得明明白白，晚年他在回憶錄中所作的概括就更透徹了：「我震驚於聲勢浩大的兩湖農民運動竟如此輕易地被白色恐怖所摧毀，也為南昌暴動的迅速失敗而失望。」「大革命的失敗，使我痛心，也使我悲觀，它迫使我停下來思索：革命究竟往何處去？共產主義的理論我深信不疑，蘇聯的榜樣也無可非議，但是中國革命的道路該怎樣走？以前我自以為已經清楚了，然而，在 1927 年的夏季，我發現我自己並沒有弄清楚！」所以參與締造共產黨的茅盾和隨「當時革命高潮而起的弄潮兒」一樣，「雖知低潮是暫時的，但對中國革命的正確道路，仍在探索之中」。「這看法，是有普遍性的」。〔註 8〕可見，原來茅盾「以為已經清楚了」的「中國革命的道路」，就是前面引證過的他在《自治運動與社會革命》和《蔣逆敗象畢露了》等文中所堅持的一步到位的「無產階級革命」的「速勝論」。這就是他那時的理想。現在這一理想被

〔註 8〕《茅盾全集》第 34 卷，第 382〜383 頁。

現實徹底粉碎了。大革命失敗後不久，茅盾就承認這是不切實際的幻想。在《動搖》中他作了部分的形象表述：「由左傾以至發生左稚病，由救濟左稚病以至右傾思想的漸抬頭，終於爲大反動。這動搖，也不是主觀的，而有客觀的背景。」〔註9〕可見茅盾的「幻滅」，是他既勇於否定自己的錯誤，也勇於否定黨內錯誤路線後的清醒認識。這和他對共產主義的理論和蘇聯經驗「深信不疑」、「無可非議」一樣，從另一個角度表現了他堅定的政治立場和對革命的執著追求。因而他停下來思考，是要找中國革命眞正的切實可行的正確道路。

回到上海後，他看到了國民政府主席胡漢民所簽發的通緝令名單，在197 人中自己的大名赫然列第 57 位，居然在瞿秋白、周恩來之前！他從上海出版的《新聞報》（8 月 31 日）、《申報》（8 月 14 日、15 日）上看到題爲《清黨委員會披露共產黨操縱本黨幹部之眞憑實據──在沈雁冰日記簿中檢出》的連載報導。《民國日報‧黨務》（8 月 13 日、20 日、23 日、24 日）則披露了「在沈雁冰宅中搜得」的文件、書刊目錄。所謂「沈雁冰宅」實爲閘北公興路仁興坊 45 號、46 號交通局辦公處。所謂「沈雁冰日記」則是他在共產黨內和交通局內工作時留下的會議簡要記錄。反動當局之所以要化「公」爲「私」，旨在強調「共產黨操縱本黨幹部」的「罪證」。這一切卻反映了茅盾在黨務工作中經費開支狀況，閱讀馬列和黨報黨刊的視野，以及黨內工作和統戰工作的各種情況。《申報》和《新聞報》所刊的 6 月 21 日藉葉聖陶宅召開黨的會議的有關文字：「第一區黨團……星期一晚 7 時 30 分在香山路仁餘里 8 號開第一次會。」「主席雁冰，報告自『民校』（指國民黨）全體中央會於 7 月 15 日通過《整理黨務案》後，本黨（指共產黨）對『民校』政策由混合變爲聯合。以前的混合形勢，好處在將散漫之『民校』團結起來，壞處在引引『民校』分子之反感及同志之『民校』化。所以現在從混合向著聯合的路上走。目前雖不完全退出，但在非必要場合則完全退出。即放棄高級黨部，而拿住低級黨部。我們要奪取下級黨部及其群眾。因此目前之工作，注力於區分部之工作。」〔註10〕眞該感謝國民黨的媒體的披露。茅盾當時以黨的領導人身份作的許多關於黨的策略和黨內工作的講話大都佚失了。到目前爲止，這些材料是僅見的「孤本」。它讓我們有機會一瞻被誣衊爲「叛黨」的茅

〔註 9〕 《茅盾全集》第 19 卷，第 183 頁。
〔註10〕 轉引自《新文學史料》1990 年第 1 期所刊包子衍的文章。

盾在敵人屠刀下的革命風采。

這種險惡環境使茅盾無法繼續開展黨的活動。他決定改變革命方式，寫革命文學。他按照孔德沚放出的風來行事（孔公開說茅盾已赴日本），「我獨自住在三層樓，自己禁閉起來」。「在消沉的心情下，孤寂的生活中，而尚受生活執著的支配，想要以我的生命力的餘燼從別方面在這迷亂灰色的人生內發一星微光，於是我就開始創作了。」儘管此前茅盾志趣不在寫小說而在「社會運動」，形勢的逆轉卻迫使他改變社會定位與社會角色：以文學為手段，繼續致力「社會運動」，實現共產主義理想。在他看來，當務之急是總結大革命失敗的教訓，總結自己的曲折革命人生道路。把他「真實地去生活，經驗了動亂中國的最複雜的人生的一幕，終於感得了幻滅的悲哀」，傾注在《蝕》二部曲《幻滅》、《動搖》、《追求》中。「我那時早已決定要寫現代青年在革命壯潮中所經過的三個時期：(1)革命前夕的亢昂興奮和革命既到面前時的幻滅；(2)革命鬥爭劇烈時的動搖；(3)幻滅動搖後不甘寂寞尚思作最後之追求。」〔註11〕三部曲充分肯定了革命青年的革命熱情與追求，也批評了其不切實際的幻想和面臨殘酷鬥爭現實時的左右搖擺。它對以時代女性為代表的反叛了封建家庭、置身大革命洪流中的革命小資產階級人生道路及其經驗教訓，作出客觀的概括與總結。同時也注入了茅盾對自己革命道路的失誤和教訓的客觀而又清醒的反思。三部曲中最具革命史和文學史意義的是《動搖》，它對大革命時代的工農運動，及國民黨左派和右派之間的衝突，特別是混進革命隊伍以「苦肉計」破壞革命的土豪劣紳的種種反動行徑，都作出生動真實的描繪和鞭辟入裡的批判。迄今為止，真正投身大革命，有了切實體驗與生活積累，以如此深刻生動的筆墨反映大革命現實，表現時代真實面貌的作家和作品，在文學史上僅僅有茅盾這一位作家和《蝕》這一部作品。其價值是無可替代的。從此，中共黨史失去了一位傑出的革命家，卻為文學史造就了一位大作家。這歷史的幸運，彌補了歷史的損失。

茅盾說《追求》中有他「最近的思想和情緒」。這「最近」是指 1928 年 4 月到 6 月，寫《追求》期間，茅盾從幾個舊友處「知道了一些痛心的事」。這是指 1927 年 8 月 7 日中共中央緊急會議批判右傾路線，確立了以瞿秋白為首的中央新領導。此後，他們受斯大林和共產國際代表羅米那茲影響，執行以「無間斷革命」論為指導思想的「左」傾盲動路線：不承認革命處於低潮，

〔註11〕《茅盾全集》第 19 卷，第 176～179 頁。

不斷發動「全國武裝暴動」以實現「一省或數省首先勝利」的目標，致使大批工農與黨員慘遭殺害！中央還把「反對民族資產階級和上層小資產階級」與反帝反封建並提，嚴重脫離國情，搞亂了階級關係。瞿秋白是茅盾敬重的摯友，他的錯誤使茅盾極感痛心。他說：「你不爲威武所屈的人也許會因親愛者的乖張使你失望而發狂。」茅盾說他創作時他的「思想在片刻之間會有好幾次往復的衝突，我的情緒忽而高亢灼熱，忽而跌下去，冰一般冷」。「《追求》就是這麼一件狂亂的混合物。」〔註 12〕

因此，《蝕》面世後在「革命文學」論爭中招來許多指責，其中就有「不能積極地指引出路」一說。茅盾承認這一點，但不承認這就是「消極」和「動搖」。他說：「我就不能自信做了留聲機呹喝著：『這是出路，往這邊來！』是有什麼價值並且良心上自安的。」「因爲我既不願意昧著良心說自己以爲不然的話，而又不是大天才能夠發見一條自信得過的出路來指引給大家。人家說這是我的思想動搖。我也不願意聲辯。我想來我倒並沒動搖過，我實在是自始就不贊成一年來許多人所呼號吶喊的『出路』。這出路之差不多成爲『絕路』，現在不是已經證明得很明白？」〔註 13〕唐朝元稹《離思》詩曰：「曾經滄海難爲水，除卻巫山不是雲。」茅盾一向是實事求是的現實主義者，而不是提出「留聲機」說的郭沫若般的浪漫主義者。他在殘酷的大革命失敗面前，就不會再堅持自己那不切實際的「無產階級革命」「速勝論」了。顯然，這是長處，並非短處或過失。

同樣原因，《蝕》的主要人物中沒有「出現肯定的正面人物」。《動搖》中的李克是這種人物，但不佔主要地位，也不起「指引出路」的作用。在「左」的環境中，茅盾曾說這是他的「悲觀失望」情緒造成的。他甚至自問自答：「1925～1927 年間，我所接觸的各方面的生活中，難道竟沒有肯定的正面人物的典型麼？當然不是的。」「我的悲觀失望情緒使我忽略了他們的存在及其必然的發展。」〔註 14〕對這段話需要具體分析。悲觀情緒肯定是原因，但不是最主要的。當時中共中央主要領導人中代表右傾機會主義路線的陳獨秀、一度（爲時不足一年）代表「左」傾盲動主義的瞿秋白和代表「左」傾機會主義路線的李立三，以及代表正確路線的毛澤東，這四位大人物都是茅盾的同志兼朋

〔註 12〕《茅盾全集》第 19 卷，第 184～186 頁。
〔註 13〕《茅盾全集》第 19 卷，第 180～181 頁。
〔註 14〕《茅盾全集》第 24 卷，第 207 頁。

友，並且在大革命時期有過爲時不算太短的直接共事與合作。寫《蝕》時，他對「左」傾錯誤可謂充分領教過了！但是毛澤東的中國革命分兩步走，以農村包圍城市，通過長期的武裝鬥爭最終奪取全國政權，經由新民主主義到達社會主義的革命路線形成完整的思想體系，成爲中共中央的基本路線，那是 30 年代、40 年代逐步成熟和確定的。大革命時期，毛澤東只在革命鬥爭策略上顯示出路線的正確性，其代表性的理論著作只有《中國社會各階級的分析》（1925 年 12 月 1 日）和《湖南農民運動考察報告》（1927 年 3 月）。最早能代表其正確路線的著作《中國的紅色政權爲什麼能夠存在？》晚於 1927 年茅盾的小說《蝕》，在 1928 年 10 月 5 日才寫出。面世時又有蘇區、白區和國內國外之隔，茅盾當然讀不到。茅盾自己又不能發現一條自己信得過的正確的出路供筆下的主要的人物去代表。顯然，茅盾沒寫出路和沒寫主要正面人物的根本原因，是時代與歷史的局限。茅盾的幻滅悲觀情緒是主觀因素，但非決定因素。

大革命的失敗是對包括茅盾在內一切革命者的政治品格的嚴峻考驗。在此嚴峻考驗面前，茅盾仍能堅持馬克思主義信念不動搖，這表現出政治品格的堅定；不肯輕信「左」傾盲動主義爲眞正出路，這表現出政治品格的眞誠；停下來苦苦思考眞正的答案，則表現出其政治品格的執著！這一切都是難能可貴的。

四

1928 年 2 月下旬，有中共代表參加的共產國際執委會第九次擴大會議通過了關於中國問題的決議：批評了羅米那茲的「不斷革命」的錯誤觀點和中共黨內的「左」傾盲動錯誤。同年 6 月 18 日到 7 月 11 日，中共第六次代表大會在莫斯科召開。大會明確了中國仍屬半封建半殖民地社會，現階段中國革命仍是資產階級民主革命。大會批評了混淆民主革命與社會主義革命界限的所謂「不斷革命論」，確定了以反帝反封建、實行土地革命、建立蘇維埃政府爲當前革命的中心任務，也指出當前革命處於低潮。這就初步總結了大革命失敗的教訓，確定了今後的方向和路線。

茅盾隱居上海的消息已經傳開。被捕的危險迫使他不得不眞的赴日本躲避。1928 年 7 月初，茅盾在陳望道和他已在日本的女友王庶五的幫助下，乘船抵東京。這期間，他從地下黨的同志處陸續獲悉了共產國際第九次執委會

和中共六大的基本精神。這對他是莫大的鼓舞。因此他於 7 月 16 日寫了長篇論文《從牯嶺到東京》。文章中，有他關於寫《蝕》三部曲的自白，有對此前存在的悲觀失望情緒所作的十分難得的自我批評。茅盾表示：「《追求》中間的悲觀苦悶是被海風吹得乾乾淨淨了」，「我希望以後能夠振作，不再頹唐；我相信我是一定能的」。他用隱喻象徵的手法宣告：「現在是北歐的勇敢的運命女神做我精神上的前導。」（1961 年 6 月 15 日茅盾在信中說：這個「洋典故」「寓意蓋在蘇聯也」。還應當包括在蘇聯召開的中共六大精神在內。）茅盾對自己，也對當時「左」得可怕的同志提出了希望：「悲觀頹喪的色彩應該消滅了，一味的狂喊口號也大可不必再繼續下去了，我們要有蘇生的精神，堅定的勇敢的看定了現實，大踏步往前走，然而也不流於魯莽暴躁。」〔註15〕也是本著這個善良的願望，文章對當時倡導「革命文藝」者的兩個偏向提出商榷意見：一是反對把革命文學「標語口號」化。二是針對「為小資產階級訴苦，便幾乎罪同反革命」的極左傾向提出批評。茅盾認為「中國革命的前途還不能全然拋開小資產階級」。因此把他們當成描寫對象和讀者對象也是革命文學應有的任務。茅盾說，他相信「將來的歷史會有公道的證明」。〔註16〕不錯，迄今的歷史已經給茅盾作出了公道的證明。但他對當時的國內外、黨內外的形勢，卻欠透徹了解，因而過分地樂觀了。這個問題或因投鼠忌器，或因為賢者諱，長期以來學界一直心照不宣地視為禁區。現在到了該揭秘的時候了。

　　大革命失敗後，斯大林多次論述了他的中國革命「三階段」論。他認為第一個階段即廣州時期，「是全民族聯合戰線的革命」。第二階段即武漢時期，蔣介石叛變了革命，民族資產階級轉到反革命陣營。第三階段即「蘇維埃革命」時期，「汪精衛叛變革命後，小資產階級離開革命陣營」。「這時無產階級的同盟軍」只剩下「農民和城市貧民」。斯大林的這個論斷是不符合中國革命實際的，但它在共產國際和中國共產黨內影響很大。根據這一理論，當時民族資產階級和小資產階級都被當做了革命對象。這是中共「八七」會議和此後瞿秋白的「左」傾錯誤的理論和政策依據，共產國際代表羅米那茲據此為「八七」會議起草的《中國共產黨中央執行委員會告全黨黨員書》和《中國共產黨的政治任務與策略的議決案》，充分貫徹了這一錯誤理論，並導致中共

〔註15〕《茅盾全集》第 19 卷，第 186、194 頁。
〔註16〕《茅盾全集》第 19 卷，第 187～193 頁。

中央作了錯誤決策。1928 年 2 月，有中共代表參加的共產國際執委會第九次擴大會議，雖然批評了「不間斷革命」論，但並未批判上述錯誤的階級路線與相應政策。中共六大雖對中國社會與中國革命的性質、任務作出正確的估計，但對中國社會各階級的關係並未作出正確的分析。因此，不僅繼續把民族資產階級當做最危險的敵人，也未指出革命小資產階級並未脫離革命陣營，仍是革命同盟軍，應當作為團結和爭取的對象。六大實際上沿襲了斯大林的中國革命「三階段」論中關於小資產階級的錯誤論斷，繼續把「廣大中間階級、階層推到敵人一邊」。〔註17〕這個失誤危害極大！

1928 年「革命文學」論爭中所犯的極左錯誤就是突出的反映。這場論爭是後期創造社和太陽社發動的。後期創造社由參加大革命失敗後回到上海的元老派郭沫若、成仿吾和回國的留日學生李初梨、馮乃超等少壯派組成。太陽社則以留蘇歸來的蔣光慈為首，包括錢杏邨、夏衍等人。兩社成員幾乎是清一色的共產黨員。他們照搬了蘇聯社會主義文學口號，所倡導的革命文學實際是無產階級文學。他們排斥包括革命民主主義文學在內的具有積極作用的進步文學，對作家則按上述「左」的理論為指導，以階級劃線。因此他們表現出明顯的關門主義、宗派主義傾向。過去我們對這次論爭中的極左錯誤，只從蘇聯的「拉普」主義和日本的「福本」主義等「左」傾理論中挖根源，從未涉及斯大林的中國革命「三階段」論的錯誤引導。而這才是最基本的根源所在。

其最突出的表現：第一是郭沫若化名杜荃，把魯迅打成「封建餘孽」、「法西斯蒂」和「二重的反革命的人物」；〔註18〕第二是錢杏邨和克興等人異口同聲地歪曲事實，硬說茅盾「離開了無產階級的文藝陣營」，說《蝕》表現的傾向當然是消極的投降大資產階級的人物的傾向」。說茅盾也「在事實上是投降到大資產階級做俘虜」。他「對於小資產階級分明指示一條投向資產階級底出路」，「不得不隨資產階級去反動」。而「附屬於資產階級的時候，它是反革命」。〔註19〕這些文章所表示出的從作品到作家的徹底否定態度，在茅盾看來當然

〔註17〕《中國共產黨歷史》第 1 卷上冊，中共黨史出版社，2002 年版，第 316、334 頁。

〔註18〕1928 年 8 月《創造月刊》第 2 卷第 1 期，《「革命文學」論爭資料選編》上冊，第 578～579 頁。

〔註19〕錢杏邨：《從東京回到武漢》，《茅盾論》，光華書局，1933 年版，第 125 頁。
克興：《小資產階級文藝理論之謬誤》，1928 年《創造月刊》第 2 卷第 5 期，

是嚴重的政治問題。因為茅盾知道創造社、太陽社這些黨員的組織背景，理所當然地會理解為是黨和黨的政策的變化。這導致了他們對茅盾、對魯迅所持態度上的重大變化。這當然不可能不影響到他和黨組織的關係。

五

　　事實上茅盾赴日本後，中共中央確實把茅盾視為需要考察的對象。茅盾7月初抵東京，10月9日中共中央在回覆中共東京市委信中說：「沈雁冰過去是一同志，但已脫離黨的生活一年餘（筆者按：此說不確。因茅盾由牯嶺回上海後受到通緝，在家避難期間，通過孔德沚及其他黨員朋友和地下黨一直有聯繫。被通緝的黨員許多人都沒過組織生活，但並未被視為「脫離黨的生活」。茅盾真正與黨失去聯繫，是從赴日本開始。黨中央追認茅盾為中共黨員的決定中也說從 1928 年始），如他現在仍表現得好，要求恢復黨的生活時，你們可斟酌情況，經過從新介紹的手續，允其恢復黨籍。」（此信原件存中央檔案館。新中國成立後出版的中央文件匯編中也全文收錄。）但當時許多在日本的中國留學生，包括中共中央在此信第二款批准的東京市委組成人員李德馨（書記）、王哲明（宣傳）、鄭疇（組織）、陳君垣、潘蔭堂五同志在內，因受日本當局迫害，陸續於 1928 年夏回國。所以新組成的東京市委並未收到此信。

　　1928 年 12 月茅盾遷居京都，投靠楊賢江。茅盾是楊賢江的入黨介紹人。兩人在商務印書館是多年的老同事。此時楊賢江是「中國留學生中黨的負責人」。〔註 20〕據鄭超麟回憶，楊賢江 1929 年回國後曾對他談及茅盾和中央致東京市委信的內容。可見，楊賢江當時接到了中共中央這封信。又據秦德君《櫻唇》、《我與茅盾的一段情緣》中說，找楊賢江的目的之一是通過他辦赴蘇聯的手續。但「茅盾和楊賢江關起門來密談」之後，從此不再提赴蘇聯的事了。這次「密談」的內容，楊賢江和茅盾都沒留下隻言片語。到底說些什麼？據各種史料可以推斷，談的正是茅盾恢復黨的組織關係問題。這仍可從鄭超麟的回憶錄中找到答案。中宣部由武漢遷到上海後，擔任中共中央宣傳部幹事的鄭超麟曾造訪過隱居家中的茅盾。茅盾和鄭超麟除談及剛發表的小說《蝕》外，還談了政治問題。「茅盾不滿意於『八七』會議以後的路線，他也反對各地農村進行暴動。他說一地暴動失敗後，即使以後有革命形勢，農

《「革命文學」論爭資料選編》下冊，第 750～752 頁。
〔註20〕金立人、賀世友：《楊賢江傳》，第 216、227 頁，《中共黨史人物傳》第 18 卷，陝西人民出版社，1985 年版，第 218 頁。

民也不肯參加暴動的。這是第一次，我聽到一個同志明白反對中央新路線。〔註21〕他這反對暴動的意見，後來寫在他的《從牯嶺到東京》文章中。李立三當政時代，黨所指導的文學刊物都攻擊他，中央而且訓令日本支部不認他做同志。」所謂「中央訓令」，實際是指中央致東京市委的那封信。這證明楊賢江在日本與茅盾會面前就收到了這封信。過濾了材料中的失眞處，大體可以判斷：作爲當時在日本京都中共地下黨的負責人和茅盾的摯友的楊賢江不可能不向他傳達中共中央來信中的有關精神。而茅盾和楊賢江這次「密談」的中心議題，正是如何處理這個棘手的問題。

　　茅盾這時恢復黨籍，面臨著三大障礙：第一，茅盾對「八七」會議以來「左」傾盲動路線持否定態度。第二，李立三取代瞿秋白主持中央工作後，實際上仍然繼續執行「左」傾路線。所以，創造社、太陽社中的黨員按照斯大林中國革命「三階段」論和中央「左」傾路線將茅盾作爲投靠反革命陣營的小資產階級代表來批判。而茅盾對此的反對態度，也很難如中央致東京市委信中所要求的那種「仍表現得好」。第三，茅盾是 1920 年參與籌備建黨和建黨時即爲第一批黨員的老同志。他躲避通緝期間行動失去自由，地下黨也處在秘密狀態。那時黨員和組織之間，固然不能像今天這樣，甚至也不能像「七一五」反革命政變之前那樣有方便的聯繫條件。茅盾「要求恢復黨的生活」時，需「經過從新介紹的手續」，且得「表現得好」。這即便不說是十分屈辱的條件，起碼也是過分苛刻的要求。這顯然是茅盾難於接受的。這三條障礙才是茅盾失去黨的關係的眞正的原因。這也許又是楊、茅「密談」毫無結果，從此茅盾不再提赴蘇聯的眞正原因。因爲此前楊賢江幫助董必武、林伯渠等赴蘇聯，都是經過地下黨的渠道，向蘇聯轉移、輸送的。

　　列寧指出：馬克思的方法，首先是考慮具體時間，具體環境裡的歷史過程的客觀內容。這是實事求是的歷史唯物主義的基本立足點。站在這個立足點來看，茅盾對當時中共中央主要領導人的「左」傾路線的看法顯然是正確的。作爲黨員，他有權提出批評意見並保留自己的正確意見。如果他出於政治功利的目的放棄正確立場，藉以達到「表現得好」的「標準」，就不是眞正的堅持眞理、堅持原則的黨性立場了。而達不到這個「標準」，楊賢江個人與茅盾關係再好，也無法幫助茅盾「恢復黨的生活」。而且茅盾即便恢復了組織生活，他又如何與中央保持一致？可見，茅盾失掉黨的組織關係，是客觀條

〔註21〕鄭超麟把茅盾這些話向瞿秋白匯報過。

件所迫，並非他不想恢復或不主動提出要求所致。這種歷史性的遺憾，在黨史上是屢見不鮮的！

在這一歷史遺憾中，茅盾堅定的馬克思主義信念和堅持原則的立場，充分反映出他難得的政治品格。1931 年他要求恢復黨籍，被立三路線所拒絕。1939 年茅盾在延安再次提出要求，中央考慮統戰工作需要他留在黨外做工作而暫緩批准。直到臨終時，茅盾致信中共中央，提出追認爲中共黨員的要求。1981 年 3 月 31 日中共中央正式作出決定：「我國偉大的革命作家沈雁冰（茅盾）同志，青年時代就接受馬克思主義，1921 年就在上海先後參加共產主義小組和中國共產黨，是黨的最早的一批黨員之一。1928 年以後，他同黨雖失去了組織上的關係，仍然一直在黨的領導下從事革命的文化工作，爲中國人民的解放事業和社會主義建設事業奮鬥一生，在中國現代文學運動中做出了卓越貢獻。」「中央根據沈雁冰同志的請求和他一生的表現，決定恢復他的中國共產黨黨籍。黨齡從 1921 年算起。」胡耀邦代表中共中央所致的悼詞中，對他作出了蓋棺論定的歷史評價：「我國現代進步文化的先驅者、偉大的革命文學家」，「爲中國革命事業、中國新興的革命文學事業奮鬥了一生的卓越的無產階級文化戰士」。

這就徹底糾正了「左」傾路線時期拒絕給茅盾恢復黨籍的錯誤，也徹底恢復了茅盾中共黨員和始終忠誠於黨的歷史眞面目。

在《從牯嶺到東京》一文中，茅盾說自己「有點幻滅」，但「並沒動搖」。他相信「將來的歷史會有公道的證明」。他的預言終於實現了！

第二節　沐雨炙日，殫精竭慮

1948 年除夕，茅盾夫婦應中共中央邀請加入第三批民主人士行列，登船離港，奔赴解放區，參與籌備新政協，爲中華人民共和國的成立作準備。1949 年元旦，香港《華商報》刊登了茅盾題爲《迎接新年，迎接新中國》的短論。他懷著激動的心情宣告：「新民主主義的新中國將是一個獨立，自主，和平的大國，將是一個平等，自由，繁榮康樂的大家庭。在世界上，中國人將不再受人輕侮排擠。人人有發展的機會，人人有將其能力服務於祖國的機會。」〔註22〕

〔註22〕《茅盾全集》第 17 卷，第 386 頁。

茅盾躊躇滿志，一門心思集中精力搞創作。他手頭有好幾部因革命與戰亂的動蕩未能完成的長篇，有從頭開始的新想法。因此當新政協開會組建人民政府任命他為首任文化部部長時，完全打亂了他做專業作家的理想與社會定位。他更沒料到，一向反「左」的他，從此不得不委曲求全參與搞「左」。

一

在建黨和大革命前夕，茅盾的志趣在於社會活動，那是為了徹底改變祖國和人民的命運，以實現其共產主義理想。大革命失敗後，茅盾經過反思，認識到自己並不適合從政，實現其理想的事業乃是文學。此後 20 餘年的實踐證明：這是正確的選擇。因此，新中國成立後，讓他改變選擇是很艱難的。周總理找他談話時，他一再婉辭。於是毛澤東親自出馬，坦誠地說：「文化部長一職，很多人搶著幹；但並不合適。郭沫若倒可以，但他已身兼數職。中央考慮再三，只有你合適。所以請你一定要出馬。」話說到這個份兒上，他就別無選擇了。

當時茅盾之所以眾望所歸，因為他確實具備充分的條件和優勢。且不說建黨後他有多次擔任黨內高級領導職務的經驗，就是憑其在新疆複雜政治形勢中領導文化協會，赴蘇聯考察後充分借鑒了其文化建設經驗並形成《蘇聯見聞錄》和《雜談蘇聯》等可供參照的系統的理性認識而言，就無人可比。更不用說從「左聯」到中華文藝界抗敵協會等文化藝術運動中領導工作的歷練了。也因此，他沒推辭全國文聯副主席、中國作家協會〔註 23〕主席兩職。但三個職務集於一身，茅盾就不得不面對而且還得正確處理新中國文化藝術與政治、經濟之間的特殊關係。按照馬列主義的觀點來理解，經濟基礎決定著包括政治與文化等意識形態在內的上層建築。上層建築反過來又推動、促進相應的經濟基礎繼續發展。然而剛成立的新中國經濟與政治、意識形態的關係卻十分特殊。國民黨執政時期並未準備出能適應新中國所要求的經濟基礎。延安時期建立的經濟只是個局部。所以當我們進入新中國時，確定的路線是先建構上層建築，再藉其反作用力來改造舊的經濟基礎，建造新的經濟基礎。即變資本主義、封建主義的生產關係為新民主主義生產關係，以解放

〔註23〕初成立時名「中華全國文學工作者協會」，後改此名。本書為讀者考慮而統一用名，特此說明。

和推動生產力往社會主義方向發展，從而構成新的生產方式，最終完成社會主義經濟基礎的建構。在上層建築、意識形態領域，情況大體同步。但其中「左」的失誤後遺症，卻一直帶到新中國來。而今新中國成立，國統區的意識形態及其代表人物、代表性文化產品所帶來的思想衝擊，其規模遠大於當年對延安的那種思想衝擊。如果仍用政治運動方式解決這個更加嚴峻的重大問題，將會把更多的人，包括茅盾在內捲到「左」傾失誤中去。而今茅盾以無黨派民主人士的身份被任命為文化部部長，這個問題當然是他首先要解決的難題。固然，制定方針政策有黨中央和國務院，執行政策時他卻是「首席執行官」。他必須與中央保持一致。由於新中國成立初期百廢待興，所制定的方針政策只是粗略的框架，實際執行時，許多具體問題只能根據實際情況創造性地發揮。茅盾掌握一個基本點，就是照毛澤東的《新民主主義論》和《在延安文藝座談會上的講話》的基本精神來行事。

這時的茅盾已是相當成熟的辯證唯物論與歷史唯物論相結合的革命家。他當然明白《講話》等是特定歷史條件下的產物，不可以照搬到情況有很大改變的新中國。他的原則是原則性與靈活性相結合。即吸取其具普遍真理性的基本精神，注意結合當前的實際情況，作靈活理解和運用。

這一切決定了不僅茅盾，就是整個文化藝術界，誰都不可能享有茅盾在上述新年獻詞中宣告的那種充分的自由。

1949 年 5 月 4 日，茅盾在《人民日報》發表的「為『五四』三十週年紀念而作」的《還需準備長期而堅決的鬥爭》一文中，對新中國成立後的文化形勢與任務等，作了扼要精闢的總結。

第一，他再次糾正了自己的誤斷：「五四」是資產階級性質的。他用從「五四」時起 30 年來馬克思主義和「資產階級的自由主義」此長彼消的發展過程來證明，指示正確歷史方向、領導人民建造新中國的，不是後者而是前者。第二，他著重對其中變動不居的兩個階級及其在文化上的反映作了準確分析：民族資產階級曾追隨革命，但在內外敵人威脅利誘下「右傾」，「乃至反動了」；一部分人投靠了三大敵人。這反映在文化上就是上述自由主義者的搖擺、墮落。小資產階級面對壓力，一部分人對「自由主義尚存幻想」而感到苦悶，另一部分人「毅然走到馬克思主義的旗幟下」。第三，茅盾指出：而今「毛澤東思想正如已在政治軍事上取得的偉大勝利一樣，在文化戰線也已得到了決定性的勝利了」。但是「新民主主義文化」的敵人「帝國主義文化、封

建主義文化和買辦文化的餘孽在全國各處都還潛伏著，我們還須作長期而艱苦的鬥爭」。第四，茅盾相當具體地結合實際狀況分析了在徹底鏟除三種敵對文化的同時，對帝國主義各國的有益文化和我們的民族文化不能「統統束之高閣」，而應批判繼承，作為發展新中國文化的滋養。

　　寫此文時，茅盾當然不可能想到，這些實際上成了他接任文化部長兼任中國文聯副主席和中國作家協會主席之後的指導思想和施政綱領。但在全國文化戰線上，當時缺乏整體的布局，只是以文學藝術的整體布局來帶動文化戰線。關於文學藝術工作的指導思想與布局的關鍵環節，是黨中央全力以赴召開的中華全國文學藝術工作者第一次代表大會。朱德代表中共中央致賀詞，周恩來作政治報告，就連毛澤東也親臨大會，發表了熱情洋溢的講話：新中國的文藝是人民的文藝，其文藝工作者是人民的文學家、藝術家。「人民」的提法比「工農兵」寬闊，更有利於整合解放區、國統區兩大系統。對此整合工作起具體指導作用的是周揚的報告和茅盾的報告。

1949 年 7 月 2 日，在中華全國文學藝術工作者第一次代表大會上，茅盾與毛澤東（左一）、周揚（左二）、郭沫若（右一）合影

　　茅盾的報告名為《在反動派壓迫下鬥爭和發展的革命文藝──十年來國統區革命文藝運動報告提綱》。內容側重對文藝運動與創作傾向、理論論爭的梳理，並沒著重梳理創作成就與經驗。它對小資產階級思想取向有所批評，時間也限在新中國成立前的十年，而沒有全面總結「五四」以來文學藝術發展的總體規律與全部走向。這一切都留下了以國統區陪襯解放區的明顯印記。報告雖由茅盾主持起草，參與者卻有 10 餘人。大框架是和周揚的報告一

起由中共中央通盤考慮確定的。因此，不從「五四」談起和上述側重點的確定，決非茅盾個人的意願。周揚題為《新的人民的文藝》的報告，其實是對毛澤東講話中所定的文藝性質的具體印證與展開。他從 1942 年毛澤東《在延安文藝座談會上的講話》談起，全面概括了解放區的創作、文藝運動，以顯示毛澤東文藝思想的實踐成就。以此為規範，對今後新中國文藝的方針與走向，提出了四點要求：第一，社會主義文藝創作要堅持「為人民服務，首先為工農兵服務」的方針；第二，社會主義的文藝觀念要以辯證唯物主義與歷史唯物主義為理論基礎，以社會主義現實主義為基本創作方法與批評方法；第三，文藝工作者必須學習馬列主義、毛澤東思想，學習黨的政策，在學習中改造自己以適應新的生活與新的任務；第四，與此相應的是要改造一切舊文藝。

把第一次文代會的兩個報告和黨中央主要領導人的全部講話作整體考察，不難發現，這就是當時以解放區整合國統區的方式來解決兩種不同的、相當一部分還具衝突性質的意識形態之間的矛盾。文代會的精神也成為新的意識形態的總體布局和基本導向。這種以文藝引路推動意識形態全局的舉措，一直貫徹到「文革」時期。

總體看來，茅盾雖長期在國統區工作，但他去過延安，又一直處在黨中央，特別是周恩來等中央主要領導人的指引之下，基本上能適應這種整合與轉型。文代會前他發表的紀念「五四」30 週年的文章《還需準備長期而堅決的鬥爭》與他所作的文代會報告相銜接，實際上也是他為適應新的形勢對自己文藝思想的系統梳理。文代會前他發表的《為工農兵》，文代會後他發表的《欣賞與創作》等文，則更具體地闡明了他在領導崗位上對致力上述整合與轉型工作的基本認識與尺度。他緊緊地握著《在延安文藝座談會上的講話》的精神，闡述了「文藝為人民服務，首先要為工農兵服務」的方針〔註24〕：（1）必須站在「工農兵的立場」上，不具此立場者，不熟悉工農兵生活者，應實行「思想改造和生活改造」。（2）「寫工農兵及其幹部」，「勢所必然也要寫到」「其他階級的人」，但要把工農兵及其幹部「作為主人公來描寫」。〔註25〕（3）寫給工農兵及其幹部看。顯然這種解釋帶有明顯的扭轉國統區來的文藝工作者思想的針對性，也帶有明顯的偏「左」的時代色彩。但他迴避了文藝是否

〔註24〕《茅盾全集》第 24 卷，第 100 頁。
〔註25〕《茅盾全集》第 24 卷，第 39～40 頁。

應該爲小資產階級和民族資產階級服務
的問題。1949 年 9 月 29 日新政協通過的
起代憲法作用的《中國人民政治協商會
議共同綱領》，對中國人民所作的界定中
包括「工人階級、農民階級、小資產階
級、民族資產階級及其他愛國民主分
子」。顯然，他們被賦予了包括被文藝所
描寫和成爲人民文學讀者在內的各種政
治權利。而茅盾這種迴避，帶有相當的
預見性：正是在這個領域，後來開展了
危及許多人命運的一系列的政治鬥爭。

茅盾的任命書

　　茅盾按照這些認識和方針原則，全面開展了他主持文化部與文聯、作協
的工作，以及他先後或籌辦或主編的《文藝報》、《人民文學》等的各種工作。
他所取得的成就，大都具有創新、開拓的性質。

二

　　作爲上層建築的新中國的政治制度，既然向同爲上層建築構成因素的意
識形態提出了保持一致性的時代要求，當然會對一切不相適應的包括文化
和文學藝術在內的其他意識形態成分提出改造其性質的歷史任務。按照一般
規律，最正確的方針政策，當然是「百化齊放，百家爭鳴」。事實上，在新中
國成立初期其精神已大體具備了。因爲「推陳出新」的方針早已經有了。《在
延安文藝座談會上的講話》中關於文化統一戰線與文藝批評的標準也早就
有了。1950 年 4 月 19 日，中共中央《關於在報紙刊物上展開批評和自我批評
的決定》中對批評與自我批評的目的有明確的規定：吸引人民「經常地有系
統地監督我們的工作」，改正缺點錯誤，以「使我們能繼續不斷地向前進
步」。但在實際進程中卻偏離了正確的軌道。本應是和風細雨的同志式的批
評，卻被帶有強制性的批判所取代，最終演化成了全局性抓階級鬥爭的政治
運動。

　　這迫使茅盾無法擺脫非常尷尬的地位：一方面他受到中共中央和毛澤東
的信任，被推到必須堅決執行中央決策的「首席執行官」的地位；另一方面
他儘管有時甚至違心地努力緊跟照辦，卻經常被推到「審判」席上受衝擊，
甚至批判，但又無可奈何。他不能像 1928 年那樣站出來反批評，甚至公開挑

戰「左」傾錯誤路線，必要時還被迫公開檢討。

從 1950 年到 1953 年，由思想分歧的內部討論發展成全國性的大批判。它對茅盾的觸動極大。

第一，茅盾主編的《人民文學》1950 年第 1 卷第 3 期發表的蕭也牧的《我們夫婦之間》、朱定的《關連長》等小說被當做「小資產階級創作傾向」的代表作品來批判。蕭也牧是來自解放區的青年作家，其短篇小說《我們夫婦之間》寫出身知識份子與農民的一對夫婦進城當幹部後產生的思想情感矛盾。小說觸及了農民幹部在新形勢下應克服狹隘的思想觀念、寫日常生活題材和把知識份子當做主角等三個敏感問題。部隊作家朱定的《關連長》講述了一位解放軍連長從敵人工事中解救一群孩子，張揚了人道主義精神。這是解放區寫革命戰爭的作品從未涉及的敏感主題。上述作品本來是一種深化與開拓，反被當做錯誤傾向。儘管茅盾的《為工農兵》、《欣賞與創作》等文章有「左」的色彩，又迴避了敏感性很強的理論問題，但從他簽發的上述作品來看，他實際上支持文學可以把小資產階級當主角，可以寫工農兵人物的缺點，可以寫日常平凡生活，也可以把革命人道主義和人情味當做主題。但當時佔壓倒優勢的意見則是：只能以工農兵為作品主角；寫英雄人物不能寫缺點，否則就是寫披著工農兵衣服的小資產階級，就是歪曲了工農兵形象；寫日常生活題材與人情味、人道主義主題，同樣是「小資產階級創作傾向」。然而，茅盾沒有答辯，只能聽憑這些領域從此成了創作的禁區。由於這兩篇小說改編成電影在全國放映後引起廣泛歡迎與好評，這次批判就不限於文藝，而是波及到全國人民的思想文化生活。

第二，茅盾的長篇小說《腐蝕》由柯靈改編成電影劇本於 1950 年 2 月出版。10 月至 12 月《文匯報》連載。同時由黃佐臨導演拍成影片，並被列入「抗美援朝保家衛國電影宣傳運動月」的佳片在全國上映，引起了轟動。《光明日報》等全國許多報刊發表文章和「座談會紀要」給以讚揚。1951 年 4 月起開始發表批判文章，認為「同情特務」，「不利於鎮壓反革命運動」。由於 1950 年 12 月《大眾電影》第 13 期發表了茅盾《由衷的感謝》一文，說明了《腐蝕》的創作情況，為小說與影片定了「暴露特務」的基調，並對編導演職員和讀者觀眾表示了感謝，所以影片遭禁挨批就使茅盾相當被動。但他也只能保持沉默。

第三，由茅盾作序的部隊作家白刃的長篇《戰鬥到明天》1950 年 11 月出

版。茅盾在序中認為：「五四」以來知識份子為主角的小說很多，似此書寫抗戰敵後游擊戰爭知識份子思想改造的小說則很少見。小說寫他們在各種戰鬥考驗下產生分化。個別人落伍，「甚至成為叛徒」；多數人「在戰鬥中改造了」種種「小資產階級意識」。這「對於知識份子有教育意義」，是「整個知識份子改造的歷史中頗為重要的一頁」。茅盾也指出小說「幾個正面人物的思想改造過程都還表現得不夠」，因此「形象性似嫌不足」。1952 年此書被當做「小資產階級創作傾向」來批判。「本書的癥結」是歪曲了黨的領導、黨的政策和人民軍隊，鼓吹了「原封不動」的小資產階級的「動搖性、落後性和反動性」，歌頌了「投降主義」和「敵人」，「把資產階級、小資產階級思想擺在對工人階級思想的領導地位」。〔註26〕《人民日報》還轉來批判序言的三封讀者來信。茅盾再難保持沉默，就以回《人民日報》編者信的方式答覆讀者來信。他籠統地表示接受來信的意見。實際卻只接受了自 1928 年就扣給他的那頂所謂「小資產階級意識」的帽子！他承認沒看出此書的「嚴重的錯誤」。但也暗含譏諷地強調：「此書經部隊的領導審閱過」，故認為「一定沒有問題」。這「是不嚴肅的」。其實序言是篇經過認真閱讀、嚴肅思考、細緻分析後作出一分為二的評價的嚴肅文章。茅盾在信中仍堅持認為此書的主題與題材具積極意義，並希望作者修改。〔註27〕

此信和「一棍子打死」式的極左批評唱了對台戲。信中所說「態度不嚴肅」應作「檢討」云云，純屬違心之言。不料《人民日報》在未徵得茅盾同意的情況下，竟把這封內部通信加上《茅盾關於為〈戰鬥到明天〉一書作序的檢討》的標題公開發表了，茅盾竟無可奈何！從此不斷地吞嚥著這種政治的「苦酒」！

第四，茅盾任 1950 年 7 月成立的文化部電影指導委員會主任。根據《腐蝕》、《我們夫婦之間》、《關連長》改編的同名影片恰恰在此期間上演，並由廣受歡迎逆轉為被嚴厲批判。特別是 1950 年 3 月和 12 月《清宮秘史》和《武訓傳》的上演雖受到個別人的質疑，但仍得到廣泛歡迎。毛澤東為《人民日報》寫的社論《應當重視電影〈武訓傳〉的討論》於 1951 年 5 月發表。這對文化部部長兼電影指導委員會主任的茅盾的衝擊之大，可以想見。

〔註26〕張立雲：《論〈戰鬥到明天〉的錯誤思想和錯誤立場》，1952 年《解放軍文藝》4 月號。
〔註27〕茅盾的序言和回信均收入《茅盾全集》第 24 卷，第 175～178 頁。

　　《清宮秘史》被毛澤東定性爲人〔註28〕稱爲愛國主義影片而實際是賣國主義影片。毛澤東說《武訓傳》存在政治問題：一是打出「爲人民服務」的革命旗號，狂熱地宣傳封建文化，歌頌對封建統治者竭盡奴顏婢膝之能事的「武訓精神」，甚至用革命的農民鬥爭的失敗作爲反襯來歌頌，而不是歌頌與舊的社會經濟形態及其上層建築（政治、文化等等）作鬥爭的新的社會經濟形態，新的階級力量，新的人物和新的思想。二是「號稱學得了馬克思主義的共產黨員」，一遇到具體的歷史事件、歷史人物、反歷史的思想，就喪失了批判的能力；有些人則竟至向這些反動思想投降。這證明「資產階級的反動思想侵入了戰鬥的共產黨」。

　　中共中央立即責令以中宣部爲主在全國發動了批判《武訓傳》的政治運動。隨後，又全面鋪開了文藝整風運動與文藝工作者的思想改造運動。由於《清宮秘史》、《武訓傳》的問題涉及黨內高層，甚至領導核心成員，茅盾的壓力，反而不像前三次批判那樣首當其衝了。何況他對毛澤東上綱上線之高，並非沒有看法。所以整個批判過程中茅盾未置一詞。

　　然而面對文藝整風和思想改造運動，茅盾卻不能沉默。他不得不上綱上線作「反省」。如 1952 年 4 月在《茅盾選集》自序中，說《子夜》主人公吳蓀甫是「反動的工業資本家」，而隻字不提其兩重性（含愛國的一面）和作品對他的同情。茅盾又利用紀念《講話》發表 10 週年之際，發表了題爲《認眞改造思想，堅決面向工農兵》的長篇論文，亮明自覺改造自己，貫徹執行中央文藝路線的立場。他說：爲了貫徹「文藝應該爲人民服務，首先應該爲工農兵服務」方針，「文藝工作者就必須改造自己的思想意識」。爲此，「必須全身心投入革命的現實鬥爭」。然而「矮化」往往與「抬高」相伴。茅盾說：《講話》「在中國是經典性的」，「凡有革命文藝和反革命文藝之鬥爭的國家內，也是經典性的」。他還說：在《講話》以前的革命文藝成就，「從創作方法看，主要是屬於批判現實主義的範疇」；《講話》後才「開始了革命的現實主義的新時代」。這就把自己、把魯迅、把「左聯」革命文學等，從根本上統統貶低了；實質上也歪曲了其眞實面貌。很難說這是茅盾的肺腑之言，因爲後來他放棄了這些提法。

　　但茅盾在這篇文章中設身處地和廣大文藝工作者交心傾談。他以思想改造爲基本立足點，從學習、深入生活方面與工農兵溝通思想感情，把對生活

〔註28〕此處「人」是指中共中央副主席、國家副主席劉少奇。

的感性認識上升爲理性認識，從形象思維和邏輯思維相結合的創作全過程等方面，娓娓談來，親切交流，傾入了自己幾十年的文學創作實踐的體驗，並把這一切上升到哲學高度，引導同行接受《講話》的基本精神。茅盾的開創性表現在：把毛澤東的《矛盾論》、《實踐論》與《講話》結合起來，用「兩論」的哲學原理和方法論解決《講話》提出但並未細緻分析和解決的如何運用社會主義現實主義創作方法進行創作的問題。這些語重心長的話，顯示了茅盾與作家共同思考、共同改造自我的平民身份與平民政治品格。

　　直到 1953 年 9 月 25 日作第二次文代會報告《新的現實和新的任務》時，茅盾才擺脫了上述被動局面。他在報告中勇於肯定和堅持新中國成立以來取得的成就，體現了正確的方向，給新老文藝工作者以鼓勵，也勇於批判第一階段文藝思潮中的失誤。他用了相當多的篇幅批評創作上的公式化、概念化和主觀主義的教條式的文學批評。他尖銳地批評了批評家對作家缺乏「愛護的熱情，幫助的態度，而採取一種粗暴的打擊的態度」，更缺乏「客觀的科學的態度」。〔註29〕這很大程度上反映出茅盾對「左」傾思潮的反駁與否定。他還分別提出了深入細緻、切中肯綮的解決辦法。這篇報告滲透著茅盾對新現實、新任務、新對策的新認識、新理論與新思路。這說明茅盾雖然和同行一起淋雨炙日，但他一直殫精竭慮地、勇敢地面對著嚴峻的現實。

三

　　1951 年至 1955 年，以批判胡適、批判胡風兩個高潮爲鋪墊，最終開展了全國「肅反」運動。如果批判《武訓傳》是著重解決文藝界的思想改造問題，那麼批判胡適則旨在解決學術界的根本指導思想問題。

　　山東大學學生李希凡、藍翎批判俞平伯《〈紅樓夢〉研究》的文章發表時，發生了一些波折，本是個偶發事件。毛澤東卻巧妙而及時地用它解決學術界全局問題。他於 1954 年 10 月 16 日給中共中央政治局的《關於紅樓夢研究問題的信》中詳述事件涉及的方方面面，稱李、藍的文章是「三十多年以來向所謂紅樓夢研究權威作家的錯誤觀點的第一次認眞的開火」，提出要開展反對胡適派資產階級唯心論的鬥爭。毛澤東擺出了對立面，「事情是兩個『小人物』做起來的，而『大人物』往往不在意，並往往加以阻攔，他們同資產階級作家在唯心論方面講統一戰線，甘心作資產階級的俘虜」。毛澤東指明，「這同

〔註29〕《茅盾全集》第 24 卷，第 265～274、281～284 頁。

影片《清宮秘史》和《武訓傳》放映時候的情形幾乎是相同的」，並特別點出前者的「賣國主義」性質「至今沒有被批判」，後者的批判「至今沒有引出教訓」兩個問題。這就揭櫫了這次批判和上次批判的整體聯繫性，而且把矛頭直指一批「大人物」，包括認爲《清宮秘史》是「愛國主義」影片的劉少奇。毛澤東最後規定了政策，「俞平伯這一類資產階級知識份子，當然是應當對他們採取團結態度的。但應當批判他們的毒害青年的錯誤思想，不應當對他們投降」。〔註30〕

　　批判運動仍從文藝界開始。從 1954 年 10 月 31 日到 12 月 8 日，全國文聯與中國作協聯合召開了 8 次批判會。中國科學院與中國作協從 1954 年 12 月 2 日到 1955 年 3 月聯合召開的俞平伯、胡適思想批判會竟達 21 次！茅盾雖是領導這後 21 次會議的九人委員會的成員之一，但他一言未發。前一輪的 8 次會議中，他只在最後一次會議上以文聯副主席、作協主席身份作了題爲《良好的開端》的總結發言。除用寥寥數語肯定會議收獲外，他用「我個人受益良多」一語轉向自責，說自己青年時代受莊子的影響，「五四」時代受胡適的影響，以致在所寫的《紅樓夢》潔本〔註31〕導言中「完全抄引了胡適的謬論」，「做了胡適思想的俘虜」。今天也不敢說「我的思想中就完全沒有胡適思想的殘餘了」！然後他把話鋒一轉，引證了郭沫若一段話：「我們的大腦皮質，就像一個世界旅行家的手提篋一樣，全面都巴滿了各個碼頭上的旅館商標。」爲此，茅盾希望大家多學習馬列主義，但不要簡單化地貼上馬列主義的「若干標語」。他表示反對「掛羊頭，賣狗肉」，「欺世盜名」的態度，提倡「老老實實好好學習」。他突出強調郭沫若講的兩條意見：一是「提倡建設性的批評」的 16 字方針，「明辨是非，分清敵友，與人爲善，言之有物」。二是扶植新生力量要持正確態度。茅盾特地批評了所謂「只要對於青年批評就是壓制新生力量」的片面觀點。〔註32〕

　　茅盾這番講話和這種講法實在意味深長。2003 年 4 月 25 日《中國集郵報》發表了《毛澤東早年寄給胡適的一枚郵資片》一文，文後附了此郵資片正反

〔註30〕參見 1977 年出版的《毛澤東選集》第 5 卷，第 134～135 頁，其注釋點明：「劉少奇把這部賣國主義影片吹捧爲『愛國主義』影片。」

〔註31〕1934 年開明書店爲青少年出版了《三國演義》、《水滸》、《紅樓夢》刪節本（又稱「潔本」），茅盾的《導言》寫於當年 5 月，潔本共節選了 24 回，另擬了章回目錄。

〔註32〕《茅盾全集》第 24 卷，第 319～322 頁。

兩面的實物照片。藉此不難判斷，確係毛澤東的手筆。此文章細說了毛澤東當年在北大曾是胡適的旁聽生，因爲「志趣相投，成了比較談得來的朋友。毛澤東當年曾說過，『我非常欽佩胡適和陳獨秀的文章，他們代替了已經被我拋棄的梁啓超和康有爲，一時成了我們的楷模』」。後來《新青年》編輯部發生了分裂，胡適發表《多研究些問題，少談些「主義」》等文章，與李大釗、陳獨秀宣傳的馬克思主義公然對立。這時，毛澤東卻根據胡適的觀點在湖南成立了問題研究會。他起草的章程中所列的 144 項問題，是對胡適所提「問題」的具體展示。〔註33〕直到 1920 年胡適的日記中還有「毛澤東來訪」的記載。胡適珍藏的上述郵資片中還有毛澤東多次寫信向胡適求教的自白。不過1954 年批判胡適時，毛澤東未必想到當年這些舊事，更不必像茅盾那樣費盡心機作這種不乏弦外之音的政治性「自責」。

茅盾接受了批判小資產階級創作傾向和批判《武訓傳》的經驗，這時他很巧妙地擺脫了尷尬處境，顯得較爲超脫。這得力於茅盾自幼養成的「遇事好尋根究底，好獨立思考，不願隨聲附和」，「當形勢突變時」就「停下來思考」而不急於「緊緊跟上」的習慣。在 1955 年反胡風運動中，茅盾這種政治品格卻受到了最嚴峻的考驗。

四

胡風在「左聯」中期步入文壇後，歷任「左聯」執行書記和中華全國文藝界抗敵協會常務理事、研究部主任，做出顯著貢獻，成了文藝活動家。到40 年代他出版了八部理論批評論著，建構了具有馬克思主義傾向和個性特色的現實主義理論體系，成了著名理論批評家。他的理論也有明顯的不科學的成分。因此，新中國成立前後，胡風受到批判，並非都源於外因。

1955 年對胡風集團的批判把人民內部矛盾搞成敵對性質，導致「肅反」擴大化。這使文壇局勢和茅盾的處境空前複雜化。這是一場運用政治權力肅清異己文藝思想的不對等的鬥爭。握有文藝界生殺予奪大權的周揚，歷來以宗派主義對待胡風等魯迅周圍的人。這時，他更利用政治運動打擊報復，茅盾是歷史見證人，不難一目瞭然。茅盾與胡風在文藝思想上本來存在原則分歧，加上兩人的積怨已久，面對當前的政治運動，茅盾絕無沉默餘地。

總的來看，茅盾與胡風的積怨，其因在胡。

〔註33〕《問題研究會章程》，刊於 1919 年 10 月 23 日《北京大學月刊》。

胡風是秦德君首任丈夫穆濟波的學生，1929 年在日本經秦德君介紹與茅盾結識。茅盾雖是「五四」前驅、建黨元老、著名作家和權威理論批評家，但對青年一向關愛，平等相待。對乍登文壇的胡風，茅盾主動約他「交換關於文藝運動的意見」，還贈以剛出版的《虹》，徵求他的意見。但桀驁孤傲的胡風對茅盾卻很冷漠，「硬讀了幾十頁」就把《虹》「扔到一邊」。他認為茅盾的作品「形象是冷淡的，或者加點刺激性的色情，也沒有普通人民的真實感的生活」。包括《子夜》在內都具「自然主義傾向」。1933 年茅盾再度任「左聯」書記。時任宣傳部部長的胡風，居然漠視茅盾以《文學》等刊物配合魯迅領導「左聯」反文化「圍剿」的赫赫戰績，說茅盾任此職是為「加強他的左翼地位」，「除開會外不做任何具體工作」。他還給茅盾扣上「宗派主義」的帽子。〔註34〕

1936 年因為解散「左聯」和「兩個口號」的論爭，周揚站在宗派主義立場和魯迅尖銳對抗。茅盾和中共中央特派員馮雪峰緊密配合，努力維護團結，協調雙方關係。馮雪峰和魯迅、茅盾、胡風共同商量後提出了「民族革命戰爭的大眾文學」的口號，以糾正周揚提出的「國防文學」的口號在階級立場上的不明瞭性。茅盾極力主張新口號應由魯迅著文提出，以加強其權威性，不料胡風著文率先提出。這立即激起「國防文學」派的群起反對。從此，周揚和胡風的關係打上了「死結」。這也使茅盾非常惱火。茅盾為緩和雙方矛盾寫的文章中批評周揚語氣相對緩和，批評胡風卻相對嚴厲。這顯然有失公平。胡風儘管聽從了馮雪峰勸告，強按著自己暴戾的性情未作一字的答辯，但對茅盾極其不滿，兩人關係也打上了「死結」。此後他凡論茅盾必多歪曲。如茅盾應馮雪峰的要求，儘量多組織人在周揚籌組的文藝家協會的宣言上和魯迅牽頭的中國文藝工作者宣言上同時簽名，以免在敵人面前暴露出分裂傾向。茅盾還利用起草《中國文藝家協會宣言》和當選該會常務理事會召集人的機會，制止了在宣言裡提「國防文學」口號的舉動。胡風卻把茅盾這一切顧全大局、維護團結之舉，說成是「關起門來做皇帝」，「取得雙重的抗日身份」。〔註35〕

在 40 年代，雙方矛盾的焦點，集中在對待《在延安文藝座談會上的講話》

〔註34〕 以上胡風的話，見《胡風回憶錄》，人民文學出版社，1993 年版，第 1～2、
　　　　20～21 頁。這是胡風晚年的自述，當更可信。
〔註35〕《胡風回憶錄》，第 75、88～89 頁。

的態度上。胡風對《講話》總體上是認同的，但有許多原則性的保留意見。茅盾對胡風的某些保留意見，如應尊重文藝特殊規律、重視革命現實主義主流地位、反對圖解政治和公式化概念化傾向等並無異議。其分歧主要集中在文藝與政治的關係問題上。茅盾選定以文藝改造社會的立足點後，就率先表現出文藝工作的革命功利主義目的。這和後來毛澤東的《講話》中所倡導的文藝為政治服務的方向是相呼應的。通過1942年延安文藝整風運動，自國統區來到解放區的文藝工作者大體統一到《講話》所提的文藝為工農兵的方向上來。1943年《講話》傳到國統區，傳到重慶，在國統區主持統戰工作的周恩來組織學習《講話》。包括茅盾在內，多數國統區作家都承認《講話》指引的方向在國統區有普遍的指導作用。胡風卻強調「根據地文藝工作者和國民黨統治區文藝工作者的環境和任務的區別」，對工農兵方向的普遍指導作用持保留態度。後來，他也承認，自己「忽略了其他幾個原則問題，如思想改造問題，普及與提高問題等」。他意識到自己「依然停留在舊知識份子獨行其『是』的老路上」。〔註36〕

　　客觀地看，胡風的理論瑕瑜互見，有些觀點確實彌補了毛澤東的不足。例如，胡風贊成毛澤東關於文藝與政治有必然聯繫，二者相互發生作用的觀點，但反對「文藝從屬於政治」的觀點。顯然，胡風是對的。但當他強調必須把這種關係一概納入他一向堅持的有個人特殊理解的「現實主義道路」中才能實現這相互作用時，反而把它限窄、限死了。例如《講話》針對作家的小資產階級意識和工農兵格格不入的情況，提出學習工農兵，實現思想感情大眾化，用人民大眾的意識去反映人民生活，以臻昇華人民群眾思想情感的境界之目的。胡風則強調長期封建統治導致了人民群眾具有「精神奴役的創傷」，他要求作家發揮「主觀戰鬥精神」，「一鞭一道血痕地」努力鞭撻這種「創傷」。同時作家通過「自我擴張」，在「擁入」感性對象過程中，讓「客觀的感性對象來修改、完善、補充作家」的「主觀」。這些觀點從糾正忽視作家的主體作用和辯證地對待人民群眾的角度來說，顯然是有道理的。但茅盾認為胡風把作家及其「主觀戰鬥精神」置於人民群眾和客觀生活之上，位置的這種顛倒使問題的性質發生了變化：毛澤東要求作家學習工農兵改造主觀世界，胡風則強調作家以「主觀戰鬥精神」改造人民群眾。當時胡風扶植的青年作者舒蕪，為了從哲學上支持、迎合胡風的「主觀戰鬥精神」論，在《論

〔註36〕《胡風回憶錄》，第309頁。

主觀》一文中竟把「主觀」提到決定客觀的支配全局的位置，並說這是「歷史發展的動力」。此說本來與胡風的「現實主義」論很難「兼容」，但胡風竟破例在他主編的文藝刊物《希望》第一期上以重要位置發表了這篇哲學論文。茅盾認為，此文「生拊硬湊」，「從哲學史上拾了許多廢料」，也不顧「是否互相衝突」地宣揚了唯心論哲學。再如，當時許多作家在國統區白色恐怖中不得不壓抑熱情，很難痛快地寫作。胡風批判他們，說這是「主觀熱情衰退」，「缺乏主觀戰鬥精神」，指責其有客觀主義傾向。胡風甚至把茅盾、沙汀視為客觀主義傾向的代表。茅盾則指出：作家們受到反動政治壓制，既無法深入人民群眾，又沒有言論自由，所以無法直抒胸臆。這是「外界的桎梏緊壓了作家」所打上的時代烙印。無端地指責這些努力掙扎、用文藝抨擊黑暗的作家，顯然很不公正。

　　鑒於胡風的文藝觀在一定程度上已妨礙了黨在國統區以《講話》引導文藝界服務人民、服務革命的大局，周恩來只好自己出面，以團結、幫助的誠懇態度，多次和胡風談話。周恩來著重指出在反動政治環境中《講話》的重大意義，說在當前「理論問題只有毛主席的教導才是正確的」。他要求胡風「改變對黨的態度」。他提醒胡風：當「延安反對主觀主義時」，你卻在重慶提倡《論主觀》，反對客觀主義。晚年胡風承認他當時沒有「理會」和「重視周恩來的好意與引導，卻誤以為是對自己的肯定」。〔註37〕周恩來還組織了多次討論會來幫助胡風和舒蕪。胡風承認：不僅在當時，就是新中國成立後1952年召開對胡風文藝思想的討論會時，周恩來都特別指示要掌握平等原則，「不要先存一個誰錯誰對的定見，要平心靜氣地好好談」。〔註38〕包括茅盾在內，大家都按照這一方針，當面對胡風提出了許多有益的意見。但胡風和舒蕪並未從中汲取教益。胡風又把自己認為有「不健康的情緒」的舒蕪的另一篇文章《論中庸》發表在《希望》第二期。此外，還發表了舒蕪的一批文章，竟佔了《希望》總篇幅近三分之一。〔註39〕在給舒蕪的信中，胡風竟說黨的領導人是「權貴」，遂授後來反目揭發胡風的舒蕪以把柄。

　　此後的零散論爭，批評涉及胡風周圍其他人，如路翎等，這激起了他們更大範圍的反批評。1948年在香港出版的《大眾文藝叢刊》上，展開對胡風

〔註37〕《胡風回憶錄》，第336、353頁。
〔註38〕轉引自《胡風三十萬言書》，湖北人民出版社，2003年版，第66頁。
〔註39〕《胡風回憶錄》，第328～329、337、348頁。梅志：《胡風傳》，北京十月文藝出版社，1988年版，第504頁。

等的文學思想和創作的第二次批評。這次寫批評文章的都是胡風的朋友，如喬冠華、邵荃麟、胡繩、黃藥眠等。批評態度仍是文藝界內部與人為善的平等論爭。馮乃超還特地把刊物寄給仍留在上海的胡風，徵求意見。胡風則寫了《論現實主義的路》一書，對這些批評意見一一作了反駁，一時形成了僵持的局面。茅盾沒有直接參加討論，只在《論〈約瑟夫的外套〉讀後感》中不點名地批評胡風文風「深奧難懂」。他對黃藥眠在《約瑟夫的外套》一文中，批評舒蕪的意見表示同意。茅盾說《論主觀》「生拼硬湊」等話即出自此文。這是茅盾首次把批評意見形諸文字。不難看出，茅盾正因為與胡風有積怨，才對他們的分歧持特別克制謹慎的態度。他有話說在當面，儘量避免形諸文字而引發衝突。

　　真正承擔以毛澤東文藝思想統一解放區與國統區文藝界思想之歷史任務的，是於 1949 年 7 月在北平召開的全國首屆文代會。前面提過，茅盾所作的國統區文藝工作報告，其範圍之所以限定在最近 10 年的範圍，就是以《講話》劃線，配合周揚的解放區文藝工作報告，貫徹毛澤東文藝路線，全面統一文藝界思想的。這是本章開頭所說的改造舊的意識形態，使之適應新中國的政治制度的總部署的有機組成部分。茅盾的報告是經中央統一部署，由七人小組共同起草的。起草小組原定 13 人參加，胡風和茅盾共同主持起草。此舉說明對胡風並無敵意，但胡風堅辭不就。這個報告主體部分是「創作方面的各種傾向」和「文藝思想理論的發展」。它的著力點不在肯定成績，而在總結教訓。這一切都旨在體現以《講話》統一文藝界思想的總意圖。報告的第三部分談了三點：一是文藝大眾化；二是文藝的政治性與藝術性；三是與胡風所代表的文藝流派直接有關的「關於文藝中的『主觀』問題」，實際上就是關於作家的立場、觀點與態度的問題。茅盾論述問題均不點名，只是就事論事作理論分析。他首先肯定作家不能持純客觀態度而排除主觀精神。問題是這「主觀精神」「太多地站在小資產階級的主觀立場」。其表現是「以為革命理論的學習是足以使作家『說謊』，以為發揚作家的『主觀』才會有藝術的真實表現，以為既然是革命的作家，天然就有革命的立場」，「作家過著怎樣的生活就可以怎樣的『鬥爭』」，「完全抹煞了作家去和人民大眾的現實鬥爭相結合的必要」。他們「崇拜個人主義的自發性的鬥爭」，並視之為「歷史的原動力」，不承認「集體主義的自覺的鬥爭」。茅盾要求作家從小資產階級立場走向工農兵和人民大眾的立場，通過思想大眾化以解決文藝中政治性與藝術性

之關係。

今天返觀，茅盾的報告把握著人民內部思想探討的基調，只針對思潮，不針對個人，更不點名。這種總結經驗教訓的宏觀視角，完全合乎大會報告人的身份。其基本觀點是客觀的，大體正確的。但林默涵在「文革」後，把茅盾報告中的這些局部性內容說成是與 1952 年至 1953 年、1955 年兩次全國性大規模的政治大批判和「肅反」運動並列的「第一次批判」。〔註 40〕這顯然與史實不符，有「拖人下水」之嫌。

對新中國成立後反胡風運動的前一階段運作的內幕，迄今很少披露。倒是 1954 年胡風呈中共中央的《關於解放以來的文藝實踐情況的報告》中有扼要的記載。但 1955 年反胡風時，只把其中「二、關於幾個理論性問題的說明材料」這一部分以《文藝報》附件方式公開發表了，其餘都秘而不宣。直到新時期胡風的報告以《胡風三十萬言書》為書名公開出版。其「一、幾年來的經過」，「三、事實舉列」等部分以大量事實揭露了周揚及其周圍的林默涵等同志以「思想討論」為名，大搞宗派主義，用對敵人的殘酷鬥爭方式打擊胡風及其周圍的人。毛澤東對胡風問題的判斷、決策之失誤，顯然與這些欺上瞞下行為密切相關。而今真相大白，這部《胡風三十萬言書》提供了一面鏡子，照出包括茅盾在內，許多人在不同情況下的不同的政治品格。

從第一次文代會起，被稱為「胡風小集團」的成員，都被迫「靠邊站」了！其作品很難發表。作品發表後幾乎立即受到批判，更失去了從前那種平等論辯的權利！當時周揚任分管文藝工作的文化部副部長和中宣部副部長，又是文聯副主席和作協黨組書記。他利用領導運動的權力，批判打擊的多是「兩個口號」論爭中站在魯迅一邊反對「國防文學」口號的人，胡風、馮雪峰和丁玲首當其衝。其中丁玲早在延安時期就成了周揚排斥打擊的對象。周揚的辦法往往是通過內部講話給「論敵」定下過左且不符合中共中央精神的政治調子。1950 年 3 月 14 日周揚作報告時，首次給胡風及其周圍的人扣上「反動」的帽子：「小資產階級作家『小集團』的抬頭，危害性等於社會民主黨。」〔註 41〕接著在報刊上陸續批判胡風、舒蕪、路翎、阿壟（陳亦門）的

〔註 40〕 林默涵：《胡風事件的前前後後》，刊於 1989 年《新文學史料》第 3 期，以下簡稱「林默涵文」。

〔註 41〕 參見《胡風三十萬言書》，第 56 頁。所謂「等於社會民主黨」既不明確，也不科學，但藉此把他們劃到敵對營壘，使之受到敵視和打擊，則綽綽有餘了。這種模糊性又不會留下扣反革命帽子的把柄，足見周揚的「高明」。

詩、小說和理論文章。1952 年下發了關於「胡風小集團」的《文藝報通訊員內部通報》第 15 號、16 號和《胡風文藝思想研究資料》，為大規模批判作準備。這時舒蕪見形勢不妙，就突然改變了態度。趁紀念《講話》發表 10 週年之際，舒蕪在 1952 年 5 月 25 日的《長江日報》上發表了《從頭學習〈在延安文藝座談會上的講話〉》文章，對自己的以《論主觀》為代表的哲學觀點作了自我批評。1952 年 6 月 8 日，《人民日報》轉載了此文。當月 22 日舒蕪又寫出長文《致路翎的公開信》，立即被召到北京按更高的調子修改。9 月 11 日改定，25 日出版的《文藝報》就以重要位置發表。此信雖寫給路翎，兼作自我批判，但針對的卻是胡風及其「小集團」。其基調是「胡風小集團」「反對黨的領導、反對馬克思主義」。這種根本性質的全盤否定與「自虐性」批判，很少實事求是之意，倒有嘩眾取寵、自我解脫之心。儘管這正是周揚等製造冤案所最需要的，但周揚也不得不傳達周總理的指示，「不要先存一個誰對誰錯的定見，要平民靜氣地好好談」。〔註42〕茅盾對照總理的指示和周揚的作為，不難發現其相悖之處。因此他不急於介入，冷靜觀察著事態發展和動向。

1952 年 9 月至 12 月舉行了四次胡風批判大會，規模一次比一次擴大，根本沒有貫徹總理指示，純係上綱上線的批判大會。只准胡風檢討，不准答辯。周揚在最後一次會上作總結時，就定下更高的基調：胡風文藝思想是「反黨路線」。何其芳更進一步，說胡風是「存心反黨」。〔註43〕1953 年 1 月 30 日，林默涵在文化部禮堂作批判報告，旋即發表文章《胡風的反馬克思主義的文藝思想》。何其芳則發表了《現實主義的路，還是反現實主義的路？》。〔註44〕這是兩篇綱領性的批判文章。其過左的政治定性顯然與周總理指示精神不合。對此茅盾非常清楚。據林默涵文中所引中宣部上報周總理與黨中央的《關於批判胡風文藝思想經過情況的報告》可知，茅盾並沒參加這四次批判會。但此報告上報前，「曾召集文藝界負責幹部報告批評胡風文藝思想經過」。這使茅盾感到局勢複雜，他繼續保持沉默，靜觀事態發展。

胡風對這四次批判，特別是對林、何文章過左的政治調子，持十分對立的情緒。因此，胡風就沒能接受其中用馬列主義、毛澤東思想的理論對自己

〔註42〕《胡風三十萬言書》，第 66 頁。
〔註43〕《胡風三十萬言書》，第 72 頁。
〔註44〕兩文先後在《文藝報》發表，均收入《胡風文藝思想批判論文匯集》第二集。

文藝思想中的錯誤部分所作的切中肯綮的批評。1954 年 2 月，中共七屆四中全會揭露並批判了高崗、饒漱石宗派集團的反黨活動。胡風決定利用這個時機進行總答辯。他以學習四中全會精神，反對文藝界領導中的宗派主義和改進文藝思想與體制的名義，把「三十萬言書」上報中央。實事求是地說，胡風是想依靠黨中央、毛澤東主持公道，決非反黨。他批評周揚有宗派主義，確有事實根據。但他把茅盾也擴大進去，反倒暴露了自己慣以個人關係看人的宗派情緒。他敢於頂著如此大的政治重壓，堅持其獨到見解的膽識是可貴的。所持觀點和所提建議，也多可取成分。但他堅持批判的諸如「五把理論刀子」等意見，卻多爲錯論與失實之言。這就衝擊了毛澤東的《講話》中好些正確的根本原則，有礙於中央改造非社會主義意識形態的大局。

　　1955 年中央決定把思想批判升格爲抓階級鬥爭的政治運動。據林默涵文披露，1 月 21 日中宣部把請示報告呈報黨中央。5 天後即以中共中央（55）018 號文件的方式批准下發。毛澤東親自定性：「胡風的文藝思想是資產階級唯心論的錯誤思想。他披著『馬克思主義』的外衣，在長時期內進行著反黨反人民的鬥爭，對一部分作家和讀者發生欺騙作用，因此必須加以徹底批判。」林默涵文中說：這些文件給郭沫若、茅盾、老舍等看過，「他們也同意這麼做」。這是可信的。茅盾這時已看過胡風的「三十萬言書」的全文，也看清了這場運動的不可避免性，及其順應改造非無產階級意識形態以適應大局的必然性。他對運用政權力量強行統一異己文藝思想和流派的做法雖有保留，但面對蓄勢十餘年箭在弦上的政治大戰役，他又怎能反對？反對了，又能怎樣呢？

　　中央文件下發後，1955 年 2 月 5 日至 7 日中國作協召開主席團擴大會議並作出決定：「展開對胡風資產階級唯心主義文藝思想的批判。」身爲文化部部長和作協主席的茅盾，這時已斷難再保持沉默。中宣部也要求他公開表態。但他發表的《必須徹底全面地展開對胡風文藝思想的批判》〔註 45〕的文章，調子卻比中央文件低。他避開中央文件關於胡風「進行著反黨反人民的鬥爭」的提法，把握著批判胡風以「資產階級唯心主義文藝思想」「反對毛主席文藝方向」這個思想批判的基調，對胡風的「主觀戰鬥精神」，「到處有生活」，通過「自我擴張」在「相生相克」中統一主客觀關係來取代學習馬列、學習社

〔註45〕刊於 1955 年 3 月 8 日《人民日報》和 3 月 15 日《文藝報》第 5 期，收入《茅盾全集》第 24 卷。

會以實現思想改造，對民族文化遺產的虛無主義態度和宗派主義小集團活動等五個方面作說理性的批判。文中對馬列主義哲學觀、政治觀、審美觀的闡述是正確的。其對胡風所犯錯誤的批判，也是較有分寸和實事求是的。在反革命帽子滿天飛的情況下，茅盾的這種態度還是比較客觀的。他並未挾嫌報復、落井下石，但也難以避免那場政治運動的時代局限，如對其政治性質和文藝思想的整體判斷顯然有失誤。因為胡風畢生追隨黨，致力革命，並卓有建樹。他也並沒從總體上反對毛澤東文藝思想。他對毛澤東的部分觀點持反對態度顯然是錯的。但也有個別問題，如反對「文藝從屬於政治」、不贊成忽視文藝特殊規律等，在這些方面胡風倒是對的。特別是在嚴重的政治壓力下，他仍能堅持原則，顯示出其秉以公心的政治品格。歷史是公正的，我們應該有勇氣承認這些事實。

　　1955 年 5 月 13 日舒蕪的《關於胡風反黨集團的一些材料》和胡風的《我的自我批判》發表在《人民日報》。5 月 24 日和 6 月 10 日，又公布了第二、三批材料。舒蕪交出了作為揭發依據的胡風寫給他的一批信，經林默涵分類劃出重點後摘編，並加按語，再由林默涵審定後上報了中央。〔註 46〕第二、三兩批材料則是通過抄家等途徑獲得的胡風給其所謂「小集團」成員的信，也經分類摘編，由周揚、林默涵起草按語後上報中央。這些按語有的是毛澤東修改審定的，有的是毛澤東寫的。如《人民日報》有關三批材料的總按語和匯集三批材料的《關於胡風反革命集團的材料》一書的「序言」，都是毛澤東所寫。〔註 47〕摘編的胡風信件的言論中，有些顯然錯誤。有些本來不錯，被斷章取義，甚至故意改變了寫信時間，人為地搞成「反革命言論」。按語中很多地方是失真失實之詞。由於領導的權威起著誤導作用，不明真相的群眾，包括茅盾在內，只能信以為真，不容半點置疑！

　　茅盾一直關注事態發展，注意了解這些內情。他見前兩批材料和按語還限於「反革命言論」，但第三批卻揭露出「反革命」歷史與身份。毛澤東在按語中指出「胡風和胡風集團中的許多骨幹分子很早以來就是帝國主義和蔣介石的忠實走狗，他們和帝國主義國民黨特務機關有密切聯繫」，卻長期偽裝成革命者藏在人民內部，「幹著反革命勾當」。「證據」是胡風的「反共歷史」和

〔註46〕　林默涵和舒蕪在此事責任上說法不一，互相推諉。參看《第一批材料發表前後》，1990 年《新文學史料》第 1 期。

〔註47〕　其中有的收入《毛澤東選集》第五卷中。

寫「反共文章」。阿壠是受過「特務訓練」的國民黨軍官；綠原在中美合作所「工作」過；其他人中還有「地主分子」等。這使茅盾大爲震驚！感到上當受騙的他再也坐不住了。第三批材料發表後的第 5 天即 6 月 15 日，茅盾在《人民日報》發表了《提高警惕，挖盡一切潛藏的敵人》。文章轉述了按語中關於「反革命」定性的話後，茅盾著重分析了當時普遍存在的麻痺大意、失卻革命警惕性的社會心理和自己的心態歷程。「對於胡風集團，在黨報揭露以前，我們想不到它是這樣的陰險狠毒。我很早就認識胡風」，「和他打過多次交道」。那時「僅只覺得這個人品質十分惡劣」，沒「懷疑到他別有來歷」。〔註48〕到抗戰後期，胡風集團明顯形成，他以爲只是「一些自命不凡，狂妄的野心家」在「文藝上的小集團」。第三批材料「挖了胡風反革命集團的根」，「現在，鐵一般的事實擺在眼前，我們不能再麻痺了」。《關於胡風反革命集團的材料》由人民出版社出版後，茅盾又發表了《把鬥爭進行到底並在鬥爭中獲得鍛煉》的文章，對胡風集團作了全盤否定。他說：「胡風及其骨幹分子自始就是徹頭徹尾的反革命分子，是特務。」「胡風的理論，從開頭就是一貫地錯誤的，反動的。」〔註49〕至此，茅盾打破了「好獨立思考」的習慣，開始緊緊跟上並且隨聲附和了！

受胡風冤案株連者數以千計。歷史是公正和無情的。它以事實證明了上自毛澤東下至緊緊跟上者，都徹底搞錯了。新時期黨中央執行「有錯必究」方針，於 1980 年、1985 年、1988 年先後下發了三份爲「胡風反革命集團」平反的文件，推翻了包括「歷史反革命」、「反革命集團」、「反馬克思主義文藝思想」等一切不實的結論。胡風逝世時，中共中央又在悼詞中作出蓋棺論定的政治評價：胡風是「現代革命文藝戰士」，他「在任何條件下對黨、對人民、對社會主義始終抱著堅定的信仰，值得我們學習」。〔註50〕

歷史留下了一條沉痛的教訓。我們怎樣看茅盾的歷史責任？這必須結合那特定時代環境來作歷史的、辯證的分析。首先，他自述的幾十年來根據耳聞目睹形成的對「胡風小集團」的那些認識，是可信的。第二，對以摘編私人信件的方式展示出的胡風等的私下言行，茅盾並不了解。對黨中央據此作

〔註48〕 30 年代穆木天自首之後造謠說：「胡風是國民黨派來的。」此說並無實據。但周揚等信以爲眞。茅盾也從別的渠道聽到此說法。但他謹慎處之，並未當眞。魯迅則根本不信，在《答徐懋庸並關於抗日統一戰線問題》中予以批駁。

〔註49〕 1955 年《人民文學》9 月號，第 5 頁。

〔註50〕 1986 年《新文學史料》第 2 輯。

的定性結論，茅盾沒有置疑的根據。尤其是取得推翻舊中國、建立新中國的偉大勝利後，茅盾建立起對黨中央、毛澤東的絕對信任。在評價胡風問題上，自己和中央存在距離時，茅盾當然只能相信中央。茅盾只能站在相信黨、相信毛澤東的立場與中央保持一致，立即改變調子，作此對敵聲討之舉。這是合乎當時政治形勢的必然選擇，也是當時一般人共同的選擇。這實在是歷史性的悲劇！因為它歪曲了人的正常心態，也扭曲了茅盾「好獨立思考」、「不願隨聲附和」的一貫品格。

五

　　1956 年是中國歷史發生重大轉折的關鍵時期。這時「肅反」和對生產資料私有制的社會主義改造運動已經完成。為總結經驗教訓、規劃新的歷史任務，中國共產黨第八次代表大會於 9 月 15 日至 27 日勝利召開。4 月 26 日，毛澤東在政治局擴大會議上的報告《論十大關係》為八大作了理論準備。八大政治決議認為「我國的無產階級同資產階級之間的矛盾已經基本解決」，當前「國內的主要矛盾」實質「是先進的社會主義制度同落後的社會生產力之間的矛盾」。黨今後的歷史任務就是解決這個矛盾，變落後的農業國為先進的工業國。

　　為調動人民群眾的積極性，毛澤東又發表了《關於正確處理人民內部矛盾的問題》，〔註51〕提出「百花齊放、百家爭鳴、長期共存、互相監督」的方針。此前 1956 年 1 月，中共中央召開的關於知識份子問題的會議，也是出於同一目的。周恩來代表中共中央在大會上宣布：經過建國後六年黨執行對知識份子的團結、教育、改造政策，知識界面貌已發生根本變化，「他們中間的絕大部分已經成為國家工作人員，已經為社會主義服務，已經是工人階級的一部分」。〔註52〕也是為了完成八大提出的新的歷史任務，八大決定開展黨內整風。1957 年 4 月 27 日，中共中央發出《關於整風運動的指示》，提出通過以反對官僚主義、宗派主義和主觀主義為中心內容的整風運動，改變黨的面貌。它號召廣大人民群眾助黨整風，最終造成一個又有集中又有民主，又有紀律又有自由，又有統一意志，又有個人心情舒暢、生動活潑的「政治局面」。

〔註51〕1957 年 2 月 27 日在最高國務會議上的講話，經過修改後於 6 月 19 日在《人民日報》發表。
〔註52〕《周恩來選集》下卷，人民出版社，1984 年版，第 162 頁。

茅盾爲黨中央作出的這一系列戰略部署和制定的新方針政策所激勵，尤其被整風運動的誠意所感動。從建黨至今，一向以黨員自律的他，太了解中國共產黨的成敗得失了。因此，他覺得當前的整風是及時雨。雖有反胡風等的一系列教訓，他仍願肝膽相照，助黨整風。這時統戰部和作協多次安排的座談會都邀請他參加。茅盾雖然謹愼爲本，仍然按「放手鼓勵批評」、「言者無罪，聞者足戒」的原則和要求，敞開思想，開誠相見。

在作協發言時，他表示，作協不能僅限於在黨領導下「幫助政府貫徹黨的文藝政策」，而「忽視了作家的福利」。他反對作協的「政府衙門」作風，提倡遇事「可先在刊物上討論，然後再作總結」的「先民主後集中的民主作風」。〔註53〕

1957 年六七月間，茅盾在中共中央統戰部召開的座談會上的發言，題爲「我的看法」，比在作協所說的內容要宏觀得多，也尖銳得多了。他在反對「三個主義」之外，加上了「反對教條主義」的內容。他提出了「宗派主義、教條主義和官僚主義」是「互相關聯」、「互爲因果」的觀點，並剖析了其種種表現、形成原因及其相互關係。他著重批評宗派主義。從其「多種多樣」的表現中，他舉出一例，「主管的領導黨員」因是外行，對專家業務性建議「不置可否」。但「上級黨員」「提出同樣的主張」時，該「黨員（小領導）就雙手高舉，大力宣揚，稱頌上級黨員英明領導」，卻隻字不提某專家此前所提的同樣建議。因爲他「要保住威信，不提爲妙」，並非健忘。若該「非黨專家不識相」，自己來說明他早就「有過那樣的建議，但未被重視」，那位黨員（小領導）「會強詞奪理」，說專家建議與「上級的指示不同」，「甚至給他一個帽子：誹謗領導、誹謗黨」！茅盾說，「這裡，宗派主義就發展到極嚴重的地步」！而「不懂裝懂，念念不忘什麼威信」，即促成「宗派主義的原因」。茅盾指出，宗派主義常常製造出兩種官僚主義：一是宗派主義者往往又是教條主義者，「結果就必然使他自己成爲辛辛苦苦的官僚主義者」。二是「包辦一切，任何事都不跟別人商量」，「只教他畫諾」，別人也就被造成爲官僚主義。茅盾還特地指出：中央統戰部「人事安排上」給專家安排兼職過多，使之整天忙於開「三會」，〔註54〕「培養了一批官僚主義者」。他舉自己的官僚主義作風之形

〔註53〕《在作協整風會上的發言》，刊於 1957 年 6 月《文藝報》（週刊）第 11 期。引文見《茅盾全集》第 25 卷，第 49～50 頁。
〔註54〕指「冗長的會議、宴會和晚會」。

成過程為例：身為作協主席，卻「是掛名的，成天忙於別的事」，在作協看來當然是「不務正業（寫作）」。身為文化部部長，同樣「只掛個名」，「不務正業」。茅盾詼諧地發牢騷說：「如果我是個壯丁，還可力求『上進』，左手執筆，右手掌印；無奈我又不是，而且底子又差，三四小時連續的會議，到後來我就視而不見，聽而不聞了。」他要求統戰部重新安排一下。茅盾指出，官僚主義產生的思想根源是「主觀主義、教條主義」，滋長的土壤是「對於業務的生疏乃至外行」。而「所有這一切」，其總根源是「缺乏民主」。「開展民主」則是消除它的「對症藥」！〔註55〕這一切發言涉及了許多極敏感的重要政治話題，但都是切中肯綮之論。

　　然而，政壇形勢瞬息萬變。1957年的整風運動，本來說是「放手鼓勵批評」，執行的是「言者無罪，聞者足戒」的方針。而今尖銳的批評意見真的來了，卻又認為這是「右派分子猖狂進攻」。其轉折點是1957年5月15日毛澤東寫給黨內高級幹部閱讀的文章《事情正在起變化》。反右鬥爭的正式發動則是6月8日毛澤東起草的黨內指示《組織力量反擊右派分子的猖狂進攻》和他代《人民日報》起草的「七一」社論《文匯報的資產階級方向應當批判》。7月9日，毛澤東又在上海幹部會議上發表了《打退資產階級右派的進攻》〔註56〕的講話。於是反右派鬥爭立即如火如荼地開展起來了！報刊上點名批判的右派分子中就有在統戰部召開的座談會上的發言者。有人企圖據「我的看法」這個發言給茅盾上綱上線。一時間茅盾承受著巨大壓力！

　　他本人問心無愧，倒能冷靜處之。他夫人孔德沚卻十分緊張，對兒子韋韜訴說：「你爸爸犯錯誤了，又在會上亂講話。現在是一點事就批得很厲害，結果如何，難說。」兒子是搞新聞工作的，分析能力強，安慰母親說：「爸爸的發言不像那些人說的那麼厲害，爸爸和有些人也不一樣。我看不要緊。」果然，不出兒子所料。不久，組織上委婉地對茅盾講：「你這次發言不登報，也不批判，以後希望吸取教訓，說話注點意。」可見中央對茅盾比較注意政策。形勢愈檢愈嚴峻。雖對茅盾「網開一面」，但要求他「輕裝上陣」。作為無黨派民主人士身兼文化部部長和作協主席，他的政治表態雖非舉足輕重，卻至關重要。然而，茅盾又不肯隨意給人上綱上線，這使他倍感煩惱！為躲避不斷的報刊約稿，他只好寫信向作協黨組書記邵荃麟求助：「最近幾次的

〔註55〕《茅盾全集》第17卷，第538～540頁。
〔註56〕以上講話、指示、文章均收入《毛澤東選集》第五卷。

丁、陳問題擴大會我都沒有參加，原因是『腦子病』。」病情是用惱（開會、看書、寫作──包括寫信）過了半小時，就頭暈目眩。「我今天向你訴苦，就是請你轉告《人民日報》八版和《中國青年》編輯部，我現在不能為他們寫文章。他們幾乎天天來電話催，我告以病了，他們好像不相信。」請轉告他們「不要來催了」。〔註57〕

和反胡風時不同，反右派鬥爭中把丁玲、馮雪峰、陳企霞打成「反黨右派集團」時，一定要求茅盾參加批判會，發言和公開發表文章。這使他處在兩難境地。因為「我的看法」雖未追究，政治壓力卻在。他必須在鬥爭中積極表現。但茅盾明白：丁玲、馮雪峰等老戰友是老黨員，幾十年來忠心耿耿，貢獻卓著，怎會反黨？但是若不表態，不劃清界限，說明表現不好，自己就承受雙重政治壓力；要表態，只能上綱上線，傷害同志！何況茅盾非常清楚這是周揚挾嫌報復的私心作怪。因為他目睹親歷了從 1954 年起周揚利用《文藝報》未登李希凡等的批判俞平伯的文章和毛澤東那封信的機會，召開文聯、作協主席團聯席會議，作出《關於〈文藝報〉的決議》，給正、副主編馮雪峰、陳企霞（當時丁玲已調任《人民文學》主編）扣上「對資產階級思想的容忍和投降」、「對新生力量的輕視和壓制」等政治帽子。茅盾雖然公開贊成了此決議，內心對此卻有保留。1955 年 4 月陳企霞致信中央，要求改變此決議。周揚指令作協黨組先後召開了 16 次擴大會議，把《文藝報》的前任、現任正、副主編丁玲、馮雪峰、陳企霞又打成「反黨集團」。但丁、馮、陳提出異議，是針對周揚和作協黨組中幾個具體負責人的，並非針對黨組織。茅盾深知他們的許多意見是正確的，也理解他們在 1957 年黨內整風時再次提出異議的舉動。1957 年 6 月 6 日至 9 月 17 日，作協黨組連續召開了 27 次擴大會議。「前三次會本是為 1955 年作協黨組所定『丁、陳反黨小集團』平反的。」但 6 月 8 日下發了毛澤東起草的黨內指示《組織力量反擊右派分子的猖狂進攻》，7 月 9 日毛澤東又發表了《打退資產階級右派的進攻》後，「在 7 月 29 日第 4 次會議上，周揚忽然重申：過去對『丁、陳』的批判沒有錯，丁、陳忽又『反黨』了，要繼續批判」。〔註58〕此後周揚又要求「新賬舊賬一起算」。加給丁玲的「罪名」，不僅有「1933 年被捕後『叛黨變節』」，還有 1942 年發表《三八節有感》等「反黨文章」「攻擊革命根據地」等。更加

〔註57〕1957 年 8 月 28 日《致邵荃麟》，《茅盾全集》第 36 卷，第 411 頁。
〔註58〕《在政治大批判漩渦中的馮雪峰》，1992 年《新文學史料》第 2 期。

荒唐的是，還把 1955 年加給《文藝報》的「罪狀」也扣到已調離《文藝報》的丁玲頭上。

這使茅盾極為震驚，也迫使他不得不屈從這強大的政治壓力。8 月 3 日，他在作協黨組擴大會上作題為《洗心革面，過社會主義關》的發言，〔註 59〕反映出他極端複雜的心態。茅盾說：原本「有些話要講」，聽了丁玲的「交待」後，「覺得有些話是不合適了」。因為她的「態度依然如故」，「我實在很失望」。可能茅盾原以為丁玲會做些檢討，那時他多半要說些歡迎與鼓勵的話。沒想到丁玲據理力爭，為自己辯護，茅盾覺得不好辦了。作為 30 年代營救過被捕的丁玲的人之一，他當然知道她並未變節。因《文藝報》加諸丁玲的不實之詞引起她的抗辯，茅盾也不能說錯。於是茅盾避開這些不談，單打「態度」：第一，他「向來很看重丁玲」，現在以「30 年的老朋友的資格懇切忠告丁玲，趕快從思想上解決」「忍痛……過社會主義關」的問題。第二，丁玲的態度「不老實」，是因為「面子問題」。茅盾勸丁玲「決心改邪歸正，徹底交待，那就從沒有面子回到又有面子了」。這些話明打暗保，起到小罵大幫忙的作用。即便這些過頭話，也是以會上的「揭發材料」為依據的。

茅盾對馮雪峰的批判就太離譜了。從 7 月 30 日把馮雪峰劃到丁、陳反黨集團中後，在火力猛攻下，馮雪峰被迫作了用今天的話說是多少帶點黑色幽默味道的「檢討」：「我過去認為我只是反周揚，而不是反黨，這在認識上是錯誤的，反對周揚其實就是反黨。」「今後要接受周揚在文藝工作上的領導，團結在周揚的周圍把文藝工作搞好」。〔註 60〕也許周揚沒聽出這些話的弦外之音，也許是故意裝糊塗，反正會後他對馮雪峰表示滿意，說：「你的檢討發言，我倒認為還是好的。」但轉過臉之後，周揚就作出新的部署：8 月 7 日在《人民日報》點名批判，又同時在馮雪峰任社長的人民文學出版社召開批判大會。周揚定調子說，揭發馮雪峰「主要關鍵在 1936 年上海那一段」。他指定夏衍作個「有力的發言」。周揚又歪曲魯迅《答徐懋庸並關於抗日統一戰線問題》一文是馮雪峰所寫，原稿上只有魯迅寫的四個字。〔註 61〕夏衍按周揚的定調作了被稱為「爆炸性的發言」，他說 1936 年馮雪峰就「反黨」，證據是「勾結

〔註 59〕1957 年 8 月 18 日《文藝報》第 18 號。
〔註 60〕轉引自《在政治大批判漩渦中的馮雪峰》中所引的馮雪峰的交待材料。見 1992 年《新文學史料》第 2 期。
〔註 61〕轉引自《在政治大批判漩渦中的馮雪峰》一文所引的「邵荃麟在『文革』中的一份交待材料」。見 1992 年《新文學史料》第 2 期。

胡風，蒙蔽魯迅，打擊周揚、夏衍，分裂左翼文藝界」。許多不明真相的與會者被「鎮住」了，紛紛譴責馮雪峰。馮雪峰頂不住了，遂違心地承認自己「反黨」。還違背事實，承認《答徐懋庸並關於抗日統一戰線問題》一文是自己所寫。不料剛正不阿的許廣平卻拍案而起，她在夏衍發言當中插話，名為申斥馮雪峰說假話，實則揭露周揚、夏衍，「找了一個死無對證」的魯迅，把「一切不符合事實的情況完全按到魯迅頭上」！她嚴正聲明：《答徐懋庸並關於抗日統一戰線問題》的手稿還在，「是魯迅親筆改寫的」。〔註62〕周揚慌了，調來手稿一看，長達15頁的手稿，魯迅親筆所寫的文字竟足足佔了4頁，計1700餘字。另有魯迅改寫的多處手跡。特別是稱周揚等為「四條漢子」，和駁斥污衊胡風為「內奸」的整段文字，恰恰是魯迅親筆所寫！這些情況茅盾早就知道。他更知道，當時在上海代表黨的是黨中央特派員馮雪峰。他的工作直接向中央報告。主持政治局的總書記張聞天和周恩來曾聯名寫信對其工作表示充分肯定。倒是周揚、夏衍等早已和黨中央失掉組織關係，根本無權代表黨中央，卻常常抵制甚至反對馮雪峰。按周揚的邏輯，倒應該把「反黨」帽子給他自已扣上！但茅盾沒有許廣平的勇氣和膽識，他沒能根據歷史真實為馮雪峰辯誣，倒在《明辨大是大非，繼續思想改造》的發言〔註63〕中採取了相反的態度。此講話晚於許廣平即席抗爭發言足足一個月，當是茅盾深思熟慮後的舉措。

茅盾就「反抗共產黨的領導」、「否定八年來國家建設成就」、「反對工農兵方向」、「反對思想改造」四個問題反駁「右派言論」。其正面論述部分大體正確；舉例與駁論，卻多錯誤。特別是開頭五段聲討「丁、陳反黨集團」的話，是完全錯誤的。茅盾說，「馮雪峰的文藝思想跟胡風的文藝思想基本相同」，「是躲在反教條主義的幌子下的修正主義思想」和「資產階級唯心主義」。這從根本上違背了事實。馮雪峰的文藝思想不僅是馬克思主義的，而且頗多創見。茅盾對基本事實的陳述與對根本性質的判斷都不能成立。何況，馮與胡的文藝思想總的看並不相同。但其某些共同點，恰恰被證明了是正確的。「文革」後，茅盾自己主動推翻了這些誤斷。茅盾在發言中還說，「丁、陳反黨集團主要成員們」思想品質的「共同點就是嚴重的資產階級個人主義」。他甚至

〔註62〕轉引自1992年《新文學史料》第2期。

〔註63〕1957年9月17日在中國作家協會黨組擴大會議上的講話，刊於同月19日《人民日報》。

說，聽了大會上的揭發和發言，「這才完全弄清楚」，「原來抗戰前夕，上海文藝界不團結的現象是雪峰的野心與胡風的野心互相勾結互相利用的結果」！這又是根本違背事實之言！茅盾是當事人，他一直和馮雪峰並肩作戰，對全局與內幕了如指掌，用不著別人來揭發。對那些歪曲事實的揭發，他也不難判斷！晚年，他在《我走過的道路》及其他文章中述及這段歷史，所言也與此根本相反。那倒是真實的。而當年這番話，都是失實的違心之言！茅盾的發言談到丁玲時，也改變了調子，說她「處處以『自我為中心』，甚至到了不擇手段，向黨進攻」的地步！

走到這一步，茅盾就難剎車了。此後的過左行為就更加出格，如《關於寫真實和獨立思考》、《公式化、概念化如何避免》等文中，他竟主動批判晚他兩輩的青年「右派」劉紹棠的「右派言論」了！這時茅盾的政治品格被扭曲到極點！

茅盾畢生經歷的政治大動盪可謂多矣，但以 1927 年和 1957 年最為嚴峻，其

1957 年 7 月茅盾在家中的工作室內

心境也最為複雜。當時中共中央主要領導人犯了「左」傾錯誤。在這關鍵時刻，茅盾的主觀態度前後卻迥然有別。1927 年他始終不和「左」傾思潮妥協。為此，他作出了丟掉黨籍的重大犧牲，但他保持了「好獨立思考」而「不隨聲附和」的政治品格。1957 年，為什麼茅盾就不能或不肯作出犧牲以保全此彌足珍貴的政治品格？客觀原因首先在政治形勢更加嚴峻。從前面所列舉的《毛澤東選集》第五卷所收入的「反右派」檄文中，至今仍透出令人毛骨悚然的「沙場點兵」的氛圍。而其「戰果」，前有胡風，後有丁玲、馮雪峰的悲劇命運擺在茅盾面前！從這特殊角度重新解讀茅盾初次批判丁玲時是重點放在「打態度」與曉以利弊的文章，不難揣摸茅盾當時的心境。

而今評價茅盾當時的政治品格，我們固然可以譴責他明哲保身的私心，但要作更為本質更為宏觀的歷史評價，我們只能歸咎於極左思潮和執政權力在這特定時代的畸形結合。歷史似乎和這一代精英開了一個大玩笑！其後果卻十分慘重：不論毛澤東、周揚，還是郭沫若、茅盾，這一代精英的政治品質，都被特定時代程度不同、形態各異地扭曲了！這個歷史悲劇，只有一個貢獻——給後人留下了避免重蹈覆轍的一面歷史的鏡子！

第四章 堅持學以致用 追求學理創新
——茅盾的學術品格

　　茅盾的學術研究，是茅盾思想賴以建構的重要基礎；茅盾的思想品格，是茅盾的學術品格的靈魂。「求真納新，經世致用」是其思想品格的核心，這決定了茅盾學術品格的特徵：披沙揀金，取精用宏，實事求是，聯繫實際，學以致用；也決定了其治學態度的特徵：老實為學，嚴謹謙虛，但又勇於探索，開拓創新。

第一節　老實為學，學以致用，群策群力

　　青年茅盾初入社會就為治學確立了宏偉切用、富時代色彩的目標。他說，「我以為讀書在得知識」，「因為我是一個『人』！有了知識就可用以研究學術」，用以肩「負人群進步的責任」！物質文明世界中「說不盡的好東西」，都「是科學發達的結果」！所以「求學問是欲盡『人』的責分去謀人類的共同幸福」。〔註1〕這就決定了茅盾不把學術事業看成事關個人功名利祿的私事。他一向鄙棄「書中自有黃金屋，書中自有顏如玉」的庸俗世風，而把治學看成靠群策群力達到物質文明、精神文明共濟互補，以建構人類未來的宏偉、崇高、神聖的大事業。

一

　　他要求人在學生時代就應明確「潛蓄勢力，備將來之應用」的求學目的。「是故精研學術，修養品性，固為其唯一之天職；而默察社會之現狀，審

〔註1〕《茅盾全集》第 14 卷，第 52 頁。

其何者爲優點，何者爲劣點，何者已足，何者未善，以預爲之計，而待他日任事時之應用，則尤學生所應知而當力行者也。」在茅盾看來，研究學術與研究社會不是平行關係，而是制約關係。「是宜常注眼光於社會，縝密觀察，詳細分析，以吾所研求之學識，合之社會之現狀而伸縮焉，則庶幾其可也。」〔註2〕

茅盾致力於學術，求的是經世致用的大知識、活知識。這使他確立了博古通今的大抱負，也決定了他學無止境、謙虛勤奮的大胸懷。他深知「學問是看不見底的」，「自古至今，我們人類所得的知識，究竟佔了天地間全知識的幾分兒，沒有一個人敢說定；可知人在自夥裡雖然覺得你高我低，若和天地間無盡藏的眞理一比，還不是五十步與百步之差麼？」〔註3〕因此，他一向謙虛，反對驕傲，注重嚴謹與客觀，力戒主觀和偏執，觀察探究「恆確而明，恆眞而實，成竹既具於胸中，措置自裕於腕下，一旦出而任事，庶可本向來之見解，著手於社會事業之改革及其進行，而不致有方枘圓鑿、北轍南轅之誚」。〔註4〕

這當然不是輕而易舉、一蹴可就的事。因此，茅盾又提倡「奮鬥主義」：研究學術「皆非有奮鬥力不可。必紥硬寨打死仗，從苦戰以得樂，乃爲眞樂。人生之天職，即爲奮鬥；無奮鬥力者，百無成就」。「百事皆然，學術尤甚。」他認爲「時勢實造英雄。方今時勢，有需於生民之作爲，而別創歷史上之新紀元者多矣」。〔註5〕

「五四」前後茅盾形成的這種學術觀，帶著鮮明的時代烙印：這是「人的發現」、「人的解放」這一歷史必然要求與時代大目標的折光，也是中國優秀學術傳統和「士」的「以天下爲己任」傳統精神的體現。正是在這種歷史聯結點上建立起的茅盾學術觀，才使茅盾融「我」於「群」，把個人學術上開拓創新與卓著建樹視爲群策群力、重振華夏總事業的有機成分。這就擺正了個人和群體在學術建樹中的位置，開闊了茅盾的學術視野和胸襟。這也使他更加虛懷若谷地取人所長，補己之短，把個人的學術造詣昇華爲諸子百家通力合作共臻眞理高峰的精神境界。

正是站在這個歷史高度，茅盾一方面窮畢生精力建構了自己博古通今、

〔註2〕 《茅盾全集》第 14 卷，第 4～5 頁。
〔註3〕 《茅盾全集》第 14 卷，第 56 頁。
〔註4〕 《茅盾全集》第 14 卷，第 4 頁。
〔註5〕 《茅盾全集》第 14 卷，第 13 頁。

學貫中西的學術思想體系，一方面深爲學界那種自卑自餒，對洋人亦步亦趨的世風學風激發起危機感與奮發圖強的責任心。早在「五四」前夕，茅盾就呼籲「當以摹擬爲愧恥，當具自行創造之宏願。蓋二十世紀之世界，文明日進無止境，徒效他人，即使能近似，已落人後，況取法乎上，僅得乎中哉」！即便如此，茅盾仍以史爲鑒，他堅信「我國人非無創造之能力者，戰國諸子，各抒所學，微言妙義，實今日歐美學術之濫觴也」。〔註6〕他還列舉楊朱、墨翟、韓非諸家爲證。茅盾所作的這種判斷，也許有不盡準確處，但茅盾堅信百家爭鳴、群策群力，可以共建學術，昌盛文明。這種信念是以歷史爲根據建立起來的。

　　早在五四運動前夕，茅盾就一再強調要繼承戰國時代百家爭鳴的思想解放精神。他說，「戰國之時，策士縱橫，各抱一說」，「雖窮通各異，要不失爲精研一己之學業，發抒一己之見解，當時百家學說，駢肩比足，未有軒輊」。〔註7〕茅盾認爲這是昇華思想、發展科學、繁榮學術的正途。這種對不同理論學說與流派的海納百川、從善如流的態度和見解，不僅造就了茅盾畢生的學術盛績，也成了「五四」時代思想大解放的輿論先聲。

二

　　這種信念與態度，一直貫串著茅盾畢生的治學道路。從新中國成立後他擔任文化部部長和文藝界主要領導人起，它就轉化爲科學執政的指導思想，並與1956年黨提出的「百花齊放，百家爭鳴」方針一脈相承。而他深感自己有責任致力於「雙百」方針的貫徹執行與張揚。這就不得不面對當時複雜的局面。爲克服這種阻力，茅盾自覺地站在政治與人權的制高點，提出了一系列政策性很強的理論原則，高屋建瓴地全面闡述了「雙百」方針的實質。其要點包括以下方面。

　　第一，「雙百」方針是發展文化生產力的需要。茅盾指出，我國長期遭受政治壓迫、經濟剝削而導致的文化落後，「反過來嚴重妨礙的生產力的迅速提高」，因此，「文化革命是我國廣大人民迫切的要求」。「雙百」方針適應了這種時代要求，起了「充分地發動廣大群眾起來參加文化藝術的創造」，「激發群眾在文化上自己解放自己的自覺」的歷史作用。這種「文化革命」使文化

〔註6〕　《茅盾全集》第14卷，第11～13頁。
〔註7〕　《茅盾全集》第14卷，第5頁。

生產力得到徹底解放，反過來又促進物質「生產力的迅速提高」。〔註8〕

　　第二，文藝民主是「雙百」方針的縮寫。茅盾認為「雙百」方針「是文藝民主的具體表現」，離開「雙百」方針就談不上什麼文藝民主。贊成此方針就意味著保障人民群眾在科學與文化藝術方面的民主權利。茅盾指出，有人贊成「雙百」方針卻反對「文藝民主」的提法。這種「怪」論與「雙百」方針「南轅北轍」。因為「沒有文藝民主」，不可能使科學與文藝繁榮，而「雙百」方針是科學與文藝繁榮的先決條件。〔註9〕

　　第三，「雙百」方針是為促進科學和文化藝術繁榮發展調動一切積極因素進行自由競賽的長期國策。這是「為一個共同政治目的服務的最好的方針」。只有它能「促使各種不同的學術見解充分進行自由爭論，各種不同的藝術形式和風格充分進行自由競賽」，這樣才能使「社會主義的文化藝術順利地繁榮昌盛起來」。〔註10〕茅盾強調，「百家爭鳴」之「家」，「可以是多數」，「也可以是少數」。但衡量標準就是「言之成理」、「持之有故」、「成一家言」。這種「『家』不是生而成立的」，「亦不能自封」。它是在「鳴」中「逐漸確立」「而後獲得公認的」。「『鳴』者要有嚴肅的責任感，要有實事求是的態度。」「亦應當不背於今日科學所達到的公認的成果。」因此，決不是「隨心所欲」、信口雌黃。只能靠「宏大的氣魄」去「獨立思考」、「取精用宏」，這才能成一家言，甚至建立具有民族風格、時代創新的科學、文化、藝術學派，從而「造成新的風氣」與文化時尚。〔註11〕為此，必須充分發動群眾，堅持專業與業餘並重、專家與群眾並重，充分信任並「發揮專家的積極性」，「一切專家必須和群眾結合，必須向群眾學習，要先當群眾的小學生，然後才能成為群眾的表現者、代言人和指導員」。這才能臻群策群力、集思廣益、開拓創新的高境界，這也是文藝民主要達到的最高目標。〔註12〕

　　第四，「雙百」方針是正確處理人民內部矛盾的方針，是長期的堅定的必須認真執行的國策。茅盾認為，即便在階級鬥爭仍然存在、有時還表現得相

〔註8〕　《茅盾全集》第25卷，第510頁。
〔註9〕　《溫故而知新》，1979年10月《文藝報》第4期，《茅盾全集》第27卷，第356～357頁。《解放思想，發揚文藝民主》，1979年11月《人民文學》第11期，《茅盾全集》第27卷，第372頁。
〔註10〕《茅盾全集》第27卷，第511～512頁。
〔註11〕分別引自《茅盾全集》第24卷，第462～463、458～459頁。
〔註12〕《茅盾全集》第25卷，第510頁。

當激烈的「我國過渡時期」，其「在文化
藝術和科學工作」中即便有所反映，一
般情況下仍「屬於人民內部矛盾的思想
鬥爭，自然應該用『團結——批評——
團結』的公式來解決。黨的『百花齊放、
百家爭鳴』的方針，正是這個公式在文
化藝術和科學工作領域中的具體運
用」。〔註 13〕他反對「百花齊放就可以和
毒草和平共處，不加鋤除」的「右傾的
錯誤觀點」；同時又反對「發現了毒草就
大驚小怪，連「雙百」方針也「懷疑」
起來的「左」傾「幼稚想法」。他批評那
種「毫無鬥爭而平靜地建設社會主義文
化藝術的環境」的「設想」，認爲「那種
害怕自由辯論和自由競賽的思想，是一
種違反辯證法、違反黨的方針」，「對社
會主義文化藝術建設是很有害的」思

1956 年 6 月，茅盾在全國人大一屆二次
會議上作了《文學藝術工作的關鍵性問
題》的報告。此爲手稿。

想。〔註 14〕因此，他不斷提醒我們正確運用「雙百」方針，正確區分敵我性
質與人民內部性質這兩類有本質區別的矛盾，並分別用不同的方法來解決。
茅盾反覆強調「表現在文化藝術和科學工作中的主觀與客觀的矛盾，先進思
想與落後思想的矛盾，正確思想與錯誤思想的矛盾」，不論在階級社會或階級
消滅之後的未來社會，都「會存在下去」。因此，必須正視「人們的認識過程
是曲折的複雜的」這種客觀現實。也因此，必須小心謹愼、嚴肅認眞地「把
政治問題和思想問題嚴格區別開來」，「把思想問題同學術問題區別開來（當
然它們之間是有聯繫的）。學術批評和文藝批評，不能都簡單地看成是對資產
階級思想的鬥爭，其中還包括知識性的問題和認識問題」。茅盾一再重申黨中
央的指示，「對科學藝術性質的問題，必須採取謹愼的態度；不應該用行政的
方式去強制推行或者禁止科學上的某一種學派和藝術上的某一種風格，不能
用少數服從多數的辦法去解決科學藝術上的爭論」。只能提倡和經過「各種不

〔註 13〕《茅盾全集》第 25 卷，第 542 頁。
〔註 14〕《茅盾全集》第 25 卷，第 512 頁。

同的科學學派自由爭論，各種不同的藝術風格自由競賽」來分清是非，促進科學藝術眞正的發展與繁榮。因此，茅盾作出結論，「雙百」方針「不是什麼一時的權宜之計，而是高瞻遠矚的長期的方針」。〔註15〕

以上就是茅盾的學術品格和科學執政品格的基本內涵。若把兩者作對照考察，不難發現其根本聯結點就在一切爲了人民以至爲了全人類的幸福。正是一紙兩面、互爲表裡的治學動力，造就了茅盾博古通今、學貫中西、開拓創新、卓爾不群的學術建樹，充分表現出一代文化偉人的人格魅力。

三

茅盾的學術業績是多方面的，最突出的表現在美學、文藝學和中外文學史諸學科。他的學術品格精髓是求眞務實、一切爲民的科學精神。他在美學、文藝學、中外文學史學科所作建樹的精髓則是以現代科學精神推動中國文學現代化，並藉文化藝術那昇華思想、陶冶情操的感人力量去服務人民，滿足廣大人民的精神渴求。早在「五四」前後，茅盾在推動中國文學現代化進程中就有突出表現。這裡不妨撮要舉例，以展現其一斑。

例如，「五四」時期茅盾的政治觀建構是以對西方民主主義思想的研究爲起點的。從 1919 年開始，他閱讀了大量馬克思主義書籍。剛開始，僅僅爲了「知道社會主義還有些什麼學派」，轉過年來就突變成畢生以之的共產主義信仰。〔註16〕政治哲學研究導致茅盾人生觀從量到質的突破，使他由「五四」前夕「人的發現」、「人的解放、個性解放」發展到追求人民的解放和全人類的徹底解放。相伴隨的則是茅盾文藝觀、文藝主張從量到質的突變，從倡導「爲人生」的文學、「爲被侮辱、受損害者」的文學到倡導「爲無產階級的藝術」。

例如，「五四」時期茅盾的科學觀是以西方現代科學爲底蘊的。這使他找到了中國文學現代化的突破口和捷徑，從而把兩者統一於時代精神的張揚之思想根基上。於是，茅盾提出一套帶體系性質的理性判斷，「時代精神支配著政治、哲學、文學、美術等等，猶影之與形」。「近代的時代精神是科學的。科學的精神重在求眞，故文藝亦以求眞爲唯一目的。科學家的態度重客觀的觀察，故文學也重客觀的描寫。」〔註17〕這幫助茅盾找到了兩個重要的審美

〔註15〕《茅盾全集》第 25 卷，第 542～543 頁。
〔註16〕參見《茅盾全集》第 34 卷，第 149 頁，第 14 卷，第 344 頁。
〔註17〕《茅盾全集》第 18 卷，第 271 頁。

表現原則,即「實地觀察」與「客觀描寫」。於是茅盾就倡導他誤認了的自然主義,實質上的寫實主義。茅盾指出,「自然主義是經過近代科學的洗禮的;他的描寫法,題材,以及思想,都和近代科學有關係」。他列舉了左拉的《盧貢‧瑪卡爾》、莫泊桑的《一生》等作家作品與進化論、心理學之關係。特別是列舉霍普德曼創作其戲劇作品和他閱讀達爾文的著作、「馬克思和聖西門的著作」之關係。據此,茅盾得出「把科學上發見的原理應用到小說裡,並該研究社會問題」〔註18〕的結論。這個結論的得出是件非同小可的事情。正是以此為起點,茅盾走上了畢生推動革命現實主義文學主潮的道路,並且創建了社會剖析小說派這個主流文學派。也因此,茅盾在中國如果不是最早,起碼也是較早地指出了文學運動與思想運動之關係的重要規律:「新文學要拿新思潮做源泉,新思潮要藉新文學做宣傳。」〔註19〕

例如,茅盾繼承了中外文學史大都遵循的文學評價標準——真善美相統一。但他對三者的內涵和相互關係作出符合科學精神與時代要求的新解釋。前面提過,茅盾認為,「科學的精神重在求真,故文藝亦以求真為唯一目的」,所以茅盾把「真」當做真善美相統一的主軸和靈魂。據此,茅盾建立了堅持生活真實性與藝術真實性辯證統一的科學審美觀,並排除了一切新潮派不顧真善美的統一與否,一概惟新是鶩的趨時媚俗傾向。按說在1920年他主持《小說月報》《小說新潮》欄目改革時,本應以新舊為取捨標準。因為這是古今中外直到當今文壇上幾乎一以貫之的思維定勢。然而,早在1920年茅盾就把它打破了。茅盾對真善美作出了科學界定,「古往今來,人們都相信真善美為三個最大的理想或最高的價值」。「真」是人的「知性」,即對客體的科學的正確的認識;「美」是人的「情意」,即對客體之價值的主觀審美判斷;「善」是主體的正確判斷與客體的內在價值相契合所達到的理想境界,也屬「情意」範圍。茅盾認為,真善美相統一的理想境界之價值具「無上的權威」,「古往今來,為善而赴湯蹈火」,「為真而吃苦嘗辛」,「如不穿著價值的鞋,哪竟至此」?〔註20〕茅盾如此強調「真」與「善」,並不意味著他把文藝等同於一般思想意識傳播手段而忽視了文藝的基質是藝術。相反,他經常強調「文學

〔註18〕 《茅盾全集》第18卷,第235～242頁。
〔註19〕 《茅盾全集》第18卷,第38頁。
〔註20〕 《美的概念》(一),1922年7月7日《民國日報‧覺悟》,其(二)刊於該報7月9日。此兩文係茅盾的「編述」,故未收入《茅盾全集》,但代表著當時茅盾的美學觀價值取向。

是思想一面的東西」,「然而文學的構成,卻全靠藝術」。〔註21〕「文學之必須先具有美的條件是當然的事;因爲美無非是整齊(或換言之,是各得其序)和調諧,而整齊和調諧正是宇宙間的必然律,人類活動的終極鵠的。文學是人類活動的一面,故亦必以整齊與調諧爲終極的鵠的。」〔註22〕

茅盾據此進一步提出與新潮派以新爲美、惟新是鶩針鋒相對的石破天驚之論:「最新的不就是最美的、最好的。凡是一個新,都是帶著時代的色彩,適應於某時代的,在某時代便是新的;唯獨『美』、『好』不然。『美』、『好』是眞實(reality)。眞實的價值不因時代而改變。舊文學也含有『美』、『好』的,不可一概抹煞。」〔註23〕這就把眞實性看做思想性、藝術性之根基與靈魂,既當做衡量新、舊文學成敗得失的標準,又看做衡量時代性是否能具永久性的標準,從而提供了正確處理古今中外一切文學的揚棄、取捨、批判、繼承的標尺。茅盾還以這種以「眞」爲核心的眞善美辯證統一的審美觀指導審美表現實踐,要求文學「一方要表現全體人生的眞的普遍性,一方也要表現各個人生的眞的特殊性」。〔註24〕兩者統一,建構起文學典型化原則。這和以「實地觀察」、「客觀描寫」來保證生活眞實性與藝術眞實性相統一的原則相結合,建構了茅盾畢生爲之奮鬥不息的革命現實主義創作原則與創作方法。

難能可貴的是,茅盾青年時代的上述學術研究與理論開拓,雖然局部難免偏頗,但整體而言,即便今天看來大體上仍是合乎辯證唯物論與歷史唯物論的哲學觀與美學觀的。

四

茅盾的學術品格的重要特徵是實踐性。學習則老實爲學,學以致用;研究則實事求是,從實際出發,以其所得指導實踐。一切探究堅持從實踐中來,一切理論結晶與建樹又無不憑理性指導實踐。他的文藝本質論最典型地體現了茅盾學術品格的實踐性特徵。其理論體系的形成與發展大致在他24歲到34歲時,約10年時間,因此又充溢著青春的銳氣。

茅盾的文藝觀是以文藝爲武器改造人和改造社會,經歷了「爲人生」到

〔註21〕《茅盾全集》第18卷,第12頁。
〔註22〕《茅盾全集》第18卷,第531~532頁。
〔註23〕《茅盾全集》第18卷,第13頁。
〔註24〕《茅盾全集》第18卷,第235頁。

「爲無產階級」的質變。其文藝本質論的形成與發展就是其文藝觀嬗變的反映。彌足珍貴的是，茅盾的文藝本質論正是針對中國舊文學的痼弊，借鑒西方文學進步與現代化的豐富經驗，並作深層探究，逐步總結昇華，又在指導中國文壇發展中不斷經受實踐檢驗、不斷完善而成的。它大體經歷了「鏡子說」、「指南針說」、「斧子說」三個階段。從審美表現視角而言，又形成了與其配套的「神韻說」、「意緒說」、「意象說」和「醇酒說」。其現實針對性則是徹底改造「向來與人生沒有關係」的以「文以載道」和以「遊戲」與「消遣」爲目的的中國舊文學，創造以「爲人生」以至「爲人民大眾」爲目的的現代化的新文學。

其一，「鏡子說」。茅盾認爲，「文學是人生的反映」，「譬如人生是個杯子，文學就是杯子在鏡子裡的影子。所以可說『文學的背景是社會的』」。包括人種（筆者按：指民族與民族性）、環境、時代和作家的人格諸構成因素。〔註25〕前三者是文學所反映的對象客體，人格卻是主體，因此，茅盾的「鏡子說」不是純客觀反映。在「實地觀察」與「客觀描寫」時，作家人格表現爲對眞善美的趨同與對假惡醜的撻伐。茅盾以西歐民主主義文學爲參照形成的「鏡子說」，又以更具思想傾向的俄國文學作補充。所以他認爲俄國文學「不單是怡情之品」，更「是民族的『秦鏡』，人生的『禹鼎』」〔註26〕；不但要表現人生，而且要有用於人生。俄國文豪負有盛名者，一定同時也是個大思想家」。他以屠格涅夫、托爾斯泰爲例，「他們倆都有絕強的社會意識，都是研究人類生活的改良」並在其思想主張的指導與支配下「老老實實表現人生」。〔註27〕可見，「鏡子說」並不排斥思想傾向及其引導作用。

其二，「指南針說」。茅盾提出的「鏡子說」，大體上和他一度倡導與介紹的自然主義是對應的。但不久茅盾就發現，儘管他用「秦鏡」、「禹鼎」等說彌補其不足，仍難根本改變其「重觀察也，故少昭示而多抨擊」，「重分析也，故多見其醜惡而不見惡中有善」，導致「人徒見人生之無價值，社會之惡劣，而悲憤失望，不知所以自處」。〔註28〕隨著茅盾的文藝觀由「爲人生」突進到

〔註25〕《茅盾全集》第 18 卷，第 269～270 頁。
〔註26〕秦始皇有一能洞見五臟六腑、知人心邪正之寶鏡。後稱善斷獄案爲「秦鏡高懸」。西周晚期大將禹曾平定鄂侯之亂。周王鑄青銅鼎以禹命名，刻銘文以記其功。
〔註27〕《茅盾全集》第 32 卷，第 127 頁。
〔註28〕《茅盾全集》第 32 卷，第 181 頁。

「爲無產階級」，他就同步地揚棄了「鏡子說」，提出了「指南針說」。

這時茅盾認爲，「文學是人生的眞實的反映」。從這個意義看「鏡子說」固然不錯，但「文學決不可僅僅是一面鏡子」，文學更「應該是一個指南針」。文學承擔「指示人生到未來的光明大路的職務」，並把它「寓於現實人生的如實地表現中」。〔註29〕茅盾進一步分析了由此帶來的兩個問題。一是理想人人憧憬，內涵卻因人而異。茅盾提出了處理的原則，「合大多數人的力量來建設」「大多數人都奉」的「理想」，即「所謂犧牲了小我，成就了大我」。二是以上述原則爲基礎正確處理現實與理想的關係。茅盾認爲，文學者「不能拋開現代人的痛苦與需要，不爲呼號，而只誇縹緲的空中樓閣，成了空想的浪漫主義者」。而應正視和反映現代人類最嚴重的痛苦，即「被壓迫的民族和被壓迫的階級陷於悲慘的境地並且一天一天的往下沉溺」。因此，「文學者目前的使命就是要抓住了被壓迫民族與階級的革命運動的精神，用深刻偉大的文學表現出來，使這種精神普遍到民間，深印入被壓迫者的腦筋，因以保持他們的自求解放運動的高潮，並且感召起更偉大更熱烈的革命運動來」！「文學者更須認明被壓迫的無產階級有怎樣不同的思想方式、怎樣偉大的創造力和組織力，而後確切著名地表現出來，爲無產階級文化盡宣傳之力。」〔註30〕這就是「指南針說」的涵義。

其三，「斧子說」。在創作實踐中，「指示」方向並不一定都有積極效果。「插個『光明』的尾巴」甚至指示了錯誤方向，如1928年「革命文學」論爭中產生的「標語口號」化作品，以「革命的留聲機」相標榜，在大革命後繼續鼓吹「左」傾盲動路線，以之作爲「代表革命方向」的作品，就使茅盾警醒、深思，發現了「指南針說」被空泛化後產生之弊。他重新回到文藝思潮史經驗教訓中去探究，終於在1929年推出皇皇巨著《西洋文學通論》，在著重總結蘇聯文學的經驗基礎上提出了「斧子說」。

茅盾仍承接著對自然主義利弊的批評糾正「鏡子說」的局限，並以此立其新說。「文藝之必須表現人間的現實，是無可疑議的；但自然主義者只抓住眼前的現實，以文藝爲照相機，而忽視了文藝創造生活的使命。」「文藝不是鏡子，而是斧頭；不應該只限於反映，而應該創造的！」〔註31〕「文藝家的

〔註29〕《茅盾全集》第18卷，第539頁。
〔註30〕《茅盾全集》第18卷，第539～541頁，另外在《論無產階級藝術》長文中也有更詳盡的論說。也見同卷《茅盾全集》。
〔註31〕《茅盾全集》第29卷，第400頁。

任務不僅在分析現實，描寫現實，而尤重在於分析現實描寫現實中指示了未來的途徑。所以文藝作品不僅是一面鏡子——反映生活，而須是一把斧子——創造生活。」〔註32〕這種文藝的作用「不是片面的煽動而是深刻的表現」，「還須盡了斧子的砍削的功能；砍削人生使合於正軌」。「不只在描寫一件已成的器具，兼要表現出砍削的過程來。」〔註33〕茅盾以高爾基的社會主義現實主義文學道路爲例，說明其描寫「砍削的過程」的兩種人物形象：一是高爾基創作中期代表作《母親》塑造的那位工人革命者的母親由「麻木的農婦，在革命的主義下復活了，成爲勞工運動的急先鋒，社會主義的女戰士」的典型形象。一是創作前期代表作《福瑪・高爾傑夫》和《他們三個》分別塑造的福瑪和葉利亞這兩個赤腳漢（Ъossyaки）典型人物。他們懷疑統治階級「怡然自得」的人生，產生了對「有產者的憎恨」，開始背叛本階級，關注並置身勞苦民眾。他們雖是「『未聞道』的有志者」，仍時時在焦灼地追索人生的眞意義和眞價值，處於「砍削過程中的未完成品」，仍能顯示出「歷史的必然」，能使人「感得了更親切的現代人生的意義」。〔註34〕

　　茅盾的理論突破在於把反映生活眞實、指示方向與表現切實的改造以至創造生活的「砍削過程」這三「位」融爲一體，更深刻地指示出文藝的本質。可見，「斧子說」是對「指南針說」的深化與昇華；二者又是在「鏡子說」基礎上對文藝的作用之認識的質變與超越。特別是強調寫「砍削的過程」，旨在引導讀者認識這奔向未來之奮鬥過程又是艱難跋涉與執著不懈的思想歷練的心路歷程。這就避免了指引的錯誤，和插上光明尾巴仍使人茫然不知所從的弊端。

五

　　「鏡子說」、「指南針說」、「斧子說」是茅盾的文藝本質論的思想性層面，「神韻說」、「意緒說」、「意象說」和「醇酒說」則是其藝術性層面。兩者一紙兩面，構成茅盾既具個性特色且略成體系的文藝本質論。

　　早在 1920 年 1 月參與《小說月報》《小說新潮》欄目改革時，茅盾在「宣言」中就提出了獨具卓見的主張。「文藝是思想一面的東西」，但其構成「卻

〔註32〕《茅盾全集》第 19 卷，第 313 頁。
〔註33〕《關於高爾基》，1930 年 1 月《中學生》創刊號，《茅盾全集》第 33 卷，第 264 頁。以下例證、引文也出自此文。
〔註34〕《茅盾全集》第 29 卷，第 263～264 頁。

全靠藝術」。「思想固然要緊，藝術更不容忽視。」次月，茅盾進一步闡述此主張，「我以為創作文藝，有三種工夫」，「（一）是觀察，（二）是藝術，（三）是哲理」。「三者之中，（二）最難。」〔註35〕不論是寫實派、神秘派、表象派、唯美派」，「都只是藝術上的不同」，「即（二）的不同，不是（一）、（三）的不同」。「創作之中，盡有（一）、（三）兩項很好，而（二）未盡好；因此，這篇創作便減了色。」〔註36〕基於這種認識，茅盾在提出「鏡子說」、「指南針說」、「斧子說」等從思想層面揭示文藝本質之同時，又配套地提出「神韻說」、「意緒說」、「意象說」和「醇酒說」，從藝術層面和形象思維、審美表現的角度，剖析創作過程中思想與藝術的辯證統一、有機結合的關係。兩者合一，完整地揭示了文藝的本質與規律。

其一，「神韻說」。茅盾認為，「文學作品雖然不同純藝術品，然而藝術的要素一定是很具備的」，「不能只顧著這作品內所含的思想而把藝術的要素不顧」。他強調，「文學作品最重要的藝術色就是該作品的神韻」。〔註37〕茅盾認為，「神韻是超乎修辭技術之上的一些『奧妙的精神』，是某首詩的個性，最重要最難傳達，可不是一定不能傳達的」。〔註38〕茅盾這裡雖從介紹、翻譯文藝作品應保持原作風貌的角度論神韻，但把藝術個性、特色提到作品「奧妙的精神」之高度，卻是對中國傳統美學的繼承與發展。「神韻說」古已有之，首創於古畫論。早在南齊時謝赫的《古畫品錄》中就提出「神韻氣力」之說。清代王漁洋集其大成，用以從整體上界說作品的神采氣度。茅盾繼承前人，但又有發展。他從虛、實與神、形之對立統一關係，闡述審美表現所臻之境界。他認為，「『形貌』和『神韻』卻又是相反而相成的」，「文學的功用在感人（如使人同情使人慰樂），而感人的力量恐怕還是寓於『神韻』的多而寄在『形貌』的少」。當二者未能兩全時，「與其失『神韻』而留『形貌』，還不如『形貌』上有些差異而保留了『神韻』」。當然若能形神兼備就更好。〔註39〕

其二，「意緒說」與「意象說」。「神韻說」是從文藝作品思想感情內涵的宏觀審美體現與感受而言。「意緒說」則是從作品中思想感情具體的以至微觀

〔註35〕 《茅盾全集》第 18 卷，第 12～13 頁。
〔註36〕 《茅盾全集》第 18 卷，第 23～24 頁。
〔註37〕 《茅盾全集》第 18 卷，第 69 頁。
〔註38〕 《茅盾全集》第 18 卷，第 293～294 頁。
〔註39〕 《茅盾全集》第 18 卷，第 87～88 頁。

的審美表現而言。杜甫《江亭送眉州辛別駕升之》中「別意傷老大，意緒日荒蕪」的詩句，表現的就是因別離而極傷感，導致意緒之「荒蕪」的詩句，表現的就是因別離而極傷感，導致意緒之「荒蕪」般的情緒。魏時曹丕曰：「文以意爲主，以氣爲輔，以詞爲衛。」這裡所說的「意」指文中所蘊的思想感情，亦即茅盾所說的「意緒」。「氣」大體相當於「神韻」。而「詞」則指對「意緒」用語言文字作具體的審美表達。所以茅盾才說：「用詞與表現式以新鮮活潑爲貴；活潑，才有『意緒』可尋，才能引起讀者強烈或微妙的興趣。文學底美雖不全靠這個，但這個至少是它的一個主要成分。」〔註40〕在這裡，茅盾從用詞即語言表達擴大到「表現式」，包括了文藝創作整個審美表現因素。這就比古代文論更貼近對整個思想情感亦即「意緒」的總體表現之要求了。但「意緒說」和「神韻說」同樣都是從「虛」和「神」（神采氣勢）的視角考察審美表現及其作用的。茅盾的「意象說」換了個角度與考察對象，是從「實」和「形」（具象）的視角考察審美表現的構成要素及其作用的。

茅盾認爲，「意象可說是外物（有質的或抽象的）投射於我們的意識鏡上所起的影子；只要我們的意識鏡是對著外物，而外物又是不息的在流轉在變動，則我們意識界內的意象亦必不斷的生出來，而且自在地結合，自在地消散」。在這裡，「外物」是文學反映的對象客體。但意識鏡中這「外物」，卻已經滲入了創作主體的認識感受，獲得了被滲入的主體意識成分。但這只是一般的認識領域中的意象，而非文學作品中的意象。茅盾認爲「外物」要成爲文學作品中的意象以建構成文學作品，則必經創作主體用審美意識加工提煉，再給以形象表現始告完成。用他的生動說法就是，「我們意識界裡卻有一位『審美』先生便將它們（意象）捉住了，要整理它們，要使它們互相和諧」。擯斥那些無法和諧的東西，把可以和諧的「編制」好的意象，「用文字表現出來，就成了文學；那些集團的意象的和諧程度愈高，便是那『文學』愈好」。於是茅盾給文學下了定義，即：「文學是我們的意象的集團之藉文字而表現者，這種意象是先經過了我們的審美觀念的整理與調諧（即自己批評）而保存下來的」。〔註41〕據此，他又列出一個公式：「新而活的意象＋自己批評（即個人的選擇）＋社會的選擇＝藝術。」在這個公式裡，茅盾又增加了「社會的選擇」，即特定時代社會審美觀念的滲入和影響。這個公式就較上述定義更

〔註40〕《茅盾全集》第 18 卷，第 153 頁。
〔註41〕《茅盾全集》第 18 卷，第 525 頁。

加完整，也更能體現茅盾一向堅持的反映生活眞實性與體現時代精神的原則了。茅盾還進一步指出，在階級社會中，「社會的選擇」，因站在不同階級立場的作家、理論批評家和讀者的不同立場與意識觀念，而必然作出不同的選擇。因此，審美認識與表現又必然打上特定時代與特定階級意識的烙印。也因此，茅盾一向反對虛僞的「藝術超然獨立」論。他本人則一向站在無產階級立場上，大力鼓吹「頭角崢嶸、鬚眉畢露」的無產階級藝術。〔註42〕

其三，「醇酒說」。至此，茅盾已經把自己探索、梳理、凝聚、昇華而成的文學本質論與他的審美本質論以至美學觀融爲一體了。他認爲，「『整齊』與『調諧』是美所不可缺少的兩個條件；而使人從卑鄙自私殘忍而至於聖潔高尙犧牲的精神，便是美所給予的效果」。茅盾也注重文學給人以慰安、怡悅等美的享受，但又強調給予的對象應是「社會上的最大多數人才是」。〔註43〕這就又通向他所主張的「爲人生」、「爲人民大眾」了。茅盾還認爲調諧與整齊都是創造性的審美活動。因此，他要求作家「從創造中得美」。只有「體裁、描寫法和意境，都是創造的」，才能得到整體美。〔註44〕

整體美是茅盾的文藝本質論與審美觀所追求的最高境界。這使他十分動情地提出了「醇酒說」。「文學作品本以感動人爲使命。然而感人的力量並不在文字表面上的『劍拔弩張』。譬如酒，有上口極猛的，也有上口溫醇的。上口極猛者，當時若甚有『力』，可是後來亦不過如此。上可溫醇者，則不然；喝時不覺得它的『力』，過後發作起來，眞正醉得死人」！「眞正有力的文學作品應該是上口溫醇的酒」。它「是從不知不覺中去感動了人，去教訓了人」。產生此類作品的條件「是豐富的生活經驗和眞摯深湛的感情」，以及從生活與閱讀中借鑒而成的藝術素養與技術。因此，茅盾語重心長地說：「要到『火候成熟』的程度，就必須走過長長的艱辛的創作經驗的道路。」〔註45〕

至此，茅盾合成了生活、思想與藝術，也溝通了形象思維與邏輯思維在創作過程中的有機結合、相輔相成的運用。最終，其文學本質論與審美觀，及其以上關於思想與藝術的諸學說，建構起一紙兩面、互爲表裡、渾然天成般的理論體系。

而這一切都經過由揚棄前人理論和總結昇華自己的經驗，而後凝聚、提

〔註42〕《茅盾全集》第18卷，第505、506、501頁。
〔註43〕《茅盾全集》第18卷，第531頁。
〔註44〕《茅盾全集》第18卷，第417頁。
〔註45〕《茅盾全集》第19卷，第570～571頁。

升到理論創新的高層次的過程。一切都從實踐中來，一切都用於實踐，從而使作家保持清醒頭腦與理性自覺。這一切充分顯示出茅盾的學術品位與審美品格的有機統一。其關鍵則是其理論與創作都紮把實實地統一在實踐基礎上。

第二節　「探本窮源」，厚積薄發，取精用宏

茅盾一向以「老實爲學的態度」〔註46〕自律。他認爲，「嗜好是嗜好，眞理是眞理」，閱讀盡可憑嗜好，學術研究卻斷斷「不能以一人之嗜好，抹煞普天下之眞理」。「見一隅而不見全體」，「不是學者精神所應有」。〔註47〕文學研究更是如此。「正確的態度是：借鑒的範圍必須擴大。」「不能畫地爲牢，自立禁區，而是對於凡在一個時代發生巨大影響的作家，都應當作爲借鑒的對象。這樣才能達到取精用宏的目的，才能擴大眼界，解放思想」，〔註48〕實踐時才能厚積薄發，一以當十。從茅盾說這些話的時間跨度可知，這是他幾十年如一日的學術態度與治學信條。

他的實踐充分證明了這些言論。他借鑒的對象包括了古今中外文學史的整個範圍，可大致歸爲作家作品、理論批評和文藝發展思潮流派史三大系統。他認爲「藝術怕不是『探本窮源』便辦不到」。〔註49〕因此，他確立了「探本窮源」原則，追溯和梳理文學的發展流程。而且正是研究文學的源頭神話與文藝思潮史，成就了他取精用宏的大建樹。

一

晚年回首往事，茅盾有段自白。「二十二三歲時，爲要從頭研究歐洲文學的發展，故而研究希臘的兩大史詩；又因兩大史詩實即希臘神話之藝術化，故而又研究希臘神話」。「查大英百科全書之神話條，知世界各地半開化民族亦有其神話。」「我又思，五千年文明古國之中華民族不可能沒有神話，《山海經》殆即中國之神話。因而我又研究中國神話。」〔註50〕茅盾的探究的指導思想，恰好合乎馬克思的論斷：希臘神話不只是希臘藝術的武庫，而且是

〔註46〕《茅盾全集》第 26 卷，第 408 頁。
〔註47〕《茅盾全集》第 18 卷，第 162、165 頁。
〔註48〕《茅盾全集》第 27 卷，第 340、341 頁。
〔註49〕《茅盾全集》第 18 卷，第 12 頁。
〔註50〕《茅盾全集》第 28 卷，第 432 頁。

它的土壤。茅盾進一步認識到，各民族的神話其實都是其文藝的「武庫」與「土壤」這一客觀規律。可見，茅盾「探本窮源」的實踐，也具科學性。然而，茅盾「探本窮源」之路，實屬篳路藍縷。當時各國的神話及其研究論著都無中譯本。他只能憑外語優勢讀原著，作譯介。中國神話尚蘊藏在文史哲等典籍中。他只能從頭開掘，搜集整理。他以青春活力與頑強毅力，積十餘年之功，分三個階段建立起有自己學術特免的神話觀與理論體系，為中外文學發展提供了一個學術水平很高的參照系。

　　1917 年至 1925 年是其「厚積」階段。他大量「閱讀了有關希臘、羅馬、印度、古埃及乃至 19 世紀尚處於半開化狀態的民族的神話和傳說的外文書籍」，以及大量神話學論著，特別是「19 世紀後期歐洲的『神話學』者的著作」。[註51] 從少年時代到任職商務印書館時期他所讀的包括「四庫全書」中經、史、子、集諸典籍和大量筆記、野史、小說等，則為其中國神話的開掘研究與中國文學源流梳理提供了雄厚依據。這期間他多有紮紮實實的編、譯，但不急於發表。1925 年至 1928 年是其「薄發」階段。他以 10 多篇論文初步展示出他的神話觀雛形。「偶爾露崢嶸」的成果，卻多有新見。1928 年至 1935 年才是其「取精用宏」階段。他集中推出了《神話雜論》（1929 年）、《中國神話研究 ABC》（上、下冊，1929 年）、《北歐神話 ABC》（上、下冊，1930 年）三部巨著，和以自己的神話觀闡述文學思潮源流與論述作家作品的《希臘文學 ABC》（1930 年）、《騎士文學 ABC》（1929 年）、《西洋文學通論》（1930 年），[註52] 以及《世界文學名著講話》（1934 年連載於《中學生》雜誌）、《漢譯西洋文學名著》（1935 年），共三部文學史著作、兩部作家作品論著。[註53] 於是，茅盾一方面建立起有他自己學術特色、填補了學科空白的神話學理論與中國神話學，同時也糾正了胡適所謂「中國古代民族是一種樸素而不富於想像力的民族」[註54] 的誤斷。另一方面，他從「探本窮源」的神話研究所得，順流而下，以其多部西方文學史著作梳理闡述了世界文學思潮源流發展史的脈絡與客觀規律，豐富深化了自己「五四」以來關於文學本體論、文學本質論等理論的框架。在當時的學界文壇，這一切顯係空谷足音。

[註51] 《茅盾全集》第 27 卷，第 293 頁。
[註52] 均由上海世界書局出版。
[註53] 後兩部書分別由開明書店、亞細亞書局於 1936 年、1935 年出版。
[註54] 《白話文學史》，上海新月書店，1928 年版，第 75 頁。

　　茅盾神話研究的方法，同樣得力於借鑑和創新。他幾乎鑽研、參考了當時所能找到的外國古代、中世紀和 18、19 世紀的林林總總各種卓有見解也多有分歧的神話學派的論著。儘管宛如置身山陰道上，目不暇接，但他掌握一條原則：介紹盡可廣泛，但絕不照搬，而是擇取有益於己、有益於國情的成分，結合實際創造性地運用與發展，最終目的則是創新。例如僅在《各民族的神話何以多相似》〔註55〕一文中，他一口氣就介紹了包括歷史派、心理派、文字學派等在內的六個神話學派及其研究方法。經過比較鑑別，他在以《人類學派神話起源的解釋》為代表的許多論著中，著重介紹了人類學派神話學的心理說、遺形說和「取今以證古」的方法。〔註56〕但茅盾並不「泥古」，而是兼收並蓄，多有創新。例如，他搜剔梳理時經常用分析、歸納、綜合等辯證邏輯方法，對照與鑑別時則經常用平行比較研究類同比較研究和影響比較研究等方法。學界公認在中國是茅盾開比較文學研究之先河。不論用何種方法，茅盾都以馬克思主義世界觀、方法論即辯證唯物主義、歷史唯物主義來統帥，故顯得十八般武器樣樣精通、運用自如。

　　當時茅盾並沒讀過馬克思論神話的下述文字：任何神話都是用想像力和藉助想像力以征服自然力，支配自然力，把自然力加以形象化。因而，隨著這些自然力之實際上被支配，神話也就消失了。後來茅盾取以對照自己借鑑人類學派神話學方法及自己取用的其他方法時自謙地說，覺得「尚不算十分背謬」。〔註57〕其原因就在於茅盾大體於 1921 年至 1925 年間逐步全面地確立起馬克思主義世界觀、人生觀、社會觀與美學觀。而這恰值其神話研究的第一階段。有此根本立足點，他不僅與此後的毛澤東，也和此前很早的馬克思、恩格斯建立了大體一致的神話觀。

　　這恰恰又是他對人類學派情有獨鍾的原因。他特別看重的是「比較人類學」「要從人類的思想制度發展的全景裡求得進化的階段」，「從遊牧時代原始共產社會研究到現代社會組織」。它「把最低劣民族的生活思想，看得和文明民族的一般重要。把這種研究方法用在神話上，結果便證明了各民族的神話只是他們在上古時代的生活和思想的產物。」〔註58〕茅盾這些樸素的唯物

〔註55〕《茅盾全集》第 28 卷，第 50～60 頁。
〔註56〕1928 年 6 月《文學週報》第 6 卷第 19 期，《茅盾全集》第 28 卷，「取今以證古」方法見該書第 103 頁的簡要論述。
〔註57〕《茅盾全集》第 27 卷，第 293 頁。
〔註58〕《茅盾全集》第 28 卷，第 100～101 頁。

觀點，顯然是基本上合乎辯證唯物論與歷史唯物論的。

充分的材料依據、科學的觀點方法，保證了茅盾的輝煌建樹。其要端大體如下：一是關於神話之起源、流傳、發展、消亡及神話的科學定義；二是關於初民生活與行為方式、心理特徵、宗教信仰等這些原始性經濟基礎、上層建築和意識形態內容在神話中的曲折反映；三是關於神話的類型如「原形」神話、「變質」神話與「次」神話及其成因和鑒別標準的基本理論；四是各民族神話之異同的比較及其原因之考釋；五是關於歷史學家、哲學家、文學家保存與修改神話之複雜態勢及歷史演變，原始神話與原始的歷史、哲學、文學之複雜關係的論述；六是關於神話與宗教、巫祝、神學的複雜而特殊的關係的剖析；七是中國神話體系的考釋、描繪及其文獻依據的辨識；八是有學術特色的搜集、整理、「復形」神話之途徑與方法以及神話研究之科學方法論。以這些重大問題的研究為基礎，茅盾率先建立起具學術個性的神話學與中國神話學理論體系，他也成了這個領域中以馬克思主義為指導的學科建設的奠基人與開拓者。

限於本書的命題與篇幅，對此豐富內涵，只能擇要評述與介紹。

二

茅盾先後給神話下過多次定義，其中兩次有重大突破。1925 年 1 月，茅盾首次定義為：「神話是一種流行於上古時代的民間故事，所敘述的是超乎人類能力以上的神們的行事，雖然荒唐無稽，可是古代人民互相傳述，卻確信以為是真的。」〔註 59〕這裡雖述及神話生成的時空條件、流行方式、基本內容、文體性質，但留下了借鑒人類學派樸素唯物論中的以外部形態為主的表淺性局限。1928 年他還使用過，〔註 60〕但同年又推出一個相當系統、完整、深入的定義：神話是初民「在上古時代（或原始時代）的生活和思想的產物」。「所述者是『神們的行事』，但是這些『神們』不是平空跳出來的，而是原始人民的生活狀況和心理狀況之必然的產物。」它「是初民的知識的積累，其中有初民的宇宙觀，宗教思想，道德標準，民族歷史最初期的傳說，並對於自然界的認識等等」。初民「沒有今日文明人的理解力和分析力，兼且沒有夠用的發表思想的工具，但是從他們的濃厚的好奇心出發而來的想像力卻是很

〔註 59〕《茅盾全集》第 28 卷，第 1 頁。
〔註 60〕《茅盾全集》第 28 卷，第 106 頁。

豐富的」。故以「自己的生活狀況，宇宙觀，倫理思想，宗教思想」等「作爲骨架，而以豐富的想像力爲衣」，創造出無數神話。「就文學的立點而言，神話實在即是原始人民的文學。迨及漸進於文明，一民族的神話即成爲一民族的文學的源泉：此在世界各文明民族，大抵皆然，並沒有例外。」〔註61〕這個新定義雖然也是關於神話的起源、內容特質和文體等特性的解說，但已脫開了人類學的局限，由表層現象突進到深層本質，成爲中國文學史上第一個馬克思主義的科學的神話定義，故具明顯的學科開拓性。

茅盾的深刻眼光表現在能透過神話荒誕無稽的「不合理」情狀，看出神話起源的本質原因，作出了大膽而卓有見地的判斷：神話是初民經過幾次重大社會分工脫離漁獵時代，進入農耕時代的特定產物。對此，茅盾作出生動的描述，漁獵時代的「老祖宗」，勞動所得「只夠養活他自己」，「沒有工夫用腦筋」，「尋快樂」。這時人「幼稚的頭腦」對自然奇觀雖覺「詫異」，卻無「能力」也無閒暇「解釋」。及至進入農耕時代，勞動已糊口有餘。他們又需探究「農作和天時的必要關係」以奪豐收，就用「不熟練的頭腦」加工提煉其農作經驗。但蒙昧的心理卻妨礙其臻於科學水平，倒使其「替那些風雷雨雪胡謅出一些故事來」。茅盾認爲這「在當時是實用的『科學』；漸漸地又成爲原始的宗教」。〔註62〕這就是茅盾以人的客觀存在決定人的意識的辯證唯物觀點開掘出的神話賴以產生的社會現實的根源和依據。他穿透神話的「不合理」的外殼，發現了其現實與歷史的「合理性」的社會人文內涵。

茅盾對神話的「不合理」內涵的成因，也作出透徹分析。他判定其根源就是神話的「創作主體」即初民們的意識形態。茅盾以人類學觀點爲基礎，概括出導致這種「扭曲」的初民原始心理與意識的六大特徵：一爲「泛靈論」。「相信萬物皆有生命，思想，情緒，與人類一般」。二爲「魔術的迷信」。人獸可互變，風雷等「亦可用魔術以招致」。三爲相信人死後有存身幽冥世界的靈魂，一切行爲「與生前無異」。四爲「相信鬼可附麗於有生或無生的物類」，也能「脫離軀殼」，「自行其是」。五爲「相信人類本可不死」，死則爲「仇人的暗算」所致。六爲「好奇心非常強烈」，渴求解答一切自然現象、生理現

〔註61〕引文分別見《中國神話研究 ABC》（1928 年作），上海世界書局，1929 年版；《〈楚辭〉與神話》，1928 年 3 月《文學週報》第 6 卷第 8 期，均收入《茅盾全集》第 28 卷，引文分別在第 179～180、86 頁。
〔註62〕《茅盾全集》第 29 卷，第 192～193 頁。

象之謎。但又無力求得，其「豐富的想像力」遂幫他們「創造種種荒誕的故事」，取代了本應作出的「合理的解釋」。此即為神話及其奇詭荒誕的「不合理」內涵之來源。這是茅盾用辯證唯物論所作的科學剖析。它創造性地闡述了神話的浪漫特徵是初民獨特的主體意識給神話打上的鮮明印記。

由此，茅盾也發現了神話的保存與流傳的特徵與規律：神話是民間口頭文學；靠初民的口碑留存，不斷加工和流傳，也不斷發展和變異。在初民原始信仰宗教化的同時，也使神話「依附著原始信仰的宗教儀式而保存」和「口誦」，並由「祭神的巫祝當此重任」。他們參與「修改和增飾」，給神話打上了「宗教文化」的烙印。隨著「文化更進」，弦歌詩人「取神話材料入詩」，神廟帝陵則據神話作畫雕刻，更使神話進一步文學化，變得更加「美麗奇詭起來了」。〔註63〕因此，茅盾認為「口誦」階段神話的特徵，雖有一定「合理化」的增飾成分，但基本保持了其原始性、「不合理」特徵。

隨著「文明漸進」，用文字記載神話的文人們所作的「合理化」增刪，雖有保存之功，但多扭曲之過。起此作用的首先是文學家，如古希臘史詩與悲劇、喜劇作家。他們以神話為創作題材，「修改藻飾」，使之更「譎麗多趣」。他們雖「憎厭」「那些正足以代表原始人民之思想與生活之荒誕不合理的部分」，「而因是前人所遺，亦不敢削去，僅略加粉飾而已」。〔註64〕但稍後的政論家、歷史學家、哲學家、宗教家卻膽大得多。歷史學家、政論家「把神話當作古代歷史」，「哲學家把神話當作寓言」，宗教家把神話混同原始宗教以證當今宗教之教義。「因為歷史總是人群文明漸進後的產物」，這些文人出現時，其「風俗習慣及人類的思想方式已大不同於發生神話的時代」。他們以當代人的思想意識去修改神話中固有的初民們那些「不合理」的部分，使之與當代意識及各自宗教的、哲學的、歷史的、政治的等需要的功利目的相適應。對此，茅盾的評價相當辯證和實事求是：一是肯定其記載、保存了神話的歷史貢獻。二是承認適應「文明漸進」時代要求之行為的相對「合理」性；但對其出於功利目的，「削足適履」，造成神話的變質以至誤傳，則持否定態度。三是對其最終導致「消滅神話」的後果，雖認識到其必然性，但感到十分惋惜和遺憾。茅盾認為，初民神話中解釋事情雖很怪誕，但在那時卻「沒有一條是自身說得不明不白，卻煩後人」來解釋，甚至必須「引經據典

〔註63〕 《茅盾全集》第 28 卷，第 179～181、196 頁。
〔註64〕 《茅盾全集》第 28 卷，第 104 頁。

以爲證的」。〔註65〕

　　面對歷史造成的這種現實，茅盾只能精心梳理、鑑別、剔除和發掘。爲此，茅盾對神話作出多種角度的分類。如「合理的」與「不合理的」，「解釋的」與「審美的」等，但最重要的，是就神話本質所作的分類：「原形」神話、「次」神話和「變質的神話」。

　　茅盾所認定的「原形」神話，是指眞正能體現初民「原始的宇宙觀、宗教思想、倫理觀念、民族歷史最初期的遺形，對於自然之認識等等」的本質意義上的神話。而附著其中的許多雜質，不論方士的、佛教的，還是文學家、歷史學家、哲學家、政論家的，都被剔除了。

　　茅盾認定的「次」神話，則是指上述初民思想與後來的方士、佛家以及文學家、歷史學家等的思想交織混雜在一起，並披上了「神話」外衣的「綜合體」，道士們的《神仙列傳》、《神仙宗鑒》，文學家的《西遊記》、《封神榜》之類即是。〔註66〕

　　茅盾還提出了「變質的神話」的概念。它是指「古來關於災異的迷信，如謂虹霓乃天地之滛氣之類」，和「後世的變形記」及「新生的鬼神」的故事〔註67〕之類。它們並非「原形」神話，但是或因「原始信仰爲其背景」，或因「原始信仰尚存在而發生」，故具神話之基質。但未摻入方士、佛家等的思想雜質。因此，與「次」神話有一定區別。〔註68〕

三

　　茅盾著重的是能體現初民生活、思想與意識的「原形」神話，反對中外學者不加整理剔除地把「次」神話、「變質的神話」等同「原形」神話。但他又主張對後兩者用科學的態度與方法除去雜質，求其原貌，以豐富神話的寶庫。本此宗旨，茅盾篳路藍縷，「探本窮源」，不畏艱難，致力於恢復中國神話體系的大工程。

　　爲此，他面臨三大難題：一是「中國神話不但一向沒有集成專書，並且

〔註65〕以上觀點和引文，分別見《中國神話研究》和《中國神話研究ABC》兩文，《茅盾全集》第28卷，第10、21、26、104、195～197頁。

〔註66〕以上兩類神話的解釋、鑑別文字，見《讀〈中國的水神〉》，《茅盾全集》第28卷，第423～424頁。

〔註67〕「新生鬼神」，茅盾以李冰父子因修都江堰的貢獻被神化爲「水神」，且與二郎神也是水神的神話相混爲例證。

〔註68〕《茅盾全集》第28卷，第283頁。

散見於古書的，亦非常零碎」。〔註69〕二是留存至今的少數民族神話，仍處在「口誦」的原始階段，其民族史詩亦然。茅盾當時無力搜集，只能以漢族的口頭文學與典籍爲據。三是學界對中國是否存在豐富的神話，能否搜剔出神話體系，大都持消極態度。〔註70〕對此，茅盾頗不以爲然，他決定知難而進，探本窮源。

他從大量佔有的材料中得知，「現有的文明民族和野蠻民族一樣地有它們各自的神話。野蠻民族的神話尚爲原始的形式」，文明民族的神話卻在「文明漸進」中不斷被「修改藻飾」。其結果是或變「樸陋的原始形式」爲「詭麗多姿」，或遭「歷史化或哲學化」的「『厄運』而至於散亡，僅存斷片了」。茅盾明白，中國屬於後者。但他仍堅信，僅「就中國現存的古籍而搜集神話」，也能判定「中國民族確曾產生過偉大美麗的神話」。〔註71〕通過對希臘、埃及、印度神話的深入了解和研究，他堅信中國古人當然具有同樣的神話創造能力。

茅盾在重建中國神話系統的工程中沿著兩條路線並行。一條路線是按以下三原則從口頭文學、民間文學中搜剔整理。首先，同一自然環境或自然力作用之結果是產生相同或類似的神話的根源。如「相同的水災和治水的人物」就產生諸如李冰、二郎神、楊將軍等水神的神話。其次，同類神話中常有種種「不同的神的力量」之間「所起的爭持」，原因既和「不相同的時代地點」有關，〔註72〕也和民族精神不同有關。他以希臘神話與北歐神話爲例指出，其「相似」是「因爲這兩種神話都是原始的農業社會裡的產物」。其區別除「自然環境之不同」外，還與由此形成的民族精神差別有關。希臘半島「溫暖」，不似北歐「冰天雪地」之「苦寒」。故希臘神話中神們「永遠安居享福」，「代表著希臘民族的享樂的人生觀」。北歐的神們「長日在和『惡的勢力』爭鬥」，反映北歐民族的「人生觀，是嚴肅的，悲劇的」，常遇「不可避免」的「危難」的結局。〔註73〕在中國神話中，南、北、中三地區也存在這類情況。再次，不同時代、不同地區的神話可以相互影響和移植。如「長江一帶的水神傳說

〔註69〕《茅盾全集》第28卷，第4頁。
〔註70〕對此連魯迅和胡適亦未能免，茅盾對此頗不以爲然。他據實以爭，提出異議。參見《茅盾全集》第28卷，第181～194頁。
〔註71〕《茅盾全集》第28卷，第180～181頁。
〔註72〕《茅盾全集》第28卷，第427～428頁。
〔註73〕《茅盾全集》第29卷，第194～195頁。

有相當的溝通痕跡」，〔註74〕希臘、北歐、印度、埃及也有此類現象。按照這條路線和這三條原則，茅盾從中國老百姓的口頭文學、民間文學中獲得大量「原形」神話。

另一條路線是挖掘古籍。茅盾發現，「時代愈古的書，講變形記時只說變形」，而「時代愈後的書便常常說修煉」。顯然，這是「混何了燒汞煉丹道士派的邪說後的變形記了」。〔註75〕因此，茅盾主張，首先應「從秦漢以前的舊籍中搜剔中國神話的『原形』，重要的材料就不能不是《山海經》、《楚辭》、《淮南子》等等」。至於此後的包括筆記、野史和《神仙宗鑒》、《神仙列傳》、《西遊記》、《封神榜》在內的書籍的使用，就得特別謹慎。茅盾創造性地提出，從中尋找「龐雜而類似的許多『傳說的集團』」，「處處用科學手腕去解剖它」，「用歸納方法來尋求其根源，闡明其如何移植增飾而演化」，據以剔除雜質，恢復神話「原形」。〔註76〕

經過認眞梳理搜剔，茅盾把所得中國「原形」神話歸爲六類：一是天地開闢神話，二是日、月、風、雨及其他自然現象的神話，三是萬物來源的神話，四是記述神或民族英雄的武功的神話，五是幽冥世界的神話，六是人物變形的神話。〔註77〕在此後所著《中國神話研究 ABC》中，他用了整整四章篇幅，分別歸類爲宇宙觀、巨人族及幽冥世界、自然界的神話及其他、帝俊及羿、禹等。這是迄今對中國神話體系所作的最全面、最系統的描述。

根據神話的內容與不同地區各種特點的對比分析，茅盾確定中國神話是由南、北、中三個子系統構成的。

茅盾把黃河流域及長江以北部分地區的神話歸爲北部神話。其代表作是「女媧補天」、「共工氏折斷天柱」、「黃帝伐蚩尤」、「愚公移山」等，多出自《淮南子》、《列子》等。茅盾把以楚地爲中心兼及長江流域的神話歸爲中部神話。其代表作在屈原所作《九歌》、《天問》及宋玉所作《高唐賦》（記巫山神女故事）中得到集中保存。茅盾斷定，「《九歌》是當時民間的祀神歌而經屈原修飾改作的」。如「《東君》是祀太神之歌」；《山鬼》所祭是「山林水泉的女神」；「《大司命》是『運命神』的神話，而《少司命》便像是司戀愛的女神的神話」。《天問》中言及「昆侖」、「鼇戴行抃」、「羲和」、「禹化熊而涂山

〔註74〕　《茅盾全集》第 28 卷，第 428、51～55 頁。
〔註75〕　《茅盾全集》第 28 卷，第 26 頁。
〔註76〕　《茅盾全集》第 28 卷，第 423～425 頁。
〔註77〕　《茅盾全集》第 28 卷，第 5 頁。

女化石」的神話，大概都是楚民族即中部民族自己的神話。茅盾把「兩粵」至長江以南的神話歸為南部神話。其最典型的代表作是關於「盤古開天闢地」的神話，「首見於三國時吳國徐整的「五運歷年記」。北部、中部神話缺此內容。（「女媧補天」是「開天闢地」之後的事。）據此，茅盾得出結論，「北、中、南三部的神話本來都是美麗偉大，多自成為獨立的系統」，因「各種緣因而歇滅」。而今各存斷片，三者合一仍「只是片斷」，「不成系統」。〔註78〕而且「南方的保存得最少，北部的次之，中部的最多」。但他相信「已經創造了盤古開天闢地之神話的嶺南民族一定還有其他許多神話」。只是限於漢以前交通不便，北、中部發達而南部文化落後，故缺乏文字存留。他反對「鄙視鄰近的小民族」，提醒我們發掘南方，特別是「西南的苗、瑤、僮各族」的口頭留傳資源。這是極有見地的，而且已被新中國成立後迄今大量各民族神話、史記的新發現所證實。〔註79〕這一切都體現出他「探本窮源」的鮮明特徵。

茅盾在神話史料學科建設上也體現出其「探本窮源」的特徵。最突出的例證，是他把《山海經》是「地理書」這種上千年的陳見推翻了。他提出《山海經》「既非哲學，亦非文學，亦非歷史，也不像地理，可是所含神話材料獨多」，「幾乎可說全部是神話；這大概是秦末的喜歡神話的文人所編輯的一部雜亂的中國神話總集」。〔註80〕茅盾的這個結論是與古今諸多大家幾經論辯後最終得出的嚴肅科學的結論，顯示著他「探本窮源」、去偽存真、取精用宏的態度的嚴謹。

茅盾中國神話研究的意義與成績具全方位性。最重要的一點是，開掘、傳承民族文化博大精深的優秀傳統，增強了後人的民族自尊心、自豪感，振奮和發揚了永繼不衰的愛國主義精神。

四

神話研究和中外文學思潮發展史的研究，是茅盾「探本窮源」工程之兩翼。二者相互銜接貫通、有機統一，支撐並不斷豐富著茅盾畢生以之的文學觀念與主張。以上我們評述了神話這一「翼」，本書第一章第二節已提前概論

〔註78〕以上材料與引文見《中國神話研究 ABC》，《茅盾全集》第 28 卷，第 181～193頁。
〔註79〕《茅盾全集》第 28 卷，第 193、282～283 頁。
〔註80〕《茅盾全集》第 28 卷，第 96 頁。

了他梳理中外文學思潮史這另一「翼」。對後者的歷時性情態，茅盾曾作過概括。「從原始人的『戰歌』到初期氏族社會的『頌歌』」，其經歷「少說也有五千年光景」；從「戰歌」、「頌歌」到「神話和傳說」「恐怕要得四千多年」；從「農業社會雛國」的希臘羅馬史詩到中世紀的「騎士文學」「也有兩千多年」；「騎士文學」「佔的時代差不多一千年」。但「文藝復興」「卻只有兩百多年」；「古典主義」「是一百多年」；「浪漫主義」「僅只有半世紀光景」；「自然主義還要少些」。由此，茅盾得出結論：「歐洲文學的波動，是越到近代而越快。文學上的各種『主義』的尖浪，也是愈到近代而愈多而愈複雜。」〔註81〕但茅盾認為其運行過程有規律可循，茅盾「探本窮源」、厚積薄發，正是為了取精用宏，藉以清醒地把握文壇導向，指引其健康發展。

茅盾稱其這些研究所得為「研究文藝史者應該有的」「基本觀念」。正是這些「基本觀念」支持著他畢生從不動搖的文學主張。其基本內容大體有五個方面。

第一，從初民社會到當今時代，不論文藝表現出什麼形態，披著什麼外衣，「畢竟文學的潮流不是半空中掉下來的，也不是在夢中拾得的，而是從那個深深地作成了人類生活一切變動之源的社會生產方式的底層裡爆發出來的上層的裝飾」。〔註82〕

神話的荒誕無稽、奇詭怪異，並不能使茅盾眼花繚亂。他從「神們的行事」中看出了人類的社會行為的原始物質的客觀存在內涵。神與魔、怪的搏鬥，是初民社會分工由漁獵時代進入原始農業時代人與自然界鬥爭之反映的，非科學的、「不合理」的社會現實的折光。從「天」、人衝突到「天人合一」，體現了初民征服自然，使之為我所用的理想及其相對完滿的實現。「神們」之間的爭鬥則是人間社會矛盾衝突的折光。這不僅使茅盾看出了中國神話中「黃帝與蚩尤之戰」與希臘神話中「眾神之戰」間的共同性，也看出了從希臘神話到《荷馬史詩》，再到三大悲劇家埃斯庫羅斯、索福克勒斯、歐里庇得斯和喜劇家阿里斯托芬的戲劇之間，類似題似的連續性與變異性：這一切都是人類歷史不同階段中社會物質生活、人際社會相互聯繫與衝突的反映。對「文學的波動，是越到近代而越快」的深層原因，茅盾認為，「人類的生產手段愈進步愈增加了利率，那使文藝的變革亦愈快」。因為「每一次生產

〔註81〕《茅盾全集》第29卷，第184頁。
〔註82〕《茅盾全集》第29卷，第185～186頁。

－169－

手段的轉變，跟來了社會組織的變化，再就跟來了文藝潮流的變革。並不是任何文學家個人想要怎樣怎樣改變就改革了的，是推動人類生活向前發展的那個『生產方法』的大盤石使得文學家不得不這樣跑」。〔註83〕

茅盾的這一理論具有無限大的容量和張力。它揭示出人的客觀存在（自然的、社會的）與人的主觀思想意識、人的物質生產與精神生產、客觀現實與創作者的主觀投入等一系列雙重組合的對立統一關係，也揭示出推動這些關係向前發展的原動力與根本動力。

第二，茅盾認為，儘管文學根植於客觀存在與社會歷史中，作為特殊的意識形態現象，文學最早是觀念形態之產物。這就決定了文學的「人學」與「社會性」的本質，諸如具思想傾向性、民族性、時代性等。這也使文學自誕生之日起注定了要與人生結下不解之緣。隨著人類社會日漸政治化、階級化，文學必然要走從「為人生」到首先應為人民大眾效力之路。茅盾指出，「文學最初的起源，是表示一個人的思想的」，後來「要把人民的要求說給『上神』聽」，期待藉神的不可知之力實現當時人無法實現的願望與需求。「文學已成了一種社會的工具」，表現的是「屬於公眾的精神」，而「不僅是個人表示悲歡情感的東西了」。中古時代的「『詩人』一方受封建貴族的豢養，一方也受社會的供養」，在很大程度上失去了其公眾精神的本質，「變而為歌頌君主功德」和「貴族階級的玩好」。直到近代文學才「脫離『供奉時代』，重複做社會的工具」。「替民眾負荷祈福的使命，不過所向祈的，不是神，卻是人道，是正義。」「直到重商主義在歐洲抬頭，文學家在社會的地位，方由公眾的退為個人的。」然而，茅盾看重的是「文學重複做一面，反映出人的生活——民眾的生活。文學重複很自由的表現出思想，是人中一個人的思想——民眾思想的結晶」。這說明，「不朽的文學總是關切著人生而富於創造精神的」。其重要性表現在：（1）「不是貴族的玩具，不是供奉的文學」，而應該「是平民的文學」；（2）文學「不是一部分貴族生活的反影，而是大多數平民生活的反影」；（3）文學「不是一部分貴族的」「喜怒哀樂的回聲，而是大多數平民要求人道正義的呼聲」；（4）文學不是「空想的虛無的」，「而是科學的真實的」。〔註84〕因此，茅盾並不一般地反對「藝術的功利觀」。在他看來，「文學作品之所以

〔註83〕《茅盾全集》第29卷，第183～185頁。

〔註84〕以上引文分別見《西洋文學通論》和《近代文學體系的研究》兩書，《茅盾全集》第29卷，第189頁；第32卷，第450～451、470頁。

要趨向於政治的或社會的，也不是漫無原因的」。只要站在人民大眾之立場，「創作家愈堅執己見，愈有益於藝術之多方面的發展」。〔註85〕正是由於上述種種信念，茅盾的文學主張在 20 世紀 20 年代由文學「為人生」突進到「為無產階級」。直到新中國成立後以至他逝世，她始終堅持文學的「為人民服務，為社會主義服務」的正確方向，並不懈地奮鬥。

第三，堅定地倡導「為人生」的和「為無產階級」的文學主張，正確處理「自我」與「大我」的關係，堅決反對「為藝術而藝術」、「純文學」與「超然」說。茅盾從神話中發現了初民的生活與思想的內核，使他的「文學為人生」的信念，從包括表面看來離人生最遠的神話在內的一切文藝形態中，得到了毫無例外的實踐與理論的全面性支撐。於是，他理直氣壯地斷定，文學的「本質既非是純粹藝術品，當然不便棄卻人生的一方面。況且文學是描寫人生的，猶不能無理想做骨子了」。〔註86〕這就確定無疑地把理想與現實的有機結合作為文學內容的基質。對一切脫離現實、脫離社會的謬說，他當然持否定態度。

針對「自我表現」說，他承認作品「都是通過了『自我』而出現，即使是客觀的描寫也是通過了『自我』的產物」。但他特別強調指出，「不要以為這個『自我』是獨立的，游離的」！因為「『自我』只是那個構成社會的『大我』中間的一分子，是分有了『大我』的情緒與意識的！實際上，任何作家不能夠從『大我』——他所屬的『大我』分開或游離，而有一個他單獨的『自我』」。「可惜那些標榜『自我表現』的作家卻不能看清這一點，因而錯誤地不肯相信他自己實在是從屬於社會中的某一階級。」因此，茅盾要求作家正視並正確處理好「自我」與「大我」、個人意識與階級社會中的階級意識的關係。〔註87〕

茅盾對「超然」說更持徹底否定的態度。他理直氣壯地指出：「文學家的善善惡惡真能超然麼？」他並沒住在「神山上，也是住在這社會裡」。其「精神方面、心理方面」和「肉體方面、生理方面」一樣，都「不能不受到環境的影響」。「社會的意識形態，時時刻刻在影響一個文學家，不過他自己或者不覺得罷了。所以『超然』之說，歸根只是一句沒有惡意的誇大。自來

〔註85〕《茅盾全集》第 18 卷，第 278 頁。
〔註86〕《茅盾全集》第 32 卷，第 202 頁。
〔註87〕《茅盾全集》第 29 卷，第 187 頁。

的文學家都是——而且以後也是，只反映了他所在的那個社會裡的最有權威的意識，就是支配階級的意識。」當然也有反抗支配階級意識的作家。那是因為「支配階級的本身，已經有了裂縫，已在崩壞，而且和這支配階級對抗的新興階級已在抬頭」，持反抗態度的「文學家依著他環境的關係而傾向到新興階級這方面，受了這新興階級意識的影響，就呼出反抗的聲音來了」。不論此時，還是新興階級取得勝利成為新的支配階級之後，作為「反抗者」的這些文學家都是「新潮流的『先鋒』」，「新興階級的喉舌」。〔註88〕茅盾指出，上述一切都證明了「超然」說、「純文學」說、「為藝術而藝術」說的虛偽性。而以上三項都從不同角度支持著茅盾把他「五四」以來提出的文學本質論，從「鏡子說」昇華到「指南針說」，再昇華到「斧子說」。它們也各從不同的角度反映了他「探本窮源」、厚積薄發、取精用宏的學術個性特徵。

第四，對文學的審美本質及藝術美的特別重視與追求。他說，「文學是思想一面的東西」，「然而文學的構成，卻全靠藝術」。〔註89〕對茅盾的這種審美觀，本書前面已專題論述過。這裡要補充的是，他從神話的源頭上「探本窮源」，進一步印證了它。

茅盾把神話分為「解釋的神話」和「唯美的神話」。前者是原始人對「自然界的神秘和萬物的來歷」以神奇荒誕的「不合理」方式所作的解釋；後者「起源於人人皆有的求娛樂的心理，為挽救實際生活的單調枯燥而作的」。兩類神話無一例外都「很奇詭有趣」，「所含的情感又是那樣地普遍，真摯，豐富」。「唯美的神話」中又包括「歷史的」（「把一椿史事作骨架」，如《伊利亞特》）和「傳奇的」（「拿一個『人物』作骨架」，如《奧德賽》）兩種。二者都能「將我們帶開塵囂倥傯的世界」，進入「幻境」之中。其「詼諧、奇詭、美妙，引人幻想，使人愉快」。其「披上了想像的衣服，吹入了熱烈的情緒」，「使人歌哭」，「激發人的志氣」。其目的「就是娛樂我們，而他們之所以能給予愉快，就靠了他們的『美』」。〔註90〕以希臘神話為例，茅盾證明與這種審美愉悅作用伴隨的是審美情操的薰陶。因為它表現了初民那種「偉大高貴的品性」，使我們自愧不如，從而激發我們「優美的情緒和高貴的思想」。〔註91〕

〔註88〕《茅盾全集》第29卷，第186～187頁。
〔註89〕《茅盾全集》第18卷，第12頁。
〔註90〕《茅盾全集》第28卷，第108～110頁。
〔註91〕《茅盾全集》第10卷，第323頁。

這說明，文學自有史以來都是思想教化與審美愉悅相伴，起昇華人的靈魂的作用的。

　　茅盾發現，神話既是審美內涵的源頭，也是審美手段之源頭。他從題材之源論證了《荷馬史詩》與古希臘悲劇、喜劇在思想傾向、故事情節、人物造型方面的血緣關係；同時他又從文體形成上論證了其同樣的血緣關係。而這一切又都源於物質生活。於是，茅盾提出了「新的生活方式產生了新的文學形式」的觀點。他指出，最初伴隨著勞動的呼號產生了歌謠，因祭祝的需要從巫祝中產生了「弦歌詩人」。以此兩者為基礎，形成了偉大瑰麗的史詩《伊利亞特》、《奧德賽》。其作者通常被認定是荷馬。即便未必實有其人，茅盾仍認為兩大史詩起碼是許多詩人不斷加工的集體創作。而「中世紀的封建貴族」，為了消遣把「流浪的詩人」改造成「府裡的『詩人』」，遂有了「韻文的『羅曼司』」。〔註92〕於是，「文學最初的形式」詩歌這一文體，就發展成熟了。〔註93〕

　　接踵而至的是戲劇。「希臘的戲曲」「都起源於宗教祭祀」，即希臘神話中「酒神條尼騷司之祭」。「惟悲劇發源於條尼騷司之冬祭，喜劇則發源於葡萄收穫後之際。」祭祀的目的、方式不同，劇情、劇中人物之關係、對話、歌舞的方式也不同。悲劇與喜劇遂分化成不同的戲劇體裁。〔註94〕

　　茅盾指出，散文和小說其實是相伴而生的。「韻文的『羅曼司』」內容日漸複雜，已不「適宜於詩人的經誦」，散文的「羅曼司」就「代替著來了。〔註95〕有了散文，也就有了小說。

　　茅盾一方面認為，「原始民族就已經創造了『小說』，那就是神話和傳說」。一方面又指出，這種「賴口頭傳述」的形式畢竟不是嚴格意義的「文體」。「後來方由文人筆述下來」，則多「增飾修改之處」。「故嚴格言之，神話和傳說畢竟不能算是小說的最早的形式」。〔註96〕但它提供了雛形和基礎，此後，從講述神們的英雄事跡的「說部」中，產生了「以神話寓言為多」的「短篇」。以此為基礎，「其後文學的格式更愈演愈備，除卻短篇之外，長篇的野史也成為有定型的格式」，於是又有了由寫「史事」發展到「專事描寫人生」

〔註92〕　《茅盾全集》第29卷，第122、111～112頁。
〔註93〕　《茅盾全集》第32卷，第456～457頁。
〔註94〕　《茅盾全集》第29卷，第439、451頁。
〔註95〕　《茅盾全集》第29卷，第121～122頁。
〔註96〕　《茅盾全集》第19卷，第14頁。

的長篇小說。「這是文學史中一大進化」。〔註97〕

　　第五，對文藝思潮發展史規律的研究，由現象逐漸把握了本質。茅盾的起點是「文藝進化論」。「進化底原則普遍於人事，文學藝術自然也隨時遷善。」〔註98〕據此理論研究西歐文學，他發現，「古典主義、浪漫主義、寫實主義、新浪漫主義這四種東西，是依著順序下來，造成文學進化的」。〔註99〕因此，在中國「五四」文藝大潮中，爲推動中國文藝現代化進程，茅盾曾採用比照對位方式，針對中國文藝所處位置及其發展需要，先後倡導過自然主義、新浪漫主義，最後才歸到以革命現實主義（社會主義現實主義）的文壇主流上去。隨著神話研究與文藝思潮史研究的「探本窮源」日漸深入，在20年代末，茅盾把握了深層本質和規律，「構成文藝的要素」是兩種基本的思潮：一是「寫實的精神」，即「感情的，主觀的，分析的精神」；一是「浪漫的精神」，即「理知的，冷觀的，理想的精神」。「無論文藝上的思潮怎樣變遷，無非是這兩種精神的互相推移。」「浪漫文學所本有的思想自由，勇於創造的精神，到萬世之後，尚是有價值，永爲文學進化之元素。」「寫實文學中所包有的批評精神和平民化的精神」，也「永爲文學中添出新氣象的。所以恭維寫實文學到極點的話，寫實文學實在不敢當；而輕蔑浪漫文學到極點的話，浪漫文學實也太委屈」。人所共知，茅盾一向是倡導現實主義的，但他把兩者擺在並重之位置，明顯地展示出他實事求是的客觀的科學態度。然而，茅盾又不是認爲二者「機械的一起一伏」，或者雙車並駕，他認爲「每一文藝思潮（主義）的消滅與興起都有社會層的一階級的崩壞與勃興做背景」。「社會的組織是一天一天在改變在進步」，必然造成各種文藝思潮的錯綜交織、時起時伏，此起彼伏等複雜情態。然而，茅盾斷定，民主的「思想是一盞明燈。舉凡文學、美術，都欲德謨克拉西（筆者按：民主一詞的音譯）化，不能再爲一階級少數人的私有物、娛樂品」。〔註100〕正是把握著這一標尺，茅盾準確引導文藝主潮健康發展，進入30年代，左翼文藝思潮又承接著革命民主主義把文藝思潮昇華到新階段，直到把它和新中國建立後的文藝思潮相銜接。在這大半個世紀歷史發展過程中，茅盾始終站在最前沿。

〔註97〕《茅盾全集》第32卷，第456～457頁。
〔註98〕《茅盾全集》第18卷，第153頁。
〔註99〕《茅盾全集》第32卷，第200～201頁。
〔註100〕以上引文分別見《西洋文學通論》和《文學上的古典主義、浪漫主義和寫實主義》，《茅盾全集》第29卷，第189～190頁；第32卷，第202、194頁。

　　以上種種「探本窮源」所得，是青年茅盾在 20 世紀初建構完成後，就畢生以之、毫不動搖的文藝思想體系與社會定位選擇。其全部理論框架，都鮮明地打上茅盾學術個性與品格的烙印，包含著相當豐富也相當複雜的內涵。它包括：(1)文藝與人民群眾的關係。茅盾認為人民不僅是文藝服務的對象，更是創造文藝的主體。必須據此來解決「自我」與「大我」的關係，並且堅持文藝的人民性、民族性的原則。(2)文藝與生活的關係。茅盾認為，社會現實生活是文藝的惟一源泉。必須以現實生活為依據進行藝術創作與虛構，才能求得經得住檢驗的藝術真實性，也才能求得二者的有機結合與統一。由此，也派生出文藝的以現實針對性引導人們認識生活，把握生活航向，認識時代，張揚時代精神的兩大命題。(3)文藝與政治的關係。茅盾指出，在存在階級的社會中，作家及其作品勢所必然地要打上不同的階級的政治烙印。因此，決定了作家的世界觀與立場對文藝創作的制約與指導的關係，也產生了文藝干預生活之或者推動或者阻礙社會變革的政治作用，這也從政治層面決定了不同文藝的不同社會價值。(4)思想與藝術的關係。包括文藝自身內部規律中的思想性與藝術性、內容與形式的辯證統一關係，同時也包括了文藝社會效果層面的認識作用、教育作用與審美作用的辯證統一關係。茅盾並不因文藝具思想教化作用而忽視其審美愉悅作用。相反，茅盾不僅肯定文藝的本質在於審美，而且承認審美愉悅作用與文藝的審美功能是具相對獨立性的文藝本質規律。

　　上述一切，對中國文藝發展固然有客觀價值，對茅盾自身的意義則尤為重要。這是他畢生以之的文藝事業定位的依據。由此才導致他的抉擇：堅持從「為人生」到「為無產階級」，再到「為最廣闊的人民大眾服務」的方向；既承認並尊重文藝的多元化、多樣性生態特點，又維護革命現實主義的主流地位，不懈地、努力地推動其發展。茅盾從不故步自封，他一向持開放、開明的態度。但自己的創作則以發揚社會剖析之優勢自律，終使其成為「五四」以來最具實力、最有影響的一大流派。至今，它仍保持著文壇的主流地位。

　　這一切，無不充分反映出茅盾「探本窮源」、厚積薄發、取精用宏的學術個性與品格。茅盾畢生的輝煌建樹，就是此學術品格優越性的實證。

第三節　堅持眞理，敢反潮流，偶有失誤

在理論與實踐之間，理論探討相對較易，用以指導社會實踐較難。在理論與實踐中摻雜了政治因素時，二者均難。如果在「左」傾思潮泛濫的環境中，則勢必難上加難。

在 1928 年和 1936 年的「革命文學」論爭與「兩個口號」論爭中，茅盾就有深切體驗。新中國成立後，茅盾對這種難上加難的體驗更是有切膚之痛！這使茅盾一向執著追求的學術品格頻頻受挫。有時不得不折中調和，甚至違心地或者眞的犯「左」傾錯誤。這種個人悲劇，反映著歷史悲觀。在社會主義現實主義及「雙革」問題上，其表現得再明顯不過了。

一

社會主義現實主義這個創作方法，是伴隨著社會主義蘇聯的誕生而形成的。其作家作品的典型代表，就是高爾基及其中、後期作品。1934 年全蘇第一次作家代表大會通過的《蘇聯作家協會章程》裡完成了對其的理論表述。該創作方法旋即爲以魯迅、茅盾爲首的中國左翼作家所接受。1942 年毛澤東《在延安文藝座談會上的講話》裡也予以確認。於是三四十年代該創作方法在中國文壇紮根發芽開花結果。但在實踐中，由於教條主義與「左」傾思潮的影響，在處理文藝與政治的關係問題上也多次出現失誤。特別是在圖解政治、要求配合具體政治任務和宣傳具體政策的政治壓力下，創作中出現的概念化與公式化，就是其突出表現。

斯大林逝世後，有人開始質疑此定義。如蘇聯著名作家西蒙諾夫等就對此定義的第二句話提出異議。中國文壇有人也在反思。1956 年秦兆陽以何直爲筆名在《人民文學》9 月號發表的題爲《現實主義——廣闊的道路——對於現實主義的再認識》長文，就支持西蒙諾夫的觀點。他們對定義的第一句話即「社會主義現實主義，作爲蘇聯與蘇聯文學批評的基本方法，要求藝術家從現實的革命發展中眞實地、歷史地和具體地去描寫現實」完全認同，但對第二句話即「同時藝術描寫的眞實性和歷史具體性必須與用社會主義精神從思想上改造和教育勞動人民的任務結合起來」，則不以爲然。認爲另提這句話，容易被看成「附帶條件」或「外加因素」。在他們看來，後者已寓於前者之中，不應成爲「作家腦子裡的一種抽象的概念式的東西」，「硬加到作品裡去」。秦兆陽認爲這是把「文藝爲政治服務」變成「爲宣傳具體政策或具

體政治任務服務」的重要原因。因而導致「圖解政治」和「公式化概念化」，使現實主義走上一條「狹窄」的路。他認為「現實主義」本是「廣闊的道路」。為此，必須用「社會主義時代的現實主義」取代「社會主義現實主義」的提法。

此文引發了一場大論戰。有的支持，有的反對。在反右派鬥爭中，秦兆陽及其支持者周勃、陳湧等因文獲「罪」，被打成右派，成為反胡風之後的又一冤案。

茅盾讀了截至1957年8月參與討論的32篇文章，讀時偶有所感，便記在紙上。9月始整理成文，次年4月茅盾寫成長達7萬餘字的長文《夜讀偶記》。〔註101〕文章所論兩個中心問題是「創作方法和世界觀的關係，現實主義與反現實主義的鬥爭」〔註102〕之關係。文章寫法是立論為主，駁論為輔。既破論敵，有時也破自己的舊

《夜讀偶記》書影

觀點。涉及論敵均不點名。此文所論古今中外，包羅甚廣，許多見解係突破性創見。該文後出單行本，是茅盾繼《西洋文學通論》之後又一文藝思潮論巨著，也是對《西洋文學通論》的跨越和突破。

《偶記》對社會主義現實主義既有堅持，也有修正和發展，旨則在維護社會主義現實主義在文學發展史上的主流地位。茅盾既反對秦兆陽以「社會主義時代的現實主義」取代它，也反對國內外有人要以「現代派」來取代它的錯誤傾向。後者如1956年歐洲又在鼓吹「現代派」是「探討新藝術的先驅者」的論調。中國也有人主張以「現代派」取代社會主義現實主義。〔註103〕有人說《偶記》批判「現代派」是「空穴來風」。但新時期「現代派」分別在台灣和大陸先後崛起，且大有取代現實主義文壇主流地位之勢的歷史事實，卻證明了茅盾見微知著，具超前意識和歷史預見性。

〔註101〕初刊於1958年《文藝報》第1、2、8、9、10期，8月由百花文藝出版社出單行本。後收入《茅盾全集》第25卷。以下簡稱《偶記》，但引文只注出處，不再注出篇名。

〔註102〕《茅盾全集》第25卷，第228頁。

〔註103〕參看《茅盾全集》第25卷，第187、124～125頁。

　　茅盾對此前自己也贊成過的以「歐洲中心論」爲基礎形成的文藝進化論色彩很濃的古典主義──浪漫主義──現實主義──新浪漫主義依次遞進的公式提出挑戰，指出此論並未把東方，特別是中國文學發展歷史的規律納入視野。因此，茅盾推翻了「歐洲中心論」文學史觀，率先對東西方文學發展史及其規律重新審視和總結，得出與文藝進化論色彩很濃的舊公式不同的頗有新意、極富創見的新結論：(1)現實主義「自古有之」，其源頭就是中外皆具的「神話現實主義」。(2)現實主義貫串文學發展歷史全過程，但並非「一成不變」，而是「逐漸發展的」，且呈現出階段性。近代的批判現實主義與當代的社會主義現實主義就是其最重要的階段。(3)「階級的對立和矛盾是產生現實主義的土壤。階級鬥爭的發展，促進了現實主義的發展」。在這複雜過程中起作用的「首先是社會經濟的發展，其次是現實主義本身的藝術發展的規規」。〔註104〕

　　茅盾指出，不同階段的現實主義形態各異，但具備共同的基本特徵。其表現爲：(1)「現實主義創作方法的核心就是在現實世界是可以認識的信念上，根據反映論來從事藝術創作的。」「馬克思主義出現以前的文藝家」「雖然不知道『反映論』這術語及其一套理論，可是他們在生活實踐（生產鬥爭和階級鬥爭）中卻懂得了這個道理，於是在藝術實踐中應用了它」。(2)現實主義「通過形象化的藝術概括的方法」「忠實地反映自然現象、社會現象以及人的內心世界」，其核心是注重塑造「典型環境中的典型人物」，「考察人物在環境中的感受以及環境對人物的思想意識的影響」；寫典型人物如何以其主觀能動性「成爲推動社會前進的革命力量」。這一切決定了現實主義文學「最能反映特定時代的社會意識」、「基本精神和主要面貌」。(3)現實主義「是階級社會中處於被壓迫地位、要求解放、推動社會前進的勞動人民所創造的」，是「隨著社會經濟和階級鬥爭的發展而發展的」。〔註105〕它以其「創造性和活力」「常常吸引著進步的文人學士（他們幾乎沒有例外，是出身於地主階級的），使他們學習人民的文學，從而使得現實主義的影響擴大起來」；這「同時常常反過來影響著人民的文學活動」。兩股力量共同推動「現實主義的迅速發展」。〔註106〕

〔註104〕《茅盾全集》第25卷，第151、153、159～160頁。
〔註105〕《茅盾全集》第25卷，第203～205、196頁。
〔註106〕《茅盾全集》第25卷，第153頁。

以上種種論述表明，茅盾不僅克服了 1934 年制定的《蘇聯作家協會章程》關於社會主義現實主義的定義中存在的問題，並作了一定的發展，也排除了以「社會主義時代的現實主義」、「現代派」取代社會主義現實主義主流地位的種種企圖。這必既破論敵，也勇於破自己曾有的理論誤認的學術方法與態度，非常典型地顯示出茅盾實事求是地追求眞理、銳意創新的學術品格特色。

二

茅盾在《偶記》中系統地總結了中國文學思潮史與西方文學思潮史的共同發展態勢與取向。以此爲基礎，茅盾概括出了一條基本規律：「歷史上文學流派分爲三類，現實主義的、非現實主義的和反現實主義的，其中現實主義與反現實主義的鬥爭是文學發展的主流。」這種鬥爭「是階級社會內的現象」，故「不只是藝術方法上的鬥爭，而是社會上遠爲廣闊和深刻的鬥爭的反映」。面對「階級社會中這個堅定地發展著的被壓迫階級所創造的文學」影響的擴大，「歷代的統治者屢次用行政手段加以壓迫，禁書焚書」，大興文字獄，證明這是「比運動形式更爲激烈的」「一場你死我活的鬥爭」。「這就是中國文學歷史發展的特殊規律。」茅盾指出，二者之外的「非現實主義」主要是積極浪漫主義和革命浪漫主義，其次是「在一定程度上反映了進步性和人民性，有積極意義」的象徵主義和古典主義。它們「和現實主義異曲而同工」、並行互補，而非如「現實主義和反現實主義」那種對抗與鬥爭的關係。〔註107〕

茅盾指出，反現實主義是「總稱爲『現代派』的半打多的」許多「主義」，最能概括其「精神實質」的是以「反現實」爲突出特徵的「超現實主義」。〔註108〕茅盾還提出了界定現實主義與反現實主義的標準和原則。一是哲學標準。不論自發還是自覺，現實主義都堅持唯物論立場，按反映論從事創作；反現實主義則堅持唯心論立場，按不受客觀生活檢驗的主觀意願去表現自我，導致歪曲現實之作。二是政治標準。現實主義者反映人民意願，保障人民的利益；反現實主義者則站在人民對立面，以創作維護剝削階級的利益。三是思想標準。現實主義作品具眞實性與人民性，對人民起教育作用；反現實主義作品思想內容則是虛僞的，「粉飾、歪曲現實」，對被剝削者起麻

〔註107〕《茅盾全集》第 25 卷，第 255、147、234、256 頁。
〔註108〕《茅盾全集》第 25 卷，第 123 頁。

醉和欺騙的作用。四是藝術標準。現實主義的藝術形式是「具群眾的為人民大眾所喜聞樂見」並起審美愉悅作用的；反現實主義則是以「形式主義」「迎合剝削階級的趣味」，「追求雕琢、崇拜綺麗，乃至刻意造作一種怪誕的使人看不懂的所謂內在美」，以滿足剝削者「娛樂的要求」。〔註 109〕

《偶記》面世後產生了強烈的反響。有的人贊成，如北大、復旦、北師大文科學生集體編的《中國文學史》和《中國民間文學史》等裡都用「現實主義和反現實主義的鬥爭」作為貫串全書的主線。有的人則反對，並把學生的失誤歸罪於茅盾，說這是「一分為二」寫階級鬥爭史的「僵化模式」。這些批評意見並不完全符合實際，因為茅盾曾一再申明，他不主張「用這大分類法編文學史」。他還提醒說，「企圖在每個朝代都找出『對立面』來」，並「給古代作家『劃成分』」的「簡單化」做法是欠妥的。〔註 110〕茅盾也沒把文藝思潮按階級鬥爭模式「一分為二」，他倒是「一分為三」的。當時哲學界確實只承認事物運動發展取「一分為二」的形式。直到「文化大革命」結束後很久，這才提出運動發展還存在「一分為三」和「一分為多」等形式。從這個意義上說，茅盾把思潮「一分為三」，倒是相當具超前意識的。那麼茅盾的這個公式及其論述，是否受到「抓階級鬥爭」的「左」傾思潮的影響？是否有簡單化之嫌？今天客觀地來評判，與兩者都有一點關係，但茅盾的理論確實不是按當時抓階級鬥爭的「左」的政治要求硬套出來的。因為早在 1929 年寫出的《西洋文學通論》中，茅盾就把文藝思潮鬥爭現象與階級和階級鬥爭及其發展掛鉤了。〔註 111〕當時並沒有抓階級鬥爭的「左」傾思潮壓力，顯然是茅盾獨立思考所得的研究成果。

從《偶記》的具體情況來看，茅盾主觀上是注意到不要簡單化，並努力作出辯證論述的。〔註 112〕但其思路與論證卻力有未逮，遂使精闢見解與偏頗同在。

第一，立論前提。「創作方法不但和世界觀有密切關係，而且是受世界觀的指導的。怎樣的世界觀，就產生了怎樣的思想方法，而怎樣的思想方法，又產生了怎樣的創作方法；這不是我們臆想出來的公式，這是分析了不同創

〔註 109〕《茅盾全集》第 25 卷，第 153～156 頁。

〔註 110〕《茅盾全集》第 25 卷，第 240、243 頁。

〔註 111〕限於篇幅與本書題旨，這裡不展開評述了。可參看《茅盾全集》第 29 卷，第 186、190、263、277、290、329、338 頁。

〔註 112〕《茅盾全集》第 25 卷，第 240 頁，在第 243 頁還多處申明這一點。

作方法的理論與實踐以後所得的結論。」〔註113〕這個理論前提的精彩之處在於不把世界觀與創作方法直接掛鈎，而是指出了思想方法的「中介」作用，並作出具體分析。茅盾指出，「現實主義者的思想方法是注重認識的感覺階段而亦不忽視理性階段的重要性」。其藝術特殊性在於其理性思維（亦稱邏輯思維）並非游離於「形象思維」之外，而是寓於其中；兩者交融於由生活到創作的全過程中。這保證了其「藝術的概括」通常能和「邏輯的概括」達到一致，並「通向客觀真理」。有些現實主義作家運用此「認識現實的方法」時「常常不是他們自己意識到的」，這種獨特現象的成因，〔註114〕茅盾已分析得很透徹。這些顯然都是言之成理的。

　　第二，茅盾據此所作的推理就有可議之處了。他一方面承認「世界觀不等於創作方法」，一方面又說：「一個作家的創作方法，不能不與他的思想方法，他對事物的認識和看法，他的立場，有密切的聯繫；並且，從根本上看，這個包括立場、觀點和方法的世界觀對作家的作品起著決定性的作用。」因此，茅盾反對「把創作方法僅僅看作藝術表現方法」，認為它包括作家「對生活的認識和看法」、「對生活的態度和立場」與「藝術表現手法」這三個因素。茅盾所作的「不等於」、「有密切的聯繫」、「起著決定性的作用」這三個判斷是正確的。但說「立場」「包括」在創作方法之中和作家「對生活的態度和立場」也是創作方法的構成因素，則顯然不妥。〔註115〕這首先來源於茅盾把毛澤東的觀點「看古人的作品首先要看作者對人民的態度，作家對人民對現實的態度，表現於他的世界觀和創作關係上」作為立論的大前提。而人民及人民文學在階級社會中又的確離不開階級鬥爭這個歷史大框架。再加上茅盾又認定現實主義創作方法的創造者首先是勞動人民，三者合一，於是就導出了「現實主義與反現實主義的鬥爭，不只是藝術表現方法上的鬥爭，而且是社會上遠為廣闊和深刻的鬥爭在文學上的反映」，甚至成了「比運動形式更為激烈的」「你死我活的鬥爭」。〔註116〕這是個值得斟酌的結論。

　　第三，茅盾雖然精闢地指出了思想方法的「中介」作用，然而仍未能避免其把世界觀與創作方法之間的複雜關係簡單化的偏頗。從理論上談世界觀與創作方法之關係時，茅盾曾精闢地指出其中存在哲學觀的區別與對立。如

〔註113〕《茅盾全集》第 25 卷，第 188 頁。
〔註114〕《茅盾全集》第 25 卷，第 219 頁。
〔註115〕《茅盾全集》第 25 卷，第 256 頁。
〔註116〕《茅盾全集》第 25 卷，第 234、256 頁。

「在哲學上，不是唯心論，就是唯物論」，「從作家世界觀來說，也是非『心』即『物』」。這裡的「世界觀」只是指哲學觀這個側面。正是以此爲基礎，辯證的思想方法才可能成爲「中介」，使「唯物主義」成爲「現實主義的哲學基礎」。相應地，「唯心主義」就成了「反現實主義」的諸「現代派」的哲學基礎。〔註117〕茅盾此論當然能成立。

世界觀中還包括著政治觀。而哲學觀並不能等同於政治觀。因此，唯物論與唯心論的對立，並不等於被剝削階級與剝削階級之間政治觀的對立。如剝削階級中也有贊成唯物論與辯證法者，被剝削階級中也有唯心論與形而上學的信奉者，由此可見，以思想方法爲「中介」，儘管能使現實主義與唯物論產生聯繫與結合，卻不一定能在現實主義與人的政治立場之間起「中介」作用，使之產生必然聯繫和結合。因此，「現實主義的哲學基礎是唯物主義」，這可以成立。說現實主義的「社會基礎是生產鬥爭和階級鬥爭以及這兩種鬥爭中推動社會前進的革命力量」，則很難成立（顯然茅盾在這裡說的是「政治觀」這一世界觀側面）。再由此推導出這是「各個階級的現實主義文學」的「共同點」，這個結論更難成立。「各個階級」之間的鬥爭本身就是階級鬥爭，各階級的具此「共同點」的現實主義，又怎麼與「反現實主義」進行「你死我活」的階級鬥爭呢？〔註118〕

第四，茅盾顯然看到並且勇於承認政治立場、世界觀與創作方法之間的關係，遠比上文所引的茅盾的理論大前提所說的情況要更爲複雜。對這些「複雜的問題」，他也實事求是地認同以下的「解答」確實「說明了問題」。如「作家的世界觀本身很複雜、有矛盾」，有時會存在進步和反動兩個對立的側面。前者使作家接受進步的創作方法，後者仍使他堅持反動立場。又如「當作家的世界觀中的主導思想和人民的要求相符的時候，他的世界觀和創作方法（指現實主義）是一致的，否則，就發生了矛盾」。〔註119〕從思想方法起「中介」作用的角度，茅盾也提出了自己的「解答」。「歷史悠久的創作方法（如現實主義）」因「經驗積累」形成了一套「具相對獨立性的」「完整的藝術規律」，但這只是「內容決定的」屬於「形式的一面」；「資產階級作家卻往往把它看作創作方法的整體，而且從這樣的觀點接受了這個創作方法」。但這時作家並

〔註117〕《茅盾全集》第 25 卷，第 153 頁。
〔註118〕《茅盾全集》第 25 卷，第 204 頁。
〔註119〕《茅盾全集》第 25 卷，第 212～213 頁。

未意識到這種「全面」的接受已經超過了「形式的一面」，故同時無意中也「接受了」其中所包括的「認識現實的方法」，於是學會了運用此先進的「認識現實的方法」（即茅盾所說的思想方法）去認識與反映現實。許多作家就這樣「產生了現實主義的作品」。不過，茅盾指出，這種作品「會受到作家世界觀中矛盾因素的牽制，因而就只能反映了現實的半面」，有時還「甚至會歪曲了現實」。「這些情況，常常在同一作家身上發生」，這「就說明了他們世界觀中矛盾的性質以及他們對現實的態度，也是時時在變化的。可是，他們的創作方法基本上還是那一個」。

於是，茅盾感慨地說：「由此可見，現實主義作家世界觀中的矛盾，異常複雜。」顯然茅盾此說也是成立的。

不論茅盾的解答還是他認可的別人的上述解答，都集中證明了用「現實主義與反現實主義的鬥爭」這個公式實在難以概括種種複雜的現象。而作為文藝發展規律卻必須是能在一切文藝現象中得到普遍反映。這說明，即便在階級社會這一特定歷史階段，此公式只是反映了局部性而非全局性的規律。

茅盾在 1959 年所寫的《〈夜讀偶記〉的後記》中坦率地承認，此公式不是他提出來的，而是蘇聯文藝界提出的，並引起了激烈爭論。剛開始寫「古典主義和現代派」作為《偶記》的第一節時，茅盾尚對此公式「持懷疑態度」，並「站在反對」的一邊。此節寫畢，他「覺得應當討論這個問題」，就「重新研究了我國文學史上的重大事件的歷史意義，認為現實主義和反現實主義的鬥爭這個事實是存在的而且反覆出現，故不容抹煞」。他「盡可能地讀了蘇聯對此問題的正反雙方的議論以後」，認為「『現實主義與反現實主義的鬥爭是文學發展的規律』這個公式，在一定的歷史條件下是對的，但不能走得太遠，把它看作永恆的規律」。〔註120〕於是，茅盾才寫了「一、對於一個公式的初步探討」、「二、中國文學史上的現實主義與反現實主義的鬥爭」和「三、中國文學史上的這些事實的意義」，作為《偶記》的頭三節。把「古典主義和現代派」推後改為第四節。茅盾《偶記》最後說：「我這些不成熟的意見，聊供參考而已。」他完全沒料到高校的學生們會據以編書，並導致「簡單化」；也未料到會引發這麼激烈的爭論。對某些簡單化的或違背事實的批評意見，茅盾所持的異議雖已寫進了《〈夜讀偶記〉的後記》裡，但慎重和謙虛的習性使他壓下沒發表。這一壓整整壓了 22 年。直到 1981 年，他編入該年出版的《茅

〔註120〕《茅盾全集》第 25 卷，第 242～243 頁。

盾文藝評論集》中。

　　《偶記》自 1958 年面世至今，一直是文壇與學界討論的熱點。茅盾提出的那些精闢的創見和預見，不斷被實踐證實，被同行認同與借鑒。他提出的那些引起分歧的觀點和問題，包括那個公式在內，也不是可以忽視或置之不顧的，而是仍能發人深思的複雜的理論和學術的命題。

三

　　《偶記》中反覆論證的「現實主義、反現實主義」是文學歷史貫串線的觀點雖遭到質疑，其人民是創造文學的主體等觀點，卻事關當時毛澤東發動全黨依靠廣大人民高舉「三面紅旗」推動「大躍進」的時代主潮。當文學被捲進政治浪潮中充當「大躍進」的號角，甚至鼓吹「浮誇風」時，理所當然地衝擊著茅盾維護社會主義現實主義在文壇主流地位的立論根基。

　　這時代的主潮也有深刻的背景。提「雙百」方針時，毛澤東還想把知識份子當做發展文化的依靠力量。反右派鬥爭改變了他對知識份子的態度，轉而像依靠工農兵實現「大躍進」那樣，也要依靠他們掀起文化建設高潮，促使文藝「大躍進」。1958 年春，毛澤東多次在高級幹部會議上號召重視搜集「大躍進」中湧現的新民歌。3 月 22 日毛澤東在成都會議上的即興講話中講了下面這段話：

　　　　中國詩的出路，第一條是民歌，第二條是古典，在這個基礎上寫出新詩來，形式是民歌的，內容是現實主義和浪漫主義的對立的統一。太實了就不能寫詩了。

　　一石激起千層浪，這番話震動了整個文壇。4 月 14 日《人民日報》發表了題爲《大規模地收集全國民歌》的社論。黨內也發了相應的通知。郭沫若和周揚〔註121〕分別於 4 月和 6 月把毛澤東顯然專指「新詩的內容」而言的「現實主義和浪漫主義」前各加一項「革命的」帽子，把二者的「對立統一」關係改換成「相結合」，並把它擴大爲全部文學藝術的創作方法。〔註122〕這一改變就成了周揚的下述提法：

〔註121〕郭沫若的觀點見他在 1958 年 4 月《文藝報》第 7 期發表的《答編者問》；周揚的文章刊於 1958 年 6 月 1 日《紅旗》雜誌創刊號，此刊是中共中央機關刊物，這加重了周揚文章的權威性。

〔註122〕「對立統一」首先承認二者之間存在矛盾性，通過鬥爭才能克服矛盾達到「統一」。但「結合」取消了毛澤東原意中包含的「對立」內容。因此「結合」把「對立統一」的內涵修改了。

毛澤東同志提倡我們的文學應當是革命的現實主義和革命的浪漫主義的相結合，這是對全部文學歷史的經驗的科學概括，是根據當前時代的特點和需要而提出來的一項十分正確的主張，應當成爲我們全體文藝工作者共同奮鬥的方向。毛澤東同志本人所作的許多詩詞，向我們提供了最好的範本。

周揚在《紅旗》創刊號上提出的把「雙革」當成創作方法和文藝的「方向」的這種說法，毛澤東從未用文字表述過。但中共中央黨刊《紅旗》的創刊是特大事件。其創刊號的文稿不經毛澤東審閱是不會發表的。何況此文直接涉及毛澤東文藝思想和所謂文藝發展「方向」問題。因此，文章的發表可以視爲毛澤東對周揚的提法已經默認了。此中情理，茅盾不會不知道，也不會不明白。儘管如此，茅盾對「雙革」仍然提出異議。這種敢反潮流之舉，是相當大膽，非同小可的。

周揚文章發表9天之後的6月10日，茅盾在中國作家協會瀋陽分會的座談會上發表了題爲《關於革命浪漫主義》的講話，態度鮮明地堅持他在《偶記》中提出的觀點。「社會主義現實主義包括革命浪漫主義，這一點我們深信不疑」。「在一個具有馬列主義世界觀的作家或藝術家的藝術實踐中，現實主義和革命浪漫主義的結合，是達到社會主義現實主義的道路。」〔註123〕茅盾也承認，沒有革命浪漫主義精神，很難反映「有史以來從沒有過的壯麗」的「大躍進」時代的「現實生活」。但他只把它當做構成社會主義現實主義的成分之一，而且在馬列主義世界觀的指導之下。否則，「儘管你有濃厚的革命浪漫主義，也是不能夠正確反映現實的」。〔註124〕這就和周揚把「雙革」提到「方向」的觀點有很大距離。

在1958年舉國上下大刮「共產風」，把它當成「共產主義精神」和「共產主義萌芽」，並要依靠文藝上的「雙革」（主要是「革命浪漫主義」）鳴鑼開道的政治環境中，茅盾個人很難堅守自己的理論學術立場。特別是在「拔白旗、插紅旗」開展之後，局勢迫使茅盾的態度發生了微妙的變化。其標誌是1959年1月10日寫成的《短篇小說的豐收和創作上的幾個問題》。〔註125〕

〔註123〕《茅盾全集》第25卷，第290頁。這裡茅盾把「革命」二字加給浪漫主義，原因在於他認爲除此之外其他浪漫主義都不能與革命現實主義「結合」。因爲有世界觀障礙。
〔註124〕《茅盾全集》第25卷，第289～290頁。
〔註125〕1959年《人民文學》第2期先行發表，後隨人民文學出版社所出版的有關的

　　茅盾用相當尖銳的語言頗有鋒芒地批評了當時普遍被認爲是用「雙革」創作方法創作的「成功」作品所代表的兩種傾向：一種是把鼓吹浮誇冒進和空想的新民歌和被稱爲「暢想未來，人鬼同台」的電影、話劇當成傑作；另一種是把「誇張」、「比喩」當成「雙革」創作方法的專利。茅盾指出，後一種如果不是無知就是誤認，因爲文學史上古典主義、現實主義與現代派都常用「誇張」和「比喩」。而前一種則是觀點性的錯誤。茅盾藉此不僅批評了文藝上的浮誇、冒進與空想，而且實際上是批評整個「大躍進」運動中的這種「左」傾思潮。這更是頗具擔識的壯舉。〔註 126〕

　　茅盾同樣尖銳地批評了理論上的兩種錯誤觀點：一種是說，「歷史上偉大作家的作品幾乎沒有清一色的，前期作品和後期作品常常不同，有時多些浪漫主義，有時多些現實主義」。另一種是說，「越是偉大的作家越難劃定他是浪漫主義或是現實主義」。兩種觀點都得出一個結論：「在大作家身上，這兩種主義向來就是結合的。」茅盾說，「這似乎可以稱爲『一體兩態論』」，「這個論斷很成問題」，「因爲它把兩個主義看作本質上是一樣的」，「都不從思想基礎上看兩個主義的區別」，因而在解釋其「傾向時不能圓滿，而往往會顧此失彼」。茅盾首先界定了兩個「主義」的區別，從「作家全部作品來看他的主要傾向」，「對現實的冷靜分析多對於理想的熱情追求者，通常應當劃他爲現實主義者，反之，即爲浪漫主義者」。茅盾又從他一向堅持的世界觀、思想方法、創作方法的聯繫性上著眼論證。「舊時代的大作家由於時代的限制，不能以辯證唯物主義和歷史唯物主義」思想爲指導，「對於社會發展的規律沒有明確的認識，因而對於人民奮鬥的目標（未來的理想）常常按照自己的主觀來設計」，「提出了空想的脫離實際的方案。因此，他們經常感到理想與現實的矛盾。古典文學中有些被認爲難以確定爲浪漫主義或現實主義的作品，其實是反映了作家思想上的這種矛盾」。這就說明，「某一作家就其主要傾向看是浪漫主義者或現實主義者，但他的個別作品卻兩者都不是。這兩者『都不是』，當然不能視爲『結合』。至於「現實主義的作品拖一條『理想』尾巴」，恐怕更不能「視爲『結合』著革命的浪漫主義」。於是，茅盾下了結論：「我以爲在高爾基以前，我們只見有基本上是浪漫主義或現實主義但個別作品也顯現不同色彩的作家，卻還沒有看見體現了兩個主義的結合的作家」，「因爲這兩

　　　　短篇小説集印行。
〔註 126〕《茅盾全集》第 25 卷，第 409～410、413 頁。

個主義的結合不是技術問題而是思想方法問題」。〔註127〕

茅盾以世界觀、思想方法爲質的界標，守住了古今有別這條線。但也承認在具辯證唯物主義、歷史唯物主義世界觀的作家作品中的確可能運用「雙革」的創作方法。這種現象自高爾基始，並以他爲代表。而且，茅盾還承認，今天的「情況根本不同了」，有馬列主義武裝頭腦，「理想和現實是一致的」，「對現實的科學分析和對理想的熱情追求完全可以結合了」，「而這，正體現著革命現實主義和革命浪漫主義的結合」。他甚至還進一步承認「毛主席的詩詞是革命的現實主義和革命的浪漫主義相結合的典範」。〔註128〕

茅盾最終也未能守住古今有別這條線。

1959 年 1 月，茅盾率中國作家代表團赴蘇聯參加全蘇第三次作家代表大會。當時蘇聯已有不少批評「雙革」的文章。該如何應對，茅盾只能請示中共中央。當時由分管文教工作的國務院副總理陳毅代表中央回答了茅盾，「你們告訴蘇聯作家，毛澤東同志是一個偉大的馬克思主義者，他在中國新的歷史條件下，根據中國革命實踐和中國文學藝術發展的具體情況」提出了「雙革」創作方法。我們「正在通過自己的創作進行探索和實踐」。陳毅的說法相當有分寸，表現在：(1)「雙革」是根據中國「具體情況」提出的，言外之意不一定適合於外國；(2)我們正在實踐中「探索」。這種既不強調普遍適用性，也不強調對中國說是「方向」問題的說法，與周揚的提法有很大區別。這給茅盾也留下了餘地。在蘇聯，茅盾果然碰到蘇聯作協總書記蘇爾科夫的質疑。組織觀念極強的茅盾隻字不說自己對「雙革」有保留意見，他按照陳毅的指示，「堅定地站在維護中國利益的立場上」，「作了堅持說理的回答」。〔註129〕鑒於這種政治的、文壇的嚴峻形勢，茅盾的觀點從此發生了重大的變化，突出表現在 1960 年 7 月 24 日他在第三次全國文代會上所作的題爲《反映社會主義躍進的時代，推動社會主義時代的躍進！》〔註130〕的報告中。報告的定稿用第三節的全部篇幅，以「革命現實主義和革命浪漫主義的結合」爲題，對「雙革」作了長達萬餘言的全面論述。

〔註127〕《茅盾全集》第 25 卷，第 414～417 頁。
〔註128〕《茅盾全集》第 25 卷，第 415～416 頁。
〔註129〕見於黑丁：《茅盾同志永遠活在我心裡》，《茅盾和我》，第 70～71 頁。於黑丁是該代表團的成員之一。
〔註130〕此文初刊於 1960 年 8 月 8 日《人民文學》8 月號，收入《茅盾全集》第 26 卷。

　　爲寫報告，茅盾讀作品就用了數月。報告中關於「雙革」用了整節的篇幅，4 月 4 日至 10 日分五次寫訖。報告經周揚等傳閱討論後，茅盾又大改多次。〔註 131〕7 月 21 日，茅盾在日記中載：「遵中央指示，仍在報告中提及社會主義現實主義而不與『雙革』作比較。」這說明茅盾已無法獨抒己見、自由爭鳴或保留個人的意見了。

　　茅盾在報告中按上文所引周揚那段話的口徑，承認和論述了「雙革」。他甚至出人意料地提出了中國文學史上存在著「批判現實主義和積極浪漫主義」相「結合」的作品這樣一個標新立異的觀點，並且舉《史記》、《水滸》爲其代表作。茅盾還把《白毛女》當做《在延安文藝座談會上的講話》之後運用「雙革」寫作的「先驅者」的「翹楚」之作，其理由是此劇具有「強烈的革命樂觀主義」。茅盾在《偶記》中曾說：「現實主義文學總是充滿了樂觀主義精神，富於不屈不撓的求生意志的。」〔註 132〕按此理論，《白毛女》當是典型的現實主義作品。由此可見，觀點的改變使茅盾陷入理論上自相矛盾的境地中去了。茅盾還違心地說，「雙革」提出後「最近兩年來」體現「雙革」的作品「還是相當多的」。他舉的例證有 10 餘人，作品 20 部左右。茅盾也按中央口徑提及社會主義現實主義是「新的藝術方法」，以高爾基爲創始人，以其《母親》爲代表作。茅盾果然沒有把它和「雙革」作比較，也沒提他以前說過的「雙革」始自高爾基的觀點。但茅盾突出強調，毛澤東「吸取世界無產階級文學戰鬥經驗和繼承我國文學的歷史傳統，根據大躍進時代的要求」，提出了「雙革」的「口號」，是爲了「更適合於表現並更有力地推動社會主義的躍進的時代」。毛澤東詩詞是運用「雙革」的典範。〔註 133〕

　　茅盾的這種「轉變」，不僅是學術觀點的退讓，而且是學術原則、立場的自我否定和學術品格的政治扭曲。

四

　　半個世紀過去了。實踐從正反兩面證明了茅盾最初通過獨立思考所作的論斷，是經得住歷史檢驗的、合乎文學發展規律的，因而是科學的、正確的。早在 1929 年，他就指出，「寫實的精神」是「理知的，冷觀的，分析的精神」；「浪漫的精神」是「感情的，主觀的，理想的精神」。「這兩種精神是構成文

〔註 131〕《茅盾全集》第 39 卷，第 107 頁。
〔註 132〕《茅盾全集》第 25 卷，第 160 頁。
〔註 133〕《茅盾全集》第 26 卷，第 82、74、88～89、73～74、85～86 頁。

藝的要素；無論文藝上的思潮怎樣變遷，無非是這兩種精神的互相推移。」
〔註134〕這是對作爲創作方法的現實主義與浪漫主義基本特徵及其區別、它們
在文學史上的對立互補關係的準確概括。茅盾在這裡既肯定了「再現」，也肯
定了「表現」。但從客觀爲主與主觀爲主這不同的立足點，劃清了這兩種創作
方法的界限。

　　30 年過去之後，1959 年茅盾仍承接著這些觀點，明確指出，「浪漫主義
和現實主義」「從思想方法上看，是對立的，但從它們對於現實的態度而言，
又不是對立的」。「對現實的冷靜分析多於對理想的熱情追求者，通常應當劃
爲現實主義者，反之，即爲浪漫主義者。」於是得出結論：「我們只見有基本
上是浪漫主義或現實主義但個別作品也顯現不同色彩的作家，卻沒有看見體
現了兩個主義的結合的作家。」〔註135〕然而，此話說過不到兩年，茅盾卻「看
見」了文學史上「批判現實主義和積極浪漫主義的結合」的《史記》與《水
滸》！

　　嚴格地講，作爲整體，《史記》的文體是史書而非文學作品。在其本紀、
年表、書、世家和列傳五大組成板塊中，只有本紀、世家和列傳中有部分篇
章可視爲廣義的紀實性文學。史著談不上文學創作方法，屬紀實性文學的篇
章雖用文學描述與傳奇手法，但仍是寫眞人眞事而非虛構之作。雖勉強可說
是現實主義筆法，但與「積極浪漫主義」毫無關係，更談不上它與批判現實
主義相結合。否則，《史記》就與史家稱讚的其注重歷史眞實的「春秋筆法」
名實不符了。

　　《水滸》當然是文學作品，也用了誇張與傳奇手法，但總體上說這改變
不了其批判現實主義的創作方法。此前包括新中國成立後論及《水滸》時，
茅盾都界定其爲中國古典小說中的現實主義代表作。1959 年茅盾說「沒有看
見體現了兩個主義的結合」時，他不僅早就「看見」了《史記》與《水滸》，
而且曾多次捧讀，爛熟於心，且多次稱其爲現實主義作品了。1948 年茅盾在
《讚頌〈白毛女〉》一文中也是運用評價現實主義文學的角度肯定其思想傾向
與藝術形式的，隻字未步及其是革命浪漫主義性質的「先驅者」或「翹楚」。
〔註136〕至於他在文代會報告中列舉的屬於「雙革」新成績的作品，如寫革命

〔註134〕《茅盾全集》第 29 卷，第 189～190 頁。
〔註135〕《短篇小說的豐收和創作上的幾個問題》,《茅盾全集》第 25 卷，第 415～416
　　　　頁。
〔註136〕《茅盾全集》第 23 卷，第 414～415 頁。

歷史題材的《紅旗譜》、《洪湖赤衛隊》，寫革命現實題材的《創業史》、《百煉成鋼》，也都是社會主義現實主義之作。而《降龍伏虎》等則是鼓吹浮誇冒進的作品，既非現實主義又非浪漫主義，用茅盾從前的標準看甚至可視爲「反現實主義」之作。

剩下的只有一部《毛主席詩詞》。客觀地說，這三四十首詩詞的創作方法，恰恰適合茅盾所說的「我們只見有基本上是浪漫主義或現實主義但個別也顯現不同色彩的」這句話。像《菩薩蠻・黃鶴樓》、《西江月・井岡山》、《憶秦娥・婁山關》、《七律・長征》等顯然是革命現實主義之作。《十六字令三首》、《念奴嬌・崑崙》、《沁園春・雪》、《蝶戀花・答李淑一》、《七律二首・送瘟神》、《卜算子・詠梅》、《七律・冬雲》、《滿江紅・和郭沫若同志》等顯然是革命浪漫主義之作。其他如《沁園春・長沙》等雖有較濃的浪漫主義色彩，但就主體而言則仍是現實主義之作。

對上述一切，茅盾心裡本是雪亮的。只是迫於政治壓力，茅盾不得不放棄固有的觀點，接受「雙革」這個被周揚等憑政治權力硬塞給文壇的「方向」與「最先進的方法」。茅盾雖是被迫，但也不無自覺地扭曲了他那本極閃光的學術品格。這當然是個人的悲劇，也是時代的悲劇。不用說茅盾，就是偉人周恩來，又何嘗能在當時挽狂瀾於既倒？周恩來的確在力挽狂瀾，他在彭德懷栽倒的地方，換了個巧妙的方式糾正以「大躍進」爲標誌的極左思潮帶來的危害，通過貫徹「調整、鞏固、充實、提高」八字方針反「左」糾偏。此前他早就注意糾正文藝上包括「雙革」提出後造成的種種偏向，也曾多次在內部發表講話，力爭辯證地論述和處理好各種關係。然而這時的周恩來卻有下面的提法：「既要是浪漫主義，又要是現實主義。即革命的現實主義與革命的浪漫主義的結合。」「主導方面是理想，是浪漫主義。」〔註137〕而當時的浪漫主義實際不過是「左」傾冒進思想與浮誇風的代稱！這足以證明：撥亂反正決非易事，超越歷史局限更是難上加難！

後來茅盾顯然意識到自己的失誤了。他一直注意尋找機會糾正自己的以至文壇的這些失誤。1962年機會終於來了。於是他在《在大連的創作座談會上的講話》中提出了「現實主義深化論」和「寫中間人物論」。〔註138〕這是冒

〔註137〕1959年5月3日《關於文化藝術工作兩條腿走路的問題》，《黨和國家領導人論文藝》，文化藝術出版社，1982年版，第25頁。
〔註138〕當時未能發表，「文革」後丁爾綱從中國作協檔案中找出打印稿，編入《茅盾全集》第26卷。會上茅盾還有許多精彩的插話，參見丁爾綱著《茅盾評傳》。

險糾偏，也是對極左文藝思潮的一次理論上的突破。

　　然而事過兩年即 1964 年 9 月 30 日，《文藝報》受命在 8、9 期合刊上發表文章和「言論摘編」批判邵荃麟，說他是「現實主義深化論」、「中間人物論」的鼓吹者。其實，邵荃麟只是引用了茅盾大連講話中的觀點略加分析而已。「兩論」的真正提出者是茅盾。「言論摘編」中許多話不是邵荃麟說的而是茅盾說的。「文革」中再次批判「兩論」，並把它當做所謂「黑八論」中的兩大組成成分。

　　這兩次都是「項莊舞劍，意在沛公」之舉。這種歷史鬧劇倒反證了茅盾屈從於「雙革」理論所作的論斷出現偏頗，實在也有難言的苦衷！

茅盾（前左三）、邵荃麟（前右二）、曹禺（前右一）等在北京會見新編贛劇《西廂記》的導演、演員

第五章　描繪時代風雲　探尋歷史必然
——茅盾的創作品格

　　作爲文學家的茅盾，是以其革命家作底蘊的。從少年時代始，他就逐步培育起改造社會的使命意識，二十五六歲開始接觸馬列主義，積極參與中國共產黨的籌建，並熱情參加了改造社會的實踐活動。如果不是 1927 年大革命失敗，他會沿著職業革命家的道路走到底的。但是，他在大革命失敗之後「停下來思考」了，一些陰錯陽差的事件，使他離開了當時革命的洪流。但受改造社會的使命意識所支配，就想「從別方面在這迷亂灰色的人生內發一星微光，於是我就開始創作了」。即從一個職業革命家轉向了一個專業文學家。這是他人生道路上一次最大的轉折。

　　就茅盾來說，實現這樣一個轉折並沒有什麼困難。一是他自幼形成的對文學的興味從未因從事緊張複雜的革命活動而稍減，在從事革命工作之前或革命工作之中，他都忙裡偷閒，見縫插針，對中外文學進行廣泛的涉獵和深入的研究，寫了大量的文學評論，也針對中國新文學建設的需要提出了系統的理論主張，已經打下了深厚的文學基礎，具備了高深的藝術修養；二是他豐富的生活積累和革命的人生體驗，都爲他的創作攀登藝術高峰做好了充分準備。這使他的小說創作有條件站在新文學的制高點上，一開始就一鳴驚人。

　　正是這樣的特殊經歷、創作心態和對自己理論主張的執著追求，給他的創作打上了獨特的印記。可以說，他的創作都是他對中國革命「思考」的結果。與同時代的作家相比，無論從創作動因上看，還是從作品效果上看，他的創作都是最貼近革命的。他開創了革命現實主義文學流派。因此，他敢於

選取重大的社會題材，擅長「大規模地描寫中國社會現象」，善於塑造性格複雜的典型人物，表現時代特徵，展示革命的發展方向。他的創作始終聯繫著中華民族與中國人民的解放事業，「刻畫了中國民主革命的艱苦歷程，繪製了規模宏大的歷史畫卷，爲我國文學寶庫創造了珍貴的財富」。〔註 1〕他以文學家與革命家完美結合的形象彪炳於 20 世紀的中國文學史。

第一節　敢於選取重大社會題材，善於「大規模地描寫中國社會現象」

茅盾創作的第一部小說《蝕》三部曲——《幻滅》、《動搖》、《追求》，就是他「帶熱地」使用重大社會題材的代表作。小說反映的是 1927 年大革命及其失敗後小資產階級知識份子的思想動態；革命前夕的高昂興奮和革命到面前時的幻滅，革命鬥爭劇烈時的動搖，幻滅動搖後不甘寂寞尚思作最後之追求。這種創作視角，一下子就突破了此前創作界慣把小資產階級知識份子生活道路放在情愛、婚姻、家庭等狹小天地的寫法，將他們放到廣闊動蕩的人世間，把他們的人生道路與社會革命聯繫起來，探討他們走向革命的正確途徑，這就給人一種剛健的新鮮感，也是「合於時代節奏的新的表現方法」。創作伊始，茅盾就不同凡響，自然引起了轟動效應。

不過，相對於大革命的歷史事件來說，這種反映角度，還是屬於側面反映，而非正面反映。正面反映不僅當時的環境不允許，而且作者主觀上也不具備充足的條件。

這次國共合作的北伐戰爭，是以蔣介石爲代表的國民黨反動派的叛變而告終的。失敗之後，茅盾成了國民黨反動派通緝的人物之一，他不得不轉入「地下」。在如此嚴酷的環境中，不要說正面反映蔣介石的叛變沒有可能，就連反映陳獨秀的右傾投降也不被允許；他只能採用側面表現的方法。在側面表現中，能寫出某縣城縣黨部書記在革命鬥爭中的動搖，革命失敗時叛軍對革命人民的屠殺等情節、場面，〔註 2〕已屬大膽之舉，沒有相當的革命勇氣也是做不到的。

〔註 1〕 胡耀邦：《在沈雁冰同志追悼大會上的悼詞》,《憶茅公》，文化藝術出版社，1982 年版，第 1 頁。後面徵引此書，不再注版本。
〔註 2〕 這種場面、情節在《動搖》、《追求》中人物對話時有涉及。

　　從茅盾創作時的主觀心境來看，大革命的失敗已使他幻滅、悲觀、苦悶，而失敗後「親愛者的乖張」，更使他痛心。黨的「八七」會議，清算了陳獨秀的右傾機會主義錯誤，確立了瞿秋白在黨內的領導地位，隨之又滋長起「左」傾盲動主義，連上層小資產階級也被當做打擊的對象，使無產階級陷於孤立被動的地位，革命力量繼續受到更慘重的損失。所以，茅盾當時的情緒，「忽兒高亢灼熱，忽兒跌下去，冰一般冷」。他壓根兒就不贊成當時「革命者」呼號吶喊的所謂「出路」。也就是說，茅盾是不贊成瞿秋白那條「左」傾盲動主義路線的。但是，不贊成別人提出的革命路線，自己又提不出一套完整的「自己信得過」的革命「出路」，只好老老實實地從自己熟悉的「五四」以來小資產階級知識份子的思想歷程中，來探討革命失敗的原因、知識青年應走的正確道路，客觀上也起了反對「左」傾盲動主義路線的作用。

　　茅盾從經歷五四新文化運動的知識青年中，看到了他們參加革命的可能性，又從大革命的失敗中，發現了他們革命的脆弱性，個中的緣由，就是他們掌握的思想武器，不能適應複雜艱鉅的革命鬥爭的需要。「五四」時期，「人的發現」、「個性主義」，使他們掙脫了封建主義羈絆，朝著「自由」的道路迅跑，同時也產生了程度不等的憂患意識。當工農革命運動來臨時，他們中的不少人參加到革命運動中來了。在複雜劇烈的革命鬥爭中，或則表現為偏激過左，如孫舞陽、慧女士、章秋柳、史俊等；或則一遇自己不如意的事，就挑三揀四，不斷有幻滅感，如靜以士、曹志芳；或則在劇烈的革命鬥爭中，優柔寡斷，妥協動搖，如方羅蘭、史循等。他們在掙扎、失敗之後又不甘寂寞，尚思再一次追求。但是再追求仍沒有明確的方向。他們只在幻滅、動搖、追求，追求、動搖、幻滅的怪圈中打轉轉。究其原因，就是他們所掌握的思想武器有問題：「個性主義」是適應不了「社會解放」的要求的；而沒有「社會的解放」，就不會實現真正徹底的「個性解放」。因此，無論從「個性解放」的角度說，還是從「社會解放」的角度說，都必須認真地改換思想武器，首先使之能適應「社會解放」的需要。這就是《蝕》三部曲為我們提供的主題，也是大革命失敗後茅盾「思考」的初步結論。

　　在情緒忽起忽落的心境下，又是「帶熱地」使用生活素材（事件過後兩個多月開始動筆創作，有悖茅盾創作的常態），茅盾能從小資產階級知識份子的角度提煉出這種主題，說明他對創作、對革命的「思考」都是嚴肅認真的，實實在在的。對創作，選取重大而尖端的社會題材，提供了革命現實主義文

學的先例；對革命，總結了有益的經驗教訓，它啓發革命青年或進步的知識份子必須轉換新的思想武器，也使知識分子在革命運動中克服自身弱點、加強與工農結合方面有了借鑒。其積極作用是不容低估的。當然，從革命運動的全局來看，茅盾在《蝕》中總結的經驗教訓還是偏於一端的。所以他在後來自我檢討說：「當時的我的悲觀失望情緒使我忽略了他們（革命者——引者注）的存在及其必然的發展。一個作家的思想情緒對於他從生活經驗中選取怎樣的題材和人物常常是有決定性的。」〔註3〕這說明茅盾對《蝕》的創作也有所不滿。從革命現實主義的標準來看，《蝕》的創作也不夠典範，這是我們應該看到的。但是，不管怎樣，作品反映了「別人不敢涉足而又十分關注」的重大而尖端的社會題材，並提煉出具有深遠意義的主題，引起了強烈的社會效應，則是其思想藝術價值的根本體現。

茅盾第一次創作雖在社會上引起了轟動，但也受到了創造社、太陽社一些人根據「八七」會議精神所進行的不適當的批評，說茅盾的創作是站在「上層小資產階級立場」，「根本反對無產階級」，給小資產階級「指示了一條投向資產階級的出路」。對這種無端的指責，茅盾都一一進行了反駁，同時對如何反映時代特點這一革命現實主義關鍵問題，作了深入的思考和探究。此前，他在理論上雖曾提出過「眞的文學也只是反映時代的文學」的論點，然而只是從一般現實主義的角度泛泛而談。通過這次創作實踐，總結經驗教訓，茅盾開始從革命現實主義的角度，重新探究起文學反映時代特徵的種種問題來。通過對新文學第一個十年創作的全面回顧，在寫《讀〈倪煥之〉》的評論時，前後對比分析，從而對革命現實主義文學的時代性作了系統的表述：「所謂時代性，我以爲，在表現了時代空氣而外，還應該有兩個要義：一是時代給予人們以怎樣的影響，二是人們的集團的活力又怎樣地將時代推進了新方向，換言之，即是怎樣地催促歷史進入了必然的新時代。」〔註4〕以此爲標準，他認爲充分體現「五四」精神的魯迅的《吶喊》，只是描寫了「躲在暗陬裡的難得變動的中國鄉村的人生」，「沒曾反映出彈奏著『五四』的基調的都市人生」；郁達夫、王統照等「五四」作家所反映的都市小資產階級的人生，其生活範圍「都是極狹小的」，不能從作品中「看出『五四』以後的青年心靈的振幅」。在此情況下，葉紹鈞的《倪煥之》，反映了時代的進程與取向，是值得

〔註3〕《茅盾全集》第24卷，第207頁。
〔註4〕《茅盾全集》第19卷，第209～210頁。

歡迎的。但是主人公倪煥之看不見群眾的力量，經常在事業上碰壁，更沒有「推進時代」前進，令人感到不滿足。這種見解，說明茅盾對文學時代性的思考已經相當深刻和完整了。後來，在《談技巧、生活、思想及其他》一文中，他又明確要求作家「以表現時代為其任務」，要「表現了從今天到明天這一戰鬥的過程中所有最典型的狂瀾伏流，方生方滅以及必興必廢」，就更具可操作性了。這就是說，革命現實主義作家應該反映出符合歷史發展規律的動態而又典型的社會現實來，以幫助人民推動歷史前進。而要做到這一步，作家必須掌握科學的世界觀，對社會現實有全面深入的研究與體察，用全方位的視角，強化理性思考，選取最有典型意義的題材，創造出豐富生動的典型人物。只有這樣，才能真正表現出「時代特徵」和歷史發展趨向，才算完全合格的革命現實主義作品。1929 年他創作的《虹》，是這種理論主張的實踐。而最能代表他這一理論主張與創作特色的，則是《子夜》、「農村三部曲」、《林家舖子》等一組反映 20 世紀 30 年代「農村與城市交響」的樂章。

創作《子夜》時，他本想「大規模地描寫中國社會現象」，寫出 1930 年前後「農村與都市的『交響曲』」，但因生活素材積累不夠和當時國民黨政府「檢查的太厲害」，計劃不得不一再縮小，「只寫都市的」社會生活；而都市生活，也只能集中在「投機市場的情況」、「民族資本家的情況」、「工人階級的情況」這三個方面「交錯起來寫」，寫出了大都市的形形色色、動蕩不安的社會生活，及

《子夜》書影

相關城鎮農村的情況，用生活形象回答了當時中國社會性質這樣事關全局的大問題：中國並沒有走向資本主義發展的道路；在帝國主義的壓迫下，更加殖民地化了。《子夜》中沒用上的生活積累，又寫成了《子夜》的「組曲」、「餘韻」。主要包括：反映在帝國主義掠奪下農村經濟破產，農民被逼走上自發反抗道路的「農村三部曲」及《小巫》、《當舖前》等；有反映小城鎮工商業者破產倒閉的《林家舖子》、《多角關係》、《趙先生想不通》等；有寫都市「新儒林外史」的《第一個半天的工作》、《夏夜一點鐘》、《有志者》、《尚未成功》、《無題》等。這些「餘韻」的創作，與《子夜》大都市交響曲相呼應，構成

了 30 年代一部完整的騷動不安的城鄉大合唱，反映了中國社會的現實。

在這裡，茅盾把個人、群眾、民族的危難，階級的矛盾匯總成一個藝術世界，給人以宏闊錯綜的立體感。它既囊括了垂死的畫面，也包孕著方生的腳蹤；既凝視現實的黑暗，也透視出未來的光明；既詛咒資本侵襲下都市的醜惡形態，也追索社會革新的動力。這是一個在急遽變異中迎接大變革的時代，又是一個工農民眾在地火運行中挺而抗爭的時代。和《蝕》不同的是，《子夜》等城鄉「交響曲」是從歷史正面來展現這個天翻地覆的革命風潮的，用藝術形象揭示了當時中國社會的性質，革命的動力，所依靠所團結的力量和變革前進的方向。

《鍛煉》原創作計劃，是要寫抗戰時期五部（或六部）連續性長篇。第一部寫「八一三」上海抗戰至大軍西撤，包括工業遷移、抗戰初期對民主運動的壓迫；第二部自保衛大武漢始，至皖南事變發生，背景是上海（國民黨特工與日偽勾結）、武漢、重慶、延安、蘭州、寶雞等（此部擬以汪精衛落水為界分為兩部）；第三部從皖南事變後、太平洋戰爭爆發起，直至中原戰爭、湘桂戰爭，主要背景為桂林、重慶、昆明、延安等地；第四部寫湘桂戰後至「慘勝」（抗戰勝利），包含政治恐慌之加深、蔣日之勾結、民主運動之高漲、進攻邊區之嘗試、國際反動派日漸囂張等；第五部寫「慘勝」後至李（公樸）、聞（一多）被殺。由此看來，這部巨著的時間跨度之長，涵蓋地域之廣，內容之豐富，在中國現代文學史中是無與倫比的。它不僅包括了全部八年的抗日戰爭，而且還準備延伸到解放戰爭；不僅涵蓋了中國的大半部河山，而且觸角伸向了國際；不僅反映政治、經濟生活，而且反映軍事鬥爭和特務活動。這才真正體現了作者「大規模地描寫中國社會現象的企圖」。如果完成，當最能代表茅盾創作的史詩品格。可惜只完成了第一部，就因赴北平參加政治協商會議而輟筆，又因後來的政務繁忙無暇續寫而作罷（他有不從事行政職務而去完成這部大作的要求，可惜未被批准），只給我們留下了描寫抗戰初期社會生活的第一部和其餘幾部的規劃。

僅就完成的《子夜》、《鍛煉》、《霜葉紅似二月花》、《蝕》、《虹》、《腐蝕》、《清明前後》等作品看，業已構成了一個藝術系列，已經全方位、立體交叉地描繪出中國新民主主義革命的歷史長卷，創造出了一幅整體性的、充滿行動的大幅壁畫，形象地記錄了「一個民族和一個時代本身完整的世界」。〔註5〕

〔註 5〕黑格爾：《美學》第 3 卷（下），商務印書館，1979 年版，第 107 頁。

茅盾所以如此這般地反映社會生活，是和他的強烈的社會改革使命意識分不開的。因為要改造社會，就必須有對社會的全面了解和深刻認識。作為一個文學家，他自覺地將對社會的觀察研究所得，用藝術的形式真實地表現出來，使之成為「革命的一面鏡子」和改革的「斧子」。

同具改造社會的使命意識，茅盾與魯迅卻有不同的理解和側重。魯迅的文學使命感側重於文化層面，他要求文學擔負起喚醒人的靈魂的重任，通過改造人來改造社會，而改造社會的政治指向無明確的目標；他是抱著思想啓蒙的目的投入文學創作的，意在「揭出病苦，引起療救的注意」，重點是揭示「老中國兒女」精神上的沉重負擔，探尋救治的途徑，也就是「改造國民性」。至於外部社會結構的變動，魯迅很少涉及。茅盾的文學使命感，恰恰是側重在外部社會的政治經濟層面上。他要求文學直接肩負起改造社會的重任，以實現階級解放與民族解放的目標。他對於文學只表現個人的「小悲歡」不感興趣，始終堅持寫大社會、大題材。他要充分表現出時代特徵，緊緊把握住現實社會的脈搏。因此，他的創作總是注目於外部社會結構的變動，特別是政治經濟的變動；中國革命各階段的歷史發展，包括其中的一些重大事件，幾乎都可以在他的創作中找到「印痕」；作品的主題，也多是政治性的。從使命意識內涵的不同側重點可以看出：魯迅帶有更多的思想家的氣質，茅盾則更具革命家的氣質。文學家的茅盾始終是受革命家的茅盾所左右所規約的。從現實主義文學的發展歷程看，由魯迅向茅盾的過渡，是文學注重表現思想革命到注重表現社會革命、政治革命的轉型。這很大程度上體現了時代對文學的要求。

與使命意識的具體內涵相聯繫，茅盾與魯迅在文學價值的取向上也是有區別的。魯迅的小說是以改造人的靈魂為「旨歸」的，是以促進人的精神健全為最高尺度的。他著力表現的是在歷史文化積澱中形成的精神畸形的人，以揭示靈魂的深度去震撼讀者的心靈，由此「開出一條反省的路來」。其藝術追求在此，創作價值亦在此。茅盾努力尋求的是文學與社會現實的對應關係，堅持文學反映現實的客觀性，注重反映「全般」的社會形態，盡可能在「全般」社會生活的基礎上揭示出社會的本質和發展趨勢，從而展示出改造社會的正確道路。他也重視人物的心理剖析，但重在展示現實矛盾在人物心板上的投影，是和當時社會的諸種矛盾結合在一起的內心衝突。目的是深入開掘、剖析現實的社會矛盾，不是僅僅停留在靈魂的探索層面。這就改變了中

國古代文學偏重於主觀表現的格局，加強了文學與客觀現實的對應性與聯繫性，強化了文學干預現實、變革社會的功能。茅盾創作的優勢在此，不足也在此。

通過比較，可以更清楚地看出茅盾創作的獨特性。這就是偏重於社會價值取向和爲政治服務的自覺。在他的長期倡導和不斷實踐過程中，這種創作特性影響所及，逐漸形成了一個強大的文學流派——革命現實主義流派，並且日益成爲現代文學中的主流。關注現實人生，選取重大社會題材，確認文學的社會價值，具有鮮明的政治傾向性，是這派作家共同的追求。在這種文學價值目標的追求下，20 年代末，葉紹鈞寫了《倪煥之》；30 年代初，王統照寫了《山雨》，許地山寫了《鐵魚的鰓》，盧隱寫了《象牙戒指》，甚至連郁達夫也寫了《出奔》。1931 年，作爲當時文壇中堅力量的「左聯」，還就創作題材問題作了決議，要求左翼作家選取「現實社會生活中廣大的題材，尤其是那些最能完成目前新任務的題材」，也就是要選取那些能配合當前政治任務的題材進作創作。在這種文學時尚的影響下，加上茅盾的精心培養，「左聯」時期又成長起了一批文學新秀，如沙汀、艾蕪、葉紫、張天翼、丁玲、臧克家、田間等。1942 年，毛澤東發表了《在延安文藝座談會上的講話》，進一步明確了文藝爲人民服務、爲工農兵服務的方向，並提出了文藝從屬於無產階級政治的理論命題。從此，國統區和解放區的文藝創作就有了共同的政治方向。這種理論導向和創作風氣的形成，反映了急遽變革的社會現實對文藝的內在要求，同時這種巨大的社會變革也不斷給革命現實主義作家帶來強烈的創作衝動，革命文藝作品不斷湧現。像 40 年代出現的《暴風驟雨》、《太陽照在桑乾河上》、《漳河水》、《王貴與李香香》、《李有才板話》，50 年代出現的《紅旗譜》、《三家巷》、《青春之歌》、《野火春風鬥古城》、《林海雪原》等，無一不貼近革命現實，一脈相承地反映了社會變革中的重大題材和重大主題。這是時代使然，歷史造就，不是個人偏愛。茅盾不過是這一文學思潮的先覺者。由此可見，茅盾的創作主張和實踐，是一種與歷史的契合：歷史選擇了他，他也選擇了歷史。

不過，茅盾並沒有同意「左聯」緊密配合當前革命任務而創作的決議，也沒有同意毛澤東「文藝從屬於政治」的觀點。他始終重視文藝的特殊規律，一直把它當做具有特性的獨立存在，不辭辛勞地研究它的特性，研究它的真諦，並在創作實踐中加以細緻周到的檢驗，不斷升華創新；也因此，他一直

反對公式化、概念化的創作，對自己創作的概念化作品《路》、《三人行》深以爲戒，並接受《蝕》的創作教訓，表示再也「不把一眼看見的題材『帶熱地』使用」，「要多看些，多咀嚼一會兒，要等到消化了，這才拿來應用」。雖然他的大多數作品是近距離反映社會變革的，但基本上是經過「咀嚼」、「消化」後的結晶，並非「緊跟」、「急就」。他有一副快速「消化」生活素材的好胃口。這種政治與藝術修養的綜合素質是別人比不了的，從而使他的創作在政治與藝術上均居上乘，成爲革命現實主義文學的典範，且經常產生轟動效應。匈牙利文藝社會學家阿諾德·豪澤爾說：「只要藝術保持與具體的、現實的、不可分割的生活整體的聯繫，它就能構成正常審美行爲的基礎。眞正的審美現象包括人對生活整體性的全部體驗，這是一個創作主體與世界、與眞實生活保持一致的能動過程。」〔註6〕

第二節　塑造時代典型，反映時代特徵，展示歷史發展的必然

茅盾在談自己的創作經驗時說：「『人』——是我寫小說時的第一目標。我以爲總得先有了『人』，然後一篇小說有處下手。」但是，「單有了『人』還不夠，必得有『人』和『人』的關係」；而這「人」和「人」的關係便可構成「一篇小說的主題」。〔註7〕這就表明，茅盾的小說創作，從藝術上說，始終沒有離開塑造典型人物這個中心，也就是始終遵循著「文學是人學」這個根本命題下苦功實踐。因此，他創作了眾多的性格複雜而又色彩繽紛的典型人物，其中「時代女性」形象系列和資本家形象系列，更是成就獨到，爲研究者所稱道，爲他人所不及。這些典型人物，大都是與時代特徵、革命進程中面臨的現實問題相聯繫相對應的；從他們身上，可以看到時代的特徵和歷史發展的必然趨勢。

一

在茅盾創作的人物畫廊裡，最惹人注目的是他的「時代女性」系列。這裡有溫婉文靜、體現出東方文化風範的靜女士、陸梅麗（方太太）、環小姐、

〔註6〕〔匈〕阿諾德·豪澤爾：《藝術社會學》，學林出版社，1987年版，第2頁。
〔註7〕《茅盾全集》第21卷，第61頁。

林佩瑤（吳少奶奶），有潑辣狂放又受西方文化濃重影響的慧女士、孫舞陽、章秋柳、嫻嫻、桂少奶奶、梅行素、蘇辛佳、黃夢英等。她們都是經過「五四」新思潮洗禮的知識女性。在她們周圍，還有部分男性知識青年。他們也是充滿時代色彩的。通過這些人物的塑造，作者旨在探索小資產階級知識份子的革命道路，也意在反對當時的「左」傾思潮。

在中國，探索知識青年的革命道路有著特殊的重要意義。一則因為他們有一定知識，容易接受新鮮事物，在中國現代化進程中始終佔據前沿的位置；二則因為他們出身於不同的階級，與社會各階級、各階層有著廣泛的聯繫，他們對先進思想的先知先覺，容易在社會上造成廣泛的影響。就中國民主革命的實際進程來說，最先接受新文化思潮的，就是廣大知識青年。「人的發現」也好，「個性解放」也好，開始他們都是信而不疑的，遂蔚然成風，形成了衝擊封建思想和制度的社會力量。但是，獲得「個性解放」，衝出封建牢籠之後怎麼辦？易卜生提出了這一命題，但沒有回答；魯迅通過《傷逝》的創作試圖回答，也只是暗示了獲取經濟權、政治權的重要，將問題引向了深入，還沒有提出「社會革命」的問題。只有茅盾，通過革命的血與火的體驗之後，才率先正式嚴肅地把這個問題提出來，通過《蝕》、《野薔薇》、《宿莽》、《虹》的創作，來廣泛深入地探索知識青年怎樣從「思想解放」到「社會解放」轉折過渡的問題，即怎樣從「個性主義」轉變到適應社會革命需要的問題。他的創作活動，就是從切入革命進程中這一無法迴避的現實問題開始的。

《蝕》中的革命青年們，都是經過五四新文化運動的洗禮，程度不等地獲得了「個性解放」的，也都有一副程度不等的向善的熱心腸。但在革命進程中，他們大都適應不了革命鬥爭的需要。靜女士一遇點個人不順心的事就「幻滅」，適應不了複雜劇變的革命環境；孫舞陽的潑辣偏激又被地主階級代表「積年老狐狸」胡國光所利用；尤其是已經掌了革命實權的縣黨部書記方羅蘭，其優柔寡斷、畏首畏尾、妥協動搖，更讓胡國光鑽了空子，使革命遭受了慘重的損失。還有章秋柳那樣一批向往革命，與革命者保持著密切聯繫而未能參加革命鬥爭的人，他們面對大革命的失敗和蔣介石的屠殺，悲觀苦悶、焦灼頹唐，甚至有歇斯底里的現象。他們「時時處處看見可羞可鄙的人，時時處處聽得可歌可泣的事」，「熱血時時刻刻在沸騰」，然而又「無事可作」；「終天無聊、苦悶」，「大笑大叫」，「擁抱，親嘴」，「含著眼淚，浪

漫，頹廢」，但是「何嘗甘心這樣浪費了自己的一生」！他們想以結社的方式來追求一線光明，然而這種朦朧的「追求」，不僅掃除不了「時代黑暗的陰雲」，而且連自己心理上的愁霧也掃除不盡。「個人主義」的軟弱性充分暴露出來，不轉換思想是很難繼續前進了。這是茅盾用社會革命的現實觀照「個性主義」所作的結論，絕不是站在小資產階級立場，同情他們的「不革命」，更不是給小資產階級「指示一條投向資產階級的出路」，其作品的積極意義是十分深遠的。

　　茅盾從革命實踐中深深體認到，從「人的發現」、「個性解放」到「社會解放」、「階級解放」，這是一個十分複雜的歷史過程。在西方世界，這段歷史大約經歷了五個世紀；而在中國只用十幾年的時間就要完成這種過渡，確實是驚人的歷史壓縮。當然，借鑒別人的成功經驗，可以避免走彎路，但是一些必備條件是不可或缺的。文藝復興運動發現了「人」，把「人」從中世紀的神學統治中解放出來，確立了「人」在自然界中的主宰地位，人本主義（或曰人道主義）大倡。自然科學、社會科學、文學藝術、社會生產力，都有了長足的發展。可是，「人」從「神」的束縛下解放出來之後，還受到封建制度的統治，人的「個性」很難達到自由發展的理想境界，於是伴隨著人本主義的張揚，又提出了「個性解放」的要求，一場以張揚個性爲中心的「思想啓蒙運動」應運而生。人權、平等、自由、民主的意識日益深入人心，導致了以法國爲首的資產階級大革命，摧毀了封建統治，解放了生產力，也解放了人的「個性」。然而，茅盾對照自己置身潮頭的中國新文化運動，「人的發現」和「個性解放」，只是衝擊了封建文化的束縛，使「人」的思想得到了一定程度的解放，煽起了向西方學習的熱潮，但還沒有相應的物質文明的大發展。在帝國主義侵略掠奪下，民族資產階級難於自由發展，自身比較軟弱，不可能成爲領導這次思想革命和社會革命的力量。在此情況下，包括茅盾在內的思想先進的中國人，爲救國、救民於水火，只好以俄爲師，學習列寧領導俄國工人階級革命的榜樣，以馬克思主義爲思想武器，組建共產黨，領導中國人民進行「社會解放」和「階級解放」的爭鬥。幸賴此前的世界形勢業已發生了深刻的變化：隨著資本主義社會化大生產的發展和對世界市場的爭奪，工人階級和殖民地的人民深受其害，工人運動和弱小民族的鬥爭此起彼伏，並隨之產生了工人階級革命的理論──馬克思主義；馬克思主義理論一旦被工人階級所掌握，就由經濟鬥爭轉向政治鬥爭，由自發的鬥爭轉向自覺的鬥

爭，20 世紀初，世界工人運動和弱小民族的革命鬥爭，就匯合成一股風起雲湧的革命洪流。這對先進的中國人來說自然是莫大的鼓舞；「走俄國人的路」，自然也成了包括茅盾在內的先進的中國人的共識。但是，親歷過五四運動、「五卅」運動和 1927 年大革命的茅盾，深感一般知識青年從「個性解放」到「社會解放」轉折過渡之艱難。在西方五個世紀完成的任務，在中國卻要用十來年的時間來完成這種轉變，無論如何都是太倉促了。但為適應已經認定的「社會解放」的需要，又非盡快完成這一轉變不可。所以，他創作伊始，就切入這個問題進行探索，用心是良苦的，意義是深遠的，絕不可低估。

為了深入探索這個複雜而又困難的問題，茅盾在《蝕》之後，又連續寫了《野薔薇》、《宿莽》兩個短篇集和長篇《虹》、《霜葉紅似二月花》等，將探討這個問題的觸角向前延伸，引向了歷史的縱深。可見，茅盾的創作決不是「信筆所之」，而是「有意為之」，甚至可以說是刻意追求。當然，他致力的重點還是放在「時代女性」上。這是因為「婦女的解放是社會解放的尺度」（恩格斯語）。在中國漫長的封建社會歷史環境中，女性背負的歷史沉疴最重，時代的壓力最大，前進的步伐最坎坷。因此，通過她們來反映整個社會的動態，典型意義更大。再說，茅盾對世界婦女運動、中國婦女運動作過廣泛深入的研究，還在黨中央做過婦女運動的領導工作，比較熟悉婦女的情況。所以，在探討小資產階級知識份子的革命道路時，知識女性就成了他關注與表現的重點。

《野薔薇》中寫到的幾個知識女性，都是表現她們剛接受新思潮時的思想狀態。《一個女性》中的瓊華，「個性」解放了，性格卻被扭曲了，學得「詐巧陰狠」，以「假我」來待人處世。《自殺》中的環小姐，是個半解放的人物，在「個性」解放的空氣中，她結識了不怕犧牲的「革命者」，並懷孕，但又不願跟「他」去奔赴「神聖的事業」，就在自怨自艾中吞食苦果，最後自殺。《詩與散文》中的桂少奶奶，思想解放之後又遇非人，被騙被玩弄。《創造》中的嫻嫻，思想解放之後走上獨立自立的道路，但前途並不明確。

《宿莽》中寫到的幾個知識女性，較《野薔薇》中的女性高一個層次，是在革命的浪濤中沉浮過的人物。《曇》中的張韻與《陀螺》中的五小姐都曾介入過革命活動。但蔣介石叛變革命後，張韻回家借書解愁，悲涼地期待；五小姐這個當年「哭時要哭個痛快，笑時要笑個痛快」的人，經過革命的挫折，現在只剩下疲倦與憤懣了。她幻滅了，也動搖了，只知以「蘸牛奶的餅乾」度

日，似乎也帶有微弱的期待。《陀螺》中的另一女性徐女性，是這組「時代女性」中最具亮色的。她堅持「努力加理智」的人生哲學，要把自己的生命力「在灰色的人生上劃一條痕」，「擴展到全社會，延續到未來世紀」。她與五小姐爭辯人生的真諦，是茅盾探討「個性解放」與「社會解放」的聯結點，也是從「個性主義」過渡到「集體主義」的「生命通道」。他既充分肯定了「啟蒙思想」的歷史作用，又指出了它的缺陷和不足。而其肯定與否定性評價，都是以現實的革命實踐為參照、為標準的，是嚴格地立於革命現實主義之上的。這一探討所得，是通過長篇《虹》的創作而得到充分的藝術表現的。

《虹》是寫「時代女性」正常成長道路的。主人公梅行素，五四新文化運動時正在四川成都讀書，深受「思想啟蒙」的影響，堅信「托爾斯泰和易卜生都是新的，因而也一定是好的」。她崇拜娜拉，更崇拜林敦夫人，因為林敦夫人是「為了救人」而「將性作為交換條件」的勇者，「是忘記了自己是『女性』的女人」。娜拉還做不到這一點。從而培養起她那「征服環境、征服命運」的「野心」，和「用戰士精神往前衝」的性格，也就是培養了她的比較健全的「個性主義」。當然，她也沒有完全擺脫封建制度與封建觀念的羈絆。當姑表兄柳遇春以討債為由向她逼婚時，她為「救父盡孝」，寧可「犧牲」個人自由，答應嫁給柳遇春。而出嫁之後，又想方設法懲治這個「靠金錢買肉體」的丈夫，而懲治的最好辦法就是婚後離家出走，使他「人財兩空」，衝出這個「柳條牢籠」。她用這種既屈從又反抗的獨特方式闖過了家庭關，說明她是個能夠主宰自己命運的強者。

衝出家庭，生計怎麼辦？這是易卜生提出、魯迅作過初步探索的重大社會問題。茅盾賦予梅行素以不屈不撓「用戰士精神往前衝」的性格，就使她具備了謀求生計的主觀條件和戰勝社會險惡的鬥志。社會險惡從兩方面展開：一是社會小環境。她任教的川南師範的那群知識份子，也算受過新文化的影響，不過僅得皮毛而已，遠未得真諦，所以他們任情縱欲，婦姑勃豀，玩忽職守，給封建社會中的不端行為戴上「個性解放」的面具，肆無忌憚地「表演」。這與梅女士的「為人師表」、培育人才的從教理想，可謂南轅北轍。但梅女士獨善其身，出污泥而不染，她不僅鶴立雞群，而且發展到對抗世俗的地步。二是社會大環境。茅盾塑造了一個地方軍閥惠師長的形象。他以吸納新才、聘家庭教師為誘餌，實現其「金屋藏嬌」、納為新妾來滿足獸慾的陰謀。這實際上是比「柳條牢籠」更殘酷的政治社會的「鐵牢籠」！恰如魯迅

所說，娜拉離家之後，路上會有獅、虎、鷹、隼。然而梅行素克服了弱女子之短，採用了鬥智之長，巧與周旋，決不上當就範，終於擺脫了「鐵牢籠」，顯示出新文化之威力。梅行素以個人奮鬥的方式，不僅衝破了「柳條牢籠」，也戰勝了社會的險惡勢力，顯示出她的新精神、新人格力量的優越性。梅女士過社會關的思想內涵，比之《野薔薇》、《宿莽》中的「時代女性」，顯然具有居高臨下的宏觀啟迪意義。

梅女士巧妙擺脫「鐵牢籠」之後，隻身奔赴上海，結識了地下工作者、共產黨員梁剛夫。在梁剛夫的影響下，她參加了黨的外圍組織，開始學習馬克思主義，明白了一些「社會革命」的道理。此時正是「五卅」運動的前夕，上海工人運動正在迅猛展開。她被群眾的革命熱情所激勵，也自覺自願地參加了「五卅」反帝鬥爭。她明確地意識到「時代的壯劇就要在這東方的巴黎開演，我們都應該上場，負起歷史的使命來」。所以，她在南京路上，不顧巡捕們的木棍、水龍等，勇敢地往前衝，高喊：「打倒帝國主義！」「趕走這批強盜，狗！」表現得十分勇敢和頑強。在茅盾看來，這是個人奮鬥的極致，也是參與社會革命的開始；她有參與社會革命的強烈願望，是「個性主義」邁向「社會解放」的新臺階，但是還有個人英雄主義的雜質，如參加南京路上的鬥爭，就抱有與梁剛夫「比高低」的心態。這種個人英雄主義雜質，就會妨礙她對工農革命威力的認識，就會妨礙她與工農群眾的結合。因此，在她面前還擺著長期改造的任務，她還要經受長期艱苦的革命鍛煉和考驗，才能過好「革命關」。所以，茅盾準備在《虹》之後繼續寫《霞》，以展示其從「個性主義」到「集體主義」的改造過程。只有樹立了「集體主義」觀點，真正與工農群眾相結合，才能完全適應社會革命的需要。可惜時過境遷，忙於別的任務，寫《霞》的願望沒能實現。僅就《虹》的創作成就來看，對探索知識青年的革命道路，已經是彌足珍貴了。

茅盾認為，從「個性主義」到「集體主義」是一個長期艱苦的改造過程。而改造的成敗，對人民的解放事業是至關重要的。所以他再三探索，希望弄個究竟。後來創作的《子夜》中的瑪金，《鍛煉》中的蘇辛佳、嚴潔修、《腐蝕》中的萍，《清明前後》中的黃夢英，都是梅行素性格中積極因素的延伸與發展，她們在風雲歲月中鍛煉得越來越堅強，越來越成熟，對革命事業都起了積極作用；而吳少奶奶林佩瑤，則是梅女士性格在特定環境中的消極發展，她不思進取，只在愛情的纏綿幽怨中討生活；《腐蝕》中的趙惠明與舜英，更

是向倒退反動的方向發展，或做了國民黨的特務，或成漢奸，幹起了破壞人民革命的勾當。這些探討，對革命，對文學都是非常有益的。茅盾認為，從「個性解放」到「社會解放」，從「個性主義」到「集體主義」，必須經過馬克思主義的學習，必須了解研究社會的狀況，必須全身心地與工農群眾相結合，必須將自己融會到工農群眾的革命洪流中去；否則，他將一事無成，他將成為時代的落伍者，或者成為歷史的罪人。人的「個性解放」之後，在「社會解放」運動中是會出現嚴重分化的。

茅盾對此作這樣深入的探討，固然是他的歷史使命意識使然，使這些探索完全符合革命的需要；同時，也是社會需要與時代風尚使然，使這些作品在社會上引起了強烈反響，各地組織茅盾作品「讀書會」，不少青年通過茅盾小說的啟發，果真走上了革命道路。但是，茅盾對「個性主義」轉向「集體主義」的探索是否經受住了歷史的考驗呢？這是今天應該繼續關注、探討的大問題。

在推翻三座大山的艱苦鬥爭中，批判個人主義（「個性主義」），張揚集體主義，主張將個人融入群體，鼓勵為人民、為國家、為革命奉獻自己的一切，是當時鬥爭的需要，是發揮了重大革命作用的。但在武裝鬥爭勝利後，在社會主義建設時期，還持續批判個人主義，而且變本加厲，比過去批得還嚴厲，甚至把它與發展資本主義等同起來，無限上綱，使個人主義成了人人喊打的過街老鼠，這就完全抹煞了個人主義本身固有的積極作用。尤其在沒有經過資本主義發展的中國，生產力比較落後，沒有個人生產的積極性，當然是政策性的失誤，特別是把集體主義強調到「一大二公」的高度，這就使新中國成立後的經濟建設時常處在不正確理論的指導之下；「大躍進」、人民公社的失敗，完全證明當時張揚的「集體主義」是無根之木，是夾雜著某些封建統治的雜質的。所以改革開放後，一提出「解放思想」的號召，「個性解放」的呼聲，就像春雷般在祖國大地上滾動，其聲勢比五四新文化運動有過之而無不及。人們這時又發現，80多歲高齡的茅盾又是大聲疾呼「解放思想」的老戰士。

回顧茅盾在大革命失敗後對「個性主義」向「集體主義」轉變所作的嚴肅探討，他只是從「社會解放」的需要對「個性主義」作了一些批評引導，並沒有完全否定，對自己塑造的「時代女性」的轉變，明確展示出它的長期性、複雜性，並對其轉變懷著熱切的期待。如寫梅行素的轉變時，茅盾就充

分肯定了她的「個性主義」的積極作用。她通過頑強的個人奮鬥，衝破了重重黑暗勢力，闖過了家庭關、社會關，從而勇敢地走上革命道路，並表現得英勇無畏，義無反顧。值得注意的是，作者在描寫她的「往前衝」的性格時，是帶著欣賞、讚美的審美傾向的。在這裡，表現出他對「個性主義」一分為二的辯證理解。正是這種理解，支持他與「左」得可愛的創造社、太陽社成員進行了理直氣壯的論爭，支持他敢於抵制「八七」會議後黨的「左」傾路線，支持他敢於在新中國成立後「保護小資產階級創作傾向」。歷史已經證明，茅盾對「個性主義」的理解是深刻的、正確的。因為茅盾不僅是五四新文化運動的弄潮兒，對「人的發現」和「個性解放」有深切的體驗，而且對法國的思想啓蒙運動及德國尼采的哲學作過深刻的研究。他懂得這些社會思潮的實質，又能辯證地對待，所以他的見解能夠經受住歷史的考驗。

個人的積極作用怎樣融入到社會集體的發展進步之中，社會集體如何鼓勵推動個人自由創造才能的發揮，這是個古老的人類學命題。馬克思主義雖在理論原則上作出了科學的解說，但在人類社會實踐上，直到今天也沒有解決好。茅盾在革命的實踐中，敏感地捕捉到了這一對人類社會發展具有舉足輕重作用的重大問題，並通過藝術形象的塑造，細緻謹慎地、實事求是地作了深入探討，不管在當時，還是在今後，都有很大的啓發意義。

二

茅盾塑造的另一類典型人物，是資本家形象系列。這裡有吳蓀甫、趙伯韜、杜竹齋、何耀先、嚴仲平、林永清等。塑造這一形象系列的目的，主要是通過他們的經濟活動，來展示他們的政治態度，來反映時代特徵。其表層意義是探索中國民族資產階級的歷史命運，深層意蘊卻是揭示中國社會的性質、中國革命的性質，暗示革命的對象、革命的領導力量、革命的同盟軍等。這都是民主革命運動中的至關重要的大問題。

《子夜》中的吳蓀甫，是個在現代文學史上佔據獨特地位的民族資本家的典型形象。他是個對發展民族工業抱有理想的人。他憧憬著「高大的煙囪如林，在吐黑煙；輪船在乘風破浪，汽車在駛過原野」，工業產品源源不斷地銷往廣大城鄉。這在 20 世紀 30 年代的中國，是一幅工業建設的宏偉藍圖，他就是這個工業王國的主宰。他不僅充滿信心和勇氣，而且有魄力和手腕。他自己經營著上海最大的絲廠——裕華絲廠，在農村又有「雙橋王國」這個

雄厚基地。在他周圍，集結了精明強幹的太平洋輪船公司總經理孫吉人，講義氣肯實幹的大興煤礦公司總經理王和甫，金融大亨杜竹齋，汪派政客唐雲山。他們各具經濟實力，又共同組建經營了益中信託公司，兼併了朱吟秋、陳君宜的絲綢大廠和另外八個小廠，聯合周仲偉的火柴廠，形成掎角之勢。這是茅盾描寫的趁第一次世界大戰間隙發展起來的中國民族資產階級的精英。他們若處於資本主義自由發展時期，何愁不能把中國推上資本主義發展的道路？然而，他們生不逢時，他們處於半殖民地半封建的社會環境，面對的是以美國金融資本與蔣記政權為背景的買辦資本家趙伯韜集團；另一方面，共產黨也在血的教訓中邊改正錯誤邊實行正確路線，以農村包圍城市，實行武裝鬥爭，積極擴大蘇區，開展城市的群眾運動。蔣介石政權內部也在進行南北大戰。這就使他們同時在三條戰線上作戰，舉步維艱，難於實現自己的理想。

在吳、趙衝突中，作者極力寫吳蓀甫的才幹手段與經濟實力的反差，突顯其必然失敗的悲劇性。趙伯韜的才智遠遜於吳蓀甫，但他憑借蔣介石政權及美國金融資本的實力，就能輕而易舉地對付吳蓀甫集團。他針對吳蓀甫資金、原料皆不足的弱點，先壓死吳蓀甫的工業資金，又分化杜竹齋切斷吳蓀甫的資金外援，從而把吳推入困境。然後，他再針對吳的貪婪本性和不服輸的性格，「投之以鼠，引蛇出洞」，將吳引向公債市場鬥法，逼吳把工業資本變為公債投機資本，然後一網打盡，使吳徹底破產。於是，吳蓀甫最後剩下的就只有一顆供自殺用的子彈和那顆不甘臣服的破碎的心。這就形象地揭示出，在半殖民地的舊中國發展民族工業是根本不可能的，進而證明：半殖民地半封建的中國是永遠不可能走上資本主義道路的。為此，作者將吳、趙鬥法放在《子夜》整個情節中最突出的地位，而將工人罷工鬥爭和農民暴動放在了展示社會背景的次要地位，把蔣、馮、閻的中原大戰和蘇區紅軍的鬥爭也推到了背景的位置。這種藝術處理，是由作品的主題決定的。

吳蓀甫與趙伯韜公債市場鬥法失敗後，將危機轉嫁於工廠工人，他延長工時，克扣工資，加劇了勞資矛盾，引發了工人罷工。在罷工工人面前，雖有得力「鷹犬」屠維岳巧於襄助，還是膽戰心驚，故作鎮定，色屬內荏。他的工業基地「雙橋鎮」的農民暴動，對他又是雪上加霜，使他萌生了殺機，暴露出資產階級的凶殘本質。通過這幾方面有主有從的描寫，完成了一個民族資本家形象的塑造。吳蓀甫就是這樣一個既反對工農革命又有愛國壯志、

圖謀民族工業發展的民族資本家典型，也是 30 年代民族資產階級的代表。

　　吳蓀甫這個形象的典型意義，除了證明中國的社會性質之外，還說明當時的民族資產階級是深受帝國主義侵略之害，有積極反帝願望的；同時，對工業革命也是反對的，具有反帝反工農革命的兩重性。他們在主觀上，想在帝國主義侵略和工農革命的夾縫中求生存求發展，但在客觀上是絕無可能的。

　　趙伯韜是公債市場的魔王，帝國主義的走狗，靠著美國主子的資本，並與政界、軍界勾結，狐假虎威，狂妄無恥，說什麼「中國人辦工廠沒有外國人的幫助都是虎頭蛇尾」。他派頭大，手腳長，收買嘍囉，操縱金融市場，製造流言，興風作浪，扒金錢，扒女人，在與吳蓀甫的鬥法中，始終掌握著主動權。茅盾把握著他那種流氓秉性和政客作風，塑造出這個中國式的買辦資本家的藝術典型。他與吳蓀甫不同的是，在作者的審美傾向裡，他是一個被完全否定的人物。

　　值得注意的是，茅盾對民族資產階級命運、出路的探索，並不是到《子夜》為止，而是在革命歷史進程中跟蹤觀察研究，不斷地積累生活素材，繼續寫了不少民族資本家的形象，其中比較重要的，有《第一階段的故事》中的何耀先，《鍛煉》中的嚴仲平，《清明前後》中的林永清等。

　　何耀先是抗戰初期民族工業資本家的典型。這時，民族矛盾上升，階級矛盾下降，何耀先的愛國意識步步強化，表現出以民族大義為重的優秀品質。他對抗戰的認識，由局部到全局，由膚淺到深刻，使自己的愛國意識逐步向人民靠攏，逐步居於主導地位。這與吳蓀甫的性格發展方向相反，形成鮮明對比，從而體現了時代特徵。這是民族矛盾上升時期資產階級在政治上的新取向，是其積極性一面的高揚，消極性一面的弱化。與他站在對立面的反動資本家潘梅成，則喪失民族立場，一切以追求高額利潤為目的，乘機大發國難財，對抗日戰爭採取投機態度，是何耀先的對比映襯形象。這使得作品格調高昂，充分展示了部分資本家的愛國情懷。

　　由於受抗戰初期激發起來的愛國熱情的影響，作品重在強調其抗日愛國的一面，致使何耀先這個人物塑造得較單薄，缺乏豐滿性、複雜性。這一缺陷，後來在《鍛煉》中塑造嚴仲平時，就得到彌補和改進了。

　　在塑造嚴仲平時，作者是把他放在複雜的人際關係之中，通過思想意識的對比來表現的，這是茅盾塑造人物方法的新開拓。圍繞「遷廠事件」，首先通過嚴氏三兄弟的不同主張對比，展示出他們對「遷廠」的不同取向與不同

的人物性格。作爲國華機械廠老板的嚴仲平，在日寇侵略上海的形勢下，將工廠遷往何處，他一直舉棋不定。作爲對日妥協投降的國民黨政客的大哥嚴伯謙，主張把工廠遷往租界；而堅持抗日愛國、爭自由爭民主的進步人士、三弟嚴季眞，堅決主張把工廠遷往內地，以便爲抗戰服務。於是，三兄弟之間圍繞遷廠的地點問題，在家庭內部展開了政治立場與生活道路的衝突。藉此，作者把觸角延伸到當時以民族矛盾爲主、階級矛盾仍極尖銳複雜的社會結構之中，使家庭衝突成了整個社會矛盾的縮影。由於嚴仲平的猶豫不定，激化了他與愛國工人、技術人員之間的矛盾，致使工廠技術臺柱總工程師周爲新提出辭職以示抗議，工人們也採取了更爲激烈的行動。在這嚴峻的緊急關頭，嚴季眞挺身而出，協調勞資雙方的矛盾，打破了勞資談判的僵局。這就把被動猶豫的嚴仲平推到主動作出犧牲，和愛國工人、技術人員同心協力，著手遷廠於內地的正確立場上去。在衝突中展開人物性格，細緻入微地描寫人物內心躁動，這充分顯示出革命家的茅盾給作家的茅盾提供的優越條件，他總能從時代的高度，揭示出人們所未看見的社會發展前景，所以三兄弟的性格衝突，才能反映出國難當頭，在何去何從的問題上，民族資產階級的積極、消極的兩面性。茅盾通過嚴仲平政治態度的轉變，深層挖掘其內心世界，充分揭示出歷史發展的必然性：民族資產階級在嚴峻的現實面前，必然要加入革命的愛國統一戰線；只有這條路，才是他們眞正的光明之路。這就從政治上說明，《鍛煉》比《子夜》前進了一步。吳蓀甫從統一戰線中分化出去，嚴仲平又回歸到統一戰線中來。兩者之間，有互補的認識作用，體現出很強的時代感與深厚的歷史內涵。作品內容的深化，反映出作家茅盾的思想境界也與時俱進，不斷昇華。

　　話劇《清明前後》中的主角林永清，是小說資本家形象系列的繼續。與《鍛煉》中的嚴仲平相銜接，他的更新機械廠從上海遷到重慶之後，不過只有一兩年的繁榮，危機卻持續了五六年。苦苦煎熬到 1944 年春，在他心中潛伏了多年的問題終於冒了出來：「辦工業，對於國家，對於自己，到底有什麼好處呀？」爲了和民族共患難，將工廠遷往重慶了，但是政府腐敗，買辦資本包圍，資本短缺，原料短缺，經濟蕭條，生產困難，到《清明前後》拉開帷幕時，林永清的廠子已經山窮水盡、資不抵債了。這就在抗戰勝利前夕，及時提出了在國民黨統治下民族資產階級仍然沒有出路的重大問題。

　　話劇與小說的寫法不同。話劇的著力點不在人物的環境、奮鬥的歷程，

而在人物那充滿痛苦、矛盾、鬥爭的心境和人物性格之間的激烈衝突。從人格上講，林永清大大超過吳蓀甫。他是作出自我犧牲、奔赴國難、支援抗戰的愛國工業資本家。但是，黑暗的政治環境使他無法施展才能。茅盾突出表現了林永清內心衝突的複雜性：一方面他那「舉世皆濁，唯我獨清」的信條，被種種壓迫逼得既「清」不下去，也「清」得沒有意義；另一方面，他對以保持自己獨立性為前提的與買辦資本的合作的前景，雖然還存在一定幻想，但他的力氣畢竟在八年抗戰中耗盡了！在那些「專搶桌子底下的骨頭，舐刀口上的鮮血」的社會蠹蟲與民族敗類的傾軋中耗盡了！他不甘心妥協，但已無力再堅持下去了。作者緊緊把握住林永清雄心未滅和力已耗盡之間的矛盾，藉助外部社會矛盾在其內心之反映，來挖掘其內心衝突的根源，以此作為該劇戲劇衝突的焦點，並把問題提到歷史高度：此時的民族資產階級出路何在？林永清決不想再蹈 30 年代吳蓀甫的覆轍，然而，即使抗戰勝利了，他也沒有把廠子拖回上海的力量和勇氣，前景十分渺茫！結局只能是：買辦資本的「十面埋伏」徹底打破了林永清「保持獨立性合作」的幻想，最後走上了絕路。在這裡，茅盾埋伏了一個暗示性隱喻：抗戰勝利在望，林永清卻面臨破產；他不賣身投靠，就要加入抗戰勝利後新的革命統一戰線，與共產黨合作，迎接本階級的新生。從林永清性格邏輯上看，他是決不會走賣身投靠之路的。所以，閉幕時另一人物陳克明高喊的「世界已經變了，中國再不變，可就完了」的話，實際上也喊出了林永清的心聲。

這是茅盾根據當時社會矛盾發展總趨勢所作的革命現實主義的藝術概括。真是慧眼獨具！他把民族資產階級出路這一重大政治命題與戰後中國社會向何處去的歷史命題緊密聯繫起來考察，得出了經得住歷史考驗的結論，這是沒有一個現代作家能夠比得上的。

從吳蓀甫到林永清，茅盾對民族資產階級進行的跟蹤考察、研究和反映，在中國現當代文學史上沒有第二個人能對民族資產階級的歷史命運、階段性特徵及其曲折道路，認識得這麼清楚，表現得這麼透徹而富於政治與歷史深度。不論從揭露批判其反動性還是讚揚肯定其進步性，茅盾都是最宏觀、最辯證的一個。

現在需要引起重視的是，茅盾對這些有魄力、有膽識、有一定正義感的資本家的同情和稱許，表明他的靈魂深處蘊含著對這些人物建設新中國的信任與期待。新中國成立後，如果不是「左」傾思潮對經濟建設的干擾，這些

人是會在共產黨的領導之下釋放出巨大能量的。可惜過快的工商業社會主義改造，過左的反對資產階級右派的鬥爭，很快就把他們打入「冷宮」，他們發展民族工商業的夢想還是未能實現。然而，大一統的社會主義建設初期，並未能「多快好省」地滿足人民群眾日益增長的物質文化的需要，不得不在改革開放時期再來糾偏補課。茅盾對民族資產階級這種歷史命運的探索，與對小資產階級革命道路的考察相配套，與對「個性主義」的探討相呼應。他對新民主主義革命本質的深沉思考，是經得住歷史檢驗的真知灼見。他已經預見到革命勝利之後還應有一段資本家參與社會主義建設的大發展時期。而歷史證明了這一切。這是茅盾創作上一貫堅持的革命現實主義的勝利，也是他的創作品格、思想品格、政治品格相映生輝，共同展現的人格魅力。

三

在茅盾的創作中，農民階級的命運也是他熱切關注的一個焦點。由於生活的局限，對農民典型的塑造雖未構成系列，但老通寶的形象已成爲可與阿Q相比肩的世界知名的典型人物。他創作的《春蠶》、《秋收》、《殘冬》、《當舖前》、《小巫》等作品，反映了浙江廣大農村動蕩不安的社會情景：農民經濟破產，生活困頓，走投無路，被逼造反。雖屬自發性武裝鬥爭，但反映了歷史發展的必然性；它與《子夜》中所寫的「騷動」及其他各章不斷點染的蘇區紅軍「以農村包圍城市」的鬥爭相呼應，顯示出「星火燎原」之勢，是農村社會革命的大合唱。「農村三部曲」等所寫的這種發展動勢，也使它們獲得了史詩品格。

老通寶是「背著因襲的重擔」的老一代保守農民的典型。茅盾寫他死死抱著傳統道德規範，老實巴交地做安分守己的順民。他既有對待勞動和親友鄰里勤勞厚道、規規矩矩的優良品德，又有對地主階級和官府逆來順受的奴性。他就是這樣在地主統治階級允許的前提下，通過自食其力，克勤克儉，約束自己，循規蹈矩地活了一輩子。他把這老規矩視作天經地義，誰也不得逾越。爲此，他對「不安分」的小兒子多多頭，一再告誡、訓斥。可是帝國主義的經濟侵略，打破了自給自足的自然經濟。老通寶親眼看到「鎮上有了洋紗，洋布，洋油，——這一類洋貨，而且河裡又有了小火輪以後，他自己田裡出來的東西就一天一天不值錢，而鎮上的東西卻一天一天貴起來。他父親留下來的一份家業」就這樣變沒了，並且負了債。從這種切身感受中，他

深深痛恨洋鬼子，痛恨帶「洋」字的東西，痛恨「小火輪」、「洋水車」，而且固執、執拗。這裡既反映了他那強烈的愛國民族意識，也反映出他的落後保守性。如在養蠶「窩種」的問題上，與老實忠厚的兒媳四大娘發生了矛盾。洋種蠶繭價格高，四大娘要「窩」洋種，老通寶不同意，於是少言寡語的四大娘也向人抱怨了：「老糊塗的，聽得帶一個洋字就好像見了七世冤家！洋錢也是洋，他倒又要了。」這就從老通寶的思想矛盾中充分展示其性格的複雜性、豐富性。

在養蠶的過程中，老通寶一方面帶領全家嚴肅緊張地勞作，一方面又有些滑稽的迷信。為預測「蠶花」的「命運」，他弄一個蒜頭塗上點泥放在牆腳邊，天天看一眼；不許兒子多多頭跟荷花接近，說「那母狗是白虎星，惹上了她就得敗家」。他一方面對今年的養蠶充滿著希望和信心，另一方面又擔心「蠶花」長不好。勞心勞力，吃苦受累，終於盼來了蠶繭好收成。然而，收繭廠的大門「關得緊洞洞」，上好的蠶繭反而沒人要。好歹打聽到無錫那邊有個繭廠收，送去了卻又壓價又挑剔，結果是「豐收成災」，「白賠上十五擔葉的桑地（養蠶買桑葉抵押）和三十塊錢的債！一個月光景的忍饑熬夜還不算」。於是，老通寶生了一場大病。

茅盾通過老通寶養蠶的這段慘痛經歷，展示了江南農民經濟破產的現實。而造成蠶農破產的原因，則是中國蠶絲在國際市場受到日本絲的排擠，致使中國市場需求萎縮；絲廠主和繭商們為苟延殘喘便壓價收購，加倍剝削蠶農；「葉行」又操縱葉價，如重蠶農負擔。結果是春蠶愈熟，蠶農愈貧困，終致走上破產絕境。

農民破產走上絕境之後，就出現了陸福慶、多多頭等「不安分」的農民，組織起來「吃大戶」、「搶米囤」的風潮，最後走上武裝鬥爭的道路。對於年輕人的「造反」行為，老通寶自然是反對的。但是在秋收季節，「穀賤傷農」，而這終於要了老通寶的一條老命。他在臨終之前，望著多多頭，似乎是說：「真想不到你是對的！真奇怪！」老通寶這樣保守落後的農民，在嚴酷現實的教育下，也開始覺醒了。茅盾用藝術的形式，清楚回答了「星星之火」為什麼可以「燎原」的中國革命的大問題。這也就是老通寶這一藝術典型最深刻的意義。

多多頭的形象較單薄，還夠不上藝術典型，這是因為茅盾生活的局限妨礙了他創作的發揮。但他藉助這個稍嫌單薄的形象，展示出農民階級改變自

己傳統命運、自覺追求從來沒有過的合理新生活的覺醒，他是新一代農民的代表。這一特點，茅盾是把他放在與老通寶的性格衝突中來表現的。作為父輩的老通寶的性格，是由「過去」的生活經驗積累而成的；作為子輩的多多頭的性格，則是從「現代」生活感受中提煉而成的。所以多多頭一直與老通寶在人生觀上處於對立狀態。他反對安分守己的父親，「永不相信」單靠勤儉勞作就可使生活翻身。他斷言：「今年蠶花一定好，可是想發財卻是命裡不曾來。」他沒有其父的宿命觀念和迷信思想，但覺得「人和人中間有什麼東西是永遠弄不對的，可是他不能夠明白想出是什麼地方，或是為什麼」。他還沒有對人、對社會形成明確的認識，但已有朦朧的階級覺醒。這是作者遵照現實主義原則給他作的性格定位：多多頭是個自發反抗的新一代農民。在《秋收》中，多多頭朦朧的階級意識發展成「吃大戶」的階級鬥爭，有了行動，與老通寶的衝突也發展到高潮。而最後是以老通寶開始讚賞多多頭的不安分行為而終結的，說明老通寶亦開始覺醒。在《殘冬》裡，多多頭終於和陸福慶等組織起來「造反」了，走上了武裝鬥爭的道路。雖然是農民自發反抗，但又與有組織的自覺土地革命相呼應，說明了農民中蘊藏著無窮的革命力量，他們要像火山一樣爆發了。這反映了一位作家把握時代的清醒與睿智。

同樣可貴的是，隨著對農民革命道路的探索，茅盾還從文化道德的層面探討了新一代農民的特點。在階級覺悟日益提高的基礎上，原有的道德信念也必然會受到衝擊，也必然會發生深刻的變化。從這個意義上說，《水藻行》的創作是應該引起特別重視的。《水藻行》的主人公財喜，是一個蔑視傳統道德倫理的新一代農民形象。他勤勞善良，樂於助人，扶弱濟困。當他看到殘疾的侄子生活困難時，自願到他家幫忙，想使這個瀕臨破敗的家庭勉力支撐下去。正是這種助弱扶困的行為，使因丈夫殘疾不能過正常性生活的侄媳秀生媳婦，對他產生了感情，遂發生了「亂倫」的性關係。按說，這是合乎人情的，但不合理。特別是從傳統道德來看，這種「亂倫」不但傷害了秀生的自尊心，也使財喜感到內疚，似乎助人的行為裡摻雜上了損人的成分。若徹底擺脫這種尷尬處境，不僅自己感情痛苦，秀生媳婦也受不了；若不擺脫，秀生感情受不了，自己也於心不安。茅盾緊緊抓住內心情感與文化道德衝突這個視角，在「去」、「留」的問題上，展開了三個人物心理上的鬥爭。最後，財喜終於克服了良心的內疚，決定繼續留在這個令人難堪的環境中。支持這一決定的心理動因是財喜新生的「善惡」觀念。這時，在財喜看來，「一

個等於病廢的男人的老婆有了外遇，和這個女人有沒有良心，完全是兩件事」。儘管他和秀生的女人相愛從舊禮教看來是一種「亂倫」，但他覺得「他與那女人的愛情是純眞的」，是合乎人性的，侄媳有權「享受大自然賦予她的一個人的權利」，因而是合乎「善」的。如果只顧及秀生的人格尊嚴而一走了之，這個家庭很快就會毀滅，那時不獨秀生一人受害，難於生存，而且三人都無幸福可言。接著，茅盾從社會矛盾中挖掘出財喜的行爲中存在著新的道德內涵。政府當局強拉秀生出伕時，財喜挺身而出，救出秀生，代秀生服勞役，就是道德與義憤之舉。一般三角戀愛都是以排他性、自私性爲特徵的，但茅盾在《水藻行》中寫的這組三角關係卻有重大突破，他寫的是同舟共濟、相濡以沫的動人情景。這情景很容易使人想到許地山創作的《春桃》。然而《春桃》中的三角關係叫人覺得是命運的捉弄。茅盾的《水藻行》卻是農民固有的淳樸善良美德在新時代的衍化與昇華。這是茅盾從民族傳統中發掘出來的美善特質，又結合新時代的需要融進新的文化因子，使之發揚光大，鍛造出一代新農民的典型。不論其用心，還是作品所達到的審美效果，都是值得肯定的。

　　茅盾小說人物的系列性是爲其主題的系列性所決定的，而主題的系列性是爲其史詩品位的創作美學追求所決定的。探討中國人民解放的一系列重大社會問題，反映中國人民革命的歷史進程，做人民革命的書記員，是茅盾創作的根本特點。但是，從創作成果上看，作爲中國人民革命的書記員，爲什麼獨對革命的領導階級──工人階級的革命鬥爭沒有做出正面深入的反映，沒有塑造出高大的工人階級的典型人物？這是個比較複雜的問題。首先是生活的局限。嚴格地說，茅盾並沒有長期直接參加過轟轟烈烈的工農群眾運動和血與火的武裝鬥爭，他缺乏這種壯烈生活的體驗。其次，在創作態度上，茅盾不願僅憑一些「耳食」的第二手材料就「欣然命筆」，他深知這會導致公式化、概念化和臉譜化，而公式化、概念化的作品是沒有藝術力量的。再次，這和他創作的興奮點和切入的社會問題有關。他先是探索小資產階級知識份子的革命道路，揭櫫革命青年思想武器的轉換問題；接著是探討中國社會和中國革命的性質問題，其中就有工人階級領導，發動農民土地革命及農村包圍城市的戰略問題，只不過沒有正面展開。最後，抗日戰爭時期，他又根據民族矛盾上升的現實，探討民族資產階級參加愛國統一戰線的可能性。如此等等，致使他無法正面展開轟轟烈烈的群眾運動和壯烈殘酷的武裝鬥爭歷程

的描寫，也就沒有塑造出工人和戰士的典型人物。茅盾不是不想塑造高大的革命工人或戰士的形象，他在散文《雷雨前》中就寫到了揮刀劃開灰色天幔的革命「巨人」，《白楊禮讚》就通過象徵形象白楊樹，熱情謳歌了共產黨及其領導下的北方軍民的偉岸、正直、堅強、團結的精神。然而，巧婦難爲無米之炊，沒有切身的生活體驗，恪守現實主義的茅盾很難在小說中塑造出血肉豐滿的工人及戰士的典型。爲彌補這種缺憾，新中國成立後茅盾積極鼓勵新人創作革命歷史題材的作品。在他的鼓勵關懷下，確實湧現了《紅旗譜》、《三家巷》、《青春之歌》等一批優秀作品。從其產生的客觀效果言，也算是對茅盾的一種安慰和補償。

金無足赤，人無完人。對任何人、任何事都不能求全責備。就茅盾創作所涉及的題材、所探討的問題，從革命的要求來說，可算得上重大和尖端了。若結合其產生的背景，即在封建主義、帝國主義、官僚資本主義三座大山壓迫下的舊中國，更顯得卓爾不群、彌足珍貴。茅盾在 1927 年開始創作時，毛澤東才剛發表了《中國社會各階級的分析》和《湖南農民運動考察報告》；茅盾「大規模地描寫中國社會現象」、探討中國社會和革命的性質時，毛澤東還沒有作出科學完整的論斷，他的《新民主主義論》、《中國革命和中國共產黨》等分析中國社會性質及中國革命性質、任務、方針、步驟的科學論斷，比茅盾足足晚了 10 年。可見，茅盾的作品具超前性，其社會認知價值是不可低估的。

實事求是地說，茅盾作品的價值，首先是其社會認知價值，其次才是其審美價值。它的審美價值，隨著時代的發展而逐漸走低。當今人們的審美觀念有了變化，讀茅盾作品的興趣日趨低落。而它的社會認知價值，則逐漸走高，而且越往後越高，國際影響越來越大。現在西方的史學家和政治家研究中國社會時，就特別強調研究茅盾的作品。他們無意中指出了茅盾創作的特徵與意義，也作出了比較公平、正確的評價。

第三節　社會剖析與心理剖析相結合，思想與藝術完美統一

大規模地描寫社會生活，塑造時代典型人物，展示歷史發展的必然規律，必須有與之相適應的表現方法。茅盾採用的就是社會剖析與心理剖析相

結合的表現方法，並使創作達到了思想與藝術的完美統一。這種創作方法影響了兩三代作家，逐漸成爲現代文學的主流。這是茅盾的影響使然，也是社會歷史選擇的結果。

一

讀茅盾的小說，首先讓人奇怪的是，他塑造的典型人物與描繪的時代風雲之間，存在著畫面上的錯位。畫面上佔據中心位置的，是「時代女性」群和民族資本家形象群這些處於「中間狀態」的人物；而推動時代前進的主力軍工農群眾及職業革命者，則往往被推到了背景的地位。出現這種情況，並非茅盾對社會革命認識上有偏差，而是他的生活局限和獨特的藝術追求所致。

1927 年後，茅盾離開了工農革命的中心，對革命中心的實際活動缺乏了解和體驗；在小說的藝術表現上，他又愛用側面表現的方式。巴爾扎克、大仲馬、左拉在反映法國大革命那段動盪的歷史時，多採用側面表現方法，這對深諳西方文藝的茅盾來說，頗具吸引力。因爲它比《三國演義》式的正面描寫歷史的大變動，更貼近普通人的生活，更有生活情趣，更能創造出複雜豐滿的人物形象。所以茅盾在論述創作問題時，經常提及並推崇這種側面表現的方法。他突出刻畫的「時代女性」與民族資本家兩大形象系列，在劇烈的社會變革中大都是處於「中間狀態」的人物。這些人物固有的動搖和軟弱，往往會走向歷史潮流的邊緣或反面；他們的狂熱、正義感和一定程度的革命要求，又可能驅動他們走向光明，步入革命行列。這種雙重屬性，在不同人身上主次表現雖不盡相同，但無一例外使他們成爲革命運動、時代風雲的晴雨表。政治氣候的一冷一熱，時代潮流的一波一動，都能在他們身上得到靈敏的反應。這種反應又是那麼富於戲劇性，夾雜著複雜的心理矛盾和人事糾葛，他們往往成爲反映時代變動的交匯點。所以，茅盾愛寫「中間人物」，愛用側面反映的方法，直到 60 年代，他還提出「寫中間人物」的創作主張，因爲寫「中間人物」，容易寫出性格發展和豐滿複雜的人物，側面反映更貼近普通人的生活。這是茅盾藝術涵養高深、善於揚長避短的表現，也是其創作品格的獨特性所在。

在中國現代文學史上，蔣光慈是正面描寫工農革命鬥爭的第一人。他的反映上海工人第二次武裝起義的《短褲黨》和反映湖南農民運動的《田野的

風》，寫的雖是時代變革中的重大事件，作品人物也是社會變革的主力軍，但他沒有親身體驗，僅憑「耳食」的第二手材料，又缺乏對「社會全般」的透徹了解，所以寫得平面單薄，沒有寫出複雜豐滿的典型人物，夠不上高層次的藝術創造。茅盾恪守革命現實主義原則，不取這種毫無個人生活體驗就貿然緊跟的創作態度，也不取離開人物塑造單純寫故事的創作方法，而是在嚴格遵循藝術創作規律的前提下，在充分體驗、熟練把握社會生活的基礎上，對社會大變革有了新發現，才加以藝術表現。而他反映時代動向的手段，主要以多個視角，對自己所塑造的人物進行社會剖析和心理剖析，讓人物與社會本質相聯繫，與社會發展趨勢相呼應。他通過對特定人物與各方面社會關係的剖析，並盡可能深入其內心世界，從「這一個」人的行為和心理活動中，折射出時代變革的動向，揭示出歷史發展的必然。這就使他創造的各種典型系列緊密聯繫著大時代的動態，每一作品提出的問題，都是社會大變革進程中所應解決的重大問題。所以，同是反映革命時代的作品，茅盾的寫法克服了蔣光慈等人政治激情影響文學性表達的局限。

　　茅盾從美學角度談創作的一般過程時說，構成文學的「元素有二：一、我們意識界所生的不斷常新而且極活躍的意象；二、我們意識界所起的要調諧要整理一切的審美觀念。意象可說是外物（有質的或抽象的）投射於我們的意識鏡上所起的影子；只要我們的意識鏡是對著外物，而外物又是不息地在流轉在變動，則我們意識界內的意象亦必不斷地生出來，而且自在地結合，自在地消散。當這些意象在吾人意識界裡方生方滅，忽起忽落的時候，我們意識界裡卻有一位『審美』先生便將它們（意象）捉住了，要整理它們，要使它們互相和諧；於是那些可以整理可以和諧的意象便被留起來編制好了，那些不受整理無法和諧的，便被擯斥了。將編制好的和諧的意象用文字表現出來，就成了文學；那些集團的意象的和諧程度愈高，便是那『文學』愈好。和諧是極重要的條件，而使意象得成為和諧集團的，卻是審美觀念。沒有意象，固然無從產生文學；沒有審美觀念，亦不能有文學」。〔註8〕

　　茅盾指出，文學創作的兩個必備條件（元素）是「意象」和「審美觀念」。意象源於現實生活，由作家在現實生活中觀察、體驗獲得；審美觀念由作家的世界觀、人生觀及情感愛好所生，它左右著意象的攝取方向、範圍、質量，整理的原則、手段，和諧的結構和完美的程度。二者缺一不可。茅盾創作《子

〔註8〕《茅盾全集》第18卷，第525頁。

夜》時，原擬寫「農村與都市的交響曲」，全面反映中國 30 年代前後的社會情況。在原有生活積累（即意識界儲存的意象）的基礎上，他又對城鄉進行了大量的社會調查，獲取了大量的新意象，寫了大量的「速寫」、「隨筆」、「雜記」。瞿秋白還向他介紹了蘇區土地革命與武裝鬥爭的情況，建議他寫蘇區農村的革命與喧囂畸形的大都會交響曲。終因沒有那麼充足的意象，聽來的材料又缺乏深切的感受，計劃只好一再壓縮。由「農村與都市交響曲」壓縮為只寫大都市，而大都市的生活也限定在「投機市場」、「民族資本家」、「工人階級」三方面的情況。壓縮後「雙橋鎮農民暴動」的描寫，就成了全書的游離部分，與全書的結構不夠和諧統一。這都是「審美」先生所作的決斷與評判。茅盾的審美意識是很強的，但理性思維也很強，它也來幫助《子夜》構思，確定《子夜》的主題，這樣第四章雖在全書中不夠和諧，還是保留了下來。今天看來這種保留仍是非常必要的。

在茅盾的藝術思維世界中，抽象思維是經常參與其中的。他說過文藝作家是以「表現時代特徵」為其任務的，但「文藝作家所藉以完成其任務的方法與社會科學家不同」。「社會科學家既縝密觀察，分析而綜合，指出了如此這般，便可謂能事已盡；文藝作家則於得到了如此這般的『結論』以後，還得再倒回去，從最初的出發點再開始，從紛賾的表象中，揀出其最典型者，沿其發展之跡，用藝術的手腕表現出來。」「即當其開始，是由具體到抽象，由表象到概念，而後復由抽象回到具體，由概念回到表象，在這回歸之後，才是創作活動的開始。」〔註9〕這說明創作構思是需要反覆斟酌推敲的，在斟酌推敲中是以形象思維為主，也有理性思維參與的。理性思維參與，可保證作品主題的清晰明確，可保證作品更具深廣的社會意義。這與現代主義一味排斥理性、主張用潛意識創作是完全不同的，甚至與只憑感情噴射的浪漫主義方法也不一樣。茅盾創作的構思方式是比較獨特的。他除了同一般現實主義作家一樣允許理性參與構思外，還特別注意按既定作品主題寫創作大綱、提綱、計劃等，甚至也非常欣賞巴爾扎克那種「滾雪球」的創作方法。在創作《子夜》時，茅盾的生活積累（意識中的「表象」、「意象」）是相當豐富的，既有大時代的狂風巨浪，又有個人生活的和風細雨，且能憑借其敏銳的觀察和縝密的思考將這些看似孤立的表象聯繫起來，但是這種聯繫的契機並不是生活表象間的形式同構，也不是情感心理的內在粘連，而是理性思維的邏輯

〔註9〕《茅盾全集》第 22 卷，第 286 頁。

演繹，即根據主題組織生活素材。可以想見，如果沒有那場關於中國社會性質的大辯論，茅盾或許不會將如此豐富的生活素材用在民族工業的發展這一主題表現上。

　　既然確定以民族工業命運來考察中國社會的性質這個主題，一切藝術處理都必須圍繞這個焦點進行。理性思維參與創作的作用，是對生活表象（意象）進行淘洗或提煉，而不是將生活表象抽象化。因為「在創作過程中，決沒有什麼不與形象相伴隨的光桿的所謂『思想』。」〔註10〕從茅盾收集的有關吳蓀甫的材料並列入最早的寫作大綱的情節看，其中有吳蓀甫收買流氓殺手「擬刺趙伯韜」的故事，有吳蓀甫勾結國民黨改組派人物在公債市場上幾度得手，並取得最終勝利，又導致趙伯韜勾通政治勢力強加給吳蓀甫串通改組派罪名而予以通緝的情節；吳蓀甫的工廠的罷工也夾雜了趙伯韜的陰謀和破壞，使吳蓀甫難於應付；還有吳蓀甫性生活的糜爛，徐曼麗這個交際花棄趙「而與吳戀」，「二人同住牯嶺」；等等。這一切對表現主題或有礙，或無助，在定稿的《子夜》裡全被「剪裁」掉了。吳蓀甫不僅沒有最後勝利，私生活也不算糜爛，連美麗溫柔的妻子林佩瑤也無暇顧及，從而突出了他發展民族工業的雄心魄力。他在「三條火線上作戰」，窮於應付，筋疲力盡，最終破產，展示出民族資本家的悲劇性質。這就使作品的形象更鮮明、更純淨，主題也更突出、更具有社會意義。

　　茅盾創作中的理性思維參與，大大提高了其作品的社會認知價值和反映時代的準確性，卻沒有妨礙其形象思維的能動性和主體性。因為深明創作規律的茅盾，雖重視理性思考，但始終沒有離開「意識鏡」上那些鮮活的「意象」，始終圍繞著藝術形象進行創造。當「審美意識」按照「生活邏輯」和藝術規律「整理」、「組合」這些生活「表象」時，他用的都是來自生活的「地道貨」，並非理性推演出來的「臉譜」或「公式」故事。他的理性思考是深藏在「審美意識」之中的。這就使他的創作基本避免了公式化、概念化的弊端，達到了思想與藝術的完美統一。

二

　　小說創作的中心任務就是塑造人物形象。人物形象的典型化程度，代表著作家的學養、生活經驗、藝術創造力和審美個性。茅盾是怎樣創造他的人

〔註10〕《茅盾全集》第22卷，第413頁。

物形象的呢？首先，他把人物安放在特定的時代環境中，從「他」與周圍人物的關係中，即同周圍人物的「膠結」、「迎拒」中來描寫刻畫；同時就派生了故事與情節，隨著故事情節的展開，展示人物的性格特徵：這裡既有人物的階級屬性、時代烙印、民族心理等共性特徵，又有人物的個性特徵（如文弱、暴躁、狂放、拘謹等）。共性特徵是寄寓在個性特徵之中來表現的。關係愈複雜，個性愈豐滿。茅盾從人物複雜關係與不同的態度上，成功地寫出了立體、豐滿、複雜的人物形象。這就是茅盾的社會剖析的表現方法。這種表現方法，就是在人物活動的社會大背景上，對人物的複雜的社會關係進行細密解剖，較理智地描繪社會現實，有意通過形象刻畫提出社會問題，使藝術更貼近現實，更貼近社會，更貼近政治。其次，茅盾還往往伴隨著人物行動分析其心理狀態及心靈歷程，使人物更豐滿生動，這就是他的心理剖析的表現方法。而心理剖析的目的，是對人物的社會行為作解釋、成補充的。茅盾塑造人物形象慣用的，就是這種社會剖析與心理剖析相結合的表現方法，他運用此法塑造的最成功的人物，就是吳蓀甫、嚴仲平、林老板、老通寶、梅行素、趙惠明諸典型人物。

　　茅盾剖析的是大社會，設置的是大背景，有諸多社會內涵和深刻的社會矛盾，包括民族的、階級的、政治的、經濟的、意識形態的重大予盾。民族資本家吳蓀甫，小商人林老板，農民老通寶，他們都處在相同的社會大背景下，都遭到了破產的悲劇命運，只不過吳蓀甫的破產是帝國主義經濟侵略直接造成的結果，林老板、老通寶的悲劇是帝國主義侵略間接造成的結果。他們之間也互為影響，但又同處在一條生死線上掙扎。這就寫出了他們面臨的共同的經濟、政治形勢。但是，他們所處的具體環境不同，個性不同，因此又是性格各異的典型人

發表在《申報月刊》創刊號上的《林家舖子》

物。就以《林家舖子》中的林老板來說，他是離上海不遠一城鎮中的一個小商人，雖然沒有吳蓀甫那樣的「雄心」和「手腕」，但精通小本經營的商業之道，又小心謹愼，兢兢業業地經營著自己的百貨商店。他不斷翻新花樣，也還能勉力維持。「一・二八」上海戰事影響到他，農民的經濟破產，購買力低下使他失去了主顧，加上國民黨反動當局的勒索逼迫，最後商店倒閉，林老板出走。爲刻畫林老板這一藝術典型，茅盾根據他的生活環境設置了多種矛盾：林老板與日本侵略者之間，與國民黨反動當局卜局長、黑麻子之間，與同業裕昌行、錢莊恆源祥之間，以及與小債主朱三阿太、張寡婦之間，眞是矛盾重重，撲面而來。茅盾就在這些矛盾的剖析描繪中，展現出林老板的性格特徵與必然的歷史命運。

　　值得注意的是，茅盾寫人物之間的矛盾衝突，一般都在開闊的社會空間展開，即使只寫社會的一角，也是從社會全局的視角落筆。在社會剖析的同時，茅盾輔之以社會心理的剖析，使社會剖析與心理剖析相結合，共同創造出完美的藝術形象。如對老通寶的刻畫描寫就是如此。

　　塑造《腐蝕》中的趙惠明，使用的方法比較特殊一點。在這裡，茅盾主要採用了心理剖析的方法。即通過對趙惠明的心理剖析來透視、折射、粘連暗無天日的國民黨特務統治的黑暗現實。《腐蝕》是日記體，是日記的主人即書中主角女特務趙惠明「自訟、自解嘲、自己辯護」的心理活動的記錄，本身就是茅盾對主人公極其複雜的心理的透闢剖析。從主人公趙惠明的經歷看，她本是一個渴望光明、積極向善的純潔青年，因受國民黨特務希強的奸騙，誤入歧途，當了特務。從她的心理活動看，她又是一個良心尚未完全泯滅的女特務。她有陰暗、墮落、罪惡的獸性的一面，也有渴望光明、追求正義的人性的一面。人性與獸性的激烈鬥爭，是她的基本心態。她混跡於上層特務中間，並竭力取悅於高級嫡系特務時，內心卻又極度憎惡他們，認爲這些人面獸心的傢伙是「淫邪絕倫的惡鬼」；她雖然奉命逮捕革命者，可又無比崇敬這「值得犧牲了一切去愛的人」。儘管她經常出入於汪僞漢奸舜英家中，表面上親如姐妹，事後細想，又覺得與這些「狼心狗肺」的孤鬼相處，是「受了侮辱」。這些看似矛盾實則統一的心理活動，正反映了她那曲折艱險的人生道路和極端複雜多變的思想情感。正是由於這種向善的焦灼和掙扎，趙惠明最後才有了「自新」的可能。茅盾就是通過對趙惠明的心理剖析，表示了對國民黨特務統治的抗議，並折射、粘連出「蔣日僞合流」一手製造皖

南事變的重大社會事件，反映了 1941 年中國社會「光明與黑暗的交錯，——一方面有血淋淋的英勇的鬥爭，同時另一面又荒淫無恥，自私卑劣」的複雜現實。

在「眞」、「善」、「美」的關係上，茅盾把「眞實」看做藝術創作的基石。他曾論述過「『美』『好』（善）是眞實」的命題，認爲不「眞」就不會「美」，也不會「善」。〔註11〕所以，他極端重視創作的眞實性。但是，他對「美善」也不輕視。他注重文藝的社會功能，要求創作干預生活，負起改造社會的責任，爲人民的解放事業服務；但他同時強調，創作絕不能離開「美」的規律；一切「眞」和「善」的內容，都必須通過「美」的規律把它創造出來。所以他總是把對生活實感的要求和主體感情的投入，集中體現在藝術形象的創作中。他創作的典型形象都是遵循「美」的規律創作出來的，並不是現實生活的「複印」和「摹寫」。比如他在某些作品中多次描繪的小火輪，其鮮明的象徵意味中，就充盈著茅盾的審美感受。按理說，小火輪是現代文明的產物，速度快，載量大，比老式烏篷船好多了，單從促進城鄉交流和商業繁榮這個角度來寫，也會很有意義。可是茅盾偏不這麼寫，他要以小火輪這一典型物件，來透視在列強經濟入侵下江南農村日益破敗的慘狀。他站在農民的立場上，感同身受，所以，對小火輪怎麼也喜愛不起來，他有的只是對它的厭憎。在《春蠶》裡，茅盾寫它載來了洋繭、洋綢、洋布，擠垮了鎮上的繭廠，使喜獲豐收的蠶農遭受了沉重打擊。《霜葉紅似二月花》中的小火輪，掀波湧浪，沖決堤岸，導致河水倒灌農田，給糧農的生計造成嚴重威脅。在茅盾眼裡，那時的小火輪簡直就是一個猙獰可怖的「怪物」，橫衝直撞，爲所欲爲，給農民帶來的只是災難。在這裡，小火輪已經超越了物質實體的意義，而賦以政治、經濟、文化上的寓意。它是帝國主義全面入侵滲透的一個象徵物，其審美蘊含是極豐富的。

又如《虹》中對三峽景物的描寫。那臨江陡立的峭壁，那湍急回旋的濁流，尤其是貫串其中的那股氣勢，那種沖決一切的感情力量，大大強化了夔門的象徵意義：一道奇險的封建閘門，惟有衝出這道閘門，才能擺脫封建牢籠，投身光明的世界。於是，茅盾筆下藝術化了的夔門江流的曲折奇險、峰巒的撲朔迷離，就成了封建勢力盤根錯節與陰毒凶殘的隱喻，衝出夔門就意味著主人公擺脫了封建魔影的重重難關。由此看來，作者筆下的三峽就不是

〔註11〕《茅盾全集》第 18 卷，第 13 頁。

自然風光的純粹描摹了。環境愈是險峻，愈能襯托出主人公非凡的勇氣和急迫的心情。作者合時代風雲與三峽神韻為一體，向人們展示了一個極富情感美的時代環境。

　　從總體上看，茅盾的審美感受力與審美表現力都是很強的。但在創作過程中，由於理性參與程度的不同，其作品就呈現出三種不同的審美表現：一是從現實生活中得到審美感受，較少理性參與，情感直接流露，如《蝕》的創作。作品由於理性參與較弱，主題提煉就不容易準確，人物的性格內涵也較單薄，但它的藝術感染力卻最強。二是在生活實感的基礎上，有較強的理性參與，協助審美意識構思人物形象和作品主題，但理性思考尊重審美感受，與審美感受契合統一，並通過審美感受形諸文字，如《虹》、《子夜》、《腐蝕》、《霜葉紅似二月花》及絕大部分短篇創作。這些創作，不僅使主題正確深刻，人物清晰豐滿，而且也不缺乏感人的力量。三是雖以生活實感作基礎，但理性駕馭情感，讓生活表象按理性需要編織組合，雖也保證了形象的豐滿生動，但情感弱化，缺乏強勁的感人力量，如《多角關係》、《第一階段的故事》、《走上崗位》等。此外，也有幾篇缺乏生活實感，單憑政治熱情創作的概念化作品，如《三人行》、《泥濘》和《春天》等中短篇小說。這種概念化作品，不但沒有感情的衝擊力量，形象也比較單薄。茅盾雖然畢生都在反對公式化、概念化創作，但自己在創作實踐中仍不可避免。最能代表茅盾創作特點的是第二種創作情況。而這種創作特點，採用的是社會剖析與心理剖析相結合的表現方法，注重表現人們的社會生活、社會心理。隨著創作所反映的生活內容、時代特點的不同，這種表現方法也會隨之千變萬化，常寫常新，「不致粘滯在自己所鑄成的既定模型中」。

三

　　「凝視現實，分析現實，揭破現實」，這是批判現實主義作家的重要任務。固然在批判舊世界中也可以發現一個新世界，但是這種創作方法的局限性很大。於是，以茅盾為首的中國革命作家就自覺運用起當時稱之為社會主義現實主義、今天稱之為革命現實主義的創作方法來。這是時代使然，並非作家的異想天開。在半殖民地半封建的舊中國，整個中華民族處於生死存亡的關頭，億萬人民在三座大山的重壓下過著非人的生活。作家生存在這樣的環境中與人民息息相通。他們迫切感到，自己最神聖的使命就是貼近時代，同人

民一道以文藝爲武器參與偉大的民主革命，推翻三座大山，把爭取個性解放的鬥爭置於民族解放和階級解放的大旗下，個人融入群體，與人民一起完成社會解放的大業。這就是中國現代作家共有的憂國憂民的社會使命意識和革命的緊迫感。這一點，與 19 世紀俄羅斯作家和東歐、北歐弱小民族作家面臨的情況近似。社會的政治問題是壓倒一切的中心問題，文學運動始終圍繞這個中心展開。作爲革命作家的茅盾，當他拿起如椽大筆從事文學創作時，就會毫不遲疑地將其關注點放在中國社會的重大政治生活上，憑借其對社會深邃的觀察和對藝術的深湛研究，來反映革命中最需要解決的迫切而又重大的社會問題，使作品達到啓示、教化的目的，起到喚醒民眾的作用。但是，他創作的藝術形象，決不是政治概念的「傳聲筒」，也大部與公式化無緣，而是「分析現實，揭破現實」的眞知灼見與現代審美意識的完美結晶。他的藝術功力能將反映現實與解決重大社會問題有機結合起來，把生活眞實性、思想傾向性和藝術完美性有機結合起來，做到政治與藝術的完美統一。

茅盾這種創作品格的特點，是有其深厚的文化基礎的。不僅在世界文學中可找到大量的參照，在中國文化的傳統中也可找到有力的支撐。從孔夫子的「詩可以興，可以群，可以怨」的教化說，到韓愈的「文以載道」說、白居易的「詩歌合爲時而作」說，都注重文學的社會教化作用。這種傳統經近代民主主義思潮的洗禮變得更加堅定。晚清「小說界革命」、「詩界革命」，都堅定地主張要用文學的武器匡時救國。「五四」時期，西方各種文藝思潮像洪水般湧來，經中國多數作家的比較篩選，還是選定了具有社會教化價值的「爲人生」的文學和革命現實主義文學的主張。近現代過渡期出現的王國維的「非功利」的美學觀，早期創造社「爲藝術」的文學觀，都不及「爲人生」、爲「政治」的功利主義文學觀影響深遠。這不是倡導者個人才能的問題，而是社會選擇的問題。生活在多災多難、動蕩不安社會環境裡的作家們，想與社會隔絕，同現實的矛盾無緣，只是「躲進象牙塔裡作文章」，寫詩，那就等於要拔著自己的頭髮離開地球。只有那些堅持革命功利觀的作家，才能自覺聯繫現實的社會政治鬥爭，向人民群眾靠攏，使自己的創作在社會鬥爭中發揮作用。

正因爲茅盾的文學觀和創作方法是在中西文化交匯撞擊中形成的，又深深紮根在中國的社會土壤和優良傳統文化土壤裡，所以他的文學主張和創作成就才根深葉茂，生機勃勃，受到廣大作家的青睞和崇拜，群起效尤，形成

一種創作模式：注意選取重大社會題材，對人物形象注重社會剖析和心理剖析，以反映時代特徵和歷史動向。這種模式從 20 年代末開始，逐漸在文壇取得主導地位，成為現代文學的主流，並且一直延伸到新中國成立後 17 年。改革開放新時期，西方文學潮流的湧進，衝擊了文藝從屬於政治的文學觀和創作實踐。「純藝術」和「玩」文學有了一定的社會基礎，流行一時。但經過一陣較量和實踐，茅盾的創作模式仍被不少文學新秀所繼承，仍然深受讀者的歡迎。所以最近又有再度崛起並不斷發展的新趨勢。這對淨化文化市場，必將帶來不可估量的作用，是值得特別慶幸的好兆頭。

第六章　巨人膽識　園丁風範
——茅盾的編輯家、評論家品格

　　過去，曾有人將中國的新文化運動比作西方的文藝復興運動，因為它們都是由文藝打頭的偉大進步的社會改革運動，而且根據社會改革的需要產生了一批「多才多藝和學識淵博」的巨人。這些「巨人」，「幾乎全都處在時代運動中」，「站在這一方面或那一方面進行鬥爭」，使他們具有「成為完人的那種性格上的完整和堅強」。茅盾就是這樣一位歷史「巨人」。他不僅學貫中西、博古通今、多才多藝，而且始終處於「時代運動」的前沿，紮實有效地參加了文學上除舊布新的鬥爭，成為整個新文學運動的重要組織者和領導人之一。在新文學的建設偉業中，他既搞理論、搞創作、搞評論、搞翻譯，也辦雜誌、當編輯，事無巨細，全方位運作，是位樣樣拿得起來並且均做出優異成績的文學全才、文學大師。

　　在辦刊、評論等活動中，由於有革命的人生理想作底蘊，有深厚的文學修養作基礎，所以他能高瞻遠矚，敢為人先，堅忍不拔，紮實認真，任勞任怨，不知疲倦，具有「巨人」的膽識和園丁的風範。在這裡，更表現出他那人格上的「完整和堅強」。在這方面取得的成就，並不比他的創作、翻譯、理論研究遜色，也是完全可以彪炳青史、澤被後人的。

第一節　創建新文學，兢兢業業辦期刊

　　在舊文化基地上創建新文學，是一項開闢草萊、白手起家的偉大而艱鉅的系統工程。一要批判舊文化，宣傳新思潮，更新人們的思想觀念；二要批

判舊文學，創造新文學，與舊文學爭奪讀者、爭奪市場；三要扶植培育新文學的創作隊伍。然而這些重大舉措，如果沒有新文學活動的舞台和陣地，一切都無從談起。所以創辦自己的文學刊物，開闢自己的活動陣地，就成了創建和發展新文學的首要一環。對此，茅盾是洞若觀火的。歷史選擇了茅盾，茅盾也獲得了歷史的機遇，成了改革全國最大的舊文學刊物《小說月報》的合適人選。從此，新文學有了自己的陣地，有了開闊的活動空間。嗣後，他又創辦、主編了輻射全國的大型文學期刊《文學》、《文藝陣地》、《人民文學》等，爲新文學的建設和新文學隊伍的培養，做出了決定性的貢獻。

茅盾一生的大部分時間都是在默默無聞的期刊編輯工作中度過的。編刊的膽識與魄力、理念與思路、經驗與技巧，時間之長與影響之大，在中國現當代期刊史上沒有人能超過他。他是期刊編輯的巨擘，期刊評論的先驅，對編輯學、傳播學也做出了開創性貢獻。

一

茅盾辦刊的理念、編輯的思路都是全新的。這就是編刊的自主意識。

茅盾主編的第一個文學刊物，是商務印書館的名牌期刊《小說月報》。《小說月報》原是在梁啓超「小說界革命」的影響下，於 1910 年創刊，在社會上有一定影響的名牌期刊。但後來隨著社會風氣的頹敗，漸漸變成了鴛鴦蝴蝶派的陣地。1917 年，陳獨秀、胡適等發起了以文學革命爲中心的新文化運動，社會思潮出現了新動向，以艷情、奇情、苦情爲特徵的鴛鴦蝴蝶派文學已不受先進青年的喜愛。當時北京大學學生領袖羅家倫，在 1919 年 4 月《新潮》上發表了《今日中國之雜誌界》，對當時的幾百種雜誌進行評說，其中有一大段是批評商務印書館的雜誌的。說他們的雜誌大都「毫無主張，毫無選擇，只要是稿子就登」。這種辦刊方法，「眞可以說對社會不會發生一點影響，也不能改善一點灌輸新智識的責任」。〔註 1〕新派人物的批評、發行量的銳減（最後《小說月報》發行量不過 2000 份），促使商務印書館的決策者不得不進行改革。但是，利益所關，館方對改革也十分愼重，必須選拔好主持改革的負責人。此前，茅盾的學識早爲館方和社會所共知。無論學養、文字水平，還是新文化的觀念，茅盾可謂最佳人選。於是由編譯所所長高夢旦代表館方找他談話，請他出任《小說月報》和《婦女雜誌》的主編。但茅盾推

〔註 1〕轉引自姚福申：《中國編輯史》，復旦大學出版社，1990 年版，第 317 頁。

卻了《婦女雜誌》主編一職，只答應擔任《小說月報》主編，以便集中精力搞好文學革命和新文學建設這件大事。在調查研究的基礎上，茅盾向館方提出了三項要求：（1）現存稿件全部封存不用；（2）刊物改用五號字印刷（原來的《小說月報》用四號字）；（3）館方應授予辦事全權，不得干涉他的編輯方針。只有封存全部舊稿，才能使刊物面目更新，才算為新文學爭得了一塊陣地；只有將四號字改為五號字，才能擴大刊物容量；只有授予辦事全權，館方不干涉其編輯方針，他才能完全自主地按照文學革命和新文學建設的要求設計刊物的內容和版面，進行組稿和編輯操作。這是現代報刊編輯自主意識的表現。

編輯自主意識的確立，是現代報刊編輯區別於過去報刊編輯的根本標誌。《小說月報》前任主編王蒓農，就是沒有自主意識被動編輯的代表。茅盾上任伊始，就鮮明地表現出他的自主意識。他要徹底改造這塊著名的文學舊陣地，使之成為建設新文學的搖籃，故對《小說月報》提出如下改革舉措。宗旨是建設中國的新文學，爭取「在世界文學中佔一席地」，為人類文明做出自己的貢獻。欄目的設置，編輯的方針，均要服從這個總目的。他決定設評論、翻譯、創作三足鼎立的核心欄目，「譯述西洋名家小說」，「介紹世界文學潮流之趨向，討論中國文學革進之方法」，創造自己的「確能反映國民性的」新文學作品；還提倡文學上的「批評主義」，使之與創作相互激勵、相互攻錯而至於至善。此外，《小說月報》也要經常報導海內外文壇消息，評介新書新報，使作家和讀者了解國內外文壇動態，以作為發展新文學的參考。〔註2〕對革新刊物的這些設計，幾乎囊括了新文學創建初期所應研討的一切重大問題，也表現出茅盾遠大的志向，恢弘的氣度，堅定的決心，卓越的膽識和全新的編輯理念。同時，他又必須兼顧出版商的經營利益，保留名牌，注意讀者群的轉移過渡，不說刺眼的過頭話，使改革能夠積極穩妥地進行，這又反映出他人格上老成持重和精明幹練的另一面。

但是，改革就是革命，總會遇到阻力和風險的。沒有敢冒風險、敢為人先、敢於創新的精神，是很難擔此重任的。當時，改革的阻力主要來自外部的保守勢力，風險主要在能否組織起意識新、實力強的作者隊伍。茅盾答應擔任《小說月報》主編後，封存了全部舊稿，新稿尚未組到，而離改革後出版第1期的時間，只有40天，加上一個人唱獨角戲，困難是可想而知的。他

─────────────

〔註2〕《茅盾全集》第18卷，第55～57頁。

當時估計，改革後第 1 期的稿子，論文與翻譯他有把握，即使沒有外稿，自己也能支撐。惟有創作欄，還是一片空白。當時知名的新作家鳳毛麟角，自己的朋友中又沒有搞創作的，倉促之間很難組到新稿，所以封存全部舊稿，實際是押了一步險棋。但他想到了發表過《湖中的夜月》的作者王劍三（即王統照），覺得他的創作有些新鮮氣息，就查他在北京的地址，立即向他發了一封約稿快信。幾天之後，茅盾卻收到了一封鄭振鐸的來信，說王劍三是他的好朋友，看了約稿信，他的朋友們都願為《小說月報》寫稿，並說他的朋友們正在北京組織一個新文學團體，定名為「文學研究會」，請茅盾也參與發起。聯繫一個人，串起了一大群，茅盾當然喜出望外。改革中遇到的最大難題，就這麼輕而易舉地解決了。茅盾立即回信答應做文學研究會的發起人，組建起中國現代文學史上第一個新文學團體。這固然是歷史的巧合，但偶然中蘊涵著必然，證明他的改革預想和對新文學建設的設計，是完全符合社會發展需要的。

改革後的《小說月報》第 1 期，以全新的面貌如期出版發行，立即引起社會的關注和歡迎。《時事新報》副刊《學燈》上發表了李石岑的文章，《民國日報》副刊《覺悟》上發表了曉風的文章，都對《小說月報》的改革表示歡迎，並給予了極高的評價。曉風說，改革後的第 1 期「已經伐毛洗髓，容光煥發」，「換了個靈魂」，「所貢獻於社會者，必匪淺鮮」。〔註3〕改革後的《小說月報》也給商務印書館帶來了經濟效益，第 1 期印行 5000 份，比改革前多印 3000 份，還供不應求。從第 2 期起，即增印到 7000 份，年底竟突破 1 萬份。發行量的猛增，從另一個角度也反映了《小說月報》改革的成功。

不過，改革越是成功，越會招致舊派人物的反對，越會帶來外部的阻力，這是任何改革都會遇到的難題。當改革後第 1 期《小說月報》按慣例報送商務印書館領導層時，總管理處權勢人物陳叔通不屑一顧，連信封也不拆，原樣退回。鴛鴦蝴蝶派的痴迷讀者和作者，也陸續發表文章反對《小說月報》的改革，並對茅盾進行惡毒的謾罵和人身攻擊。茅盾對此頭腦冷靜，認識清醒，準備從學理上進行爭辯和批駁。在《小說月報》第 13 卷第 7 號上，他發表了《自然主義與中國現代小說》一文，從理論上闡發了自己的創作主張，批判了鴛鴦蝴蝶派文學的「惡趣味」和「記賬式」的表現方法。因文章引用了鴛鴦蝴蝶派的作品作為批判的靶子，更激起了他們的強烈反對，

〔註 3〕 1921 年 2 月 3 日上海《民國日報‧覺悟》。

除了繼續對茅盾進行人身攻擊之外，還給商務印書館當局施加壓力，要茅盾向《禮拜六》（鴛鴦蝴蝶派另辦的刊物）道歉，否則就準備提起訴訟。這時，支持茅盾改革的頂頭上司高夢旦已經辭職，換上了保守派上司王雲五。他派人去勸說茅盾。茅盾斷然拒絕，並義正詞嚴地指出，「是『禮拜六派』先罵《小說月報》和我個人，足足有半年之久，我才從文藝思想的角度批評了『禮拜六派』，如果說要打官司，倒是商務印書館早就應該控告『禮拜六派』；況且文藝思想問題，北洋軍閥還不敢來干涉，『禮拜六派』是什麼東西，敢做北洋軍閥還不敢做的事情」。他要求傳話人轉告王雲五，他要把這件事，包括商務印書館的態度，原原本本用公開信的形式，登在《新青年》及北京、上海四大報紙副刊上，喚起全國的輿論，看「禮拜六派」還敢不敢打官司。這不是茅盾用大話嚇人。按他當時的社會地位和聲望，將此事付諸行動是完全可以實現的。王雲五怕把事鬧大，只好息事寧人，但又偷偷檢查《小說月報》發排的稿子。茅盾發現後立即又向王雲五提出抗議，以原條約為據，據理力爭，表現出敢於碰硬的堅強品格，王雲五只好取消檢查。然而新舊衝突仍然時起時伏，對編輯事務不斷干擾，所以茅盾勉強編完第13卷，將主編職務交給文學研究會的中堅鄭振鐸，以辭職向守舊派表示抗議，維護了編輯自主意識的尊嚴和神聖。

茅盾、鄭振鐸（左二）、葉紹鈞（右一）、沈澤民（左一）在上海半淞園

辦出期刊特色，也是自主意識的必然表現。《小說月報》改革之始，茅盾就與文學研究會作家群結下了不解之緣，約他們長期擔任《小說月報》撰稿人，並在改革後《小說月報》第 1 期刊登了《文學研究會宣言》和《文學研究會簡章》，自己也成了文學研究會核心成員。這樣一來，《小說月報》就成了文學研究會成員發表文章的園地，客觀上成了文學研究會的代用機關刊物（文學研究會開始沒有自辦刊物）。文學研究會成員的創作理念雖不盡一致，但在茅盾的積極倡導和指引下，逐漸趨同於「爲人生的現實主義」文學主張。作爲《小說月報》主編的茅盾，在選用外稿時，也多以「爲人生的現實主義」爲取捨標準。於是，《小說月報》就自然而然地舉起了現實主義文學大旗，逐漸組織培養起一個「爲人生的現實主義」文學流派，從而也形成了自己刊物的特色，使刊物越辦越火。

辦出期刊特色和倡導「爲人生的現實主義」文學這兩件大事，看起來容易做起來難。這裡需要有對新文學的認知和設計，也需要有深厚的學養，敏銳的洞察力，敢爲人先的勇氣，執著的事業心和相當的魄力等。茅盾藉《小說月報》改革之機，自主辦刊，自覺創建新文學，從而在現代期刊史和現代文學史上立下了一塊雙面豐碑。他對新文學議題的研討及對新作家的扶植培育，極大地推動了中國現代文學的發展進程，而期刊內容的更新和編輯運作的改革，也開闢了現代期刊史的新紀元。

茅盾主編《小說月報》雖然只有兩年，只編了兩卷 24 期，但他確立的現代編輯理念、改革創新精神和建設新文學的思路，都爲他的後繼者鄭振鐸、葉聖陶（文學研究會中堅）所繼承，保持了《小說月報》先後相繼的一致性。同時，他自己在後來的編輯生涯中，一直保持著這些正確的觀念和作風，並能與時俱進，根據時代變革的要求和文壇面臨的新形勢，不斷地調整、鞏固、充實、提高。

1933 年，因《小說月報》停刊，茅盾與鄭振鐸商量創辦另一大型文學期刊，定名爲《文學》，由茅盾任主編。這時，新文

《文學》

學建設已經過了 10 餘年，創作成果不斷湧現並在群眾中紮根開花，創作隊伍不斷發展壯大，創作方向日益明確，藝術水平不斷提高，主流、支流、逆流業已陣線分明，正是需要開闢園地，進行收獲的季節。一直關注文壇全局的茅盾，看準了新文學面臨的這種新形勢，毅然代表新文學的主流派開闢了《文學》這塊新園圃，辛勤地耕耘在這片土地上，成了不知疲倦的園丁。他把刊物定位在深入總結新文學運動和新文學創作的經驗，提高創作質量，拿出精品和培養文學新人上。這時，茅盾不必擔心稿源不足，也不再擔心人手不夠，而把更多的精力用在對付出版的險惡環境上。國民黨政府當時正在實行反革命文化「圍剿」，革命的、進步的書報雜誌經常被查封，作家創作不自由，茅盾也在國民黨政府的通緝名單中。在如此險惡的政治環境中，要辦傾向革命的文學刊物，就必須用「巨人」的膽識和國民黨反動派鬥勇鬥智。茅盾機智決策，在辦刊宗旨、欄目設置上，要辦成一個純文學的刊物。他廣泛團結作家隊伍和文化名人，公布了一個包括魯迅、葉聖陶、郁達夫、傅東華、鄭振鐸、茅盾等 10 人的編委會。主編請傅東華掛名，傅東華有「輪盤賭」的綽號，其兄長又是江蘇省教育廳廳長，他出面辦理編輯事務有「雙重保護色」。編輯者署文學社。出版者由生活書店承擔，因為生活書店有黃炎培的中華職業教育社的背景。儘管作了如此周到的部署，國民黨政府還要找他們的麻煩。刊物出完第 1 卷，國民黨書報檢查機關就要求「編輯者」署名，並且要檢查每期的稿件。茅盾與傅東華商量，從第 2 卷開始，「編輯者」就署上傅東華、鄭振鐸的大名，每期付排的稿件由傅送交反動當局審查。第 2 卷第 1 期被檢查抽掉的稿子，就有巴金的《雪》、歐陽山的《我們歇歇也好》和夏征農的《恐慌》；第 2 期送審稿 10 篇，又被抽掉了一半，其中有鄭伯奇、張天翼的文章。這就給編輯帶來很多麻煩，如要臨時補充缺稿，要修訂審查大員亂刪亂改的稿子，這些瑣細的工作，加重了編輯的負擔，打亂了出版秩序，牽制了出版進度，更阻撓了編輯意圖的實現。於是，茅盾又找傅東華、鄭振鐸商量對策，決定從第 3 期起，連出四個令號：翻譯專號、創作專號、弱小民族文學專號和中國文學研究專號。這樣做，既可避開審查官的眼睛（他們不屑審查專刊、增刊），又可突出期刊特色，實現編輯預期目的，把「目前文學建設所需商討之種種問題逐個解決」。四個專號，集中了全國著名專家、學者的文稿，質量很高，出版後影響很大。由此，茅盾也摸清了敵人的「脾氣」，從第 3 卷開始，不斷更換作者筆名，出特大號。雖然仍有被刪節抽掉的文章，但茅盾已有了

更豐富、有效的應付經驗。

《文學》從 1933 年 7 月創刊，至 1937 年 11 月上海淪陷停刊，前後持續了四年以上，出版 52 期，是繼《小說月報》停刊後在 30 年代壽命最長、影響最大的大型文學期刊，對新文學建設起了承前啓後的巨大作用。其中凝結著茅盾大量的心血和汗水。

茅盾主編的第三份大型文學期刊《文藝陣地》於 1938 年 4 月在廣州創刊。當時文學家們大都在烽火連天的抗日環境中過著顚沛流離的動蕩生活，交通不便，聯繫困難，造成刊物的出版發行困難重重。但是，爲了團結抗日，辦刊又非常必要。茅盾與生活書店的鄒韜奮、徐伯昕商量後，決定創辦《文藝陣地》，以示堅守陣地、服務抗戰之意。刊物先在武漢登記註冊，到廣州出版發行，後又到香港編輯，在上海出版發行。困難是可想而知的。根據主、客觀情況，茅盾給《文藝陣地》的定位是：集合左翼作家力量，培養新兵，創作精品，爲抗戰服務。這樣，必須與分散在全國的左翼作家保持經常的聯繫，

《文藝陣地》

在編輯運作上反對粗製濫造，拿出高品位、高質量的文學期刊，使它贏得讀者，在全國起示範作用。同時，又針對戰時讀者對短小精悍作品的閱讀需求，注重緊扣時代脈搏，壓縮篇幅，指向精品。這具體表現爲引導作家反映抗戰題材、提倡報告文學、限制來稿字數。茅盾親自組來的反映抗戰的精品佳作，如創刊號上發表的張天翼的《華威先生》和第 2 期上發表的姚雪垠的《差半車麥秸》，都曾引起轟動，成了抗戰時期人們談論的熱門話題，甚至在刊物上引起爭論，這就大大促進了作家對抗日題材的關注和創作。由於報告文學反映現實快捷，茅盾著意倡導，出現了大量報告文學作品，培養起了丘東平、于黑丁、碧野等一大批報告文學作家，也培植了一個藝術新品種。對於徵求的稿件，一般都有字數限制。如論文限 3000 字到 5000 字，短評限 400 字左右，小說限 1 萬字左右。限定字數的目的是逼作者刪去廢話、空話，提煉出文章的精華，又可擴大期刊信息容量，還可帶動文風的變化。茅盾要別人寫

短文，自己更是率先垂範。他在創刊號上寫的《發刊詞》、《編後記》、三篇短評、兩篇短文，都只有幾百字，最長的也不過 1000 字。同樣的內容，如在《文學》上發表，少則兩三千字，多則萬把字。可見，他能根據客觀形勢審時度勢地調整自己的編輯思路。

新中國成立後，中國社會發生了翻天覆地的變化，文藝工作者的社會地位、服務對象也發生了重大變化。一貫致力於思想解放和社會解放的茅盾，對這種變化自然是萬分高興的。但新的形勢也帶來了新的問題。他既要放手大膽地發展人民的文藝事業，又要躲避「左」傾思潮對文學藝術的干擾。他不得不小心翼翼地巧妙地騰挪躲閃。這是他以自主意識在特殊環境中進行的特殊鬥爭。他在新中國成立後主編的文學期刊《人民文學》、《譯文》、《中國文學》，不僅培養了一大批作家、翻譯家、評論家，而且推出了一大批經得住歷史檢驗的精品佳作，還留下了系統成熟的編輯經驗與技巧。

創辦現代期刊與發展新文學是互相呼應的，都離不開現代意識。所以，辦刊中的自主意識是茅盾現代思想意識的一種外在表現。

二

茅盾辦期刊雜誌，不僅有強烈的自主意識和頑強的奮鬥精神，而且有突出的群眾觀點和民主作風。在他身上，獨立自主、堅持原則與尊重別人、團結互助的集體主義精神是辯證統一的。

他編雜誌是為了創建新文學，創建新文學是為了開啟民智，共謀社會的解放、民族的解放和人民的解放。所以民本主義、民主主義、共產主義觀念幾乎伴隨了他一生。

在他的編輯生涯中，這種民本思想、群眾觀點和民主作風，表現為對作者的創造性勞動、讀者的參與意識、編輯同仁的辛勤工作的充分尊重，平等對話，耐心誘導，謙以自牧，誠以待人，熱情和藹，團結互助等。在他的觀念裡，自主精神與尊重別人、平等待人是辯證統一在積極進取、共求發展的人民解放偉業之中的。因此，他從主持改革《小說月報》之始，就通過自己的辛勤勞作，創立了編輯、作者、讀者互動的網絡系統，使編輯作者化，作者編輯化，讀者作者化，以順利實現自己的編輯意圖。然而，這就需要自己的精心設計和操作，也需要多做疏導工作，以溝通三者之間的信息和思想情感。

　　作爲編輯的茅盾又同時搞翻譯、作研究、寫評論，對創作、翻譯感同身受，所論作品特點和所提創作方法，均能切中肯綮，做到完全徹底的編輯作者化。他根據編輯意圖向文學研究會作家約稿，也要求會員按編輯意圖向外組稿。因爲會員是「自己人」，可以坦率直言，故要求會員「取極端的嚴格主義」，幫助編輯做些工作。無論外稿還是會員稿件，均需經會員「三四人之商量推敲，而後決定其發表與否」；編輯對來稿如有不同意見，也要寄回請會員作家們再勘酌，並特別強調多徵求魯迅的意見（魯迅因公職未能參加文學研究會）。這樣做「自然麻煩」，但爲保證刊物質量和「發揮我們會裡的眞精神起見，應得如此辦」。〔註4〕如此一來，就有大量的書信往還，互相交換意見。茅盾僅與魯迅的通信，開始兩個月就有 45 次之多。此外，編輯工作中的難題與苦衷，茅盾也經常向魯迅及文學研究會成員請教傾訴。這樣坦誠的思想交流，不斷強化著作者們的編輯意識，使作者也參與編輯工作，如鄭振鐸、周作人就對編輯工作提出過很多中肯的意見。久而久之，這便實現了作者的編輯化。茅盾辦刊，特別重視群眾反映，因此，他總是千方百計讓廣大讀者參與辦刊，「試一試身手」。他開闢《讀者文壇》，讓讀者參與作品的討論。茅盾還在「創作」、「譯叢」中作評點性的「附識」、「附白」、「前言」、「附錄」等，指導讀者閱讀欣賞，從而引起廣大讀者的關注，鼓勵讀者參與雜誌的創作或評論活動，這就是茅盾預期的讀者作者化。他通過這種預期設計，不憚其煩地批評引導，在雜誌上培育起一批又一批的文學新人，同時，也提高了雜誌的社會效益。

　　這樣的編輯操作，很快就把讀者、作者、編輯溝通起來，建成了互動的系統。這當然是編輯期刊的成功經驗和制勝法寶，也是建設新文學的有效方式。然而這需要付出多少艱苦細緻周到的勞動啊！何況主編《小說月報》時的茅盾，只是一人「唱獨角戲」。他當時的工作量，是常人難以想像的。有人統計，他每月審讀外稿約 40 萬字，跟蹤閱讀期刊約 60 萬字，再加個人翻譯、寫作需要閱讀的外國文學和論著，每月閱讀的文字當在數百萬。他還要一絲不苟地負責雜誌的付排、校對。沒有遠大的理想抱負，沒有任勞任怨的工作作風，沒有園丁的敬業奉獻精神和牢固的群眾觀點，茅盾也是支撐不下來的。然而這是一條辦現代期刊最寶貴的經驗，他直到新中國成立後辦《人民文學》、《譯文》等，仍在瑣碎的編輯工作中，燃燒著自己的生命，完成著偉大

〔註 4〕　《茅盾全集》第 18 卷，第 78 頁。

的事業。從這方面，更可看出茅盾人格的偉大。

　　茅盾不遺餘力地辦文學期刊，本身就是爲了團結組織新進作家，發揮集體力量，共同創建新文學。但他還嫌不夠，還要擴大新文學陣地，如30年代初，他支持改革後的《申報・自由談》和新創刊物《太白》，就是鮮明例證。原來的《自由談》把持在舊文人手中，主編是鴛鴦蝴蝶派文人周瘦鵑。1932年，申報社社長史量才聘請剛從法國留學歸來的黎烈文，對《自由談》實施改革，得到了茅盾和魯迅的支持。據唐弢回憶，魯迅在給改革後的《自由談》寫稿前，「茅公至少已經發表了四篇文章」。鑒於被通緝的茅盾的政治活動很惹人注意，「魯迅總是將替《自由談》寫稿的關係拉到自己身上，一人承擔責任」。但「國民黨的《社會新聞》還是不肯放過」，製造輿論，說「魯迅與沈雁冰現已成了《自由談》的兩大臺柱」，其用意是把《自由談》的改革視作「新文藝對舊文藝的一次進攻」，是「政治行動」。他們認爲，1921年「奪取《小說月報》編輯權而實行革新的，是這位沈雁冰；相隔12年之後，在1932年年底，支持黎烈文從周瘦鵑手裡奪取《自由談》編輯權而實行革新的，魯迅而外，又是這位沈雁冰」。〔註5〕敵人認爲的「奪權」改革，正是茅盾的歷史貢獻。從1932年12月27日到1933年5月16日，茅盾共在《自由談》上發表文章29篇，月均6篇之多。這些文章多是談社會問題和文化教育問題的。但都把這些問題「掛在國民黨反動政策」的帳上，給以徹底的分析和批判。1933年5月，反動當局向史量才和黎烈文施加政治壓力，黎烈文被迫發表啓事，懇請作者「多談風月，少發牢騷」。據此，茅盾和魯迅只好改變策略，「不直接談政治」，而轉彎抹角地談「社會問題」，還得經常變化筆名。從1933年6月到1934年5月9日黎烈文被迫辭職，茅盾又在《自由談》上發表雜文、時論33篇，內容涉及兒童讀物、青年思想、文藝與時評。茅盾晚年回憶這段歷史時說，這是「從敵人那裡奪過的一塊有很大影響的陣地」，「意味著左聯作家突破了自設的禁錮，更大膽地運用了公開合法的鬥爭方式」，並藉此「推動了雜文的發展，造就了一批雜文家」，意義是不可低估的。

　　茅盾在主編《文學》時，自覺與巴金、勒以辦的《文叢》，黎烈文辦的《中流》，魯迅辦的《譯文》相互支持，密切配合，注意發揮整體優勢和團隊精神，以顯示新文學的強大陣容。對「左聯」刊物《北斗》、《文學月報》，茅盾不但給它們寫文章，而且爲它們審閱小說稿件，用切切實實的行動支持它們。

〔註5〕唐弢：《側面》，《憶茅公》，第143頁。

　　扶持幼小的新生刊物，是茅盾一生堅持的重要任務。在新文學創建初期，他對幾個人自發創辦的幾種文學刊物，認為是「可喜的現象」，專門寫了《自動文藝刊物的需要》，將《草堂》、《淺草》、《虹紋》、《彌灑》等幾個自發創辦的文學雜誌推薦給讀者，並希望這種自發刊物日益增多，不斷給文壇注入新的活力。這當然也給初出茅廬的文學青年以莫大的鼓舞。1927 年 11 月《眞善美》創刊後，茅盾立即評論推薦，認為此刊的「態度是嚴肅的」，辦刊方向是「很正確的」。抗戰時期，對西安出版的《西北文藝》、成都出版的《文藝後方》和部隊出版的《小戰報》，茅盾一一進行了介紹和評論，認為《文藝後方》、《小戰報》「是最合乎戰時文藝刊物的理想標準的了」，既集合了前進作家的文藝作品，又推動了抗戰文藝運動。而《小戰報》「更合於實際要求」，對提高戰士的政治覺悟和活躍部隊的文藝活動，會收到立竿見影的效果，還可鼓勵士兵寫作，很貼近群眾生活，很有鼓舞作用。在《新刊三種》的刊評中，除簡評了漢口的《戰地》和《自由中國》外，茅盾特別著力評介了桂林的《戰時藝術》，說它是地方性的有力刊物，「它將成為廣西方面抗戰文藝運動的一個戰鬥的單位」，對「當地的抗戰文藝運動一定能起很大的作用」。

　　利用全國性有影響的大報刊，推薦評介地方性的小報刊，這當然是對小報刊的有力支持和鼓勵，但更體現著茅盾愛護、扶持幼芽的戰略眼光和團結互助、共同奮進的集體主義精神。這種眼光和精神一直伴隨了他一生。直到晚年，他還為雲南一個縣級文化站辦的刊物《洱海》題寫刊頭和書贈條幅，勉勵他們像白楊那樣挺拔、那樣團結前進。

　　這種集體主義的團隊精神表現在日常的編輯事務中，就是尊重別人、協商共事的民主作風。與他共過事的編輯中，鄭振鐸、葉聖陶、王統照、葉以群、樓適夷、秦兆陽、陳冰夷、葉君健等，無不被他的平易近人、和藹可親、遇事商量、民主平等的作風所折服。

第二節　觀照全局，進行切實有效的文學批評

　　積極有效地開展文學批評，也是茅盾為創建新文學立下的另一座豐碑。他開展文學批評的立點之高、視野之廣、態度之正、方法之活、成效之大，在現當代文學批評史上是無與倫比的。他是文學批評大家。他的評論文章往往一錘定音，大體上確定了被評作家、作品在文壇與文學史上的地位。從這

方面我們也可看出他文學批評的科學性與權威性。

一

　　茅盾是極端重視文學批評的。在改革《小說月報》之初，他就確立了文學上的批評主義。他認為西洋文學的興盛「蓋與文學上之批評主義相輔而進」，是與創作「互相激勵而至於至善」的；〔註6〕批評上出現論爭並不是壞事，「正惟多紛爭，不統一，文學批評論才會發達進步」。然而批評態度必須端正，批評方法必須科學；批評家不是「大主考」，批評也不是「司法官的判決書」，而是通過自由論爭，相互攻錯來發展文學事業。〔註7〕它應該在前面引路，而不是在後面鞭策。茅盾就是根據這種識見認眞紮實地從事文學批評的，而且勤勤懇懇地苦幹了一生。

　　茅盾的文學批評，始終站在時代的制高點上，觀照新文學創建的全局，為創建新文學導航引路，具有強烈而明確的導向意識。這也是他最重要的批評特點。開始，他研究西方文學的發展流變，比較各時期各流派文學的特質及其優缺點，聯繫中國社會和文壇的實際情況，探尋新文學創建的切入點。經過短暫的摸索、對接，很快發現「為人生的現實主義」比較適合中國新文學建設的需要，於是他就高張「為人生的現實主義」大旗，進行文學批評，為創建新文學導航（詳見「茅盾的學術品格」）。在批評方法上，對《小說月報》的新人新作，茅盾開創了「評點」式的批評，三言五語，畫龍點睛般地指出該作品的主要特點，旨在溝通讀者與作者的思想情感，指導讀者閱讀，提高讀者的欣賞水平。如評冰心小說《超人》，突出肯定其以情感人的特長；在《落花生〈換巢鸞鳳〉附注》中，又說它的最大特點是「眞」，並與魯迅在《新青年》上發表的幾個短篇相提並論，說魯迅小說「確是『眞』氣撲鼻」。這就不單指出作品的特點，指導讀者閱讀，而且對文壇創作也有普遍指導意義了。這種評論跟蹤創作，與作品同時面世。其長處是反應快、見效快，能及時起指導作用，但缺乏對全局的宏觀把握。於是，他又創造了一種鳥瞰式宏觀批評的方法，即按一定時間對文壇創作作整體考察，綜合論述，如《春季創作漫評》、《論四、五、六月的創作》。這種綜合評論可雄視全局，看出整個文壇「所忽略的是哪方面，所過重的是哪方面」，能找出普遍存在的傾向性

〔註6〕　《茅盾全集》第18卷，第57頁。
〔註7〕　《茅盾全集》第18卷，第254頁。

－241－

問題，以展開討論，提出解決的辦法。如《評四、五、六月的創作》裡，通過對 120 多篇作品的統計分析，指出寫戀愛題材的作品佔了「百分之八九十」，而寫「城市勞動者」的作品只有 3 篇，僅佔「百分之二」。這是創作題材的偏枯。而且僅有的 10 來篇反映城鄉下層人民生活的作品，也大都缺乏真切的生活體驗，顯出「不是個中人自道」的缺點來。這與當時大多數作家的生活環境有關。因此，茅盾建議他們「到民間去」體驗生活，「到民間去經驗了，先造出中國的自然主義（現實主義）文學來。否則，現在的『新文學』創作要回到『舊路』」。〔註 8〕同時，以魯迅的《風波》、《故鄉》和葉紹鈞的《曉行》、《一課》為示範，茅盾認為這才是人生真切體驗之作，藝術上也屬上乘，為當時的創作樹立了榜樣。

無論是跟蹤評論，還是宏觀綜合考察，茅盾的目的就是通過創作實踐，為新文學探索一條健康發展的陽關大道。他一方面繼續深入探討新文學的建設理論，使之成為新文學建設的導航燈；一方面在創作實踐中尋找帶頭人，尋找旗手，於是魯迅進入了他的視野，成了他最傾心最關注的人物。

正所謂慧眼識人。早在「五四」前後，茅盾就關注魯迅的創作，並且跟蹤閱讀、研究、評論，是第一個發現魯迅的伯樂。他在《對〈沉淪〉和〈阿 Q 正傳〉的討論》中指出，《阿 Q 正傳》雖只登到第四章（茅盾發表此評論時《阿 Q 正傳》只登了四章），可以斷言它「實是一部傑作」，可與俄國大作家岡察洛夫筆下的奧勃羅莫夫媲美。〔註 9〕這是對阿 Q 這一人物形象最早也是最高的評價。

1923 年 10 月，茅盾寫的《讀〈吶喊〉》，是在過去跟蹤、考察、研究的基礎上，開始對魯迅創作進行宏觀考察與綜合評價。他肯定了《狂人日記》反封建反禮教「總宣言」的歷史地位，並且指出，「這奇文中冷雋的句子，挺峭的文調，對照著那含蓄半吐的意義，和淡淡的象徵主義的色彩，便構成了異樣的風格，使人一見就感著不可言喻的悲哀的愉快」，「猶如久處黑暗的人們驟然看見了絢麗的陽光」。茅盾說，他就是在這種心情支配下閱讀了魯迅當時所有的創作。如《孔乙己》、《藥》、《明天》、《風波》、《阿 Q 正傳》等「舊中國的灰色人生的寫照」的小說。〔註 10〕

〔註 8〕 《茅盾全集》第 18 卷，第 132、136 頁。
〔註 9〕 《茅盾全集》第 18 卷，第 160 頁。
〔註 10〕 《茅盾全集》第 18 卷，第 395、396 頁。

　　他以自己的切身體驗，高度評價了上述作品對辛亥革命失敗及其經驗教訓的描寫：辛亥革命是中國歷史上的一件大事，「反映在《阿Q正傳》裡的，是怎樣叫人短氣呀」！但魯迅並非「故意輕薄『神聖』的革命」，當年親身經歷者，必定會相信魯迅對這次革命之不徹底的描寫「是寫實的」，並由此可以「醒悟」辛亥革命之後「十二年來政亂的根因」。〔註11〕

　　茅盾對阿Q形象的典型意義給了切中肯綮的評價。他認為阿Q具有極強的典型性，尤其魯迅對其「精神勝利法」性格特徵的描寫，一方面代表了中國特產「國民劣根性」；另一方面，「似乎這也是人類的普通弱點的一種。至少，在『色厲而內荏』這一點上，作者寫出了人性的普遍的弱點來了」。〔註12〕茅盾的這一論點，後來為中外文學界、學術界普遍認同。

　　茅盾還特別指出，魯迅「常常是創造『新形式』的先鋒」，「《吶喊》裡的十多篇小說幾乎一篇有一篇新形式，而這些新形式又莫不給青年作者以極大的影響，必然有多數人跟上去試驗」。他認為這些獨創的「新形式」是天才、勇氣與靈感有機結合的產物，「有要求被承認的權利」。〔註13〕

　　這些評斷反映了茅盾對魯迅創作正確而深刻的理解，是政治方向、文學方向與藝術追求的共鳴與認同，是兩位巨人靈魂上的擁抱。

　　但是，茅盾對魯迅的這些正確認識與評價，當時並不是所有的人都認同。尤其是現代評論派、創造社、太陽社諸新派的代表人物們，對魯迅極盡歪曲、詆毀、嘲諷、攻訐之能事。面對這極不科學、極不正確的評價，茅盾又於1927年寫了《魯迅論》，反駁了上述各派代表人物對魯迅的歪曲、誣蔑和詆毀，還魯迅以本來面目，真正擺正了魯迅在現代文學史上的地

發表在《小說月報》上的《魯迅論》

〔註11〕　《茅盾全集》第18卷，第396頁。
〔註12〕　《茅盾全集》第18卷，第396頁。
〔註13〕　《茅盾全集》第18卷，第398頁。

位，樹起了魯迅這面大旗。

　　這篇作家論，把魯迅放在「五四」以來文化思潮的發展歷程中，考察其雜文、小說創作在新舊文化嬗變中所起的作用，並逐一駁斥創造社、現代評論派等代表人物對魯迅的歪曲和謬論，使該文帶有濃重的史論與駁論色彩。文章指出，魯迅是「攻擊老中國的國瘡」最堅決最頑強的一個。他在雜文中，不但老實不客氣地解剖別人，同時也老實不客氣地解剖自己，「決不忘記自己也分有本性上的脆弱和潛伏的矛盾」。即使新文學陣營分化，只剩下他自己一個人，也仍在堅持韌性的戰鬥。他嚴冷地攻擊舊物，又熱切地企盼新物的誕生和成長；他寄厚望於青年，給他們指示著怎樣生活、怎樣動作的「大方針」，但又不做高高在上的「聖哲」、「導師」。〔註14〕他是腳踏實地的普通人，是青年們的益友和良師。對魯迅這種韌性戰鬥精神和關愛青年的態度，茅盾特別讚賞和欽敬。

　　茅盾把魯迅雜文放在中國思想文化史與現代文學史上考察，肯定魯迅雜文的思想藝術價值，是魯迅研究中的創舉。這樣做，不僅反駁了種種曲解和謬斷，而且推出了新的評價，魯迅的「胸中燃著少年之火，精神上，他是一個『老孩子』」！他的著作裡「沒有『人生無常』的嘆息，也沒有暮年的暫得寧靜的歆羨與自慰（像許多作家常有的），反之，他的著作裡卻充滿了反抗的呼聲和無情的剝露」。「他忍不住拿著刀一遍一遍地不懂世故」〔註15〕地自刺。「論時事不留面子，砭痼弊常取類型。」〔註16〕其藝術價值很高。茅盾又成了發現魯迅雜文思想藝術價值的第一人。

　　茅盾對魯迅雜文如此地解讀和評價，一是為了反駁張定璜等的錯誤論點，讓人們正確認識魯迅，二是幫助讀者「更加明白其小說的意義」。他把魯迅的小說分為兩類：一類是描寫「今日仍然隨時隨處可以遇見」的「老中國的兒女」的典型；一類是寫「夢醒了無路可走」的「五四」青年。兩類都不是正面引路的人物，然而卻是「老中國」現實的寫照。所以從魯迅創作的意圖來說，「小說裡有反面的解釋」，「雜文裡就有正面的說明」。〔註17〕必須相互參照，才能全面正確地認識魯迅。

　　茅盾的文學批評也是嚴謹的，即使對極力推崇敬仰的魯迅，在建設新文

〔註14〕《茅盾全集》第 19 卷，第 137～142、144～145 頁。
〔註15〕《茅盾全集》第 19 卷，第 142 頁。
〔註16〕《魯迅全集》第 5 卷，人民文學出版社，1981 年版，第 4 頁。
〔註17〕《茅盾全集》第 19 卷，第 145 頁。

學的原則問題上也決不遷就。寫《魯迅論》時，茅盾已初步確立了革命現實主義文藝觀，所以認為魯迅的小說是充分「表現了『五四』的精神」的，但「並沒反映出『五四』當時及以後的刻刻在轉變著的人心」，〔註18〕也就是沒有反映出新潮流的湧動變化。這是極有見地的。

　　然而就是這樣一分為二、科學公正的批評，當時還是受到「左」得可愛的創造社、太陽社一些人物的攻擊。不過通過茅盾的大力宣傳，文藝界、學術界對魯迅的認識還是大大提高了一步。後來再經瞿秋白寫《〈魯迅雜感選集〉序言》、毛澤東在魯迅逝世一週年的講演及《新民主主義論》中對魯迅的高度評價，終於確定下魯迅在文化界的旗手地位。應該看到，茅盾的文學批評是有開創之功和導向作用的。

　　茅盾批評的導向意識，決不是豎起一面大旗就算完事，而是貫串在他所有的文學批評裡。葉聖陶發表了《倪煥之》、王統照發表了《山雨》，他都及時發表評論，認為作品反映了變動的時代，是代表時代精神的「扛鼎之作」，企盼新進作家們吸取經驗，深入生活，思想進步，研究社會科學，寫出無愧於時代的作品。同時，他也注意及時糾正文壇的偏向。在《〈地泉〉讀後感》裡，他批評了左翼文學家們概念化、公式化的創作傾向。為了克服這種帶有一定普遍性的傾向，茅盾跟蹤研究了左翼作家們的創作，寫了大量的批評文章。如，他認為沙汀的《法律外的航線》是努力克服公式化、概念化的代表作，但仍殘存著公式主義痕跡；吳組緗的《西柳集》是徹底克服概念化、公式化後能客觀精細地描寫生活的作品，但又冒出了「純客觀」的苗頭；何谷天的《雪地》拖了一條公式主義的尾巴，應該砍去。茅盾如此等等的批評，就是在指導新進作家沿著正確的航向，不斷提高藝術表現能力，使革命現實主義文學健康發展。

　　新中國成立後，有了黨的文藝方針的指引，茅盾就把自己的批評界定在闡釋文藝方針政策和指導新人新作上。同時，對於「左」傾思潮的干擾，他也進行了力所能及的抵制。如《怎樣評價〈青春之歌〉》，就是抵制「左」傾思潮的很好例證。還有那些定期的綜合的文學評論，在縱向定位橫向比較的基礎上，茅盾向讀者大批量推薦新人新作，更宏觀地推動著文藝創作的繁榮和發展。

　　總之，茅盾的文學批評始終圍繞著方向性、關鍵性的大問題進行，並且

〔註18〕《茅盾全集》第19卷，第198頁。

實事求是，細心說理，因而批評的質量高、效果好，對新文學的創建和發展起了不可估量的指導作用。可以肯定地說，通過他的批評，培植了一個現實主義文學流派，並與魯迅的語絲派合流，成為現當代文學史上的主流派，奠定了現代文學的基礎。

二

茅盾的批評態度是坦誠無私、持平公道的，又是平等友好、謙虛謹慎的。在新文學初創期，他鼓勵一切新文學創作，「對於為藝術的藝術與為人生的藝術，兩無所祖」。他及時評論了標榜「為藝術而藝術」的創造社代表人物郭沫若、郁達夫、田漢的創作，並給予了較高的評價。他說郭沫若的《女神之再生》「乃空谷足音」；郁達夫的《沉淪》塑造人物「是成功的」；田漢劇作《靈光》的「想像方面儘管力豐思足，而於觀察現實方面尚欠些功夫啊」，「動作是很好的」，「對話也都流暢」。〔註 19〕茅盾也實事求是地指出了《靈光》與《沉淪》的不足，表現出他關懷新文學創作全局的磊落胸襟及坦誠無私的大家風度。只是後來，隨著茅盾創建新文學思路的形成，現實主義文藝思想的確立和文壇上現實主義流派的發展壯大，茅盾的評論對象就逐漸集於「為人生的現實主義」流派了。這是創建發展新文學的需要，也是他的學理使然，絕不是「黨同伐異」的偏私。在他一生的批評活動中，雖主要評論現實主文作品，他的批評對象仍是相當寬泛的。他的視野幾乎囊括了現代的大多數作家和大多數作品。他在批評中，不管「面熟面生」，都堅持科學的審美標準，做到客觀公正、坦誠無私。對魯迅、葉聖陶、王統照、冰心、盧隱、許地山等，莫不是實事求是，不避嫌疑不護短，光明磊落，一心為了發展新文學事業。

在《盧隱論》中，他說，「五四」時代的盧隱「是滿身帶著『社會運動』的熱氣」投身創作的。儘管她的全部創作題材都很「仄狹」，但開始寫的《海濱故人》中的前七篇，卻十分關注社會運動。這使盧隱成了「五四」時期女作家中注目革命性社會題材的「第一人」。可是隨著「五四」運動的落潮，她跟不上時代了，「猜不透人類的心了」，於是從《海濱故人》中後七篇開始，經過《曼麗》、《靈海潮汐》、《玫瑰的刺》等短篇集，到《歸雁》、《女人的心》

〔註 19〕參見《春季創作壇漫評》、《對〈沉淪〉和〈阿 Q 正傳〉的討論》諸文，《茅盾全集》第 18 卷，第 83、159 頁。

等中長篇，她的思想就停滯不前了，這「停滯」長達「十三四年之久」。客觀上，「停滯」就是「後退」。受時代風雨的震蕩，她「主觀上是掙扎著要向前追求的」，然而她只是從《海濱故人》的「小屋子門口探頭一望，就又縮回去了。以後，她不曾再打定主意想要出來，她至多不過在門縫裡張望一眼」，就又「俯首生活於不自然的規律下」，陷入焦灼、懺悔、苦悶的矛盾中，成了時代的落伍者。〔註20〕

　　《冰心論》論析了冰心創作的三部曲。茅盾指出，「『五四』時期熱蓬蓬的社會運動激發了冰心女士第一次創作活動」，從「愛的哲學」、民族意識和反封建要求出發，看到社會現實中的很多問題，於是執筆寫出了《兩個家庭》、《斯人獨憔悴》、《去國》等問題小說，彈出了創作道路上的第一部曲，產生了強烈的社會反響。但是「她那不偏不激的中庸思想」，使她在小說中提出的社會問題無法得到解決，就只好逃到母親的懷裡，在「愛的哲學」中尋求安慰了。於是創作出《繁星》、《春水》、《寄小讀者》等，進入了創作道路上的第二部曲。用「愛」化解「憎」，二元論歸於一元論，這固然解決了主觀上的矛盾和苦惱，但是不斷變動的社會現實卻與她的「愛的哲學」不斷衝突，她只好又從「愛的哲學」中走出來，面對現實中的矛盾，放棄了中庸思想，創作了短篇小說《分》和《冬兒姑娘》，彈奏出創作歷程中的第三部曲。她終於明白社會矛盾是不可避免不可調和的，這使她的創作出現了好兆頭。茅盾表示了明確的肯定和熱切的期待。〔註21〕

　　《落花生論》是論述許地山（落花生是筆名）生活、思想、創作之「怪」的。茅盾十分準確地指出，他的小說創作「是頂不回避現實的」，但又充滿著「異域情調」和「佛教」、「基督教」思想。他對小說裡的人物都給一個合理的解釋，然而都沒有奮鬥方向，並反對「百論千說和億萬主義」。他的人生觀是有些宿命論的，但又想用意志來支配命運。他就是這樣一個「怪人」！〔註22〕

　　茅盾的這些評論，從作家世界觀與社會發展的關係上，從個人審美趣味與時代思潮的要求上，作了鞭辟入裡的分析和評述，表現出對「自己人」（同為文學研究會會員）所持的客觀、公正、科學的態度。

〔註20〕《茅盾全集》第 20 卷，第 110～117 頁。
〔註21〕《茅盾全集》第 20 卷，第 148～167 頁。
〔註22〕《茅盾全集》第 20 卷，第 225～235 頁。

　　對於文學研究會後起的成員徐玉諾、潘訓、王任叔、彭家煌、許杰等創作的批評，茅盾除了堅持客觀公正之外，還充分肯定了他們熟悉農村的特長與反映農村題材的功績，細緻分析其創作特點，加以熱情鼓勵，表現出關心愛護青年作家的長者風度和園丁精神。這種關愛下一代文學新人的長者風度和園丁精神，培育出一代又一代新進文學家，支持著新文學的繁榮和發展。沙汀、艾蕪、吳組緗等是在茅盾關愛幫扶、精心培育下成長為大作家的，臧克家、田間等也是他的獎掖鼓勵下成長為著名詩人的。當張天翼的《華威先生》受到不應有的指責批評時，茅盾立即站出來為之辯護，用革命現實主義的標準，肯定了《華威先生》的意義與價值。新中國成立後，通過定期不定期的綜合批評和個別批評，茅盾扶植了馬烽、康濯、管樺、束為、李準、王願堅、王汶石、杜鵬程、陸文夫、茹志鵑等一大批文學新人。對於一些早已成名的老作家，茅盾也一直保持著深厚的友誼，關愛、扶植著他們的創作，最典型的是對姚雪垠創作《李自成》的指導，成為文壇佳話。戰友情誼，融融如春，使姚雪垠感激萬分，說茅盾一輩子都在關懷他的創作，「少作虛邀賀鑒賞，暮琴幸獲子期心」。〔註23〕他到了耄耋之年，還像學生似的師事茅公。像姚雪垠這樣一輩子感戴茅公的，還有臧克家、沙汀、艾蕪等。

　　關愛老作家、培育新作家，是茅盾一生事業的重要組成部分，他為此付出的勞動和心血是無法計量的。有人統計，他通過平等對話、批評幫助、扶植培育起來的新文學作家共達 313 人，其中成名的就有 100 多人，並且大都成了新文學大廈的柱石。〔註24〕誠可謂「手澆桃李千行綠，點綴春光滿上林」。〔註25〕

　　這裡應該特別提及的是，茅盾對身處困境的無名作家的培育和扶持。如「左聯」時期對《無名文藝月刊》和重慶時期對「突兀文學社」的關愛幫扶。「左聯」時期，有位青年作家因為無名，其作品遭到出版商的拒絕，遂悒悒而死。朋友們為紀念他組成了「無名文藝社」，出版了《無名文藝月刊》。茅盾得知此事後很受感動，也抱不平，著文評論了《無名文藝月刊》創刊號，對創刊號五篇小說逐一進行評析，並給予鼓勵。茅盾說：「《無名文藝月刊》的一群青年作家有很大的前途，我們虔誠地盼望他們繼續努力。」〔註26〕真

〔註23〕姚雪垠：《為紀念茅盾先生誕生一百週年而作》，載《茅盾和我》，第41頁。
〔註24〕羅宗義：《茅盾文學批評論》，廈門大學出版社，1991年版，第160頁。
〔註25〕姚雪垠：《為紀念茅盾先生誕生一百週年而作》，載《茅盾和我》，第41頁。
〔註26〕《茅盾全集》第19卷，第500頁。

是再世伯樂！這五篇小說中就有葉紫的《豐收》。葉紫就是靠了「無名文藝社」開拓的新陣地成長爲「左聯」的新生力量和年輕的革命作家的。

在重慶，茅盾偶然偶到了一位愛好文學的青年，攀談起來，得知這個青年是載英中學的學生，名叫胡錫培（即後來的詩人田苗），和其他幾個大中學校的朋友正在組織一個文藝社團，名爲「突兀文藝社」。胡錫培見面前站的竟是一位世界知名的大作家，就請茅盾對「突兀文藝社」的活動多多指教。這是一次純屬偶然的會面，茅盾又對他們沒有半點了解，卻欣然一口答應了胡錫培的要求。以後，胡錫培就經常帶著他的朋友們到茅盾家請教，開展文學活動。茅盾從做人、做文方面，對他們作全面的培育指導。1944 年，他們辦起了刊物《突兀文藝》，茅盾爲其寫了刊頭，並在創刊號上寫了一篇短論《什麼是基本的》，給他們以熱情的支持，並對其創作和辦刊指明了方向。他們的刊物出版了，他們的創作發表了，無意中茅盾又扶植培育了一個作家群，除了田苗外，有寫出《純眞的愛》的徐邨，有後來寫《在烈火中永生》的劉德彬，有創作《紅岩》的楊益言等。這個文藝社的好多人都走上了革命道路。茅盾的心血沒有白費。胡錫培等人也念念不忘茅盾的培育之恩，永遠記著當年那「朗朗的笑談」，新中國成立後一直與茅盾保持著密切的聯繫。

爲了幫助一些無名的文學新人，在《文藝陣地》不准出版的情況下，茅盾就想方設法用「文陣新輯」叢書和「新綠叢書」的名義出版他們的新作，如穗青的《脫繮的馬》，郁茹的《遙遠的愛》，王維鎬的《沒有結局的故事》，韓罕明的《小城風月》，徐邨的《純眞的愛》，嚴文井的《一個人的煩惱》等。茅盾還一一爲之作序，加以評論推薦，說這些新作的可貴之處，就是作者「忠實於生活」，「認眞下過功夫」。

茅盾對新人、新作主要是以獎掖、扶持、鼓勵的態度進行批評的，對他們的表現手段表現了一定的寬容。但在革命現實主義的原則問題上，卻是毫不讓步的，如對陽翰笙公式化、概念化的代表作《地泉》的批評，就表現出不留情面的嚴正批判態度。這種公正無私的批評態度，只有一心撲在人民文藝事業上的人才能具有，也才能使批評者感動不已，終生難忘。陽翰笙說，他「爲人正直，胸懷坦蕩，對人誠懇」，「認眞負責，一絲不苟」，對自己的幫助極大；沙汀說，「他的評價，使我有勇氣把創作堅持下去」；臧克家說，「茅盾先生的批評，立場鮮明，態度科學，憑作者的作品，定文藝上的地位，不以作者的地位，定他的作品」，所以他的評論都「發生很大影響，成爲定論」；

茹志鵑的《說遲了的話》，幾乎是哭著訴說茅盾的文學批評對她的幫助和挽救。〔註27〕於此可見茅盾的批評效果之好。

三

茅盾的文學批評是包羅萬象的。有對具體作家、作品的分析和評價，也有對思潮流派的梳理和考察；有對創作方法的深入細微探究，也有對文學理論的概括闡釋；有對西方文學的考察借鑒，也有對中國傳統文學的批判和繼承；有對批評本體的解讀和指導，也有對翻譯問題的意見和要求。但是，不論哪種批評，他總能根據評析對象的特點和評論的目的選取恰當而有效的方法，批評得很得體，很有成效。所以從總體上看，他的批評方法是靈活多樣的、得心應手的，展示了他那融會貫通的學識與才華。在靈活多樣的方法中，鳥瞰式的綜合批評與「雜記」式的感悟批評最具特色，最有代表性。

所謂鳥瞰式綜合批評，包括對一定時段文壇創作動向和文藝思潮動態的考察批評，文藝運動的回顧總結，創作流派論，作家論等。這種評論，茅盾寫得最精彩，這與他深厚的學養有關，更與他的導向意識有關，是他歷史使命感的展現。如專著《西洋文學通論》、《關於歷史和歷史劇》，論文《托爾斯泰與今日之俄羅斯》、《司各特評傳》、《評四、五、六月的創作》、《「五四」運動的檢討》、《關於「創作」》、《讀〈倪煥之〉》、《魯迅論》、《冰心論》、《新文學大系・小說一集・導言》、《談最近的短篇小說》、《一九六〇年短篇小說漫評》、《六〇年兒童文學漫談》等。這些論著和評論，大多放在廣闊的社會文化背景和文學發展的全局中對文學作縱向梳理和橫向比較，判斷其歷史作用和作家的歷史地位，指出其歷史價值和現實意義，對創作、對批評都具有導航作用。如30年代初寫的《關於「創作」》，就系統總結了「五四」之後新文學創作的規律。文章首先指出「五四」時期的代表觀念「打倒孔家店」、「個人主義」、「唯天才主義」的合理性及其流弊，繼而重點分析了文學運動的三階段：（一）《新青年》時期的寫實主義文學，（二）「為人生」的藝術與自然主義（現實主義），（三）創造社和浪漫主義運動。最後分析了「五卅」運動對文學觀念和創作的影響，總結了1928年的普羅文學運動。這就從歷史發展的角度概括出新文學發展的趨向，為新文學創作指明了方向。《新文學大系・

〔註27〕參見《憶茅公》有關作者的回憶文章。

小說一集・導言》，則在對新文學建設第一個十年考察的背景上，介紹了文學研究會依託《小說月報》這塊陣地的發展壯大，橫向比較了成員們的創作成就和個人的風格。比較的方法，也是茅盾慣用的批評方法。這對「為人生」的現實主義文學流派及其作家，都是一次深刻的總結和提高。

作家論是在社會發展和作家思想變化的動態系統中論析作家，作品論則是從題材和主題的視角評斷其在當時社會和文壇所起的作用及應有的價值。《魯迅論》、《讀〈倪煥之〉》等在現代文學批評史上均有開創的意義。

新中國成立後茅盾寫的一系列綜合評論，更是高屋建瓴，在貫徹黨的文藝方針的前提下，著重總結文藝發展的經驗教訓，深入探索文學創作的藝術規律，批評抵制「左」傾思潮和創作中的公式化、概念化傾向等，以提高文學家的認識水平，幫助文學新人的成長。如在第二次文代會上的報告《新的現實和新的任務》，既全面總結了新中國成立後四年來文學工作者所取得的成就和存在的問題，又深刻分析了新中國成立後文學工作者面臨的「新的現實和新的任務」，恰如其分地為文學工作者指明了前進的方向。他推舉出《太陽照在桑乾河上》、《暴風驟雨》、《白毛女》等一大批優秀之作，並指出其共同特點，是深刻反映了社會的變革、階級關係的變化及英雄人物無私無畏、堅強勇敢的高貴品質。但又從總體上尖銳指出存在的問題：四年來的創作是數量多，質量不高。問題主要是對新的現實反映不夠深刻，有程度不等的概念化、公式化傾向；文藝批評方面存在比較嚴重的教條主義、簡單化和片面性，攻其一點，不及其餘，對創作缺少關愛幫助，一味指責教訓，因而助長了創作上的公式化、概念化。對此，茅盾深刻分析了新現實中階級關係的變化、社會變動中的種種矛盾、在鬥爭中新人物的成長，要求作家用社會主義現實主義的創作方法，真實地歷史具體地反映變動著的社會生活，善於體察出生活發展的方向和新事物的萌芽，善於從革命的發展中表現生活，塑造出各種各樣鮮明生動的典型人物；同時要求批評家也要用社會主義現實主義批評方法進行批評，不要主觀武斷。作為一個批評家，他必須有廣博的社會科學知識和對現實生活的透徹理解，還要有一副關愛文學事業的熱心腸，不要動不動就教訓指責。這篇報告針對當時文壇實際情況，具有很強的現實指導意義。

在起草第三次文代會報告時，正處在「左」傾思潮的高峰期，茅盾批判「左」傾有了顧慮，於是就確立了「從分析作品入手，不尚空談」的指導思

想。茅盾總覽文壇全局，在平時跟蹤閱讀和「雜記」積累的基礎上，又用了兩個多月的時間閱讀了千萬字的作品，參考了此前寫的《在部隊短篇小說創作座談會上的講話》、《短篇小說的豐收和創作上的幾個問題》等，用「一百十餘小時」起草，「最費時者仍是舉例，往往兩例相權，籌思推敲至再三」。這反映了茅盾一貫的認眞謹愼作風。也惟其如此，其評價才能經受住歷史的檢驗，才能成爲公認的定評。報告題名《反映社會主義躍進的時代，推動社會主義時代的躍進》，經作協常務理事會通過，取得了權威機構的認可。報告第一部分「東風送暖百花開」，推出了一大批優秀的新人新作，幾乎囊括了第二、第三次文代會之間所有可入當代文學史的作家作品。報告的第二部分「民族形式和個人風格」，除聯繫實際繼續探討了民族化的理論外，還分別從詩歌、小說、戲劇等方面列舉許多有代表性的作家作品，深入分析了他們的個人風格，體現著茅盾批評的犀利目光與個人特色。

當然，最具學識功力的綜合批評，還是茅盾寫的《西洋文學通論》和《夜讀偶記》等專著。前者是對西方文學「探本溯源」的結晶，在西方文學發展的廣闊背景上，深究文學思潮發展嬗變規律，爲中國新文學的建設找到了可資借鑒的創作方法，給中國文壇指明了方向。後者擺脫了「歐洲中心論」的影響，中外兼重，在文學發展更廣闊的背景上，總結文學創作和發展的總規律，帶有對文學本質的認識意義。

「雜記」式的批評，多是茅盾讀了作品後的淺層次的感受，卻代表著茅盾的審美體驗。它對讀者的啓迪和震撼要大大超過理論評析。他的綜合評論之外的大量「讀書雜記」，就發揮了這種批評的優勢，給讀者帶來無限的愉悅和審美享受。

茅盾好跟蹤研究優秀作家，好對文壇創作發表指導全局性批評意見，其基礎就是「雜記」式的審美批評。他一生究竟做過多少「讀書雜記」，誰也作不出精確統計。就留下來的材料看，他是從 1945 年開始寫「讀書雜記」的，記下了碧野《肥沃的土地》、《風砂之戀》，姚雪垠《戎馬戀》、《春暖花開的時候》的讀後感。50 年代後半期至 60 年代前半期，他也寫下了大量的「讀書雜記」，其中從 1954 年 5 月寫起的關於孫犁《采蒲台》，李克、李微含的《地道戰》等的「雜記」，只寫了 38 篇。1958 年 5 月又寫了《林海雪原》、《青春之歌》、《紅旗譜》、《苦菜花》、《迎春花》一組比較批評的「雜記」。爲《一九六〇年短篇小說漫評》寫了一組「雜記」，爲人民文學出版社編選 1959～1962

年短篇小說選集又寫了一組。茅盾邊讀邊選邊作札記，並在此過程中，爲完成文學期刊的約稿，就挑選部分札記發表，推出了關於峻青、管樺、王汶石、杜鵬程、茹志鵑、李準、林斤瀾等的一些名篇。這些評論，或長或短，記下讀書印象，開創了把思想分析與藝術分析融爲一體的批評文體，貌似散金碎玉，實則文論珍寶。任意而談，輕鬆自然，鞭辟入裡，眞知灼見。茅盾每發表一組，就引起一次轟動，作家受益，讀者愛讀，皆收立竿見影的效果。這種感受欣賞性的批評，是綜合批評的基礎，可昇華爲綜合性、理論性的批評。

四

　　茅盾特別重視從作家作品的評論中昇華出理論，以豐富和發展具有中國特色的革命現實主義理論體系。

　　在《讀〈倪煥之〉》的評論中，茅盾提煉出的「時代性」論點，就是對革命現實主義理論的豐富和發展。在回顧新文學第一個十年創作情況的基礎上，茅盾認眞分析了《倪煥之》的創作，認爲作者葉紹鈞是有意識地創作了表現一個時代的「扛鼎」之作。「把一篇小說的時代安放在近十年的歷史過程中的，不能不說這是第一部；而有意地要表示一個人───一個富有革命性的小資產階級知識份子，怎樣地受十年來時代的壯潮所激蕩，怎樣地從鄉村到都市，從埋頭教育到群眾運動，從自由主義到集團主義，這《倪煥之》也不能不說是第一部。在這兩點上，《倪煥之》是值得讚美的。」〔註28〕作品自覺表現社會發展動向，反映一定時代的本質特徵，葉紹均是有開創之功的，當時還沒有人通過具體創作做過這樣的理論概括。茅盾通過《倪煥之》的分析考察，把這一創作特徵概括爲文學的「時代性」，並作了簡明的理論闡釋。他說，「所謂時代性，我以爲，在表現了時代空氣而外，還應該有兩個要義：一是時代給予人們以怎樣的影響，二是人們的集團的活力又怎樣地將時代推進了新方向」，即怎樣地促進歷史進入了必然的新時代，「及早實現了歷史的必然」。〔註29〕這是茅盾從創作實踐中對文學理論的新發現，也是對社會主義現實主義的豐富和發展，從而構築起具有中國特色的革命現實主義的核心內容。在此後的文學評論中，「時代性」就成了他及一些進步評論家批評現代文

〔註28〕《茅盾全集》第 19 卷，第 207 頁。
〔註29〕《茅盾全集》第 19 卷，第 209～210 頁。

學的最重要的標尺。

第三次文代會上對民族化理論的闡述，也是通過分析眾多作家的創作實踐，使民族化問題的探討深化了，把民族化理論向前推進了一大步。茅盾認為，民族形式是一棵根深葉茂的大樹，深深紮根於群眾之中，「為中國老百姓喜聞樂見」；它又是一座雄偉秀麗的高山，接連著中華心族民理沉積的大地，萬古長青，永遠鮮活，永遠生機勃發。就詩歌創作的實踐來說，其民族形式主要是民歌民謠、說唱藝術、古典詩詞。而這些方面的民族形式又是千姿百態、群芳鬥艷的。詩人根據創作內容的需要，重點選擇其中一兩種加以生發改造，融洽地表現出自己所要表達的內容，就算學到了民族形式。如阮章競在寫敘事詩《漳水河》時，採用了漳河兩岸的許多民歌曲調，藉以寫出了舊社會婦女受壓迫的命運，就是詩歌形式的創新，也是詩歌民族化的典範。李季是學習民族形式最努力的一個。他的《王貴與李香香》是用陝北民歌信天游的曲調寫成的，《楊高傳》是學習了說唱文學的句法、章法寫成的，都在群眾中產生了極大影響。賀敬之、張永枚的抒情短詩，則融化進了古典詩詞的格調句法。

小說的民族形式，茅盾認為主要表現在語言和謀篇布局上。趙樹理的語言是「明朗雋永而時有幽默感」，而這種「明朗雋永」和幽默感不僅表現於語言，同時也表現在謀篇布局和故事情節上。同是幽默，老舍「似乎鋒利多於蘊藉，有時近於辛辣」；沙汀則「詼諧成趣」，「謹嚴而含蓄」，「多弦外之音，耐人尋味」。梁斌的《紅旗譜》則「高亢嘹亮」，「深厚而豪放」。周立波的《暴風驟雨》和《山鄉巨變》則富地方色彩。杜鵬程的《保衛延安》「粗獷而雄壯」，緊張而熱烈。

新歌劇，是話劇與傳統戲劇結合融會發展起來的。如歌劇《小二黑結婚》、《洪湖赤衛隊》是各採用一種地方戲及比較接近的民歌曲調設計唱腔唱詞及音樂形象的。這種探討，就把民族化理論深入到創作之中了，具有很大的啟發意義。〔註30〕

從 1960 年起，茅盾用了三年的時間，閱讀大量的歷史劇和有關資料，寫成了 10 餘萬字的《關於歷史和歷史劇》，對歷史劇的創作理論頗多創新，對歷史題材的創作很有啟發。當時，全國各劇團創作的「臥薪嘗膽」題材的歷史劇有「百來種」，茅盾收集到的劇本就有 50 種。他「饒有興趣」地閱讀了

〔註30〕《茅盾全集》第 26 卷，第 55～68 頁。

這些作品，有的還觀摩了演出，寫下了大量的筆記，同時閱讀了相關的歷史資料，如《左傳》、《國語》、《史記》、《吳越春秋》、《越絕書》等。在探究歷史資料的基礎上，又參照了歷史上著名的歷史劇創作的經驗教訓，多方對照比較，在馬克思文藝觀的指導下，得出自己的結論。他特別強調：創作歷史劇，必須首先把史實弄清楚弄準確，必須有豐富的歷史知識，必須真正把握住當時歷史的具體性，才能進行創作和批評。他不同意郭沫若在歷史劇主要人物身上寫進「自己」（性格、情緒）的觀點，要求作者進行創作時「忘了自己」，而予以歷史的「再現」，不要主觀主義地「強加於古人」；以古喻今，古為今用，不可太直接，而應在歷史的近似中，通過主題的表達，為當代「間接地服務」，不要將古人不可能有的「今天的思想意識」硬塞給古人。〔註31〕由此可以看出茅盾嚴肅的創作態度和對現實主義創作方法的嚴格恪守。這種尊重歷史的創作態度，今天仍有醒世作用。

　　他從前人創作的歷史劇及其經驗教訓中，得出了兩條結論：(1)先輩取材歷史，多為「借古諷今」或「借古喻今」，「為古（歷史）而古」者絕無僅有。既要「古為今用」，就會對史實有所取捨更改，他們「做過多種不同的修改歷史的方法」，而真能達到古為今用者，是那些「能夠反映歷史矛盾的本質」、「真實地還歷史以本來面目」的作品。(2)「歷史真實與藝術真實如何統一」？茅盾認為，「歷史劇不等於歷史書」，寫到的人和事不一定都有牢靠的歷史根據，在主要人物主要事件有可靠歷史依據的基礎上，應允許藝術虛構，否則就不成其為文學創作了。為此，茅盾認為，應將「歷史真實與藝術真實之統一」改為「歷史真實和藝術虛構的結合」。他指出，在充分掌握史料又進行科學分析的基礎上，「可以有真人假（想像）事，假人真事」，「乃至假人假事」，「所以需要這些虛構的人和事，目的在於增強作品的藝術性」。但虛構應以「不損害作品的歷史真實性」為原則，「假人假事」必須是在特定歷史條件下可能產生的，「真人假事」也應該符合這個人物的性格發展邏輯，而不是強加給他的。但主要人物和主要事件應是歷史上實有的，不是虛構的。那些只圖「熱鬧」，故意張冠李戴，「錯亂時代」，「唐、宋人歡聚一堂」，不顧歷史事實的做法，早為古代嚴肅的作家視作創作中的「糟粕」，不再取法，今天再這樣做，豈不可笑！我們今天的歷史劇創作，應繼承前人的優良傳統，「棄其糟粕，取其精華，以歷史唯物主義與辯證唯物主義武裝我們的頭腦」，獲得超越前人的

〔註31〕《茅盾全集》第 26 卷，第 356～360 頁。

成就。〔註32〕

關於「歷史上人民作用的問題」，茅盾指出，由於古代歷史學家多是統治階級中人，大都無視以至抹煞人民的作用，可資借鑒的史料和經驗極少。通過百來個「臥薪嘗膽」新編歷史劇的考察比較，茅盾肯定了「比較靈空的寫法」，即「將人民的要求復仇雪恥，推倒外國統治，自力更生，發展生產等的堅強意志，作爲人民力量的表現，推動了勾踐的十年生聚，十年教訓的事業」；否定了那些「現代化」的寫法，如寫人民「提合理化建議」，勾踐「走群眾路線」等。這種見解是符合歷史唯物主義的眞知灼見。

總之，茅盾有關歷史劇的理論建樹，是他現實主義文學理論的延伸和拓展。同時，這些理論原則又是在研究了大量新編歷史劇、歷史資料和傳統歷史劇作之後，由具體分析到抽象總結，最後作出紮實穩妥的理論昇華，體現了茅盾文學批評的最高追求和一貫作風。

五

在 20 世紀中國文學的發展歷程中，文學批評與文學創作是並肩同步走向現代化、走向世界的。茅盾從 20 年代到 80 年代的 60 多個年頭裡，一直執新文學批評的牛耳，成了文學批評大家。其卓越成就、深遠影響和實際貢獻，並不在他作爲一個偉大作家之下。他的文學批評，緊緊聯繫著變動不居的社會生活和不斷發展的文學創作，是社會批評與審美批評的有機結合，既爲新文學導航，促進新文學的繁榮和發展，又甘爲人梯，扶植、團結著廣大作家隊伍，共同推動著社會的進步和革新，從而形成了他批評的個性和風格。

茅盾文學批評最重要的個性特徵，是他的改革創新的現代意識。這裡包含著世界意識的自覺，開放眼光的形成，革新意識的堅定，創作方法的科學、靈活，對中國與世界歷史的科學認知，對時尚流向的準確把握，對文藝與人生的正確體認，對藝術審美的敏銳感悟，等等。因此，他通過「探本窮源」的研究，梳理出世界文學的走勢，指出了中國文學的差距，取精用宏地建立起創建新文學的理論，並以此指導新文學的創作，開展對新文學的批評。他的文學批評，總是站在社會與文學發展的制高點上，作出宏觀透視與科學分析，進行社會的、歷史的、審美的批評，引導作家們創造出適合現

〔註32〕《茅盾全集》第 26 卷，第 344～346 頁。

代社會需要的新文學來。老舍在祝賀他五十壽辰時說：「他的勤勞與成績，從
『五四』到今天，老跑在我們的前面。他使我們敬愛他，甚至於忌妒他。」
〔註33〕

　　「五四」時期，人的覺醒，人的發現，人的價值與尊嚴的肯定和認同，
是思想文化的時代主題。故人道主義和民主主義是當時文化思潮的主旋律。
它標誌著中國封建社會傳統心理的解體，反映了現代意識的自覺和社會、文
化藝術現代化進程的開始。後來，茅盾回顧總結說：「人的發現，即發展個
性，即個人主義，成爲『五四』時期新文學運動的主要目標；當時的文藝批
評和創作都是有意識的或下意識的向著這個目標。」〔註34〕他把人當做創
作、批評、研究的中心，倡導「爲人生的藝術」，認爲「人的文學」才是「眞
的文學」。他的文學批評，既注重作品中的人物，也注意作者的世界觀和思想
意識，還重視讀者的閱讀心態。「一篇好的文學作品，必須是能深刻地寫出人
與人的關係，人從歷史方面所承受的一切，生活環境對於個人的影響，及人
怎樣改造生活這四方面。」〔註35〕

　　他對「人」的認識，隨著中國現代歷史的進程也在不斷深化。開始的「爲
人生」是指「爲全人類」、「全民族」、「全民眾」。1925年後，隨著社會上階級
鬥爭的日趨尖銳激烈，階級意識取代了「人道主義」，他逐步看清了，「人」
在階級社會中是具體的人。這樣的人，受時代環境的制約規定，又能改造環
境，推動歷史前進。故其文學批評異常關注作家的意識形態、世界觀人生觀，
即關注創造者的主體性，由作家的人格、世界觀而及於作家的審美特性。他
寫《魯迅論》、《冰心論》、《落花生論》、《徐志摩論》、《女作家丁玲》等是如
此，寫《讀〈倪煥之〉》、《王統照的〈山雨〉》、《一個青年詩人的「烙印」》等
也是如此。先理解作者思想性格和創作時的思想情緒，然後聯繫具體作品作
出評析判斷，知人論文，不至於主觀武斷。闡釋作家人格中的社會意義與價
值，對作者是肯定或引導，對讀者也是啓迪和教育。從接受者（讀者）的角
度審視作品、作者的意義和價值，這是從文學活動整體觀生發出來的接受美
學。對於接受美學的理論，茅盾並沒有建立起自己的體系，但是，他從文學
活動的整體觀和強烈的群眾觀點上生發出來的批評視角和批評實踐，對接受

〔註33〕轉引自李頻著《編輯家茅盾評傳》，河南大學出版社，1995年版，第211頁。
〔註34〕《茅盾全集》第19卷，第266頁。
〔註35〕《茅盾全集》第22卷，第403頁。

美學是有開創之功的，比西方的文學接受理論的建立至少早了 40 年。〔註 36〕

　　一個真正的文學批評家，得多讀文學史和文學作品，得深入研究探討藝術規律和表現方法，多研究現實社會生活，研究社會經濟、政治、文化的發展情況，多研究人，以豐富自己的社會生活經驗和文化知識素養。這方面，茅盾堪稱佼佼者，因而他的批評呈現出宏觀整體與發散性結合、多方位綜合與比較求異相統一的特徵。這在他的一系列著名的綜合評論中都有明顯的表現。

　　茅盾文學批評的第二個顯著特徵，是他具有明確的導向意識和總覽全局的宏大氣派，「當今批評創作者的職務不重在指出這篇好，那篇歹，而重在指出：（一）現在的創作壇所忽略的是哪方面，所過重的是哪方面；（二）在這過重的方面，——就是多描寫的那方面——一般創作家的文學見解和文學技術已到了什麼地步。」〔註 37〕這種批評意向、途徑與方式，既指導著作家的創作，也引導著讀者的接受和欣賞，從而校正、引導他們的審美理想和審美品格朝著正確的方向發展。正因如此批評，茅盾在新文學創作初期提出並解決了創作題材「窄狹」、「表現技術偏低」的問題，「左聯」時期著手解決了「公式化、概念化」問題，抗日戰爭時期又著手解決了歌頌光明與「暴露黑暗」的問題，新中國成立後則著重解決如何反映新社會現實的問題。

　　在評論具體作家作品時，茅盾既嚴格堅持現實主義批評標準，又能實事求是地進行分析評價，做到科學公正而又有所寬容。他對創作的「真實性」（包括作者對生活的認識深度、廣度和情感體驗）、「時代性」（包括作者的世界觀）和「藝術性」（包括表現手法創新）的要求是很高的，但是他在評論具體作家作品時，不是教條主義地亂掄大棒，也不是魯迅批評的那種出於門戶之見的「罵殺」或「捧殺」，而是客觀地針對作家作品的實際情況，有好說好，有歹說歹，一是一、二是二，中肯透闢，讓作者口服心服，有所受益。剛對新進作家，茅盾則多懷著寬容的熱心腸，彈性使用標準，鼓勵多於批評，讓他們受到鼓舞和幫助。

　　特別關注作家作品的「時代性」，是茅盾文學批評的第三個重要特徵。他

〔註 36〕　20 世紀 60 年代原聯邦德國的羅伯特‧姚斯等創立了文學接受理論，突出文學活動中的讀者研究，從「作者中心」向「讀者中心」轉移；美國文藝家艾布拉姆斯又將這一理論向前發展了一步，著成了《鏡與燈——浪漫主義文論及批評傳統》（北京大學出版社，1989 年版）。

〔註 37〕　《茅盾全集》第 18 卷，第 131 頁。

獨有創見地意識到，「時代性」是現實主義的精髓。「眞的文學也只是反映時代的文學。」〔註38〕因此，他要求文學家必須深入探究、體察現實生活的各個方面和各個環節，認清社會發展的方向。這使他的文學批評呈現出濃重的社會批評的色彩。他比別的批評家更具社會意識、政治意識和哲學意識。他是文學家兼革命家的文學批評家，他是革命文學的探險者，他不斷校正作家們的創作指向。他的許多批評文字，能站在時代的制高點上，努力超越作家、作品，鮮明地表現出一種自覺的批評意識與超前意識。

但是，不要以爲茅盾只是單純理性地關注社會的發展、歷史的走向，他對生活滿貯深情，對人生充滿熱愛，對現實傾注關心。他把摯愛人生的熱心腸，衍化爲一種特異的內發熱情和審美情緒了，只是火樣的熱情經常深藏於沉靜的外表之中，不易被人發現。他的好友葉聖陶記敘他寫評論的狀態時說：「他把許多書堆在床頭，紙筆也常備，半夜醒來，想起些什麼，就捻亮了電燈閱讀，閱讀有所得，惟恐其遺忘，趕緊寫在紙片上。」〔註39〕這是有所思後有目的的隨讀隨記，是感性心理和靈感思維的活動，他的很多評論就是對這種「讀書雜記」的加工或連綴。讀他的評論文字，確乎讓人感到字裡行間流貫著一種心靈感悟和情緒衝動。這種衝動，是茅盾內發熱情的自然表露，有深厚的情緒動因。他的許多評論，大抵是情緒之流凝結而成的晶瑩文字。其中流蕩著一種靈氣，頗能引人入勝，扣人心弦。由感情體驗上升爲理性認知，再得出科學的結論，這是茅盾文學批評的慣常寫法。

最後一個特徵，就是茅盾進行批評時，寬厚和藹，平易坦率，謙遜自抑。他的批評不是盛氣凌人指手畫腳，不是劍拔弩張殺氣騰騰，也不是「法官」威嚴的宣判，而是與作者、讀者站在同一地平線上，各以自己獨立自主的意識，進行平等、認眞、坦率、熱情、友好的對話，故他的批評文字中常常充溢著清新、自由、理解、鼓舞的氛圍。尊重別人的自由以實現自己的自由，尊重別人的人格以實現自己的人格尊嚴。大家開誠布公，切磋琢磨，相互批評，相互鼓勵，在激勵攻錯中實現創作和批評的進步。茅盾在作家作品論中是這樣，在文學論爭中也是這樣。他總是努力避免意氣用事、亂扣帽子、以勢壓人，在平等對話和切磋琢磨中明辨是非，發揚眞理，促進團結，以求文藝事業的繁榮發展。

〔註38〕《茅盾全集》第 18 卷，第 116 頁。
〔註39〕葉聖陶：《略談雁冰兄的文學工作》，《文哨》第 1 卷第 3 期。

在批評中充滿信任、理解，以一團溫熱、一腔赤誠，對作家作品做真誠的闡釋評價，是茅盾文學批評重要而突出的追求，也是他批評品格的重要側面。在進行文學批評時，茅盾表現出極大的熱心、細心和耐心。他主張「為人生」的現實主義文學，但不要求所有從事新文學創作的人都這麼做。他甚至公開聲明，對「為人生的藝術、為藝術的藝術，兩無所祖」，以一種寬容的心態來歡呼新文學的盎然生機和鮮活場面。對新進作家作品，他力主寬容的彈性批評，不求全責備。他和魯迅一樣，對新進作家都有一顆熱情關愛的拳拳之心。因此，我們認為茅盾是一位充滿藝術良知和博愛心，又能夠客觀、科學、公正批評的大師，也是一位一心撲在文學事業上毫無私心的大師。他的批評活動，被大多數作家所稱道，並引為知己、知音，甚至成了親密的戰友。這種寬容又嚴肅的批評態度，對新文學作家隊伍的培養成長，對新文學的開拓繁榮關係產生了重要影響。

總之，茅盾是把文學批評當做文學事業的重頭戲來唱的。故在文學批評領域他兢兢業業、勤勤懇懇、殫精竭慮，甚至為此影響了自己的創作，也毫無怨言，毫不後悔。而對文學事業，他又是當做人民的事業來對待的，故能把個人主體意識融進社會解放、民族解放和時代進步的洪流中去，將小我融入「大我」，真正切切實實為人民的文學事業無私無畏地奉獻了一生。茅盾的編輯品格與批評品格，從極重要的側面充分體現出他偉大的人格。

第七章 端行正表 蛻舊出新
——茅盾的道德品格

　　「五四」時期，在中西文化撞擊中誕生的新一代文化巨人，自覺接受並傳播著西方先進的文化思潮，又背負著因襲的重擔，粘滯著濃厚的中國傳統文化基因，在批判中奮進，在比較中取捨，從而完成了偉大的思想解放和社會解放的歷史重任，加速了中國文化現代化的歷史進程。批判封建的道德觀，確立民主主義以至社會主義的道德觀，是新文化建設總目標的有機組成部分。所以，他們在蛻舊趨新中，身體力行，立標垂範。這些巨人的道德風範，多是優秀傳統文化的積澱，又是經過現代意識淘洗後的發揚。李大釗、陳獨秀、魯迅是如此，茅盾也是如此。

　　表面比較起來，茅盾的道德風範帶有更多的傳統文化色彩。如修身立命、意正心誠，「以天下爲己任」，澡身浴德、嚴守道義、克己奉公、謙恭自牧、勵精圖治、治學嚴謹、求眞務實、學以致用，克勤克儉、自奉儉約，誠信篤實、寬容大度等。但這些傳統美德的內涵與過去不同了，它們逐步受到人本主義、民主主義、共產主義的淘洗和過濾，已帶有了新質，是一種新的行爲規範，成爲新道德的一個有機組成部分。這裡表現出茅盾爲國爲民奮鬥不息的無私奉獻精神，廣交朋友、獎掖新人、擴大陣線的集體意識，自奉儉約、克己奉公的艱苦奮鬥作風，孝悌友愛、講信修睦的人道主義情懷，讓人看到了他那高尚的人格和崇高的靈魂。

第一節　服務社會，終身奉獻

作爲革命家的茅盾，其社會公德品格，集中表現在一生置身革命洪流中，忠於職守、始終不渝的艱苦奮鬥裡。作爲文學家的茅盾，其社會公德品格，則不僅熔鑄在他畢生筆耕不輟、著作等身的理論與創作的辛勤勞動中，而且熔鑄在他靠集體的力量爲中國文學現代化鞠躬盡瘁、死而後已的畢生奮鬥中。

一

茅盾作爲五四新文學革命前驅，首先要求以自己的行動顯現中國文學現代化的實績。創作和理論批評是他致力的兩大重點。60 餘年的日夜辛勞，他爲後人留下的著作 1400 餘萬言。他留下的譯著，也有 150 餘萬言。他開拓文學陣地，爲百花爭艷提供了一塊又一塊廣闊的園圃。他所辦的刊物，都是指導全國、引領文壇主流、極具權威性的大刊。從 20 年代的《小說月報》到 30 年代的《文學》，從新中國成立前夕的《文藝報》到新中國成立初期的《人民文學》和《世界文學》（創刊時名爲《譯文》），這些刊物培育文學新人的成績及刊風、文風，無不浸透著茅盾的心血，展現出茅盾的人格力量與道德品格的魅力。

他當編輯，事事躬親，嚴肅認眞，細緻紮實，一絲不苟，並且敢爲人先，雖冒些風險，也要發表有銳氣、有創見的稿件。他也敢闖禁區，旨在引導廣大讀者確立新觀念，爲他們投身社會改造洪流提供精神動力，最終依靠群眾去造福社會。

茅盾辦刊，極重視質量，從語言文字、標點符號，到刊物的裝幀、插頁、版面版式，他都要求高質量。對自己，對別人，久而成習。

他無論是自撰文稿，還是修改外稿，都是勘酌再三，修改、勾畫、標注，把稿件謄寫整理得清清楚楚，然後才交印刷所排印。他 60 年如一日，認眞精細，一絲不苟，表現了對排字工人的尊重，也是爲了提高整體工作效率。這有他留下來的大量手稿爲證，也有他的編輯同事的證明。當抗戰爆發，上海即將淪陷之際，

1921 年夏，茅盾在上海商務印書館編譯所辦公樓內

茅盾受上海文藝界同仁推舉，主編過幾期小刊物《吶喊》（後改爲《烽火》）。爲適應抗戰形勢的需要，鄒韜奮約茅盾另編大型文學期刊《文藝陣地》，茅盾就將《烽火》的編輯任務交給了巴金。巴金接替後發現，即使在抗日緊張繁忙的日子裡，凡茅盾「看過、採用過的每篇稿件都用紅筆批改得清清楚楚，而且不讓一個筆畫難辨的字留下來。我也出過刊物，編過叢書，從未這樣仔細批稿，看到他移交的稿子，我只有欽佩，我才懂得做編輯不是容易的事」。「他做任何工作都是那樣認眞負責，一絲不苟。」「我尊他爲老師，可是我跟他的距離還差得很遠。」〔註1〕這是見證人的評價，更是一位受人尊敬的老作家對另一位功績卓著的文學大師工作作風的稱讚，也代表了廣大文藝界同仁對茅盾道德品格的體認和感受。

二

　　茅盾深知，個人的力量是有限的，要成就新文學的大業，並使之服務社會，必須依靠集體的力量。這是幾代人才能完成的偉大工程。因此，他一踏上文壇就十分注意培育文學新軍，培育高水平的團隊。在這方面，茅盾花費的心血是難以計量的。光被他發現推舉、批評指導、獎掖扶植而成爲知名作家的，就數以百計，包括老、中、青三代作家。還有些愛好文學的青年，將不成熟的稿子寄來求教，他也忙裡偷閒認眞披閱，盡可能作出答覆和指導。經他關懷的文學青年後成作家的也大有人在。眞可謂不遺餘力！在茅盾身上，只要能壯大文學隊伍，能培育新的文學成果，他就有使不完的勁；那怕只有一線希望，哪怕來稿閱讀困難（字跡難認），他都盡可能予以幫助。因爲他了解來稿者的心理，更懂得培育文學新人對發展人民文藝事業的意義。他的動力來自強大的事業心！

　　1943年在重慶，章乃器的夫人胡子嬰登門造訪，透露了要寫篇反映抗戰期間民族資本家生活的小說的想法，茅盾積極支持，從人物到結構，跟她談了一整天，幫她構思。兩三個月後，胡子嬰將她寫的五萬字初稿送茅盾審閱。茅盾閱讀後對她說：「這不是小說，這只是政治口號加些藝術的形容。」於是又詳細具體地幫她構思策劃，要她重寫。又過了三四個月，胡子嬰送來了10萬字的第二稿。茅盾又用了一週多的時間，「作了詳細的批放，指出應增加、應改寫、應刪節、應調整的地方」。改寫和增加的部分，有的還代擬了草稿。

〔註1〕巴金：《悼念茅盾同志》，《憶茅公》，第3頁。

所寫修改意見有「幾十頁之多」。胡子嬰修改謄清後又送來第三稿。這次如孔德沚所說，茅盾「像批改作文卷子似的」，在「原稿上作了細密的文字修飾」。這就是署名宋霖（胡子嬰筆名）的《灘》。此書經開明書店出版後，茅盾又寫了兩篇評論予以推薦，其中一篇是《讀宋霖的〈灘〉》，另一篇是《〈灘〉——戰時民族工業受難的記錄》。真是不厭其煩。這雖是一個特例，但反映了他對培育文學新人不辭辛勞、耐心周到的一貫作風。

三

茅盾率領他的文學團隊所作的文學建樹，是中國現代文學不可或缺的重要成果。然而他更懂得，及時總結經驗教訓，才能給後人留下最可寶貴的精神財富。

茅盾明白，自己畢生經歷的舊民主主義、新民主主義和社會主義三大歷史階段中，深蘊著無法估量的歷史寶藏。把自己目睹親歷的時代與歷史展示給後人，會給人以啓迪。因此，他下決心在耄耋之年，憑病弱之軀，以個人經歷為線索，譜寫一部文壇風雲錄。這就是他晚年完成的三卷本的回憶錄——《我走過的道路》。

這部 50 萬字的回憶錄，充分體現了他那一貫嚴肅負責、一絲不苟的精神和克己奉公、艱苦奮鬥的作風，是茅盾一生道德品格最精彩的展示。1978 年開始動筆時，他已是 82 歲的老人，左眼失明，右眼也只有 0.3 的視力，看書寫字都離不開放大鏡，且經常失眠，還有肺氣腫、腸胃病，伴隨便秘腹瀉，但作為歷史的參與者和見證人，他覺得自己有

為了寫回憶錄，茅盾和兒子韋韜在書房查閱資料

責任有義務把所見所聞寫下來，幫助後人了解這段歷史，這段文學發生發展的真實情況。所以他不辭辛苦，不怕艱難，孜孜矻矻地寫起來。順利時，他一天只能寫三五百字；遇到身體不支、材料不確等困難或障礙時，便停下來。只要身體尚可，他便埋頭閱讀核實資料，待準備充分後再繼續寫作。他就是這樣日復一日地堅持下去的。有人勸他口述，由別人筆錄，他說不習慣。不習慣是完全可能的，但怕寫走了樣，才是其根本的原因。他要查閱大量的資

料，要請朋友們幫助回憶核定某些歷史事實，事事躬親，反覆核實，以求寫出的東西準確可信，能經受住歷史的檢驗。這時，兒子韋韜已由軍隊借調到身邊工作，實際成了他的秘書。韋韜和妻子陳小曼經常幫父親查找借閱資料，茅盾閱讀核實，然後再斟酌下筆，毫不馬虎，一字千金。目睹者曾這樣形容茅盾撰寫回憶錄時的狀況：「一位年逾八旬的老人，佝僂著他那瘦弱的身體，伏案寫作。臺燈的光焰，映照著面前的稿紙。老人一手執筆，一手拿著有柄的放大鏡，睜著那隻視線迷蒙的病眼（右眼 0.3），將浮游腦海的思緒，發自心底的聲音，吃力地刻畫在紙上。這不是在寫字，這是傾注他殘存生命的最後幾滴心血啊！」這是正常寫作情況，有時病魔纏身，只要能思考，他就躺在床上閱讀材料，思考問題。想起點什麼，他就下床趕快記下來，然後再上床閱讀或構思。他就是這樣每天堅持，筆耕不輟。

他的親友，既關心他的回憶錄的寫作，又關心他的病體，或寫信，或登門，不斷來看望他。雖然也佔用了他的一部分寶貴時間，但他也利用這些機會，讓知情的親友們幫助回憶某些有關的歷史細節。甚至最後病倒在醫院裡，他還念念不忘回憶錄的寫作。彌留之際，神志不清，他還摸索著找鋼筆，還要孫女幫著記下些什麼。他常常喃喃自語，計算時間，說有四個月可以寫完，並念叨著要出院，趕快寫。然而，他終於沒有寫完，只留下了 30 萬字的稿子和一批錄音帶，帶著遺憾走了，永遠地走了。1935 年後的回憶錄，是兒子韋韜根據他生前留下的 20 盤錄音帶和收集的有關材料整理而成的，總算完成了這部 50 多萬字的具有重要史料價值的巨著。

茅盾是五四新文化運動前驅者中惟一能貫通現當代文學史，又能貫通現實主義文學主潮史的旗手和領軍人物。大半個世紀以來，他參與了新文學各部門的建設工作，全方位地從事文學活動，有豐厚的實踐經驗。他既有宏觀認知，又有微觀體味。他身居領導崗位，數度與政治領導核心有密切接觸，故對文學、社會、政治均有準確深湛的認識。因此，他對歷史的回憶與記述具有重要的文獻價值。他所記述的重大歷史事件與重要經歷，採取的是嚴格的信史筆法與嚴謹的著述態度，真實準確地描繪出一系列重大事件與詳細的文學活動過程。他寫到的歷史人物，有老一代無產階級革命家和共產黨的締造者，如陳獨秀、李漢俊、李達、毛澤東、董必武、鄧中夏、惲代英、瞿秋白、張聞天、周恩來，有新文學前驅與奠基人魯迅、郭沫若、鄭振鐸、葉聖陶、王統照、冰心、田漢、郁達夫，有文藝界傑出人物馮雪峰、丁玲、夏衍、周揚、

陽翰笙、巴金、洪深、曹禺、胡風、葉以群，有出版界鉅子張元濟、鄒韜奮，有國民黨領導及不同時期的政治活動家宋慶齡、蔡元培、邵力子、沈鈞儒、蔣介石、汪精衛、張道藩，有國際友人史沫特萊、斯諾，等等。這些人物，大都寫得鮮明生動，既具有七情六慾，又具有獨特的個性。他還具體生動地描繪了許多歷史事件。如五四運動的歷程，中國共產黨的籌備及成立經過，上海大學的創辦，中共上海兼區執委會的活動，北伐前國民黨第二次代表大會，中山艦事件，大革命時期武漢的政治風浪，寧漢的對立合流，南昌起義的準備，抗戰時期茅盾輾轉上海、武漢、長沙、廣州、香港、寶雞、蘭州、新疆、西安、延安、重慶、桂林等地時的社會見聞，還有訪蘇的經歷……這一切都留下了珍貴的甚至惟一的歷史鏡頭。至於文學研究會、創造社的成立及其論爭，商務印書館的內幕，革命文學論爭，左翼文藝運動及內部情態，「兩個口號」論戰，抗戰文藝運動的興起，解放區的文藝，更是一幕接一幕的文壇風雲錄。茅盾以親歷者和見證人的身份，以所歷所見所聞的事實為依據，記事可信，臧否人物多成定論。所以，這部回憶錄具有很高的史料價值，是黨史、革命史、文學史重要的參考資料，其歷史作用是無可替代的。

嚴肅認真、求真務實，這種寫作態度和習慣，與他對人民事業的忠貞，對人民文藝事業的負責，是完全一致的。為國為民，在文藝事業上勤勤懇懇地奉獻出一切，鞠躬盡瘁，死而後已，這就是茅盾在事業上道德人格的準確寫照。

第二節　志同道合，情真意篤

茅盾為事業交友，所以交友重道；交友以誠，所以與朋友又肝膽相照。志同道合、情真意篤，成為他道德品格上的又一亮點。這是傳統交友美德與現代意識的結晶。宋代歐陽修在《朋黨論》中說過：「君子之交，所守者道也，所行者忠信，所惜者名節。以之修身，則同道而相益，以之事國，則同心而共濟。」茅盾把傳統之「道」換成了民族解放、人民解放之道，於是他的交友行為，就成了煥發著時代光芒的新的道德規範。

一

「五四」前後茅盾結交朋友的「重道」原則，首先建立在為實現共產主義理想而共同奮鬥上面。如建黨的時候，他與陳望道、李漢俊、李達、陳獨

秀結成了親密無間的好朋友，一起秘密參與了建黨的籌備工作。改革《小說月報》時期，為了辦好創建新文學這件大事，他又與鄭振鐸、葉紹鈞、王統照、魯迅、周作人結成了知己。在黨創辦平民女校、上海大學時，因去義務授課，他又結識了瞿秋白、鄧中夏、惲代英，並與之成為至交。他們肝膽相照，共擔天下大義，可謂真正的君子之交。

共產黨成立之初，陳獨秀尚在廣州任孫中山革命政府的教育廳長，總書記的職務無法履行，共產國際和黨員們都要求他回上海主持黨的工作。但生活問題怎麼辦？茅盾就給他在商務印書館謀到了兼職編輯的職務，每有津貼300元（一般名人兼職編輯月薪僅100元），只要求陳獨秀每年給商務印書館提供一本小冊子的文稿，題目自定，工作十分輕鬆。這就使陳獨秀的生活有了保證，可以騰出時間來安心從事黨的工作。這是為黨盡力，也是為朋友盡心。當時，李漢俊忙於黨的工作，經常義務為《新青年》寫稿，生活上遇到困難。茅盾就向他約稿，在《小說月報》上發表，付給千字五元的最高稿酬，給他以經濟上的援助。

當時黨的活動處於秘密狀態，經常在陳獨秀家裡和李漢俊的住處開會，容易暴露，也有危險。茅盾為分擔他們的風險，就主動要求在自己家裡開會。這固然是當時鬥爭的需要，但也是朋友間的同舟共濟、肝膽相照。

黨辦上海大學，瞿秋白是教育長，鄧中夏是總務長，請茅盾去義務講課，茅盾欣然應允，並盡其所能，講英語、西歐小說、希臘神話等。師資不夠，茅盾就積極從商務印書館的好友中代為物色聘請，都是不要講課費，白盡義務。

文學研究會利用《小說月報》作為活動陣地。茅盾是《小說月報》的主編，又搞創作理論和文學批評，為新文學導航，自然成了文學研究會的靈魂和精神領袖，鄭振鐸做些具體組織工作，兩人配合得親密無間，是事業上的親密戰友，毫無爭名爭利的私念。葉紹鈞、王統照、冰心、許地山、耿濟之等也自覺配合，茅盾把他們看成文學事業上的知己。茅盾對魯迅、周作人更是尊重有加，事事徵求他們的意見。對魯迅的創作，茅盾特別關注，跟蹤研究，把他當做新文學的楷模和旗手，兩人成了靈魂擁抱的親密戰友。

魯迅逝世時，茅盾正回鄉省親，又逢自己染疾不能下床，未能親自參加送殯。對此，茅盾心中十分焦急和內疚。魯迅逝世之後，茅盾即與許廣平一

起籌劃、編輯第一套《魯迅全集》。1956 年，在魯迅逝世 20 週年前夕，茅盾參加了在上海虹口公園舉行的魯迅新墓落成及遷葬活動，並在遷葬儀式上講話。在 10 月 19 日北京人民紀念魯迅逝世 20 週年的大會上，茅盾作了《魯迅——從革命民主主義到共產主義》的長篇報告。「文革」後重新組織魯迅研究隊伍，茅盾被選爲中國魯迅研究學會的首任會長。1981 年 1 月 21 日，茅盾爲魯迅誕辰一百週年紀念郵票題字，2 月 4 日又聽取了沙汀、王士菁關於魯迅誕辰一百週年紀念活動的籌備情況的匯報。沙汀請茅盾致開幕詞，並給《魯迅研究》寫稿，茅盾都一一答應下來，並且很快將開幕詞寫好。然而還未等到紀念大會的召開，茅盾就不幸與世長辭了。這些活動充分展現了茅盾對自己崇敬的戰友的懷念之深，情感之重。

「左聯」時期，執行過左的政策，沒有吸收鄭振鐸、葉紹鈞等參加「左聯」。茅盾對此很有意見，就以朋友關係主動聯合他們合作創辦《文學》刊物，讓他們繼續發揮作用。這是以朋友之道來彌補革命工作中的缺欠或過失。

二

茅盾交友，還堅持「和諍相濟、以和爲貴」的原則。朋友相處，光明磊落、坦誠相見，譽其美，規其過，互愛互助，共同進步。文藝上幾次重大的論爭，茅盾都是以此原則參與其中的。

出於創建新文學的宏願，茅盾、鄭振鐸曾請田漢捎信約郭沫若參加文學研究會，但沒有回音。後來在上海半淞園會面商談，郭沫若不同意參加，後來在日本組織了另一個新文學團體創造社。在創作主張上，文學研究會主張「爲人生的現實主義」，來是針對鴛鴦蝴蝶派的遊戲消遣的陳舊文學觀念和新文學建設的需要而提出的主張，不料與創造社標榜的「爲藝術的藝術」發生了矛盾。矛盾由創造社另一成員郁達夫引起，雙方在「爲人生」還是「爲藝術」的文學觀問題上進行了激烈的論爭。在茅盾看來，這是新文學陣營內部的學術爭論，通過學術爭論可以統一認識，於是從學術建設的需要出發參加了應戰。在論爭中，雙方雖也有些意氣用事（創造社挑起），傷害了彼此的感情，但朋友之間，爲了道義也允許諍諫。通過論爭，明確了是非，發展了學術。郭沫若參加北伐戰爭之後，「以今日之是反對昨日之非」，對自己原來堅持的「爲藝術」的浪漫主義觀點進行了檢討，甚至說浪漫主義是「反動的」，現實主義是「革命的」，他要信仰現實主義了。對於這種草率膚淺的表態，茅

盾並不以爲然。郭沫若、成仿吾的意氣之爭、門戶之見亦未消除。所以大革命失敗之後，創造社、太陽社又藉倡導革命文學之機，把批判的矛頭指向了魯迅和茅盾，再次挑起論爭。其實，早在 1923 年，鄧中夏、惲代英、沈澤民就提出過革命文學的口號，1925 年茅盾也對無產階級革命文學作了系統的探討。太陽社、創造社在 1928 年又提出這個問題，不能說沒有意義，但把爭論的焦點放在爭發明權上，放在對魯迅、茅盾、郁達夫的惡意攻擊上，不僅顯得無聊，而且傷害了同志，擾亂了新文學的陣線。同時「革命文學」的創作也出現了公式化、概念化的傾向，論爭變得複雜化。茅盾與魯迅並肩戰鬥，一方面參與文學論爭、倡導革命文學，另一方面又堅決反對創作中的公式化、概念化的不良傾向。通過論爭和正確引導，左翼文藝開始明確了方向，確立了魯迅在文藝界的領導地位，成立了左翼作家聯盟，也逐步克服了公式化、概念化的創作傾向。新文學走上了健康發展的道路，出現了 30 年代創作的輝煌時期。這其中凝結著茅盾巨大的心血和勞動。隨著革命形勢和文學事業的蓬勃發展，茅盾與郭沫若、郁達夫、成仿吾、田漢、錢杏邨等也成了並肩戰鬥的親密戰友。

在兩個口號的論爭中，茅盾既維護了魯迅、馮雪峰的正確意見，又顧大局，識大體，團結了周揚、夏衍、田漢、陽翰笙，表現了他在諍諫中不忘團結的一面。從中可以看出，茅盾交友重道和堅持「和諍相濟、以和爲貴」的原則。

三

茅盾交友之道的另一原則，是對朋友傾全力幫扶，並鼓勵爲革命爲人民的文藝事業做出更大更多的貢獻。這裡包含著他對朋友的眞誠關愛，也包含著他對事業的無私奉獻。在他幫扶的第二、三、四代作家中，像丁玲、臧克家、姚雪垠、沙汀、駱賓基、碧野、陽翰笙、周而復、趙明、田苗等，都成了他肝膽相照、生死不渝的忘年交。他們的友誼經受住了時代風雨和血與火的考驗。

30 年代初，尚未出名的駱賓基，帶著他的《邊陲線上》到上海尋求出版。他幾經奔走，毫無結果。從東北流亡到滬的他，依靠親戚接濟度日，生活十分困難。茅盾得知後，將他的書稿推薦給天馬書店，並從書店預支一部分稿費，幫助駱賓基渡過難關。這使駱賓基終生難忘，說「茅公助我者多，期我

者厚」，但自己「未副所望」，深懷「歉疚」。〔註2〕

　　碧野是游擊隊隊員出身的作家。當他的報告文學集《北方的原野》發表的時候，茅盾對此書很重視，寫了《評〈北方的原野〉》，說我們現在正需要這樣的書。當碧野寫完書又要重返前線時，茅盾又寫信鼓勵他重返前線後為國家存亡、為民族自由而戰。從此，他們結下了深厚友誼，常有書信往還。在茅盾的鼓勵下，碧野在抗日烽火中寫下了大量文學作品，如長篇小說《肥沃的土地》和中篇小說《奴隸的花果》，都得到了茅盾的好評。新中國成立後，茅盾繼續鼓勵碧野寫出更好的作品。碧野後來寫出了長篇小說《陽光燦爛照天山》、《丹鳳朝陽》及散文集《天山景物記》、《月亮湖》等，其中不少作品也浸透著茅盾的心血和關愛。碧野一直是把茅盾視作創作上的「引路人」的，對他懷著無盡的敬意。打倒「四人幫」後，碧野還親自去北京看望茅盾。〔註3〕他們在事業中結成的友誼，如日月經天！

　　姚雪垠的《差半車麥秸》在《文藝陣地》發表後，茅盾再三地稱道和宣傳該作品，並對姚雪垠的創作跟蹤研究，寫了《戎馬戀》、《春暖花開的時候》的「讀書雜記」。姚雪垠一直把茅盾看做「恩師和知音」，自稱自己是茅盾「親手培養的作家之一」。《李自成》第一卷出版之後，姚雪垠針對第二卷草稿向茅盾請教。茅盾坦誠與之商討，共給姚雪垠寫了 36 封信，成為文壇佳話。茅盾在信中充分肯定了第一卷的成就，具體幫助修改第二卷及以後各卷的構想框架。茅盾曾賦詩稱贊姚雪垠：「壯志豪情未易摧，文壇飛將又來回。頻年考史撥迷霧，長日揮毫起迅雷。」姚雪垠也賦詩稱頌茅公：「筆陣馳驅六十載，功垂青史仰高岑。平生情誼兼師友，晚歲書函泛古今。少作虛邀賀鑒賞，暮琴幸獲子期心。手澆桃李千行綠，點綴春光滿上林。」〔註4〕

　　自從發表了《一個青年詩人的「烙印」》，茅盾一直關懷著臧克家的創作，臧克家也一直珍視茅盾的評價和指導，兩人的友誼非同一般，交往也十分頻繁。茅盾比臧克家年長十歲，臧克家始終把茅盾當「師長」，可茅盾「決不以老資格自居，見了面，平輩似的，態度和藹，無話不談，有時甚至開開玩笑，成為忘年之交」。「文革」期間，朋友之間也很少交往，門庭冷落，茅盾有些孤單寂寞。臧克家利用在北京的有利條件，常常瞅機會去看望茅盾，

〔註2〕 駱賓基：《悼念茅盾先生》，《憶茅公》，第 213 頁。
〔註3〕 碧野：《懷念我師》，《茅盾和我》，中國廣播電視出版社，1996 年版，第 93～100 頁。
〔註4〕 姚雪垠：《為紀念茅盾先生誕生一百週年而作》，《茅盾和我》，第 40、41 頁。

或致信問候，使茅盾得到不少安慰。在茅盾八十壽辰時，臧克家張羅著給他祝壽，但因當時政治形勢不自由，未能辦成。於是次年藉曹靖華的生日，把茅盾等文藝界十來位老人請來聚會，暢談「文革」中的經歷和感受。茅盾很高興，宴會進行了三個多小時。在這次聚餐會上，有人稱茅盾為「茅公」，他則要求稱「同志」，他對別人也稱「同志」。「同志」一詞道出了茅盾交友的真諦。

「文革」浩劫十年，茅盾和朋友們的感情依然如故。他沒有忘記老朋友，老朋友也沒有忘記他。他們互致音訊問候，互相關心著對方。如田苗從四川來北京看望茅盾，茅盾就向他打聽艾蕪、沙汀的情況，也讓田苗帶去他的問候。他通過臧克家經常了解碧野和文藝界其他老朋友的情況，關心他們的安全。

反右鬥爭中，迫於當時政治形勢，茅盾對丁玲、馮雪峰說過違心的話，並對此一直於心不安。「文革」中，當從駱賓基那裡得知病重的馮雪峰配藥缺麝香時，他立即託胡愈之把尼泊爾王國代表團送給自己的麝香球送去，讓馮雪峰安心養病。馮雪峰對此萬分感謝。馮雪峰逝世時，「左」傾之風正緊，各種壓力未消，茅盾帶著病弱之軀，不顧風險與政治壓力，扶杖參加了追悼會，以寄託懷念之情。打倒「四人幫」以後，八十歲高齡的茅盾為老友陳學昭、黃慕蘭、黃源等人平反奔走呼號。他對朋友的關愛是深沉的、執著的，是能經受住日月風雨的考驗的。

茅盾與鄒韜奮、戈寶權、曹靖華、黃源、陳冰夷、葉君健、韋君宜等出版界、新聞界、翻譯界的人士，也一直保持著深厚的友誼。以道交友，廣泛而長久。他對晚輩的友愛和關懷，更使晚輩們難於忘懷。只要看看《憶茅公》、《茅盾和我》等書，就會從朋友的回憶文章中感到茅盾那深摯無私的交友之道所產生的感人力量。茹志鵑的《說遲了的話》，說出了晚輩們對茅公發自肺腑的感念之情。法國茅盾研究專家蘇珊珊・貝爾納說：「我為他態度之謙虛。思想之清晰，待人之誠懇和對自己要求之嚴格深愛感動。」〔註5〕

不過，茅盾對他特別崇敬的朋友，往往缺乏直言敢諫的勇氣。如對魯迅的「倔脾氣」，對毛澤東在新中國成立後的「左」傾言行，他連一個字的當面批評諍諫也沒有。這許是為了顧全大局，也許是明哲保身所致。然而不能不說，這是他人格中的一個弱點。

〔註5〕《憶茅公》，第409頁。

第三節　至孝至友，至愛至慈

在家庭關係上，茅盾對傳統道德的繼承最為明顯，基本上實踐著父慈子孝、兄友弟恭、夫義婦順這套行為規範。所以，他在家庭生活中是個好兒子、好兄長、好丈夫、好父親、好祖父。不過在處理相互關係上，卻又體現出全新的現代意識。因而，他的倫理道德規範也得到了現代人一致的認可和稱讚。

一

茅盾一出世，就遇上了開明的雙親。他的父親是位知書達理的維新派人物。父母對他的慈愛，集中表現在用先進的新思想對其進行啟蒙教育上。父親讓他擺脫舊學的桎梏，由母親執教，授他以《字課圖識》、《天文歌略》、《地理歌略》等新學，使茅盾一開始就受到良好的教育。父親要求兒子學習理工，走實業救國之路。可惜父親英年早逝，給茅盾留下了永遠難忘的懷念。無論在上海，還是到北京，茅盾的客廳或臥室裡，總是在最顯眼的地方懸掛著父親的遺像，以表示做兒子的對父親的懷念和尊敬。

母親是位性格堅強而又深明大義的女人。丈夫去世之後，她承擔起「管教雙雛」的責任。她對茅盾和沈澤民管教很嚴，尤其對茅盾，因為他是老大，要給「阿二」做榜樣。嚴格是為了讓兒子們成才，嚴格中包含著深沉的慈愛。在他們人生道路的關節點上，母親幫著籌劃決定，起著引路導航的作用。他們從小學到中學，從中學到大學，時時處處感到母親的操勞和心血。茅盾終生感恩母親，牢記母親的教誨，不負母親的厚望，學業有成。

茅盾大學預科畢業後進入商務印書館工作。由於學養深厚和工作勤奮，他很快受到館方的重用提拔，工資也一升再升。他還時不時地在著名報刊上發表文章。這些對母親是個莫大的安慰。

隨著年齡漸長，母親自然要考慮兒子的婚事：原來家中訂的娃娃親，女方沒有文化，如兒子是個中小學教員，也還勉強湊合；現在兒子是商務印書館的重要職員，有遠大的發展前景，兒子是否還同意原訂娃娃親，母親有顧慮，於是就跟兒子商量。茅盾怕母親為難，又忙於事業，還受利他主義的影響，就同意了母親的安排，結了婚。母親也算了卻了一樁心事。

在沈澤民考進了南京河南工程專門學校的時候，母親十分高興。她的夙願即將實現，一個兒子學文，事業有成；一個兒子學理，將來可做個工程師。

兩個孩子都算有出息，她的心血沒有白費，丈夫的願望也算實現了。因此，
她要和茅盾一起送澤民去南京。茅盾也想藉此機會好好孝敬一下為他們日夜
操勞的母親。他帶上足夠的錢，陪母親逛上海和南京。在上海，茅盾把母親
安排到一家中等旅館，給母親點廣東菜，並且要了一瓶葡萄酒。茅盾還租了
一輛馬車，陪母親遊覽了公共租界和法租界的幾條熱鬧的馬路。可是母親最
感興趣的，是到商務印書館發行所購買圖書。她買了林紓譯的 50 種小說，又
買了《西洋通史》、《西史紀要》、《東洋史要》和《清史講義》。以上各史書，
母親均要了兩套，自留一套，另一套送給澤民，說：「你將來要做工程師，但
也不能不懂世界歷史和中國歷史。」茅盾陪母親在上海遊玩了三四天，然後
去了南京。在南京，他安排母親住進了一家像樣的旅館，陪母親遊玩了四五
天，遊覽了南京的名勝古蹟。學校要開學了，茅盾和母親乘船返回。母親沒
見過長江，所以開船後茅盾扶著母親在甲板上散步，她遙望江天，忽然感慨
地說：「你父親一生只到過杭州，我今天見的世界比他多了。他的遺囑我盡力
做到了，你兄弟二人還算有出息，他死而有知，大概也是快活的。」

　　為了報答母親的養育之恩，茅盾結婚不久，就把母親和夫人接到上海一
起生活。他事事尊重母親，生活上由母親當家做主，盡量讓母親開心。然而
老人故土難離，還是經常想念老家。茅盾只好送母親返鄉。以後即使工作再
忙，茅盾每年都要回家幾次看望母親，讓母親享受天倫之樂，並盡其可能地
安排好母親的生活。得了《子夜》的稿費後，茅盾就想翻蓋烏鎮老家後院的
平房，給母親準備個寬綽舒適的住處。母親操勞了一輩子，一直都住在老樓
上那間不到 20 平方米的斗室裡，太不應該了。於是他親自籌劃設計，讓原來
家中店裡的伙計黃妙香幫助請人施工。房子蓋得果然不錯，是俗稱「日本式」
的洋房。經過裝修布置、添置家具，1935 年 3 月，茅盾讓母親搬進了新居，
使老人生活得舒適愉快。

　　抗戰時期，茅盾雖然過著顛沛流離的生活，但仍然時時掛念著母親，經
常致函問候，託人代為關照。1940 年 4 月 17 日，母親病逝。當時茅盾夫婦和
孩子正在新疆，得知噩耗也無法回家料理喪事，只好在烏魯木齊設靈堂向母
親遙祭。

　　茅盾始終牢記母親的教誨，要給弟弟做榜樣，對弟弟關愛備至，弟弟對
哥哥尊重有加，兩人真正做到了「兄友弟恭」。沈澤民以優異的成績考上南京
河海工程專門學校，這固然是他個人努力奮鬥的結果，但也與母親的嚴格管

教和兄長勤奮好學的榜樣力量密切相關。所以茅盾和母親都興高采烈地送澤民去南京上學。隨後，茅盾對沈澤民的學習也十分關心，希望他畢業後做個橋樑建築師，以實現父親的遺願。不料沈澤民在學校期間，越來越關心政治，越來越熱心於政治活動，還有幾個月就畢業了，卻堅決不願學工程了，要與同學張聞天去日本學日文，然後再學政治。這種積極從政的行為，雖與茅盾的政治見解頗為一致，但快到手的畢業文憑不要，茅盾覺得可惜，於是對沈澤民加以勸阻。誰知澤民已徵得母親同意，茅盾也只好聽其自便。沈澤民學外語、政治，也未忘情於文學，時常寫點評論，搞點翻譯，在茅盾主編《小說月報》上發表。沈澤民 1922 年回國，參加了文學研究會，參加了共產黨，都得到茅盾的支持和幫助。1925 年沈澤民隨同劉少奇等去蘇聯學習。1930 年沈澤民回國，在中共中央宣傳部工作。1931 年沈澤民到鄂豫皖蘇區，開始任鄂豫皖蘇區中央分局委員，繼而任蘇區省委書記、紅二十五軍政委。1933 年 11 月 20 日沈澤民因肺病發作，不幸去世。成仿吾受蘇區黨的委派。帶著沈澤民最後寫給中央的總結報告和沈澤民逝世的消息回上海找黨，並通知其家屬。當成仿吾將沈澤民逝世的消息轉告茅盾時，茅盾的「心驟然縮緊」，難於接受這突如其來的不幸。但事實畢竟是事實，他只得勉強壓抑著內心的悲痛與哀傷，瞞住母親，深怕母親經受不住這麼沉重的打擊。

二

　　茅盾的婚姻，是五歲時由祖父包辦定的「娃娃親」。隨著茅盾的成長，雙方的差距越拉越大，又沒有機會相處一起培養感情，所以茅盾內心並不情願。但當時一受人道主義婦女觀的影響，二被「以天下為己任」的使命感和事業心所左右，三受孝敬母親、維護家庭和睦這一關鍵因素的制約，茅盾還是決心接受了這一沒有愛情的婚姻。他當時設想，「我娶了她來，便可以引伊到社會上，使伊有知識，解放了伊，做個『人』」。「世間一切男女，莫非姊妹兄弟」，接受了包辦婚姻，就是「援手救自己的妹妹」，「難道也要忖量值得」不值得嗎？茅盾把「利他主義看得很重」，「願以建設的手段改革」包辦婚姻。〔註 6〕在這種思想指導下，茅盾婚後立即讓新娘子孔德沚去石門灣振華女校讀書，後又去湖州湖郡女塾上學。婆婆也參與執教，孔德沚又要強好勝，逐漸提高了文化程度。搬往上海後，她又積極投入了政治運動，入了黨，從事婦女職

〔註 6〕《茅盾全集》第 14 卷，第 59～61 頁。

工運動，與茅盾並肩戰鬥。可謂夫義婦順，志同道合。不久，生了女兒阿霞、兒子阿桑，夫人孔德沚就在婆婆的指導下，擔起管教孩子的責任。婆媳關係也十分融洽。

抗戰時期，茅盾攜妻帶子，赴長沙，去廣州，居香港，奔新疆，到延安，再與夫人轉戰重慶、香港、桂林等地，過著顛沛流離的生活，有時甚至是出生入死。但夫妻相依為命，同甘共苦，風雨同舟，可謂情深意篤。

新中國成立後，茅盾先後當了文化部部長、政協副主席。孔德沚挑起了全部家庭重擔，悉心照料茅盾的生活，使茅盾全身心地投入公務活動和新文學的建設事業中。二人白頭偕老，幸福地度過了一生。

從總體上看，夫妻間的感情是深厚的、真醇的，共同維護了家庭的溫馨、美滿、幸福。但是缺乏愛情的結合，難免在特殊情況下發生波折，出現感情危機。

茅盾夫婦在 1954 年元旦留影

1928 年，茅盾因躲避國民黨反動政府的追捕，客居日本，遇上了秦德君，發生了一段婚外情緣。當時，在政局逆轉的壓抑下，茅盾的心情有些迷惘、消沉、苦悶、悲觀，隻身客居異鄉，遇上的又是一位羅曼蒂克的單身革命女性，同是亡命天涯，雙方都需要感情的依託。況且又都青春年少，所以一見鍾情，相愛同居，共同度過了一年多的美好生活。應該說，秦德君的出現，對撫慰茅盾苦悶的心靈，對茅盾文學創作事業的發展，是起了一定作用的。從情感上說，無可厚非；從理智上說，這是一種特定情境中的婚外戀，是對妻子的不忠，是對家庭的傷害，茅盾應負有更多的責任。儘管秦德君也許比孔德沚更符合茅盾感情的需要，但在理智上茅盾卻難以突破三大關口：一是人道主義「關」，二是家庭責任「關」，三是母親「關」。孔德沚一直與婆婆關係很好，母親是不會允許兒子「喜新厭舊」的，至孝的兒子也不願惹母親生氣。何況這時茅盾與孔德沚已有兒女，另給他們找個後母，兒女們也難於接受。當初從「利他主義」的婦女觀出發與孔德沚結婚，現在又從「個性主義」出發另覓新歡，道義上也說不過去。所以，1930 年茅盾同秦德君回到上海後是必然要分手的。兩人只能將這段情愛埋藏在心底，讓無情的歲月慢

慢去蒸發。

事過 25 年之後，在「文革」中，秦德君受到衝擊，甚至被囚秦城，陷入冤獄。出於一定的政治需要，她又將這段歷史舊案翻騰出來，把全部責任推給茅盾。對於秦德君提供的一些材料，某些學者如獲至寶，引風吹火，火上澆油，掀起了一股小小的詆毀茅盾風。事實就是事實，應還它以本來面目。[註7] 情有可原，理有不允。客觀地說，茅盾這段婚外情戀在他的人格上留下了一個缺陷。他和孔德沚破鏡重圓後一直恩恩愛愛、相依為命，終其一生。茅盾仍不失為遵守夫妻道德的好丈夫。

茅盾對子女既嚴格要求，又非常疼愛。他十分重視子女們身心的健康和成長。《兒子開會去了》這篇小說，是根據兒子沈霜介入政治活動的真實經歷創作的。茅盾與孔德沚當年並肩戰鬥，參加過「五卅」反帝愛國運動，而今兒子又投身參加紀念「五卅」的政治活動，革命有了後來人。作品充分展示了老倆口既高興又擔心這種矛盾複雜的心態，從側面透露出茅盾對子女的關愛之情。

抗戰爆發後，茅盾把沈霞和沈霜安頓在長沙上學，託老朋友陳達人照顧。後來又帶他們去新疆，環境險惡，無法求學，只好在家裡逗著列那和吉地兩隻小狗玩。逃出新疆奔赴延安後，茅盾就將女兒和兒子留在了延安，一個進了延安女子大學，一個進了陝北公學，子女們都非常高興，茅盾也放了心。又因革命需要，茅盾夫婦要離開子女，便給沈霞和沈霜（已改名韋韜）準備好必要的衣物，囑咐他們要融入革命的集體，不要鬧特殊，並託張琴秋（澤民夫人）和張聞天關照，就毅然去了重慶。

1945 年抗戰勝利後，女兒沈霞從延安來信，談及勝利後不久就可會面的設想，茅盾和孔德沚看了都非常高興。可是不久，就得到了女兒不幸去世的噩耗，這對茅盾夫婦簡直就是個晴天霹靂，把他們震暈了。茅盾「感到一陣憋悶，喘不過氣來」。「心中的淤積化成淚水從眼眶裡溢了出來。我的亞男（沈霞小名）呀！你怎麼就這樣死去了，莫名其妙地死去了！」他「像得了一場大病」，「欲哭無淚，只覺得胸口沉甸甸、沉甸甸的，似有一大鉛塊，久久壓著」。亞男「只活了二十四個春秋啊！她還沒有嘗到人生的歡樂，就這樣驟然地離開了我們，而且死得如此不值得（死於醫療事故），她怎麼能瞑目於九泉

〔註 7〕 茅盾的思想轉變與婚戀插曲，本書作者之一丁爾綱在其專著《茅盾孔德沚》
中有詳細的剖析與論述，限於篇幅，本書不細述。

啊」！〔註 8〕茅盾這種沉重的心情，在一年之後，借給蕭紅寫《〈呼蘭河傳〉序》，得到一次藉題發揮的宣洩，使這篇序文情並茂，感染著一代代後人。由此可見茅盾對兒女情感之深厚。

茅盾對子女不僅熱切地關愛，也嚴格要求。夫人去世後，組織上爲了照顧他的晚年生活，把兒子韋韜從部隊調至他身邊工作。但茅盾不許他搞特殊，即使因公，也不許兒子乘坐分配給自己的專車。這種嚴格要求其實是一種更高境界的關愛。

對孫子孫女，茅盾也非常疼愛。「文革」中，怕孫女小鋼、孫子小寧荒廢學業，茅盾就爲他們編課本，親自執教，督促其學習。在小鋼需要上山下鄉時，茅盾雖然認爲青年人應該到艱苦的環境中鍛鍊鍛鍊，但又爲小鋼擔心。她是個初中生，年齡小，生活尙不會料理，爲此茅盾特別操心。終因小鋼的轉氨酶指數太高，下鄉的事暫緩，茅盾才安下心來。孫子小寧，

茅盾與孫女在上海

常和爺爺下棋，爺爺也給他養著小貓，祖孫相得，樂趣多多。小孫女丹丹，更是可愛，茅盾視若掌上明珠。一次丹丹病了，父母因遵守爺爺的教導不坐汽車，用自行車把她送往東單兒童醫院，經檢查是盲腸炎，這裡治不了，只好又用自行車送往西城市立兒童醫院，來來去去，折騰了一夜，才住進了醫院。第二天茅盾得知後，不僅不表揚兒子遵守制度，反而嚴厲批評他：「這是特殊情況，是可以用汽車的。不然，耽誤了丹丹的病怎麼辦？」可見爺爺對孫女的關愛之心。兒子也不好再說什麼。這就是血緣親情啊！

總之，在家庭生活上，茅盾就是這樣一位至孝至愛、至友至慈的人，可稱爲現代道德的楷模。

第四節　克己奉公，自奉儉約

茅盾一生，自奉儉約，要求於人的甚少，奉獻於人的甚多。他從不搞特

〔註 8〕《茅盾全集》第 35 卷，第 558～564 頁。

殊、謀私利，克己奉公、艱苦樸素地過了一輩子。〔註9〕

一

新中國成立後，身為文化部部長和全國政協副主席的他，按規定配備了房子、汽車、秘書、警衛員、服務員、廚師。這雖是工作需要，但他堅持盡量從簡，開始就不要廚師和服務員，生活瑣事由自己和夫人料理，不要別人侍候。

最早給他分配的房子，是文化部後院一座舊的三層小樓。按當時制度，房內家具應由公家配備。但為節省國家開支，茅盾個人出資自打家具，對外則說按房子設計家具規格樣式，實用美觀。後來，有些從外地來看望他的親友，見他住得這樣狹窄（一樓住秘書和警衛員，二樓是會議室和他的辦公室，三樓是臥室、餐廳），就抱不平地說：「茅公，你怎麼還住在這樣一座小樓裡，不嫌憋氣嗎？像您這樣的領導幹部現在都搬到帶假山庭院的平房裡了。那裡空氣好，又寬敞。您應該搬個家，換個好的環境。」茅盾聽到這種話，總是笑笑說：「住文化部大院上班方便。而且房子大了，服務人員就要增多。我們只有倆口人，生活也簡單，無需講排場，而且在這裡我們也住慣了。」就這樣他一直住了20多年。

夫人去世之後，茅盾生活有些寂寞，身體也日漸虛弱。主管部門關心他，想讓他換換環境，兒子、兒媳也勸他搬到不用爬樓梯的平房裡。開頭分給他的是衛生部部長李德金住過的房子。那是個獨立的大院，正面一座樓房，四面有茂密的樹木掩映，樓後有一個尚未修完的游泳池，門口有一排平房。茅盾看後，認為太豪華，不實用，就辭謝了。後來在交道口找到一套四合院平房，這才搬進了新居。此處成了後來的北京茅盾故居。

1975 年春節，戈寶權夫婦前來祝賀喬遷之喜

二

任文化部部長的 15 年中，茅盾經常去外地考察或出國訪問，平均每年在兩個月以上。他一般都不帶秘書和警衛員，盡可能輕裝簡從。在國內視察工作，輕裝簡從容易接近群眾，但生活上的事就全靠自己料理。他習慣於事事躬親，不願別人侍候。夫人孔德沚為他特備了個帆布包，放著牙具、毛巾、漱口杯、刮鬍刀、梳子、肥皂、手電筒、拖鞋，以及替換的內衣褲襪等。臨行不管多匆忙，茅盾只要不忘帶這個帆布包，就一切齊備了。出國參加世界性會議，因他不帶秘書和服務員，組織上就在同行的作家或工作人員中安排一位年輕些的同志負責照顧，如王汶石、瑪拉沁夫、朱子奇、康濯等都曾受委託照顧過茅盾。茅盾不讓別人照顧，有時他卻幫助別人。如參加亞非作家會議，上飛機必須自己檢查隨行人員帶的行李，這本是王汶石應做的工作，但茅盾一上飛機就去做這件事，這表現了他的認真負責和細心周到。

按規定，高級幹部享受休假，往返路費可以報銷。茅盾卻從未報銷過休假路費。有三四次，茅盾帶孔德沚去南方休假，路費、住宿費較多，也是自己支付。有一次乘飛機去海南島度假，路費數目太大，辦事人員就對茅盾說：「按規定，這是可以報銷的。」茅盾說：「別人可以報銷，我不需要，我的收入可以支付這筆路費。」他說到做到，充分表現出他克己奉公的精神。部級以上幹部，當時可配備一台電扇，茅盾說自己有，無需再配備。其實那是一台 40 年代買的舊電扇。就是這台舊電扇，又陪伴他度過了 20 多年，到 1975 年，它實在轉不動了，才換了一台新的。

茅盾配有專車，開始是蘇聯的「吉姆」，後來換上國產「紅旗」。他嚴於自律，公私分明。除工作上用車外，辦私事從不用公車，也不讓家裡人用。夫人上街辦事，順路搭車可以，否則就去乘公交車。兒子韋韜調到身邊工作，幫他寫回憶錄，經常需到外邊查閱資料，雖因公也不准用公車，因兒子還不夠級別。韋韜只好騎自行車。平時，秘書、警衛員外出辦公事，坐公車也在情理之中，但他也不讓用。有一個下雪天，警衛員要去醫院給他換氧氣瓶，他給警衛員車費，讓警衛員搭乘公交車，也不准坐公車。

夫人在世時，茅盾謝絕了組織上配備的廚師，日常飯食或在家中招待客人，均由夫人執炊，有時茅盾自己也「露一手」。夫人謝世後，自己因年邁多病，終於接受了組織上配備的廚師。分來的這位廚師，原是馬敘倫家裡的服務員，人很精明，也了解高幹供應情況和生活情況。有次茅盾家中來了客人，

為買點好菜要從西城跑到東單菜市場。這位廚師很奇怪地問：「為什麼不去東華門？那裡有特供門市部，你們不知道？」茅盾一家人確實不知東華門有特供門市部。廚師就驚訝得瞪大了眼睛：「啊呀！你們沒有特供本嗎？沈部長是應該有特供本的。」茅盾從來就拒絕特殊待遇。生活上也是如此。過去的飲食起居一律由夫人操辦，茅盾從不過問，真不知有特供本，也從未聽夫人說起過。廚師很不平，不幾天就為茅盾領回了一個特供本。既成事實，茅盾不好改變。從此，買東西就方便多了。

茅盾原來看的電視是用了20多年的蘇聯黑白電視機，早已圖像不清。當時還沒有國產彩電，進口電視機也不好買。他讓兒子去百貨大樓買了一台9英寸國產黑白電視機，但屏幕太小，自己視力又差，看不清楚。不料這位廚師竟從國務院機關事務管理局弄來了一台德國大彩電。管理局一直不來收錢，茅盾很惦記交款的事。後來知道這是一批展覽商品的分配，一律不收錢，茅盾才不得不罷休！

茅盾從不講排場，更不搞特殊化，也反對別人這樣做。有一次，他作為慰問解放軍的代表團副團長、華東地區代表團團長，到東南沿海某地慰問，恰巧與解放軍的一位首長同住一室。住定之後，茅盾就打開隨身攜帶的旅行包，把替換的衣物及毛巾、牙刷等生活用品一一取出來，放好。等到準備去洗澡時，茅盾發現那位首長仍端坐在沙發上未動。茅盾正要和他打招呼，卻見他向門外叫了一聲，一個警衛員應聲而進，首長吩咐他拿出衣褲等生活用品。警衛員熟練地打開首長的箱子，取出衣褲，掛在衣架上，再關上箱子。茅盾看到後十分驚訝，認為這些舉手之勞的小事，何必指使別人來做。茅盾後來又發現，那位首長刷牙洗臉，也要由警衛員預先倒上漱口水、擠好牙膏、倒好水、準備好毛巾和肥皂。茅盾大惑不解，這位首長，不知出身如何，參加革命幾十年，理應得到了很好的鍛煉，為什麼會有這樣的老爺作風？這種作風是從哪裡來的？茅盾認為，這既是一種特權思想在作怪，又是一種封建陋習的表現，還是供給製造成的惡果。過去戰爭時期，經濟困難，對領導幹部有些特殊照顧，那是工作需要；現在和平時期，非但沒有取消那些特殊照顧，反而變本加厲，供給範圍越來越大，供給標準越來越高，並擴大了距離，使一些領導幹部養尊處優，特殊化作風滋長蔓延，特權思想越來越嚴重，完全脫離了群眾。這種看法，反映了茅盾對民本思想和平民化作風的堅持。

三

茅盾的日常生活極其儉樸，習慣成自然，毫無矯飾做作之態。

從飲食上看，他對日常飲食，從不講究，從不挑剔。幾十年如一日，他只吃夫人做的那幾樣家常菜。他的飲食觀是「簡單，有營養，可口」。他夫人做的那幾樣「拿手好菜」，吃了幾十年，能永遠好吃嗎？他曾戲謔地對孩子們說：「你媽媽燒菜，五十年如一日，有數的幾樣，閉著眼都聞得出是什麼菜。」就是這麼簡單的幾樣菜，他吃了幾十年從不挑剔，端上什麼吃什麼，而且吃得很開心。因為他心裡明白，這些菜都是夫人親自到市場挑選著買來，又親自下廚烹調，包含著夫人的勞動和心血，吃著另有滋味。直到夫人去世後，上級派來了廚師，茅盾仍堅持「簡單」第一的原則。這時，他已年邁體衰，每頓飯多是一小碗雞蛋羹，一小碗米飯或粥，一小碟菜。他不是吃不起銀耳、燕窩，而是節儉成習，不願奢侈。他一生參加過數不清的宴會，但從未學會喝酒。重要宴會敬酒，他只是舉杯象徵性地抿一下，一般宴會，乾脆以茶代酒。直到晚年，有人送來靈芝，勸他泡酒喝，以健身袪病，他才買來紹興黃酒泡靈芝，每天吃一小盅。

在穿著方面，茅盾對外講究「得體」，在家追求舒適。他出國參加重要活動，穿的衣服是講究的，也是高檔的，甚至什麼場合穿什麼衣服都要講究，因為這關乎國家的體面。居家的穿著，他則追求普通實用，注重儉樸。這種習慣，他從商務印書館時代就開始了。那時他出門辦事，基本上是脫掉長衫馬褂，穿上西裝。因為穿西裝是一種時尚，包含著對別人尊重的意思。但西裝價格昂貴，穿著又不舒服，所以辦完事回家，他就趕快換上中裝。他的中裝都是家中做的。母親是製作中裝的行家裡手，從竹布長衫、小褂夾襖，到絲綿襖褲、絲綿袍，乃至中式皮襖皮褲，都是母親親手縫製的。「慈母手中線，遊子身上衣。」茅盾特別願意穿，也有孝敬慰藉母親之意。到了 30 年代，母親回到了烏鎮，夫人孔德沚管家，一切縫紉活計就由她接過來。茅盾自從當上文化部部長，又身兼政協副主席、文聯副主席、作家協會主席等職，外事活動、政務活動相當頻繁，所以置辦外事服裝就成了夫人孔德沚的重大心事。她要按茅盾的喜好和需要精心挑選置辦。僅就大衣來說，有皮大衣、厚呢大衣、薄呢大衣、夾大衣、風衣等。而且每種要有不同顏色的兩件，以適應不同季節、不同地區穿著之需。除了身穿的衣服，出國隨身帶的衣服也要配套，但不多帶。出國穿的鞋並不多，基本上就是 1948 年在香港買的一雙英國製三

節頭皮鞋，夫人說這雙鞋質量好，穿得出去。所以，多年來它就成了出國專用鞋。茅盾常說：「穿這些出國服裝，是為了給國家爭面子，穿在身上實在不舒服。」在心目中，他仍以舒適樸素隨便為上。

1970 年夫人去世，茅盾特別珍惜由夫人親自縫製的那些中式服裝，愛護備至，特地找裁縫做上罩衫。有的衣服因長期穿，兩肘磨破了，就讓女傭細心補上一塊補丁。凡是穿慣了的衣服，他就找只箱子專門保管起來。現在茅盾故居中保存下來的衣服，多數是打上了補丁的。他的一件毛巾浴衣，因使用年頭太

1974 年夏，茅盾與駱賓基（右）、秦似（左）在寓所前

久，已是補丁摞補丁，肩背部已磨得稀疏透亮。「文革」前，這件浴衣就已破舊得不成樣子，商店又不賣浴衣，認為穿浴衣是資產階級生活方式，於是兒子韋韜就去買了兩條大浴巾，自己剪裁，給父親做成了一件新浴衣。可是茅盾不願用新的，說舊的穿慣了，柔軟，吸汗性能好，洗完澡一身汗，穿上一會兒就吸乾了，不會著涼。後來，茅盾有一次不小心把那件舊浴衣劃破了一條大口子，這才換上那件新做的。不料，他一穿上新浴衣，就感到不舒服，還是換上了那件舊浴衣，才肯上床休息。於是這件舊浴衣一直伴隨著茅盾。

這種節約已成為他的一種習慣。公家發的不少文件和資料，大部分只印一面，他就把沒有保存價值的廢物利用，裁好裝訂起來，用反面的空白頁記日記，起草文件，寫文章。現在保存下來的六冊日記，就是用這種廢紙記載的。《夜讀偶記》、《關於歷史和歷史劇》、《一九六〇年短篇小說漫評》、《關於曹雪芹》等重要的大塊文章，也是用這種廢紙寫就的。「讀書雜記」、《紅樓夢》研究筆記、古詩文注釋也是記錄在這種廢紙上的。甚至指導《世界文學》、《中國文學》副主編的大量信函，也是用這種廢紙的反面寫的。他也用舊台曆反面記些零碎資料和瑣事。此外，他還找一些柔軟一點的當手紙用。他家從來沒買過衛生紙。茅盾的節約用紙，一直為他身邊的工作人員和老朋友所讚嘆，被大家視為節約的模範。他則習以為常，理所當然。

　　他捨不得用新稿紙寫信、寫文章，卻捨得把一生積蓄的稿費 25 萬元捐獻給國家作為文學創作的獎勵基金。該節儉的地方盡量節儉，該用錢的地方也決不顧惜。這才是茅盾為公大度、為私自苦的人格寫照。生活儉樸、反對奢侈，業已成了茅盾的家風，成了一筆無法計量的無形財富。

　　茅盾的道德品格是附著在他的思想品格上的，是先進思想、現代意識對傳統道德吸納改造而形成的新的行為規範。如奮發圖強，勤學廣智，主持公道，維護公義，克己修身，廉潔自律，敬業樂群，無私奉獻，都是為了人民的解放事業和人民的文藝事業；交友重道，誠實守信，謙恭自牧，大度寬容，關心集體，助人為樂，自奉節儉，父慈子孝，兄友弟恭，尊老愛幼，家和鄰睦，已不是傳統道德的照抄照搬，其中都有新的內容。他的道德品格，為後人樹立了很好的榜樣，提供了可資借鑒的範例。

結　語
一代文化精英的人格命運

　　考察了茅盾人格形成的基礎及其各品格層面豐富、複雜的內涵之後，我們可以用「急公好義」、「剛柔相濟」、「謹言慎行」、「外圓內方」這 16 個字概括茅盾人格的主要內涵與個性特徵。文字雖簡，內涵卻厚重，是他長期的文化涵養與嚴格自律的結晶。

一

　　在分析任何一個社會問題時，馬克思主義理論的絕對要求，就是要把問題提到一定的歷史範圍之內。這是因為不是人們的意識決定人們的存在，相反，是人們的社會存在決定人們的意識。人格是意識形態現象。認識評價茅盾人格，當然也要遵循這種觀點、方法與規律。

　　本書《前言》中已經闡明：茅盾人格的養成首先傳承著中華民族優秀的民族精神，同時在中西文化交流碰撞中又汲取了西方民主主義和馬克思主義的精神營養。茅盾人格在擇優而從的動態協調與平衡中不斷發展，是傳統優勢與現代意識的有機組合，也是嚴於自律、不斷昇華自己人品境界的必然結果。這在其主要人格特徵「急公好義」中表現得最為充分和明顯。

　　茅盾所急之「公」，最初是被其父用維新思想改造充盈過的儒家傳統、「士」的人格信條——「以天下為己任」。經過五四運動的洗禮，茅盾就把革命民主主義、愛國主義與現代科學精神作為主宰，革新了自己的人格內涵。但最大的突變是他確立了共產主義理想之後。這時茅盾人格中「公」字的靈魂，就是首先解放全人類，然後才能解放自己的革命抱負了。一個「公」字

的三次革新，完成了茅盾人格終生以之的自我建構。這使人聯想起 1934 年魯迅的那段名言：「我們從古以來，就有埋頭苦幹的人，有拚命硬幹的人，有爲民請命的人，有捨身求法的人」，「這就是中國的脊樑」。這類人現在又「何嘗少呢」？「他們有確信，不自欺」，一面「被摧殘，被抹殺」，一面仍「在前仆後繼的戰鬥」。〔註 1〕魯迅所概括的是中華民族與共產黨人薪火相傳的崇高精神與優秀品格。用以詮釋茅盾人格及其「公」字核心，並給以「中國的脊樑」的評價，大概不算過分。

在茅盾人格內涵中，「好義」雖爲獨立的存在，卻被「急公」精神所充盈。所以「好義」的首要內容是他自幼立志畢生以之的「爲眞理和正義而鬥爭」的人格抱負。茅盾的既「急公」又「好義」的決心與努力，始終執著，從未動搖過。「好義」的第二個層面的內涵是和所謂急公近利截然相反的克己奉公、盡職盡責、不圖回報、無私奉獻的仁義之心。此外還得加上恪守社會公德的仗義之舉和交友處世重誠信然諾的信義之行。可見「急公」與「好義」在茅盾人格中是互爲表裡、相輔相成的。

二

無私當然無畏。這就使茅盾「急公好義」的言行充滿陽剛之氣。但他「剛」而不脆，更非匹夫之勇；而是臻於「剛柔相濟」的人格力量的高品位。這雖與西方文化薰陶有關，但首要的是批判繼承了儒、道互補的優秀民族文化傳統並加以發展的結果。

總體看來，儒家重「剛」。儒家思想之核心是「仁」。「剛」與「勇」是實現「仁」的理想價值必須具備的人格力量與策略規範。所以孔子反覆強調，「無求生而害仁，有殺身以成仁」。「剛毅木訥近仁。」「仁者必有勇。」「勇者不懼。」故能「臨危不苟」，「見危受命」。道家尚「柔」。道家思想的核心是「道」。「柔」與「弱」是實現「道」的理想價值必須具備的策略規範與人格素質。所以老子反覆強調，「守柔曰強」。「柔弱勝剛強。」「天下之至柔，馳聘天下之至堅。」故「強大處下，柔剛處上」。

茅盾擇優而從，於儒於道兩無偏執，故臻於「剛柔相濟」的高品位。他注意靈活採用「剛柔相濟」。對敵以「剛」爲主，但剛而不「脆」。他的人生

〔註 1〕 《中國人失掉自信力了嗎》，《魯迅全集》第 6 卷，人民文學出版社，1981 年版，第 118 頁。

道路中面對強敵必須戰而勝之者，莫過於 20 年代以黨的高級領導人之一的身份與北洋軍閥鬥，以「左聯」領袖之一的身份與蔣介石政府的文化「圍剿」鬥，以抗日救亡文化先驅的身份與日偽反動勢力鬥，和以極特殊的身份與打著「聯蘇聯共」旗號實施法西斯專政的新疆地方軍閥盛世才鬥。在這「四大戰役」中，茅盾都堅定從容，大義凜然，堅持了民族的階級的原則立場，最大程度地打擊了敵人。這是對敵鬥爭的「剛柔相濟」和「以柔克剛」。

茅盾對內以「柔」為主，以「和」為貴。然而「和」與「柔」並不失去原則，而是大事講原則，小事講謙和、克己、讓步甚至妥協。目的是團結對敵。茅盾遇到分歧則首先自省，也開展批評，即便在思想鬥爭中也以團結為目的。這是不同於對敵鬥爭而是處理人民內部矛盾的另一種性質的「剛柔相濟」與「以柔濟剛」。在茅盾人生征途中，這固然表現在交友、處同志關係上，更重要的表現是在協調革命統一戰線，共同制定與執行方針策略上。茅盾在後一方面經受過多次嚴峻的考驗。其中最嚴峻的有四次。第一次是大革命失敗，「停下來思考」成熟後，他不惜以犧牲黨籍為代價，堅決反對中央個別領導人執行的「左」傾冒險主義路線。面對「革命文學」論爭中那些對自己進行的「左」得可怕的攻擊，茅盾也敢於挺身而出，進行旗幟鮮明的論辯。但他嚴於律己，先作自我批評；寬以待人，反批評時只針對錯誤論點，決不傷及個人，更無過激或人身攻擊的言詞。第二次是 1936 年關於「解散左聯」與「兩個口號」的分歧與論爭。茅盾以團結對敵的大局為重，以和為貴，委曲求全，盡力彌合分歧，避免分裂。但當宗派主義泛濫到有破壞統一戰線之勢時，他卻旗幟鮮明地堅持原則，亮明觀點，幫助黨化解了危局。這顯示出具有茅盾特色的「以柔克剛」、「剛柔相濟」的品格。第三次歷時最長。新中國成立後面對其勢洶湧、接連不斷的極左思潮和政治運動，茅盾處在兩難境地。這時茅盾面對的不是敵人，而是同志；面對的是執政黨和最高領導層犯「左」的錯誤的複雜局面，是主觀上的反「左」立場與身為執政官員不得不與中央保持一致的客觀要求無法統一的困境。這時他無法堅持原則，仗義執言。這和他襟懷坦白、表裡如一的人格自律原則發生了尖銳矛盾。剛柔「難濟」的尷尬，迫使他不得不以柔「蔽」剛：舉凡與「左」傾政治決策相對立時，能不表態盡量不表態；非表態不可時能拖則拖；萬不得已時只好違心行事，但力爭降低調子或避重就輕。面對 60 年代「山雨欲來風滿樓」的「文革」前夕危局，茅盾再次「停下來思考」。其舉措一是急流勇退，毅然辭職。二是從此

擱筆，不著一字。正如當年遭遇逆境時的馬寅初所說：「寵辱不驚閒看庭前花開花落，去留無意漫觀天外雲展雲舒。」

茅盾憑「百煉剛化爲繞指柔」的人格素養固然收到以靜制動、化險爲夷之效，但他內心並不平靜。他深知，韜光養晦雖符合「謹言愼行」的「慈訓」。〔註2〕外圓內方也並未失其一貫的人格品位，但與「急公好義」、「剛柔並濟」比，畢竟是時代的扭曲與人生道路的迂迴。但除「戒急用忍」外，他又能奈何？

這並非茅盾之餒，而是時代之過。今天反思這種政治人格與文化人格難於統一的歷史悲劇及其教訓，顯然可以警策後世。

三

新中國成立後幸存的「五四」文化精英中的先驅者只有茅盾和郭沫若，稍晚於他們的有丁玲、馮雪峰、巴金、老舍、曹禺和周揚等。他們最初都以革命民主主義和科學、民主、思想自由與個性解放分別建構其政治人格與文化人格內涵。隨著馬克思主義的傳播和中國共產黨的成立，他們或早（如茅盾）或遲（如老舍、巴金）地在共產主義理想的基礎上重塑了政治人格，其以「五四」精神爲內涵的文化人格隨之得到程度不同的昇華。按理說在正常情況下，面對眞正意義上的社會主義政治與共產主義理想，這些「五四」文化精英大都會以各自不同的漸變速度，使其文化人格與個性自我人格逐漸適應並跟上新時代要求的政治人格與群體性社會人格，並使之臻於有機結合和辯證統一。客觀上他們也一無例外地在努力著。無奈的是新中國成立後，包括人格在內的意識形態「革命化」要求操之過急，其促進的方式不僅簡單粗暴（如強制知識份子通過參加勞動和政治運動進行思想改造），而且在歷次政治運動中大都以極左思想爲指導，強制廣大知識份子放棄其固有的文化人格與人格獨立性，去服從帶有明顯極左色彩的政治人格與人格群體性。在中國古老的封建文化傳統中，政治的、文化的專制主義本來就有強迫人放棄自我獨立人格、屈從其帶封建奴性色彩的政治人格的歷史後遺症。而今痼疾並未除盡。面對執政權力與最高領袖意志這一強大後盾，一代「五四」文化精英的倖存者又怎能保持其獨立人格？

正如毛澤東所說：外因是變化的條件，內因是變化的依據；外因通過內

〔註2〕《茅盾全集》第34卷，第1頁。

因而起作用。這一代「五四」文化精英的倖存者，雖面對時代扭曲自我人格的同樣厄運，但因其內在條件與主觀能動性存在差異而分化為「左」、「中」、「右」三種類型。

周揚、郭沫若（一定程度上還有曹禺）是「左」派的代表人物。起碼在文藝戰線，周揚既在一定程度上參與最高決策，又是「首席執行官」，這證明了當年魯迅稱他為「元帥」，實屬遠見，絕非毫無根據。郭沫若雖不能參與最高決策，卻有被諮詢的機會。他被強烈的執政慾所驅動，緊跟周揚，甘當「副帥」。新中國成立後的郭沫若的詩歌也由 20 年代末自稱的「留聲機」發展為自稱的「歌德派」。「郭老不算老，詩多好的少」的自嘲，說明他並非無自知之明。其極左依附性政治人格，與「五四」時期以「狂飆突進」的「天狗」精神著稱的獨立政治文化人格，豈可同日而語？曹禺沒有「掛帥」資格，扮演的是「先鋒」角色。當他在極左政治運動中凌言厲色指斥摯友為「右派」、「反革命」時，當他勉為其難地推出配合政治運動的「遵命」劇作時，和30年代推出大氣磅礴的《雷雨》、《日出》的曹禺不啻兩人！直到「文革」罹難，周揚、曹禺作了階下囚，郭沫若雖幸免卻靠邊站之後，他們經過反思，這才程度不同地擺脫「異化」與扭曲，以向獨立人格回歸的行動，來彌補這歷史的遺憾。但新時期聽憑子女或他人胡亂改編《日出》等文藝經典，撫掌稱好的曹禺，卻實在出人意料。這一切都進一步證明：「軟骨病」是人格扭曲之內因。

胡風，一定程度上還有馮雪峰、丁玲，是「右」派的代表人物。胡風深得「五四」精神和魯迅的「硬骨頭」精神之真傳，只有他保持了獨立的政治人格與文化人格的統一。但他卻付出了因身陷囹圄而使精神分裂的慘重代價！更不用說其詩人與理論家的文學生命被扼殺了！作為黨員和老革命，馮雪峰、丁玲無法不與推行極左政治的某些領導核心人物基本保持一致，但另一方面仍作出保持獨立文化人格的最大努力。和胡風同樣，他們也不敢碰最高權威，只能用「清君側」的策略作有理有節的抵制與反抗，但這無濟於事。他們下場之悲慘當然略遜於胡風，但後果也就有別：如果說胡風全方位保持了獨立人格，馮雪峰與丁玲頂多保持住了半個或大半個。這雖非其所願，但又能奈何？

老舍和巴金是「中間」派代表人物。和上述兩類比，他們的步伐滯後，基本上是新中國成立後在知識份子思想改造運動中以嚮往民主自由新生活的

熱情爲基礎，逐步確立起社會主義性的政治人格。爲天眞的理想所驅動，他們甘願主動使其以「五四」精神爲核心的文化人格向新的政治人格趨同。他們明知這屬於新式的人格依附性，也懷著美好的願望寫「遵命」文學。但時時又爲政治需要與生活藝術積累不足和違背藝術規律而導致創作質量滑坡所苦。迫於極左政治運動的壓力，他們有時更痛苦的是不得不公開站出來斥友爲敵，那矛盾、自責、愧疚之情，眞可謂「生命不能承受之『重』」。老舍在會上不得不嚴詞厲色地批判胡風「反黨反社會主義」和私下卻拉胡風到自己寓所勸說開導之擧，足以證明其「中間」派處境之尷尬，與人格自責導致的言行的矛盾與內心的痛苦。但在嚴峻時刻，生死關口，他們卻都能捨生取義：老舍寧肯「走向太平湖」，保持了屈原般的人格與氣節。巴金在萬人批鬥大會上，任憑「造反派」前按後折，仍奮風燭殘年之生命餘力，一而再，再而三，始終高高挺起他那不屈的頭顱！而在晚年夕陽餘暉照耀之下，老舍以《茶館》、《正紅旗下》，巴金以《隨想錄》等大器晚成之作，強有力地證明了他們仍能保持著總體看來仍屬「五四」精神的人格的獨立性。

四

　　在極左政治運動的壓力下，這代「五四」文化精英色澤迥異、瑕瑜互見的「左」、「中」、「右」分化的人格「光譜」中，茅盾的人格定位在哪裡？這是很難簡單確定的。因爲他的身份與人格內涵更爲豐富複雜。

　　茅盾與具有中共黨員身份的郭、周、丁、馮、曹等「五四」文化精英的區別，不僅在入黨最早，黨內的資格最老，更在於茅盾並非受黨成立後掀起的革命浪潮的影響甚至衝擊才加入組織的。他是獨立思辨、自由抉擇，主動參與籌備建黨的宣傳工作，並成爲首批中共黨員與高層領導幹部的人員之一。他終生自覺致力於實現共產主義理想，始終保持了獨立的政治人格。另一區別是茅盾的黨員生命結束得早。其原因也並非受「文革」戕害，而是早在大革命失敗後，因公開反對黨中央第一次「左」傾冒險主義路線不得不付出的政治代價。這是其獨立政治人格的又一側面。新中國成立後茅盾也和郭、周、曹等存在人格差別。他雖是黨的締造者之一，卻以非黨員身份官居高位，被迫表態時，他只能也必須與中央保持一致。上文說過，茅盾通常是能躲則躲，能拖則拖，能降調力爭降調。這時的言行，是他無法保持獨立人格所表現的無奈與尷尬。當然不必諱言，其中也有主觀上存在的「左」的意識（20

年代有「左」傾幼稚病，50 年代末則有「左」傾冒進風）的眞實流露，及因
此導致的政治失誤。

　　惟其如此，茅盾又和身處「中間」且非黨員的老舍、巴金存在明顯的區
別。不論主觀意願是否違心，他以文化部部長、作協主席身份發表的與中央
保持一致的「左」的講話，其危害不僅超過巴金與老舍，甚至超過馮雪峰和
丁玲。對此茅盾頗有自知之明，其署名的不同就是明證。以官方身份發表的
講話和作的報告，署名沈雁冰；用文聯、作協領導人身份時則用茅盾。但署
名茅盾的理論批評文章其調子又區別於文藝領導人茅盾的講話與報告：這類
文章有膽有識有創見，既多抗辯之言（如不苟同「雙革」的許多論文），又不
乏出「格」之論（如大連創作座談會講話中提出的「中間人物」論和「現實
主義深化」論）。然而，最能保持茅盾獨立人格的是新中國成立後啓用塵封多
年的筆名「玄珠」發表的使人耳目一新的短篇文章，這種文章給人以眞正代
表「五四」精神與文化人格的那位活躍在 20 年代的權威理論批評家重返文壇
的驚喜！這和 50 年代初馮雪峰、胡風的棱角突出的個別文章頗爲契合。可惜
這類文章所佔的比重太少！

　　茅盾的理論批評和巴金、老舍的創作近似，不乏簡單化地爲政治服務甚
至主動配合政治運動與中心任務之作。茅盾也深知文學創作必須具眞情實
感、眞知灼見，寫熟悉洞察的眞實生活。因此，其文化人格與創作人格遠比
老舍、巴金矜持。新中國成立後，茅盾不得不放下那支如椽大筆，堅決不貿
然著墨。這除忙於行政工作外，還因爲他熟悉的各類民族資本家和各類知識
份子這兩類題材和主題若眞實流露出來，難免與主流意識形態取向相抵牾。
而老舍式的配合政治任務的「遵命」文學，又爲茅盾所不取。茅盾迫於完成
任務的壓力，也有不得不寫的時候。但他寧缺毋濫，故主動毀了多部這類手
稿。如《霜葉紅似二月花》的續篇，宜到他謝世都不肯示人。只有《躍進中
的東北》所收的幾篇散文，是他眞實感受的寫照，遺憾的是那恰恰反映出他
對「左」傾冒進的認同意識而不足爲訓。自此，他更加意識到只能擱筆。新
中國成立後惟一能充分體現茅盾獨立人格的是那部巨著《我走過的道路》。值
得注意的是從規劃全書框架時起茅盾就「畫地爲牢」似的只寫到新中國成立
爲止。茅盾顯然覺得吞吞吐吐不說眞話，倒不如付之闕如，故下決心對新中
國成立後的經歷不著一字。茅盾的文學生涯新中國成立後的時間（32 年）多
於新中國成立前（30 年），《我走過的道路》把後半段棄而不寫，這件意味深

長、令人遺憾的事，難道不是維護獨立人格的自愛自尊自重之舉？

行文至此，不僅我們，就是敬愛的讀者也定會了然，在上述新中國成立後「左」、「中」、「右」人格「光譜」上給茅盾定位，顯然有極大的難度。以上的文字與其用以給茅盾作人格定位，倒不如用以作爲茅盾人格特徵從「剛柔相濟」發展爲新中國成立後的「謹言愼行」、「外圓內方」的佐證和說明更好。

五

魯迅晚年以其透徹的涉世閱歷指出，「世間有所謂『就事論事』的辦法」，「不過我總以爲倘要論文，最好是顧及全篇，並且顧及作者的全人，以及他所處的社會狀態，這才較爲確鑿。要不然，是很容易近乎說夢的」。〔註3〕這些話頗具方法論的意義。論文如此，論人和人格更應當如此。站在顧及全人及其「所處的社會狀態」的立足點作較爲確鑿而非近乎說夢的評價，那麼魯迅的人格主要內涵與特徵不妨以其「橫眉冷對千夫指，俯首甘爲孺子牛」這句話來概括。那麼站在同樣立足點上作較爲確鑿而非近乎說夢的評價，我們認爲茅盾人格的主要內容與基質，同樣可用魯迅「橫眉冷對千夫指，俯首甘爲孺子牛」這句名詩來概括。不過若把茅盾的人格特徵和他實踐其人格的策略考慮進去，如上文所說，我們想用以下16個字來表述也不失確鑿：「急公好義」、「剛柔相濟」、「謹言愼行」、「外圓內方」。這一點其實也和魯迅相通。

這就和魯迅所說的另一段話有關了。魯迅1925年在信中向許廣平祖露心扉，說：「對於社會的戰鬥，我是並不挺身而出的，我不勸別人犧牲什麼之類者就爲此。歐戰的時候，最重『壕塹戰』，戰士伏在壕中，有時吸菸，也唱歌，打紙牌，喝酒，也在壕內開美術展覽會，但有時忽向敵人開他幾槍。中國多暗箭，挺身而出的勇士容易喪命，這種戰法是必要的罷。但恐怕也有時會逼到非短兵相接不可的，這時候，沒有法子，就短兵相接。」〔註4〕如果說這就是魯迅實現自我人格的策略，也許並無大謬罷？若是，魯迅的人格策略也就與茅盾相通了。

不過兩位偉人雖都以「急公好義」和「橫眉冷對千夫指，俯首甘爲孺子

〔註3〕《魯迅全集》第6卷，人民文學出版社，1981年版，第430頁。
〔註4〕《魯迅全集》第11卷，人民文學出版社，1981年版，第16頁。

牛」作人格自律，茅盾和魯迅比，「剛」、「方」不足，「柔」、「圓」有餘。這是茅盾人格特點所在，也是其所長與所短並存之處。

然而，新中國成立後茅盾人格策略從「剛柔相濟」發展到「外圓內方」、「以柔『蔽』剛」，並非人格自律標準的降低，而是「所處的社會狀態」使然，不得不適應特殊的環境壓力。這也是用「壕塹戰」保全自己，避免無謂的犧牲的人格策略的變化。魯迅當時就說過「對於社會的戰鬥，我是並不挺身而出」也「不勸別人犧牲」的話，假設魯迅活到此刻，難道就會放棄「壕塹戰」法，而會許褚般莽撞地「赤膊上陣」嗎？

可見茅盾「剛」而不「脆」，「圓」而不「滑」。這是其所長，並非其所短。金無足赤，人無完人。何況，戰略退卻與策略改變，若是戰局所需，顯然不是缺陷或失誤。雖也有人以偏賅全，對這些予以非議，但辯證地、歷史地看，說這是人格缺乏，能算公正之論嗎？

「文革」剛結束那年，茅盾有一首似乎剛開了個頭而遠未寫完的詩《八十自述》。其中記有兩句慈母的遺訓：「大節貴不虧，小德許出入。」〔註5〕這是評價人格的一把既嚴又寬的尺子。與前文所引魯迅所指示的論文至論人的標尺，是大致呼應的。用這兩把尺子衡量新中國成立後幸存的「五四」文化精英，包括茅盾在內，我們認為，這是比較客觀、公正、科學的，也是合乎公理人情、世道人心的。

論茅盾人格。作結論是很難的。我們聯想到作家王火那首《漁家傲》詞：「七十七年如一夢，陰晴圓缺無寬容。白首窮經事已空。老未動，萬里江山楓葉紅。書生意氣世難用，寧靜淡泊不放縱。心骨傲然石無縫。我與共，生命無悔笑金風。」〔註6〕這是王火晚年自況之作，與茅盾當然不盡吻合。但在總結與評價茅盾人格品位時，特引此詞以作比照，也許並非畫蛇添足吧？

〔註5〕《茅盾全集》第 10 卷，第 455 頁。
〔註6〕參見 2001 年 12 月 14 日《文藝報》第 187 期。

後　記

　　2001 年 1 月河南人民出版社約丁爾綱寫《茅盾人格》一書。丁爾綱曾邀范志強先生合作。爲此范先生曾赴京採訪過茅盾的公子韋韜先生。後因工作太忙范先生退出合作，丁爾綱遂邀李庶長合作，並把所設計的本書主旨、寫作框架、寫作體例及三易其稿草成的寫作細綱交李庶長加工修改，形成寫作細綱第四稿。經出版社認可後，進入寫作過程，其間又有許多改動，始據以執筆。

　　本書的前言、第二章、第三章、第四章和結語由丁爾綱執筆。第一章第一節、第五章、第六章、第七章由李庶長執筆。第一章第二節由丁爾綱和李庶長共同執筆。全書的統稿加工工作由丁爾綱負責。爲使內容更加充實，視角、寫法和體例更加統一，統稿過程中不斷商討，部分章節作了較多的調整和改動，個別章節還重寫了多次。盡管如此，仍難免留下分頭執筆的痕跡。這恐怕是合作寫書很難避免的，讀者也會理解、諒解的。

　　限於視野和水平，本書可能有疏漏甚至失誤之處。不揣淺陋，奉獻給讀者與同行，極盼指正。

　　藉此機會，對支持此書撰寫工作的韋韜先生、范志強先生，敬致謝忱。

作　者
2003 年 12 月於泉城